U0117172

李卓吾批评本西遊記

中

〔明〕吴承恩 著
〔明〕李卓吾 批评

岳麓書社·长沙

获宝伏邪

红孩戏化

观音缚魔

铲灭诸邪

定计脱困

二心搅乱

假扇火起

群圣诛邪

第三十四回 魔头巧算困心猿 大圣腾那骗宝贝

魔頭巧算困
心猿大聖
騰那騙寶
貝

却说那两个小妖将假葫芦拿在手中，争看一会，忽抬头不见了行者。伶俐虫道："哥啊，神仙也会打诳语。他说换了宝贝，度我等成仙，怎么不辞就去了？"精细鬼道："我们相应便宜的多哩，他敢去得成。拿过葫芦来，等我装装天，也试演试演看。"真个把葫芦往上一抛，扑的就落将下来。慌得个伶俐虫道："怎么不装？不装！莫是孙行者假变神仙，将假葫芦换了我们真的去耶？"精细鬼道："不要胡说！孙行者是那三座山压住了，怎生得出？拿过来，等我念他那几句咒儿装了看。"这怪也把葫芦口望空丢起，口中念道："若有半声不肯，就上灵霄殿上，动起刀兵！"念不了，扑的又落将下来。两妖道："不装，不装！一定是个假的。"游戏至此！

正嚷处，孙大圣在半空里听得明白，看得真实，恐怕他弄得时辰多了，紧要处走了风讯，将身一抖，把那变葫芦的毫毛收上身来，弄得那两妖四手皆空。精细鬼道："兄弟，拿葫芦来。"伶俐虫道："你拿着的。天呀，怎么不见了！"都去地下乱摸，草里胡寻，到袖子，揣腰间，那里得有？二妖吓得呆呆挣挣，道："怎的好，怎的好！当时大王将宝贝付与我们，教拿孙行者，今行者既不曾拿得，连宝贝都不见了，我们怎敢去回话？这一顿直直的打死了也！怎的好，怎的好！"伶俐虫道："我们走了罢。"精细鬼道："往那里走么？"伶俐虫道："不管那里走罢。若回去说没宝贝，断然是送命了。"精细鬼道："不要走，还回去。二大王平日看你甚好，我推一句儿在你身上，他若肯将就，留讨性命；说不过，就打死，还在此间，莫弄得两头不着。去来，去来！"那怪商议了，转步回山。

行者在半空中见他回去，又摇身一变，变作苍蝇儿，飞下去，跟着小妖。你道他既变了苍蝇，那宝贝却放在何处？如丢在路上，藏在草里，被人看见拿去，却不是劳而无功？他还带在身上。带在身上啊，苍蝇不过豆粒大小，如何容得？原来他那宝贝，与他金箍棒相同，叫做如意佛宝，随身变化，可以大，可以小，故身上亦可容得。亦佻发。他嘤的一声飞下去，跟定那怪，不一时，到了洞里。

只见那两个魔头，坐在那里饮酒，小妖朝上跪下。行者就钉在那门柜上，侧耳听着。小妖道："大王。"二老魔即停杯道："你们来了？"小妖道："来了。"又问："拿着孙行者否？"小妖叩头，不敢声言。老魔又问，又不敢应，只是叩头。问之再三，小妖俯伏在地："赦小的万千死罪，赦小的万千死罪！画。我等执着宝贝，走到半山之中，忽遇着蓬莱山一个神仙。他问我们那里去，我们答道拿孙行者去。那神仙听见说孙行者，他也恼他，要与我们帮功。是我们不曾叫他帮功，却将拿宝贝装人的情由，与他说了。那神仙也有个葫芦，善能装天。我们也是妄想之心，养家之意：他的装天，我的装人，与他换了罢。画。原说葫芦换葫芦，伶俐虫又贴他个净瓶。谁想他仙家之物，经不得凡人之手，正试演处，就连人都不见了。万望饶小的们死罪！"老魔听说，暴燥如雷，道："罢了，罢了！这就是孙行者，假妆神仙，骗哄去了！那猴头神通广大，处处人熟，不知那个毛神，放他出来，骗去宝贝！"

二魔道："兄长息怒。叵耐那猴头着然无礼！既有手段，便走了也罢，怎么又骗宝贝？我若没本事拿他，永不在西方路上为怪！”老魔道：“怎生拿他？”二魔道：“我们有五件宝贝，去了两件，还有三件，务要拿住他。”老魔道：“还有那三件？”二魔道：“还有七星剑与芭蕉扇在我身边，那一条幌金绳，在压龙山压龙洞老母亲那里收着哩。如今差两个小妖，去请母亲来吃唐僧肉，就教他带幌金绳来拿孙行者。”老魔道：“差那个去？”二魔道：“不差这样废物去！”将精细鬼、伶俐虫一声喝起。二人道：“造化，造化！打也不曾打，骂也不曾骂，却就饶了。”二魔道：“叫那常随的伴当巴山虎、倚海龙来。”二人跪下。二魔分付道：“你却要小心。”俱应道：“小心。”“却要仔细。”俱应道：“仔细。”又问道：“你认得老奶奶家么？”又俱应道：“认得。”“你既认得，你快早走动，到老奶奶处，多多顶上，说请吃唐僧肉哩；就着带幌金绳来，要拿孙行者。”

二怪领命疾走，怎知那行者在傍，一一听得明白。他展开翅飞将去，赶上巴山虎，钉在他身上。行经二三里，就要打杀他两个，又思道：“打死他，有何难事？但他奶奶身边有那幌金索，又不知住在何处。等我且问他一问再打。”猴。

好行者，嘤的一声，躲离小妖，让他先行有百十步，却又摇身一变，也变做个小妖儿，戴一顶狐皮帽子，将虎皮裙子倒插上来勒住，赶上道：“走路的，等我一等。”那倚海龙回头，问道：“是那里来的？”行者道：“好哥啊，连自家人也认不得？”小妖道：“我家没有你。”行者道：“怎么没我？你再认认我。”小妖道：“面生，面生，不曾相会。”行者道：“正是，你们不曾会着我，我是外班的。”小妖道：“外班长官，是不曾会。你往那里去？”行者道：“大王说，差你二位请老奶奶来吃唐僧肉，教他就带幌金绳来拿孙行者；恐你二位走得缓，有些贪顽，误了正事，又差我来催你们快去。”

小妖见说着海底眼，更不疑惑，把行者果认做一家人，急急忙忙，往前飞跑，一气又跑有八九里。行者道：“忒走快了些，我们离家有多少路了？”小怪道：“有十五六里了。”行者道：“还有多远？”倚海龙用手一指，道：“乌林子里就是。”

行者抬头见一带黑林不远，料得那老怪只在林子里外。却立定步，让那小怪前走，即取出铁棒，走上前，着脚后一刮，可怜忒不禁打，就把两个小妖刮做一团肉饼。却拖着脚，藏在路傍深草科里。即便拔下一根毫毛，吹口仙气，叫“变”，变做个巴山虎，自身却变做个倚海龙，假妆做两个小妖，径往那压龙洞请老奶奶。这叫做：

七十二变神通大，指物腾那手段高。

三五步，跳到林子里，正找寻处，只见有两扇石门，半开半掩，不敢擅入，只得洋叫一声：“开门，开门！”早惊动那把门的一个女怪，将那半扇儿开了，道：“你是那里来的？”行者道：“我是平顶山莲花洞里差来请老奶奶的。”那女怪道：“进去。”到了三层门下，闪着头往里观看，又见那正当中高坐着一个老妈妈儿。你道他怎生模样？但见：

雪鬓蓬松，星光幌亮。脸皮红润皱文多，牙齿稀疏神气壮。貌似菊花霜里色，形如松树雨馀颜。头缠白练攒丝髻，耳坠黄金簌宝环。

孙大圣见了，不敢进去，只在二门外仰着脸，脱脱的哭起来。你道他哭怎的，莫成是怕他？就怕也便不哭。况先哄了他的宝贝，又打死他的小妖，却为何而哭？他当时曾下九鼎油锅，就渫了七八日，也不曾有一点泪儿。只为想起唐僧取经的苦恼，他就泪出痛肠，故此便哭，心却想道："老孙既显手段，变做小妖，来请这老怪，没有个直直的站了说话之理，一定见他磕头才是。我为人做了一场好汉，止拜了三个人：西天拜佛祖，南海拜观音，两界山师父救了我，我拜了他四拜。为他使碎六叶连肝肺，用尽三毛七孔心。一卷经能值几何？今日却教我去拜此怪。若不跪拜，必定走了风讯。苦啊，算来只为师父受困，故使我受辱于人！"到此际也没及奈何，撞将进去，朝上跪下，道："奶奶磕头。"

那怪道："我儿，起来。"行者暗道："好！好！好！叫得结实！"老怪问道："你是那里来的？"行者道："平顶山莲花洞，蒙二位大王有令，差来请奶奶去吃唐僧肉；教带幌金绳，要拿孙行者哩。"老怪大喜，道："好孝顺的儿子！"就去叫抬出轿来。行者道："我的儿啊，妖精也抬轿！"后壁厢即有两个女怪，抬出一顶香藤轿，放在门外，挂上青绢帏幔。老怪起身出洞，坐在轿里。后有几个小女妖，捧着减妆，端着镜架，提着手巾，托着香盒，跟随左右。那老怪道："你们来怎的？我往自家儿子去处，愁那里没人伏侍，要你们去献勤塌嘴？都回去，关了门看家！"那几个小妖果俱回去，止有两个抬轿的。老怪问道：

“那差来的，叫做甚么名字？”行者连忙答应，道：“他叫做巴山虎，我叫做倚海龙。”老怪道：“你两个前走，与我开路。”行者暗想道：“可是晦气！经倒不曾取得，且来替他做皂隶！”却又不敢抵强，只得向前引路，大四声喝起。

行了五六里远近，他就坐在石崖上，等候那抬轿的到了，行者道：“略歇歇如何？压得肩头疼啊。”小怪那知甚么诀窍，就把轿子歇下。行者在轿后，胸脯上拔下一根毫毛，变做一个大烧饼，抱着啃。猴。轿夫道：“长官，你吃的是甚么？”行者道：“不好说。这远的路来请奶奶，没些儿赏赐，肚里饥了，原带来的干粮，等我吃些儿再走。”轿夫道：“把些儿我们吃吃。”行者笑道：“来么，都是一家人，怎么计较？”那小妖不知好歹，围住行者，分其干粮，被行者掣出棒，着头一磨，一个汤着的，打得稀烂；一个擦着的，不死还哼。那老怪听得人哼，轿子里伸出头来看时，被行者跳到轿前，劈头一棍，打了个窟窿，脑浆迸流，鲜血直冒。拖出轿来看处，原是个九尾狐狸。行者笑道：“这业畜，叫甚么老奶奶！你叫老奶奶，就该称老孙做上太祖公公是！”

好猴王，把他那幌金绳搜出来，笼在袖里，欢喜道：“那泼魔纵有手段，已此三件儿宝贝姓孙了！”却又拔两根毫毛，变做个巴山虎、倚海龙；又拔两根，变做两个抬轿的；他却变做老奶奶模样，坐在轿里。猴。将轿子抬起，径回本路。

不多时，到了莲花洞口，那毫毛变的小妖俱在前道：“开门，开门！”内有把门的小妖开了门，道：“巴山虎、倚海龙来了？”毫毛道：“来了。”“你们请的奶奶呢？”毫毛用手指道："那轿内的不是？"小怪道："你且住，等我进去先报。"报道："大王，奶奶来耶。"两个魔头闻说，即命排香案来接。行者听得，暗喜道："造化，也轮到我为人了！我先变小妖去请老怪，磕了他一个头；这番来，我变老怪，是他母亲，定行四拜之礼。虽不怎的，好道也赚他两个头儿。"

好大圣，下了轿子，抖抖衣服，把那四根毫毛收在身上。那把门的小妖把空轿抬入门里。他却随后徐行，那般娇娇啻啻，扭扭捏捏，就像那老怪的行动，径自进去。又只见大小群妖，都来跪接。鼓乐箫韶，一派响亮；博山炉里，霭霭香烟。他到正厅上，南面坐下。两个魔头双膝跪倒，朝上叩头，叫道："母亲，孩儿拜揖。"行者道："我儿起来。"

却说猪八戒吊在梁上，哈哈的笑了一声。沙僧道："二哥好啊，吊出笑来也！"趣。八戒道："兄弟，我笑中有故。"沙僧道："甚故？"八戒道："我们只怕是奶奶来了，就要蒸吃；原来不是奶奶，是旧话来了。"沙僧道："甚么旧话？"八戒笑道："弼马温来了。"沙僧道："你怎么认得是他？"八戒道："湾倒腰，叫'我儿起来'，那后面就掬起猴尾钯子。我比你吊得高，所以看得明也。"沙僧道："且不要言语，听他说甚么话。"八戒道："正是，正是。"

那孙大圣坐在中间，问道："我儿，请我来有何事干？"魔头道："母亲啊，连日儿等少礼，不曾孝顺得。今早愚兄弟拿倒东土唐僧，不敢擅吃，请母亲来献献生，好蒸与母亲吃了延寿。"行者道："我儿，唐僧的肉，我倒不吃；听见有个猪八戒的耳朵甚可，可割将下来整治整治，我下酒。"那八戒听见慌了，道："遭瘟的，你来为割我耳躲的！我喊出来不好听啊！"

噫，只为呆子一句通情话，走了猴王变化的风。那里有几个巡山的小怪，把门的众妖，都撞将进来，报道："大王，祸事了！孙行者打杀奶奶，他妆来耶！"魔头闻此言，那容分说，掣七星宝剑，望行者劈面砍来。好大圣，将身一幌，只见满洞红光，预先走了。似这般手段，着实好耍子。正是那聚则成形，散则成气。唬得个老魔头魂飞魄散，众群精噬指摇头。

老魔道："兄弟，把唐僧与沙僧、八戒、白马、行李都送还那孙行者，闭了是非之门罢。"二魔道："哥哥，你说那里话？我不知费了多少辛勤，施这计策，将那和尚都摄将来。如今似你这等怕惧孙行者的诡谲，就俱送去还他，真所谓畏刀避剑之人，岂大丈夫之所为也？你且请坐勿惧。我闻你说孙行者神通广大，我虽与他相会一场，却不曾与他比试。取披挂来，等我寻他交战三合。假若他三合胜我不过，唐僧还是我们之食；如三战我不能胜他，那时再送唐僧与他未迟。"老魔道："贤弟说得是。"教："取披挂。"

众妖抬出披挂，二魔结束齐整，执宝剑出门外，叫声："孙行者，你往那里走了！"此时大圣已在云端里，闻得叫他名字，急回头观看，原来是那二魔。你看他怎生打扮？

头戴凤盔欺腊雪，身披战甲幌镔铁。腰间带是蟒龙筋，粉皮靴靿梅花折。颜如灌口活真君，貌比巨灵无二别。七星宝剑手中擎，怒气冲霄威烈烈。

二魔高叫道："孙行者，快还我宝贝与我母亲来，我饶你唐僧取经去！"大圣忍不住骂道："这泼怪物，错认了你孙外公！赶早儿送还我师父、师弟、白马、行囊，仍打发我些盘缠，往西走路；若牙缝里道半个'不'字，就自家搓根绳儿去罢，也免得你外公动手。"二魔闻言，急纵云跳在空中，抡宝剑来刺。行者掣铁棒，劈手相迎。他两个在半空中，这场好杀：

棋逢对手，将遇良才。棋逢对手难藏兴，将遇良才可用功。那两员神将相交，好便似南山虎斗，北海龙争。龙争处，鳞甲生辉；虎斗时，爪牙乱落。爪牙乱落撒银钩，鳞甲生辉支铁叶。这一个翻翻复复，有千般解数；那一个来来往往，无半点放闲。金箍棒，离顶门只隔三分；七星剑，向心窝惟争一蹍。那个威风逼得斗牛寒，这个怒气胜如雷电险。

他两个战了有三十回合，不分胜负。行者暗喜道："这泼怪倒也架得住老孙的铁棒！我已得了他三件宝贝，却这般苦苦的与他厮杀，可不误了我的工夫？不若拿葫芦或净瓶装他去，多少是好。"又想道："不好，不好。常言道'物随主便'，倘若我叫他不答应，却又不误了事业？且使幌金绳扣头罢。"

好大圣，一只手使棒，架住他的宝剑；一只手把那绳抛起，刷喇的扣了魔头。原来那魔头有个紧绳咒，有个松绳咒，若扣住别人，就念紧绳咒，莫能得脱；若扣住自家人，就念松绳咒，不得伤身。他认的是自家的宝贝，即念松绳咒，把绳松动，便脱出来，返望行者抛将去，却早扣住了大圣。大圣正要使瘦身法，想要脱身，却被那魔念动紧绳咒，紧紧扣住，怎能得脱？褪至颈项之下，原是一个金圈子套住。那怪将绳一扯，扯将下来，照光头上砍了七八宝剑，行者头皮儿也不曾红了一红。那魔道："这猴子，你这等头硬，我不砍你，且带你回去再打。你将我那两件宝贝趁早还我！"行者道："我拿你甚么宝贝，你问我要？"那魔头将身上细细搜检，却将那葫芦、净瓶都搜出来，又把绳子牵着，带至洞里，道："兄长，拿将来了。"老魔道："拿了谁来？"二魔道："孙行者。你来看，你来看！"老魔一见，认得是行者，满面喜笑，道："是他，是他！把他长长的绳儿拴在柱料上耍子！"真个把行者拴住，两个魔头却进后面堂里饮酒。

那大圣在柱根下爬蹅，忽惊动八戒。那呆子吊在梁上，哈哈的笑道："哥哥啊，耳躲吃不成了！"行者道："呆子，可吊得自在么？我如今就出去，管情救了你们。"八戒道："不羞，不羞！本身难脱，还想救人！罢罢罢，师徒们都在一处死了，好到阴司里问路！"行者道："不要胡说！你看我出去。"八戒道："我看你怎么出去。"

那大圣口里与八戒说话，眼里却看着那些妖怪。见他在里边吃酒，有几个小妖拿盘拿盏，执壶酾酒，不住的两头乱跑，关防的略松了些儿。他见面前无人，就弄神通，顺出棒来，吹口仙气，叫"变"，即变做一个纯钢的剉儿，扳过那颈项的圈子，三五剉，剉做两段，扳开剉口，脱将出来。拔了一根毫毛，叫变做一个假身，拴在那里，真身却幌一幌，变做个小妖，立在傍边。

八戒又在梁上喊道："不好了，不好了！拴的是假货，吊的是正身！”老魔停杯便问：“那猪八戒吆喝的是甚么？”行者已变做小妖，上前道：“猪八戒撺道孙行者，教变化走了罢，他不肯走，在那里吆喝哩。”二魔道：“还说猪八戒老实，原来这等不老实！该打二十多嘴棍！”这行者就去拿条棍来打。八戒道：“你打轻些儿，若重了些儿，我又喊起，我认得你！”行者道：“老孙变化，也只为你们，你怎么倒走了风息？这一洞里妖精都认不得，怎的偏你认得？”八戒道：“你虽变了头脸，还不曾变得屁股。那屁股上两块红不是？我因此认得是你。”行者随往后面，演到厨中，锅底上摸了一把，将两臀擦黑，行至前边。八戒看见，又笑道：“那个猴子去那里混了这一会，弄做个黑屁股来了。”

行者仍站在跟前，要偷他宝贝。真个甚有见识，走上厅，对那怪扯个腿子，道：“大王，你看那孙行者拴在柱上，左右爬踏，磨坏那根金绳，得一根粗壮些的绳子换将下来才好。”老魔道：“说得是。”即将腰间的狮蛮带解下，递与行者。行者接了带，把假妆的行者拴住，换下那条绳子，一窝儿窝儿笼在袖内；又拔一根毫毛，吹口仙气，变作一根假幌金绳，双手送与那怪。猴。那怪只因贪酒，那曾细看，就便收下。这个是：

大圣腾那弄本事，毫毛又换幌金绳。

得了这件宝贝，急转身跳出门外，现了原身，高叫：“妖怪！”那把门的小妖问道：“你是甚人，在此呼喝？”行者道：“你快早进去，报与你那泼魔，说者行孙来了。”猴。那小妖如言报告，老魔大惊，道："拿住孙行者，又怎么有个者行孙？"二魔道："哥哥，怕他怎的！宝贝都在我手里，等我拿那葫芦出去，把他装将来。"老魔道："兄弟仔细。"

二魔拿了葫芦，走出山门，忽看见与孙行者模样一般，只是略矮些儿，问道："你是那里来的？"行者道："我是孙行者的兄弟，闻说你拿了我家兄，却来与你寻事的。"二魔道："是我拿了，锁在洞中。你今既来，必要索战，我也不与你交兵，我且叫你一声，你敢应我么？"行者道："可怕你叫上千声，我就答应你万声！"那魔执了宝贝，跳在空中，把底儿朝天，口儿朝地，叫声："者行孙！"行者却不敢答应，心中暗想道："若是应了，就装进去哩。"那魔道："你怎么不应我？"行者道："我有些耳闭，不曾听见。你高叫。"那怪物又叫声："者行孙！"行者在底下掐着指头算了一算，道："我真名字叫做孙行者，起的鬼名字叫做者行孙。真名字可以装得，鬼名字好道装不得。"却就认不住，应了他一声，搜的被他吸进葫芦去，贴上帖儿。妙。原来那宝贝，那管甚么名字真假，但绰个应的气儿，就装了去也。

大圣到他葫芦里，浑然乌黑，把头往上一顶，那里顶得动，且是塞得甚紧，却才心中焦燥道："当时我在山上，遇着那两个小妖，他曾告诵我说，不拘葫芦、净瓶，把人装在里面，只消一时三刻，就化为脓了。敢莫化了我么？"一条心又想着道："没事，化不得我！老孙五百年前大闹天宫，被太上老君放在八卦炉中炼了四十九日，炼成个金子心肝，银子肺腑，铜头铁背，火眼金睛，那里一时三刻就化得我？且跟他进去，看他怎的！"妙。

二魔拿入里面，道："哥哥，拿来了！"老魔道："拿了谁？”二魔道：“者行孙，是我装在葫芦里也！”老魔欢喜道：“贤弟请坐。不要动，只等摇得响，再揭帖儿。”行者听得，道：“我这般一个身子，怎么便摇得响？只除化成稀汁，才摇得响是。等我撒泡溺罢，他若摇得响时，一定揭帖起盖，我乘空走他娘罢！”妙，妙。又思道：“不好不好。溺虽可响，只是污了这直裰。等他摇时，我但聚些唾津漱口，稀漓呼喇的，哄他揭开，老孙再走罢。”大圣作了准备，那怪贪酒不摇。大圣作个法，意思只是哄他来摇，忽然叫道：“天呀，孤拐都化了！”那魔也不摇。大圣又叫道：“娘啊，连腰截骨都化了！”猴。老魔道：“化至腰时，都化尽矣。揭起帖儿看看。”

那大圣闻言，就拔了一根毫毛，叫“变”，变作个半截的身子，在葫芦底上；真身却变做个蟭蟟虫儿，叮在那葫芦口边。只见那二魔揭起帖子看时，大圣早已飞出，打个滚，又变做个倚海龙。倚海龙却是原去请老奶奶的那个小妖。他变了，站在傍边。那老魔扳着葫芦口，张了一张，见是个半截身子动耽，他也不认真假，慌忙叫：“兄弟，盖上，盖上！还不曾化得了哩！”二魔依旧贴上。大圣在傍暗笑道：“不知老孙已在此矣！”

那老魔拿了壶，满满的斟了一杯酒，近前双手递与二魔，道：“贤弟，我与你递个钟儿。”二魔道：“兄长，我们已吃了这半会酒，又递甚钟？”老魔道：“你拿住唐僧、八戒、沙僧犹可，又索了孙行者，装了者行孙，如此功劳，该与你多递几钟。”二魔见哥哥恭敬，怎敢不接，但一只手托着葫芦，一只手不敢去接，却把葫芦递与倚海龙，双手去接杯，不知那倚海龙是孙行者变的。你看他端葫芦，殷勤奉侍。二魔接酒吃了，也要回奉一杯。老魔道："不消回酒，我这里陪你一杯罢。"两人只管谦逊。行者顶着葫芦，眼不转睛，看他两个左右传杯，全无计较，他就把个葫芦搵入衣袖，拔根毫毛，变个假葫芦，一样无二，捧在手中。那魔递了一会酒，也不看真假，一把接过宝贝，各上席安然坐下，依然饮酒。孙大圣撤身走过，得了宝贝，心中暗喜道：

饶这魔头有手段，毕竟葫芦还姓孙！

毕竟不知向后怎样施为，方得救师灭怪，且听下回分解。

总评：

转转变化，人以为奇矣，幻矣，不知人心之变化，实不止此也。人试思之，定当哑然自笑。

第三十五回

外道施威欺正性

心猿获宝伏邪魔

外道施威欺正性
心猿獲寶伏邪魔

本性圆明道自通，翻身跳出网罗中。修成变化非容易，炼就长生岂俗同？清浊几番随运转，辟开数劫任西东。逍遥万亿年无计，一点神光永注空。

此时暗合孙大圣的道妙。他自得了那魔真宝，笼在袖中，喜道："泼魔若苦用心拿我，诚所谓水中捞月；老孙若要擒你，就好似火上弄冰。"藏着葫芦，密密的溜出门外，现了本相，厉声高叫道："精怪开门！"傍有小妖道："你又是甚人，敢来吆喝？"行者道："快报与你那老泼魔，吾乃行者孙来也！"顽皮。那小妖急入里报道："大王，门外有个甚么行者孙来了。"老魔大惊，道："贤弟，不好了！惹动他一窝风了！幌金绳现拴着孙行者，葫芦里现装着者行孙，怎么又有个甚么行者孙？想是他几个兄弟都来了。"二魔道："兄长放心，我这葫芦装下一千人哩。我才装了者行孙一个，又怕那甚么行者孙！等我出去看看，一发装来。"老魔道："兄弟仔细。"

你看那二魔拿着个假葫芦，还像前番，雄纠纠，气昂昂，走出门高呼道："你是那里人氏，敢在此间吆喝？"行者道："你认不得我！

家居花果山，祖贯水帘洞。只为闹天宫，多时罢争竞。如今幸脱灾，弃道从僧用。秉教上雷音，求经归觉正。相逢野泼魔，却把神通弄。还我大唐僧，上西参佛圣。两家罢战争，各守平安径。休惹老孙焦，伤残老性命！"

那魔道："你且过来，我不与你相打，但我叫你一声，你敢应么？"行者笑道："你叫我，我就应了；我若叫你，你可应么？"顽皮。那魔道："我叫你，是我有个宝贝葫芦，可以装人；你叫我，却有何物？"行者道："我也有个葫芦儿。"那魔道："既有，拿出来我看。"

行者就于袖中取出葫芦，道："泼魔，你看！"幌一幌，复藏在袖中，恐他来抢。那魔见了大惊，道："他葫芦是那里来的？怎么就与我的一般？纵是一根藤上结的，也有个大小不同，偏正不一，却怎么一般无二？"他便正色叫道："行者孙，你那葫芦是那里来的？"行者委实不知来历，接过口来就问他一句，道："你那葫芦是那里来的？"顽皮。那魔不知是个见识，只道是句老实言语，就将根本从头说出，道："我这葫芦是混沌初分，天开地辟，有一位太上老祖，解化女娲之名，炼石补天，普救阎浮世界。补到乾宫夬地，见一座昆仑山脚下，有一缕仙藤，上结着这个紫金红葫芦，却便是老君留下到如今者。"大圣闻言，就绰了他口气道："我的葫芦也是那里来的。"魔头道："怎见得？"大圣道："自清浊初开，天不满西北，地不满东南。太上道祖解化女娲，补完天缺，行至昆仑山下，有根仙藤，藤结有两个葫芦。我得一个是雄的，你那个却是雌的。"顽皮。那怪道："莫说雌雄，但只装得人的，就是好宝贝。"大圣道："你也说得是，我就让你先装。"

那怪甚喜，急纵身跳将起去，到空中执着葫芦，叫一声："行者孙！"大圣听得，却就不歇气连应了八九声，只是不能装去。那魔坠将下来，跌脚捶胸，道："天那，只说世情不改变哩！这样个宝贝也怕老公，雌见了雄，就不敢装了！”宝贝也怕老公，怕老婆便不是宝贝了。行者笑道：“你且收起，轮到老孙该叫你哩。”急纵筋斗跳起去，将葫芦底儿朝天，口儿朝地，照定妖魔，叫声：“银角大王！”那怪不敢闭口，只得应了一声，倏的装在里面，被行者贴上“太上老君急急如律令奉敕”的帖子。心中暗喜道：“我的儿，你今日也来试试新了！”

他就按落云头，拿着葫芦，心心念念，只是要救师父，又往莲花洞口而来。那山上都是些洼踏不平之路，况他又是个圈盘腿，拐呀拐的走着，摇的那葫芦里漷漷索索，响声不绝。你道他怎么便有响声？原来孙大圣是熬炼过的身体，急切化他不得，那怪虽也能腾云驾雾，不过是些法术，大端是凡胎未脱，到于宝贝里就化了。行者还不当他就化了，笑道：“我儿子啊，不知是撒尿耶，不知是嗽口哩。这是老孙干过的买卖。不等到七八日，化成稀汁，我也不揭盖来看。忙怎的？有甚要紧？想着我出来的容易，就该千年不看才好！”他拿着葫芦，说着话，不觉的到了洞口，把那葫芦摇摇，一发响了。他道：“这个像发课的筒子响，倒好发课。等老孙发一课，看师父甚么时才得出门。”你看他手里不住的摇，口里不住的念道：“周易文王、孔子圣人、桃花女先生、鬼谷子先生。”顽皮。

那洞里小妖看见，道：“大王，祸事了！行者孙把二大王爷爷装在葫芦里发课哩！”那老魔闻得此言，唬得魂飞魄散，骨软筋麻，扑的跌倒在地，放声大哭，道：“贤弟呀，我和你私离上界，转托尘凡，指望同享荣华，永为山洞之主，怎知为这和尚，伤了你的性命，断吾手足之情！”满洞群妖，一齐痛哭。

猪八戒吊在梁上，听得他一家子齐哭，忍不住叫道："妖精，你且莫哭，等老猪讲与你听。先来的孙行者，次来的者行孙，后来的行者孙，返复三字，都是我师兄一人。他有七十二变化，腾那进来，盗了宝贝，装了令弟。令弟已是死了，不必这等扛丧，快些儿刷净锅灶，办些香蕈、蘑菇、茶芽、竹笋、豆腐、面筋、木耳、蔬菜，请我师徒们下来，与你令弟念卷《受生经》。"趣。那老魔闻言，心中大怒道："只说猪八戒老实，原来甚不老实！他倒作笑话儿打觑我！"叫小妖："且休举哀，把猪八戒解下来，蒸得稀烂，等我吃饱了，再去拿孙行者报仇！"沙僧埋怨八戒道："好么！我说教你莫多话，多话的要先蒸吃哩！"那呆子也尽有几分悚惧。傍一小妖道："大王，猪八戒不好蒸。"八戒道："阿弥陀佛，是那位哥哥积阴德的？果是不好蒸。"趣。又有一个妖道："将他皮剥了，就好蒸。"八戒慌了，道："好蒸，好蒸！皮骨虽然粗糙，汤滚就烂。檲户，檲户！"

正嚷处，只见前门外一个小妖报道："行者孙又骂上门来了！"那老魔又大惊，道："这厮轻我无人！"叫："小的们，且把猪八戒照旧吊起，查一查还有几件宝贝。"管家的小妖道："洞中还有三件宝贝哩。"老魔问："是那三件？"管家的道："还有七星剑、芭蕉扇与净瓶。"老魔道："那瓶子不终用。原是叫人，人应了就装得，转把个口诀儿教了那孙行者，倒把自家兄弟装去了。不用他，放在家里。快将剑与扇子拿来。"那管家的即将两件宝贝献与老魔。老魔将芭蕉扇插在后项衣领，把七星剑提在手中，又点起大小群妖，有三百多名，都教一个个拈枪弄棒，理索轮刀。这老魔却顶盔贯甲，罩一领赤焰焰的红袍。群妖摆出阵去，要拿孙大圣。

那孙大圣早已知二魔化在葫芦里面，却将他紧紧拴扣停当，撒在腰间，手持着金箍棒，准备断杀。只见那老妖红旗招展，跳出门来。却怎生打扮？

头上盔缨光焰焰，腰间带束彩霞鲜。身穿铠甲龙鳞砌，上罩红袍烈火然。圆眼睛开光掣电，钢须飘起乱飞烟。七星宝剑轻提手，芭蕉扇子半遮肩。行似流云离海岳，声如霹雳震山川。威风凛凛欺天将，怒帅群妖出洞前。

那老魔急令小妖摆开阵势，骂道："你这猴子，十分无礼！害我兄弟，伤我手足，着然可恨！"行者骂道："你这讨死的怪物！你一个妖精的性命舍不得，似我师父、师弟，连马四个生灵，平白的吊在洞里，我心何忍，情理何甘！快快的送将出来还我，多多贴些盘费，喜喜欢欢打发老孙起身，还饶了你这个老妖的狗命！"那怪那容分说，举宝剑劈头就砍。这大圣使铁棒举手相迎。这一场在洞门外好杀。咦！

金箍棒与七星剑，对撞霞光如闪电。悠悠冷气逼人寒，荡荡昏云遮岭堰。那个皆因手足情，些儿不放善；这个只为取经僧，毫厘不容缓。两家各恨一般仇，二处每怀生怒怨。只杀得天昏地暗鬼神惊，日淡烟浓龙虎战。这个咬牙剉玉钉，那个怒目飞金焰。一来一往逞英雄，不住翻腾棒与剑。

这老魔与大圣战经二十回合，不分胜负。他把那剑梢一指，叫声："小妖齐来！"那三百馀精一齐拥上，把行者围在垓心。好大圣，公然无惧，使一条棒，左冲右撞，后抵前遮。那小妖都有手段，越打越上，一似绵絮缠身，搂腰扯腿，莫肯退后。大圣慌了，即使个身外身法，将左胁下毫毛拔了一把，嚼碎喷去，喝声叫"变"，一根根都变做行者。你看他长的使棒，短的轮拳，再小的没处下手，抱着孤拐啃筋，把那小妖都打得星落云散，齐声喊道："大王啊，事不谐矣，难矣乎哉！满地盈山，皆是孙行者了！"被这身外法把群妖打退，止撇得老魔围困中间，赶得东奔西走，出路无门。

那魔慌了，将左手擎着宝剑，右手伸于项后，取出芭蕉扇子，望东南丙丁火，正对离宫，唿喇的一扇子搧将下来。只见那就地上火光焰焰。原来这般宝贝，平白地搧出火来。那怪物着实无情，一连搧了七八扇子，熯天炽地，烈火飞腾。好火：

那火不是天上火，不是炉中火，也不是山头火，也不是灶底火，乃是五行中自然取出的一点灵光火；这扇也不是凡间常有之物，也不是人工造就之物，乃是自开辟混沌以来产成的珍宝之物。用此扇，搧此火，煌煌烨烨，就如电掣红绡；灼灼辉辉，却似霞飞绛绮。更无一缕青烟，尽是满山赤焰。只烧得岭上松翻成火树，崖前柏变作灯笼。那窝中走兽贪性命，西撞东奔；这林内飞禽惜羽毛，高飞远去。这场神火飘空燎，只烧得石烂溪干遍地红！

大圣见此恶火，却也心惊胆颤，道声："不好了！本身可处，毫毛不济，一落这火中，岂不真如燎毛之易？"将身一抖，遂将毫毛收上身来，只将一根变作假身子，避火逃灾；他的真身捻着避火诀，纵筋斗跳将起去，脱离了大火之中，径奔他莲花洞里，想着要救师父。急到门前，把云头按落。又见那洞门外有百十个小妖，都破头折脚，肉绽皮开，原来都是他分身法打伤了的，都在这里声声唤唤，忍疼而立。大圣见了，按不住恶性凶顽，轮起铁棒，一路打将进去。可怜把那苦炼人身的功果息，依然是块旧皮毛！

那大圣打绝了小妖，撞入洞里，要解师父。又见那内面有火光焰焰，唬得他手慌脚忙，道："罢了罢了！这火从后门口烧起来，老孙却难救师父也！"正悚惧处，仔细看时，呀，原来不是火光，却是一道金光。他正了性，往里视之，乃羊脂玉净瓶放光。却自心中欢喜道："好宝贝耶！这瓶子曾是那小妖拿在山上放光，老孙得了，不想那怪又复搜去；今日藏在这里，原来也放光。"你看他窃了这瓶子，喜喜欢欢，且不救师父，急抽身往洞外而走。才出门，只见那妖魔提着宝剑，拿着扇子，从南而来。孙大圣回避不及，被那老魔喝道："那里走！"举剑劈头就砍。大圣急纵筋斗云，跳将起去，无影无踪的逃了不题。

却说那怪到得门口，但见尸横满地，就是他手下的群精，慌得仰天长叹，止不住放声大哭，道："苦哉，痛哉！"有诗为证。诗曰：

可恨猿乖马劣顽，灵胎转托降尘凡。只因错念离天阙，致使忘形落此山。鸿雁失群情切切，妖兵绝族泪潸潸。何时孽满开愆锁，返本还原上御关？

那老魔惭惶不已，一步一声，哭入洞内。只见那什物家火俱在，只落得静悄悄没个人形，悲切切愈加凄惨。独自个坐在洞中，蹋伏在那石案之上，将宝剑斜倚案边，把扇子插于肩后，昏昏默默睡着了。这正是：

人逢喜事精神爽，闷上心来瞌睡多。

话说孙大圣拨转筋斗云，伫立山前，想着要救师父，把那净瓶儿牢扣腰间，径来洞口打探。见那门开两扇，静悄悄的不闻消耗，随即轻轻移步，潜入里边。只见那魔斜倚石案，呼呼睡着，芭蕉扇褪出肩衣，半盖着脑后，七星剑还斜倚案边。却被他轻轻的走上前，拔了扇子，急回头，呼的一声，跑将出去。原来这扇柄儿刮着那怪的头发，早惊醒他。抬头看时，是孙行者偷了，急慌忙执剑来赶。那大圣早已跳出门前，将扇子撒在腰间，双手轮开铁棒，与那魔抵敌。这一场好杀：

恼坏泼妖王，怒发冲冠志。恨不过挝来囫囵吞，难解心头气。恶口骂猢狲："你老大将人戏，伤我若干生，还来偷宝贝！这场决不容，定见存亡计！"大圣喝妖魔："你好不知趣！徒弟要与老孙争，叠卵焉能擎石碎？"宝剑来，铁棒去，两家更不留仁义。一翻二复赌输赢，三转四回施武艺。盖为取经僧，灵山参佛位，致令金火不相投，五行拨乱伤和气。说出。扬威耀武显神通，走石飞砂弄本事。交锋渐渐日将晡，魔头力怯先回避。

那老魔与大圣战经三四十合，天将晚矣，抵敌不住，败下阵来，径往西南上投奔压龙洞去不题。这大圣才按落云头，闯入莲花洞里，解下唐僧与八戒、沙和尚来。他三人脱得灾危，谢了行者，却问："妖魔那里去了？"行者道："二魔已装在葫芦里，想是这会子已化了；大魔才然一阵战败，往西南压龙山去讫。概洞小妖，被老孙分身法打死一半，还有些败残回的，又被老孙杀绝。方才得入此处，解放你们。"唐僧谢之不尽，道："徒弟啊，多亏你受了劳苦！"行者笑道："诚然劳苦。你们还只是吊着受疼，我老孙再不曾住脚，比急递铺的铺兵还甚，反复里外，奔波无已。因是偷了他的宝贝，方能平退妖魔。"猪八戒道："师兄，你把那葫芦儿拿出来与我们看看。只怕那二魔已化了也。"大圣先将净瓶解下，又将金绳与扇子取出，然后把葫芦儿拿在手，道："莫看莫看。他先曾装了老孙，被老孙嗽口，哄得他揭开盖子，老孙方得走了。我等切莫揭盖，只怕他也会弄喧走了。"师徒们喜喜欢欢，将他那洞中的米面菜蔬寻出，烧刷了锅灶，安排些素斋吃了。饱餐一顿，安寝洞中。一夜无词，早又天晓。

却说那老魔径投压龙山，会聚了大小女怪，备言打杀母亲，装了兄弟，绝灭妖兵，偷骗宝贝之事。众女怪一齐大哭。哀痛多时，道："你等且休凄惨。我身边还有这口七星剑，欲会汝等女兵，都去压龙山后，会借外家亲戚，断要拿住那孙行者报仇。"

说不了，有门外小妖报道："大王，山后老舅爷帅领若干兵卒来也。"老魔闻言，急换了缟素孝服，躬身迎接。原来那老舅爷是他母亲之弟，名唤狐阿七大王。因闻得哨山的妖兵报道，他姐姐被孙行者打死，假变姐形，盗了外甥宝贝，连日在平顶山拒敌；他却帅本洞妖兵二百馀名，特来助阵，故此先到姐家问信。才进门，见老魔挂了孝服，二人大哭。哭久，老魔拜下，备言前事。那阿七大怒，即命老魔换了孝服，提了宝剑，尽点女妖，合同一处，纵风云，径投东北而来。

这大圣却教沙僧整顿早斋，吃了走路。忽听得风声，走出门看，乃是一伙妖兵，自西南上来。行者大惊，急抽身，忙呼八戒道："兄弟，妖精又请救兵来也。"三藏闻言，惊恐失色，道："徒弟，似此如何？"行者笑道："放心放心！把他这宝贝都拿来与我。"大圣将葫芦、净瓶系在腰间，金绳笼于袖内，芭蕉扇插在肩后，双手轮着铁棒，教沙僧保守师父，稳坐洞中，着八戒执钉钯，同出洞外迎敌。

那怪物摆开阵势，只见当头的是阿七大王。他生的玉面长髯，钢眉刀耳，头戴金炼盔，身穿锁子甲，手执方天戟，高声骂道："我把你个大胆的泼猴，怎敢这等欺人！偷了宝贝，伤了眷族，杀了妖兵，又敢久占洞府！赶早儿一个个引颈受死，雪我姐家之仇！"行者骂道："你这伙作死的毛团，不识你孙外公的手段！不要走，领吾一棒！"那怪物侧身躲过，使方天戟劈面相迎。两个在山头一来一往，战经三四回合，那怪力软，败阵回走。行者赶来，却被老魔接住。又斗了三合，只见那狐阿七复转来攻。这壁厢八戒见了，急掣九齿钯挡住。一个抵一个，战经多时，不分胜败。那老魔喝了一声，众妖兵一齐围上。

却说那三藏坐在莲花洞里，听得喊声振地，便叫：“沙和尚，你出去看你师兄胜负何如。”沙僧果举降妖杖出来，喝一声，撞将出去，打退群妖。阿七见事势不利，回头就走，被八戒赶上，照背后一钯，就筑得九点鲜红往外冒，可怜一灵真性赴前程。急拖来，剥了衣服看处，原来也是个狐狸精。

那老魔见伤了他老舅，丢了行者，提宝剑就劈八戒。八戒使钯架住。正睹斗间，沙僧撞近前来，举杖便打。那妖抵敌不住，纵风云往南逃走。八戒、沙僧紧紧赶来。大圣见了，急纵云跳在空中，解下净瓶，罩定老魔，叫声：“金角大王！”那怪只道是自家败残的小妖呼叫，就回头应了一声，搜的装将进去，被行者贴上“太上老君急急如律令奉敕”的帖子。只见那七星剑坠落尘埃，也归了行者。八戒迎着，道：“哥哥，宝剑你得了，精怪何在？”行者笑道：“了了，已装在我这瓶儿里也。”沙僧听说，与八戒十分欢喜。

当时通扫净诸邪，回至洞里，与三藏报喜，道：“山已净，妖已无矣，请师父上马走路。”三藏喜不自胜。师徒们吃了早斋，收拾了行李、马匹，奔西找路。

正行处，猛见路傍闪出一个瞽者，走上前扯住三藏马道：“和尚，那里去？还我宝贝来！”八戒大惊，道：“罢了，这是老妖来讨宝贝了！”行者仔细观看，原来是太上李老君，慌得近前施礼，道：“老官儿，那里去？”那老祖急升玉局宝座，九霄空里伫立，叫：“孙行者，还我宝贝！”大圣起到空中，道：“甚么宝贝？”老君道：“葫芦是我盛丹的，净瓶是我盛水的，宝剑是我炼魔的，扇子是我搧火的，绳子是我一根勒袍的带。那两个怪，一个是我看金炉的童子，一个是我看银炉的童子。只因他偷了我的宝贝，走下界来，正无觅处，却是你今拿住，得了功绩。”大圣道：“你这老官儿，着实无礼！纵放家属为邪，该问个钤属不严的罪名！”老君道：“不干我事，不可错怪了人。此乃海上菩萨问我借了三次，送他在此托化妖魔，试你师徒可有真心往西去也。”大圣闻言，心中作念，道：“这菩萨也老大惫懒！当时解脱老孙，教保唐僧西去取经，我说路途艰涩难行，他曾许我到急难处亲来相救；如今反使精邪掯害，语言不的，该他一世无夫！若不是老官儿亲来，我决不与他。既是你这等说，拿去罢。”

那老孙收得五件宝贝，揭开葫芦与净瓶盖口，倒出两股仙气，用手一指，仍化为金、银二童子，相随左右。只见那霞光万道，噫！

缥缈同归兜率院，逍遥直上大罗天。

毕竟不知此后又有甚事，孙大圣怎生保护唐僧，几时得到西天，且听下回分解。

总评：

行者孙、孙行者、者行孙，名色虽多，真体则一，不要吃他名色混了，看不清洁。噫，今之为名色混者，岂止一人而已哉！〇没后李老君来取宝贝，亦有微旨。盖空诸所有，乃是究竟。魔固不可有，宝亦不可有，有此宝贝，到底累人。何若并去之为妙也。真是眼中着不得丸屑，亦着不得金玉之屑。知此者有几人哉，噫！

第三十六回

心猿正处诸缘伏
劈破傍门见月明

心猿正处
诸缘伏
劈破傍
门见
月明

却说孙行者按落云头，对师父备言菩萨借童子，老君收去宝贝之事。三藏称谢不已，死心塌地，辨虔诚，舍命投西。攀鞍上马，猪八戒挑着行李，沙和尚拢着马头，孙行者执了铁棒，剖开路，径下高山前进。

说不尽那水宿风餐，披霜冒露。师徒们行罢多时，前又一山阻路。三藏在那马上高叫："徒弟啊，你看那里山势崔巍，须是要仔细堤防，恐又有魔障侵身也。"行者道："师父休得胡思乱想，只要定性存神，自然无事。"着眼。三藏道："徒弟呀，西天怎么这等难行？我记得离了长安城，在路上春尽夏来，秋残冬至，有四五个年头，怎么还不能得到？"行者闻言，呵呵笑道："早哩早哩，还不曾出大门哩！"八戒道："哥哥不要扯谎，人间就有这般大门？"行者道："兄弟，我们还在堂屋里转哩！"沙僧笑道："师兄，少说大话吓我。那里就有这般大堂屋，却也没处买这般大过梁啊！"行者道："兄弟，若依老孙看时，把这青天为屋瓦，日月作窗棂，四山五岳为梁柱，大地犹如一厂厅！"八戒听说，道："罢了，罢了，我们只当转些时回去罢。"行者道："不必乱谈，只管跟着老孙走路。"

好大圣，横担了铁棒，领定了唐僧，剖开山路，一直前进。那师父在马上遥观，好一座山景。真个是：

山顶嵯峨摩斗柄，树稍仿佛接云霄。青烟堆里，时闻得谷口猿啼；乱翠阴中，每听得松间鹤唳。啸风山魅立溪间，戏弄樵夫；成器狐狸坐崖畔，惊张猎户。好中看！那八面崔巍，四围崄峻。古怪乔松盘翠盖，枯摧老树挂藤萝。泉水飞流，寒气透人毛发冷；巅峰屹崪，清风射眼梦魂惊。时听大虫哮吼，每闻山鸟时鸣。麂鹿成群穿荆棘，往来跳跃；獐犯结党寻野食，前后奔跑。伫立草坡，一望并无客旅；行来深凹，四边俱有豺狼。应非佛祖修行处，尽是飞禽走兽场。

那师父战战兢兢，进此深山，心中凄惨，兜住马，叫声：“悟空啊，我

自从益智登山盟，王不留行送出城。路上相逢三棱子，途中催趱马兜铃。寻坡转涧求荆芥，迈岭登山拜茯苓。防己一身如竹沥，茴香何日拜朝廷？”药名可厌。

孙大圣闻言，呵呵冷笑，道：“师父，不必挂念，少要心焦，且自放心前进，还你个功到自然成也。”师徒们玩着山景，信步行时，早不觉红轮西坠。正是：

十里长亭无客走，九重天上现星辰。八河船只皆收港，七千州县尽关门。六宫五府回官宰，四海三江罢钓纶。两座楼头钟鼓响，一轮明月满乾坤。数目可厌。

那长老在马上遥观，只见那山凹里，有楼台叠叠，殿阁重重。三藏道：“徒弟，此时天色已晚，幸得那壁厢有楼阁不远，想必是庵观寺院，我们都到那里借宿一宵，明日再行罢。”行者道：“师父说得是。不要忙，等我且看好歹如何。”那大圣跳在

空中，仔细观看，果然是座山门。但见：

八字砖墙泥红粉，两边门上钉金钉。叠叠楼台藏岭畔，层层宫阙隐山中。万佛阁对如来殿，朝阳楼应大雄门。七层塔屯云宿雾，三尊佛神现光荣。文殊台对伽蓝舍，弥勒殿靠太慈厅。看山楼外青光舞，步虚阁上紫云生。松关竹院依依绿，方丈禅堂处处清。雅雅幽幽供乐事，川川道道喜回迎。参禅处有禅僧讲，演乐房多乐器鸣。妙高台上昙花坠，说法坛前贝叶生。正是那林遮三宝地，山拥梵王宫。半壁灯烟光炯灼，一行香霭雾朦胧。

孙大圣按下云头，报与三藏道："师父，果然是一座寺院，却好借宿，我们去来。"

这长老放开马，一直前来，径到了山门之外。行者道："师父，这一座是甚么寺？"三藏道："我的马蹄才然停住，脚尖还未出镫，就问我是甚么寺，好没分晓！"行者道："你老人家自幼为僧，须曾讲过儒书，方才去演经法，文理皆通，然后受唐王的恩宥，门上有那般大字，如何不认得？"长老骂道："泼猢狲，说话无知！我才面西催马，被那太阳影射，奈何门虽有字，又被尘垢朦胧，所以未曾看见。"行者闻言，把腰儿躬一躬，长了二丈馀高，用手展去灰尘，道："师父请看。"上有五个大字，乃是"敕赐宝林寺"。行者收了法身，道："师父，这寺里谁进去借宿？"三藏道："我进去。你们的嘴脸丑露，言语粗疏，性刚气傲，倘或冲撞了本处僧人，不容借宿，反为不美。"行者道："既如此，请师父进去，不必多言。"

那长老却丢了锡杖，解下斗篷，整衣合掌，径入山门。只见两边红漆栏杆里面高坐着一对金刚，妆塑的威仪恶丑：

一个铁面钢须似活容，一个燥眉圜眼若玲珑。左边的拳头骨突如生铁，右边的手掌崚嶒赛赤铜。金甲连环光灿烂，明盔绣带映飘风。西方真个多供佛，石鼎中间香火红。

三藏见了，点头长叹，道："我那东土，若有人也将泥胎塑这等大菩萨，烧香供养啊，我弟子也不去西天去矣。"正叹息处，又到了二层山门之内，见有四大天王之相，乃是持国、多闻、增长、广目，按东北西南、风调雨顺之意。进了二层门里，又见有乔松四树，一树树翠盖蓬蓬，却如伞状。忽抬头，乃是大雄宝殿。那长老合掌皈依，舒身下拜。拜罢起来，转过佛台，到于后门之下，又见有倒座观音普度南海之相。那壁上都是良工巧匠装塑的，那鱼虾鱼蟹鳖，出头露尾，跳海水波潮耍子。长老又点头三五度，感叹万千声，道："可怜啊，

鳞甲众生都拜佛，为人何不肯修行！"

正赞叹间，又见三门里走出一个道人。那道人忽见三藏象貌稀奇，丰姿非俗，急趋步上前施礼，道："师父那里来的？"三藏道："弟子是东土大唐驾下差来上西天拜佛求经的。今到宝方，天色将晚，告借一宿。"那道人道："师父莫怪，我做不得主。我是这里扫地撞钟打勤劳的道人，里面还有个管家的老师父

哩。待我进去禀他一声，他若留你，我就出来奉请；若不留你，我却不敢羁迟。”三藏道：“累给你了。”

那道人急到方丈，报道：“老爷，外面有个人来了。”那僧官即起身，换了衣服，按一按毗卢帽，披上袈裟，急开门迎接，问道人：“那里人来？”道人用手指定，道：“那正殿后边不是一个人？”那三藏光着一个头，穿一领二十五条达摩衣，足下登一双拖泥带水的达公鞋，斜倚在那后门首。僧官见了，大怒道：“道人少打！你岂不知我是僧官，但只有城上来的士夫降香，我方出来迎接。这等个和尚，你怎么多虚少实，报我接他！看他那嘴脸，不是个诚实的，多是云游方上僧，今日天晚，想是要来借宿。我们方丈中，岂容他打搅！教他往前廊下蹲罢了，报我怎么！”抽身转去。

长老闻言，满眼垂泪，道：“可怜，可怜！这才是人离乡贱！我弟子从小儿出家，做了和尚，又不曾拜谶吃饵生歹意，看经怀怒坏禅心；又不曾丢瓦抛砖伤佛殿，阿陀脸上剥真金。噫，可怜啊！不知是那世里触伤天地，教我今生常遇不良人！着眼。和尚，你不留我们宿便罢了，怎么又说这等惫懒话，教我们在前廊下去‘蹲’？此话不与行者说还好，若说了，那猴子进来，一顿铁棒，把孤拐都打断你的！”长老道：“也罢，也罢。常言道‘人将礼乐为先’，我且进去问他一声，看意下如何。”

那师父踏脚迹，跟他进方丈门里。只见那僧官脱了衣服，气呼呼的坐在那里，不知是念经，又不知是与人家写法事，见那桌案上有些纸札堆积。唐僧不敢深入，就立于天井里，躬身高叫道：“老院主，弟子问讯了。”那和尚就有些不奈烦他进里边来的意思，半答不答的还了个礼，形容。道："你是那里来的？"三藏道："弟子乃东土大唐驾下差来上西天拜活佛求经的。经过宝方，天晚，求借一宿，明日不犯天光就行了。万望老院主方便方便。"那僧官才欠起身来，道："你是那唐三藏么？"三藏道："不敢，弟子便是。"僧官道："你既往西天取经，怎么路也不会走？"三藏道："弟子更不曾走贵处的路。"他道："正西去，只有四五里远近，有一座三十里店，店上有卖饭人家，方便好宿。我这里不便，不好留你们远来的僧。"

三藏合掌道："院主，古人有云，'庵观寺院，都是我方上人的馆驿，见山门就有三升米分'，你怎么不留我，却是你情？"僧官怒声叫道："你这游方的和尚，便是有些油嘴油舌的说话！"三藏道："何为油嘴油舌？"僧官道："古人云，'老虎进了城，家家都闭门。虽然不咬人，日前坏了名。'"三藏道："怎么'日前坏了名'？"他道："向年有几众行脚僧来，于山门口坐下，是我见他寒薄，一个个衣破鞋无，光头赤脚，我叹他那般褴褛，即忙请入方丈，延之上坐，款待了斋饭，又将故衣各借一件与他，就留他住了几日。怎知他贪图自在衣食，更不思量起身，就住了七八个年头；住便也罢，又干出许多不公的事来。"三藏道："有甚么不公的事？"僧官道："你听说：

闲时沿墙抛瓦，闷来壁上扳钉。冷天向火折窗棂，夏月拖门拦径。幡布扯为脚带，牙香偷换蔓菁。常将琉璃把油倾，夺碗夺锅赌胜。"

三藏听言，心中暗道："可怜啊，我弟子可是那等样没脊骨的和尚？"欲待要哭，又恐那寺里的老和尚笑他，但暗暗扯衣揩泪，忍气吞声，急走出去，见了三个徒弟。那行者见师父面上含怒，向前问："师父，寺里和尚打你来？"唐僧道："不曾打。"八戒说："一定打来，不是，怎么还有些哭包声？"那行者道："骂你来？"唐僧道："也不曾骂。"行者道："既不曾打，又不曾骂，你这般苦恼怎么？好道是思乡哩？"唐僧道："徒弟，他这里不方便。"行者笑道："这里想是道士？"唐僧怒道："观里才有道士，寺里只是和尚。"行者道："你不济事，但是和尚，即与我们一般。常言道：'既在佛会下，都是有缘人。'你且坐，等我进去看看。"

好行者，按一按顶上金箍，束一束腰间裙子，执着铁棒，径到大雄宝殿上，指着那三尊佛相，道："你本是泥塑金妆假像，内里岂无感应？我老孙保领大唐圣僧往西天拜佛，求取真经，今晚特来此处投宿，趁早与我报名！假若不留我等，就一顿棍打碎金身，教你还现本相泥土！"

这大圣正在前边发狠，捣叉子乱说，只见一个烧晚香的道人，点了几枝香来佛前炉里插，被行者咄的一声，唬了一跌；爬起来，看见脸，又是一跌，吓得滚滚蹡蹡，跑入方丈里，报道："老爷，外面有个和尚来了！"那僧官道："你这伙道人都少打！一行说教他往前廊下去蹲，又报甚么！再说，打二十！"道人说："老爷，这个和尚比那个和尚不同，生得恶躁，没脊骨。"僧官道："怎的模样？"道人道："是个圆眼睛，查耳躲，满面毛，雷公嘴，手执一根棍子，咬牙恨恨的，要寻人打哩。"

僧官道："等我出去看。"

他即开门，只见行者撞进来了。真个生得丑陋：七高八低孤拐脸，两只黄眼睛，一个磕额头，獠牙往外生，就像属螃蟹的，肉在里面，骨在外面。那老和尚慌得把方丈门关了。行者赶上，扑的打破门扇，道："赶早将干净房子打扫一千间，老孙睡觉！"僧官躲在房里，对道人说："怪他生得丑么，原来是说大话，折作的这般嘴脸。着眼。我这里连方丈、佛殿、钟鼓楼、两廊，共总也不尚三百间，他却要一千间睡觉，却打那里来？"道人说："师父，我也是吓破胆的人了，凭你怎么答应他罢。"那僧官战索索的高叫道："那借宿的长老，我这小荒山不方便，不敢奉留，往别处去宿罢。"

行者将棍子变得盆来粗细，直壁壁的竖在天井里，道："和尚，不方便，你就搬出去！"僧官道："我们从小儿住的寺，师公传与师父，师父传与我辈，我辈要远继儿孙。他不知是那里勾当，冒冒实实的，教我们搬哩。"道人说："老爷，十分不尴尬，搬出去也罢。扛子打进门来了！"僧官道："你莫胡说！我们老少众大四五百名和尚，往那里搬？搬出去，却也没处住。"行者听见，道："和尚，没处搬，便着一个出来打样棍！"老和尚叫："道人，你出去与我打个样棍来。"那道人慌了，道："爷爷呀，那等个大扛子，教我去打样棍！"老和尚道："'养军千日，用军一朝。'你怎么不出去？"道人说："那扛子莫说打来，若倒下来，压也压个肉泥！"老和尚道："也莫要说压，只道竖在天井里，夜晚间走路不记得啊，一头也撞个大窟窿！"道人说："师父，你晓得这般重，却教我出去打甚么样棍？"他自家里面转闹起来。

行者听见，道："是也禁不得。假若就一棍打杀一个，我师父又怪我行凶了。且等我另寻一个甚么打与你看看。"忽抬头，只见方丈门外有一个石狮子，却就举起棍来，乒乓一下，打得粉乱麻碎。那和尚在窗眼儿里看见，就吓得骨软筋麻，慌忙往床下拱，道人就往锅门里钻，心中不住叫："爷爷，棍重，棍重，禁不得！方便，方便！"行者道："和尚，我不打你。我问你，这寺里有多少和尚？"僧官战索索的道："前后是二百八十五房头，共有五百个有度牒的和尚。"行者道："你快去把那五百个和尚都点得齐齐整整，穿了长衣服出去，把我那唐朝的师父接进来，就不打你了。"僧官道："爷爷，若是不打，便抬也抬进来。"行者道："趁早去！"僧官叫："道人，你莫说吓破了胆，就是吓破了心，便也去与我叫这些人来，接唐僧老爷爷来。"

那道人没奈何，舍了性命，不敢撞门，从后边狗洞里钻将出去，形容。径到正殿上，东边打鼓，西边撞钟。钟鼓一齐响处，惊动了两廊大小僧众，上殿问道："这早还不晚哩，撞钟打鼓做甚？"道人说："快换衣服，随老师父排班，出山门外迎接唐朝来的老爷。"那众和尚真个齐齐整整，摆排出门迎接。有的披了袈裟，有的着了偏衫，无的穿着个一口钟直裰，十分穷的，没有长衣服，就把腰裙接起两条，披在身上。行者看见，道："和尚，你穿的是甚么衣服？"和尚见他恶丑，道："爷爷，不要打，等我说。这是我们城中化的布，此间没有裁缝，是自家做的个一裹穷。"

行者闻言暗笑，押着众僧，出山门下跪下。那僧官磕头高叫道："唐老爷，请方丈里坐。"八戒看见，道："师父老大不济事，你进去时，泪汪汪，嘴上挂得油瓶。师兄怎么就有此獐智，教他们磕头来接？"三藏道："你这个呆子，好不晓礼！常言道，'鬼也怕恶人'哩。"唐僧见他们磕头礼拜，甚是不过意，上前叫："列位请起。"众僧叩头道："老爷，若和你徒弟说声方便，不动扛子，就跪一个月也罢。"唐僧叫："悟空，莫要打他。"行者道："不曾打，若打，这会已打断了根矣。"那些和尚却才起身，牵马的牵马，挑担的挑担，抬着唐僧，驮着八戒，挽着沙僧，一齐都进山门里去。却到后面方丈中，依叙坐下。

众僧却又礼拜，三藏道："院主请起，再不必行礼，作践贫僧。我和你都是佛门弟子。"僧官道："老爷是上国钦差，小和尚有失迎接。今到荒山，奈何俗眼不识尊仪，与老爷邂逅相逢。动问老爷，一路上是吃素是吃荤？我们好去办饭。"三藏道："吃素。"僧官道："徒弟这个爷爷好的吃荤？"行者道："我们也吃素，都是胎里素。"那和尚道："爷爷呀，这等凶汉也吃素！"有一个胆量大的和尚，近前又问："老爷既然吃素，煮多少米的饭方勾吃？"八戒道："小家子和尚，问甚么！一家煮上一石米。"那和尚都慌了，便去刷洗锅灶，各房中安排茶饭，高掌明灯，调开桌椅，管待唐僧。

师徒们都吃罢了晚斋，众僧收拾了家火。三藏称谢道："老院主，打搅宝山了。"僧官道："不敢，不敢，怠慢，怠慢。"三藏道："我师徒却在那里安歇？"僧官道："老爷不要忙，小和尚自有区处。"叫："道人，那壁厢有几个人听使令的？"道人说："师父，有。"僧官分付道："你们着两个去安排草料，与唐老爷喂马；着几个去前面，把那三间禅堂打扫干净，铺设床帐，快请老爷安歇。”

那些道人听命，各各整顿齐备，却来请唐老爷安寝。他师徒们牵马挑担，出方丈，径至禅堂门首看处，只见那里面灯火光明，两稍间铺着四张藤替床。行者见了，即唤办草料的道人，将草料抬来，放在禅堂里面，拴下白马，教道人都出去。三藏坐在中间，灯下两班儿立五百个和尚，都伺候着，不敢侧离。三藏欠身道：“列位请回，贫僧好自在安寝也。”众僧决不敢退。僧官上前，分付大众：“伏侍老爷安置了再回。”三藏道：“即此就是安置了，都就请回。”众人却才敢散去讫。

唐僧举步出门小解，只见明月当天，叫：“徒弟。”行者、八戒、沙僧都出来侍立。因感这月清光皎洁，玉宇深沉，真是一轮高照大地分，对月怀归，口占一首古风长篇。诗云：

皓魄当空宝镜悬，山河摇影十分全。琼楼玉宇清光满，冰鉴银盘爽气旋。万里此时同皎洁，一年今夜最明鲜。浑如霜饼离沧海，却似冰轮挂碧天。别馆寒窗孤客闷，山村野店老翁眠。乍临汉苑惊秋鬓，才到秦楼促晚奁。庾亮有诗传晋史，袁宏不寐泛江船。光浮杯面寒无力，清映庭中健有仙。处处窗轩吟白雪，家家院宇弄冰弦。今宵静玩来山寺，何日相同返故园？

行者闻言，近前答曰：“师父啊，你只知月色光华，心怀故里，更不知月家之意，乃先天法象之规绳也。月至三日，阳魂之金散尽，阴魄之水盈轮，故纯黑而无光，乃曰晦。此时与日相交，在晦朔两日之间，感阳光而有孕。至初三日一阳现，初八日二阳生，魄中魂半，其平如绳，故曰上弦。至今十五日，三阳备足，是以团圆，故曰望。至十六日一阴生，二十二日二阴生，此时魂中魄半，其平如绳，故曰下弦。至三十日三阴备足，亦当晦。此乃先天采炼之意。我等若能温养二八九成功，那时节，见佛容易，返故田亦易也。一口说出，不留些子。

前弦之后后弦前，药味平平气象全。
采得归来炉中炼，志心功果即西天。”

那长老听说，一时解悟，明彻真言，满心欢喜，称谢了悟空。沙僧在傍笑道：“师兄此言虽当，只说的是弦前属阳，弦后属阴，阴中阳半，得水之金，更不道：

木火相搀各有缘，全凭土母配如然。
三家同会无争竞，水在长江月在天。”

那长老闻得，亦开茅塞。正是：

理明一窍通千窍，说破无生即是仙。

八戒上前扯住长老，道：“师父，莫听乱讲，误了睡觉。这月啊：

缺之不久又团圆，似我生来不十全。吃饭嫌我肚子大，拿碗又说有黏涎。他都伶俐修来福，我自痴愚积下缘。我说你取经还满三涂业，摆尾摇头直上天。”

三藏道：“也罢，徒弟们走路辛苦，先去睡下，等我把这卷经来念一念。”行者道：“师父差了，你自幼出家，做了和尚，小时的经文，那本不熟？却又领了唐王旨意，上西天见佛求取大乘真典。如今功未完成，佛未得见，经未曾取，你念的是那卷经儿？”三藏道：“我自出长安，朝朝跋涉，日日奔波，小时的经文恐怕生了，幸今夜得闲，等我温习温习。”行者道：“既这等说，我们先去睡也。”他三人各往一张藤床上睡下。长老掩上禅堂门，高剔银缸，铺开经本，默默看念。正是那：

楼头初鼓人烟静，野浦渔舟火灭时。

毕竟不知那长老怎么样离寺，且听下回分解。

总评：

说月处大须着眼。〇行者、沙僧之语，人易知道。最妙是八戒二语，人容易忽略，特拈出之。八戒之语曰：“他都伶俐修来福，我自愚痴积下缘。”直说因果，乃大乘之言，非玄门小小修炼已也。着眼，着眼。

第三十七回

鬼王夜谒唐三藏
悟空神化引婴儿

鬼王夜謁
唐三藏
悟空神化
引嬰兒

却说三藏坐于宝林寺禅堂中灯下，念一会《梁皇水忏》，看一会《孔雀真经》，直坐到三更时候，却才把经本包在囊里。正欲起身去睡，只听得门外扑剌剌一声响亮，淅零零刮阵怪风。那长老恐吹灭了灯，荒忙将褊衫袖子遮住。又见那灯或明或暗，便觉有些心惊胆战。此时又困倦上来，伏在经案上盹睡。虽是合眼朦胧，却还心中明白，耳内嘤嘤，听着那窗外阴风飒飒。好风。真个那：

淅淅潇潇，飘飘荡荡。淅淅潇潇飞落叶，飘飘荡荡卷浮云。满天星斗皆昏昧，遍地尘沙尽洒纷。一阵家猛，一阵家纯。纯时松竹敲清韵，猛处江湖波浪浑。刮得那山鸟难栖声哽哽，海鱼不定跳喷喷。东西馆阁门窗脱，前后房廊神鬼瞋。佛殿花瓶吹堕地，琉璃摇落慧灯昏。香炉欹倒香灰迸，烛架歪斜烛焰横。幢幡宝盖都摇折，钟鼓楼台撼动根。

那长老昏梦中，听着风声一时过处，又闻得禅堂外，隐隐的叫一声“师父”。忽抬头梦中观看，门外站着一条汉子，浑身上下水淋淋的，眼中垂泪，口里不住叫：“师父，师父！”三藏欠身道：“你莫是魍魉妖魅，神怪邪魔，至夜深时来此戏我？我却不是那贪欲贪嗔之类。我本是个光明正大之僧，奉东土大唐旨意，上西天拜佛求经者。我手下有三个徒弟，都是降龙伏虎之英豪，扫怪除魔之壮士。他若见了你，碎尸粉骨，化作微尘。此是我大慈悲之意，方便之心。你趁早儿潜身远遁，莫上我的禅门来。”此和尚腐甚。那人倚定禅堂，道：“师父，我不是妖魔鬼怪，亦不是魍魉邪神。”三藏道：“你既不是此类，却深夜来此何为？”那人道：“师父，你慧眼看我一看。”长老果仔细定睛看处，呀！只见他：

头戴一顶冲天冠，腰束一条碧玉带，身穿一领飞龙舞凤赭黄袍，足踏一双云头绣口无忧履，手执一柄列斗罗星白玉珪。面如东岳长生帝，形似文昌开化君。

三藏见了，大惊失色，急躬身厉声高叫道：“是那一朝陛下？请坐。”用手忙搀，扑了个空虚，回身坐定，再看处，还是那个人。长老便问：“陛下，你是那里皇帝，何邦帝王？想必是国土不宁，谗臣欺虐，半夜逃生至此。有何话说？说与我听。”这人才泪滴腮边谈旧事，愁攒眉上诉前因，道：“师父啊，我家住在正西，离此只有四十里远近。那厢有座城池，便是兴基之处。”三藏道：“叫做甚么地名？”那人道：“不瞒师父说，便是朕当时创立家邦，改号乌鸡国。”三藏道：“陛下这等惊慌，却因甚事至此？”那人道：“师父啊，我这里五年前天年干旱，草子不生，民皆饥死，甚是伤情。”三藏闻言，点头笑道：“陛下啊，古人云，‘国正天心顺’，想必是你不慈恤万民。既遭荒歉，怎么就躲离城廓？且去开了仓库，赈济黎民，悔过前非，重兴今善，放赦了那枉法冤人，自然天心和合，雨顺风调。”

那人道：“我国中仓廪空虚，钱粮尽绝。文武两班停俸禄，寡人膳食亦无馔。仿效禹王治水，与万民同受甘苦，沐浴斋戒，昼夜焚香祈祷。如此三年，只干得河枯井涸。正都在危急之处，忽然钟南山来了一个全真，能呼风唤雨，点石成金。先见我文武多官，后来见朕，当即请他登坛祈雨，果然有应，只见令牌响处，顷刻间大雨滂沱。寡人只望三尺雨足矣，他说久旱不能润泽，又多下了二寸。朕见他如此尚义，就与他八拜为交，以兄弟称之。”三藏道：“此陛下万千之喜也。”那人道：“喜自何来？”三藏道：“那全真既有这等本事，若要雨时，就教他下雨；若要金时，就教他点金。还有那些不足，却离了城阙来此？”那人道：“朕与他同寝食者，只得二年。又遇着阳春天气，红杏夭桃，开花绽蕊，家家仕女，处处王孙，俱去游春赏玩。那时节，文武归衙，嫔妃转院。朕与那全真携手缓步至御花园里，忽行到八角琉璃井边，不知他抛下些甚么物件，井中有万道金光，哄朕到井边看甚么宝贝。他陡起凶心，扑通的把寡人推下井内，将石板盖住井口，拥上泥土，移一株芭蕉栽在上面。可怜我啊，已死去三年，是一个落井伤生的冤屈之鬼也！”

唐僧见说是鬼，唬得筋力酥软，毛骨耸然。若是怕鬼，不是和尚矣。没奈何，只得将言又问他道：“陛下，你说的这话，全不在理。既死三年，那文武多官，三宫皇后，遇三朝见驾殿上，怎么就不寻你？”那人道：“师父啊，说起他的本事，果然世间罕有！自从害了朕，他当时在花园内摇身一变，就变做朕的模样，更无差别。现今占了我的江山，暗侵了我的国土。他把我两班文武，四百朝官，三宫皇后，六院嫔妃，尽属了他矣。”三藏道：“陛下，你忒也懦。”那人道：“何懦？”三藏道：“陛下，那怪到有些神通，变作你的模样，侵占你的乾坤，文武不能识，后妃不能晓，只有你死的明白，你何不在阴司阎王处具告，把你的屈情伸诉伸诉？”那人道：“他的神通广大，官吏情熟，都城隍常与他会酒，海龙王尽与他有亲，东岳齐天是他的好朋友，十代阎罗是他的异兄弟。因此这般，我也无门投告。”却原来阴司也是一等人情世界。

三藏道：“陛下，你阴司里既没本事告他，却来我阳世间作甚？”那人道：“师父啊，我这一点冤魂，怎敢上你的门来？山门前有那护法诸天、六丁六甲、五方揭谛、四值功曹、一十八位护教伽蓝，紧随鞍马。却才亏夜游神一阵神风，把我送将进来。他说我三年水灾该满，着我来拜谒师父。他说你手下有两个大徒弟，是齐天大圣，亟能斩怪降魔。今来志心拜恳，千乞到我国中，拿住妖魔，辨明邪正。朕当结草衔环，报酬师父恩也！”三藏道：“陛下，你到来，是请我徒弟去除却那妖怪么？”那人道：“正是，正是。”三藏道：“我徒弟干别的事不济，但说降妖捉怪，正合他宜。陛下啊，虽是着他拿怪，但恐理上难行。”那人道：“怎么难行？”三藏道：“那怪既神通广大，变得与你相同，满朝文武，一个个言和心顺，三宫妃嫔，一个个意合情投，我徒弟纵有手段，决不敢轻动干戈。倘被多官拿住，说我们欺邦灭国，问一款大逆之罪，困陷城中，却不是画虎刻鹄也？”

那人道：“我朝中还有人哩。”三藏道：“却好，却好。想必是一代亲王侍长，发付何处镇守去了？”那人道：“不是。我本宫有个太子，是我亲生的储君。”三藏道：“那太子想必被妖魔贬了？”那人道：“不曾。他只在金銮殿上，五凤楼中，或与学士讲书，或共全真登位。自此三年，禁太子不入皇宫，不能勾与娘娘相见。”三藏道：“此是何故？”那人道：“此是妖怪使下的计策。只恐他母子相见，闲中论出长短，怕走了消息，故此两不会面，他得永住常存也。”三藏道：“你的灾迍，想应天付，却与我相类。当时我父曾被水贼伤生，我母被水贼欺占，经三个月，分娩了我。我在水中逃了性命，幸金山寺恩师，救养成人。记得我幼年无父母，此间那太子失双亲，真个可怜。”又问道：“你纵有太子在朝，我怎的与他相见？”那人道：“如何不得见？”三藏道：“他被妖魔拘辖，连一个生身之母尚不得见，我一个和尚，欲见何由？”

那人道：“他明早出朝来也。”三藏问：“出朝作甚？”那人道：“明日早朝，领三千人马，架鹰犬，出城采猎。师父断得与他相见，见时肯将我的言语说与他，他便信了。”三藏道：“他本是肉眼凡胎，被妖魔哄在殿上，那一日不叫他几声父王？他怎肯信我的言语？”那人道：“既恐他不信，我留下一件表记与你罢。”三藏问：“是何物件？”那人把手中执的金厢白玉珪放下，道：“此物可以为记。”三藏道：“此物何如？”那人道：“全真自从变作我的模样，只是少变了这件宝贝。他到宫中，说那求雨的全真拐了此珪去了。自此三年，还没此物。我太子若看见，他睹物思人，此仇必报。”三藏道：“也罢，等我留下，着徒弟与你处置。却在那里等么？”那人道：“我也不敢等。我这去，还央求夜游神再使一阵神风，把我送进皇宫内院，托一梦与我那正宫皇后，教他母子们合意，你师徒们同心。”三藏点头应承，道：“你去罢。”

那冤魂叩头拜别，举步相送，不知怎么蹋了脚，跌了一个筋斗，把三藏惊醒，却原来是南柯一梦。慌得对着那盏昏灯，连忙叫：“徒弟，徒弟！”八戒醒来，道：“甚么‘土地土地’？当时我做好汉，专一吃人度日，受用腥膻，其实快活，偏你出家，教我们保护你跑路！原说只做和尚，如今拿做奴才，日间挑包袱牵马，夜间提尿瓶务脚！这早晚不睡，又叫徒弟作甚？”三藏道：“徒弟，我刚才伏在案上打盹，做了一个怪梦。”行者跳将起来，道：“师父，梦从想中来。你未曾上山，先怕怪物，又愁雷音路远，不能得到，思念长安，不知何日回程，所以心多梦多。似老孙一点真心，专要西方见佛，更无一个梦儿到我。”三藏道：“徒弟，我这一梦，不是思乡之梦。才然合眼，见一阵狂风过处，禅房门外，有一朝皇帝，自言是乌鸡国王，浑身水湿，满眼垂泪。”这等这等，如此如此，将那梦中话一一的说与行者。行者笑道：“不消说了，他来托梦与你，分明是照顾老孙一场生意。必然是个妖怪在那里篡位谋国，等我与他辨个真假。想那妖魔，棍到处，立业成功。”三藏道：“徒弟，他说那怪神通广大哩。”行者道：“怕他甚么广大！早知老孙到，教他即走无方！”三藏道：“我又记得留下一件宝贝做表记。”八戒答道：“师父莫要胡缠，做个梦便罢了，怎么只管闲话？”沙僧道：“‘不信直中直，须防仁不仁。’我们打起火，开了门，看看如何便是。”

行者果然开门，一齐看处，只见星月光中，阶檐上，只见真个放着一柄金厢白玉珪。八戒近前拿起，道：“哥哥，这是甚么东西？”行者道：“这是国王手中执的宝贝，名唤玉珪。师父啊，既有此物，想此事是真。明日拿妖，全都在老孙身上。只是要你三件儿造化底哩。”八戒道：“好，好，好，做个梦罢了，又告诵他。他那些儿不会作弄人哩，就教你三桩儿造化低。”

三藏回入里面，道："是那三桩？"行者道："明日要你顶缸、受气、遭瘟。"八戒笑道："一桩儿也是难的，三桩儿却怎么耽得？"唐僧是个聪明的长老，便问："徒弟啊，此三事如何讲？"行者道："也不消讲，等我先与你二件物。"

好大圣，拔了一根毫毛，吹口仙气，叫声"变"，变做一个红金漆匣儿，把白玉珪放在内盛着，道："师父，你将此物捧在手中，到天晓时，穿上锦襕袈裟，去那正殿坐着念经，等我去看看他那城池。端的是个妖怪，就打杀他，也在此间立个功绩；假若不是，且休撞祸。"三藏道："正是，正是。"行者道："那太子不出城便罢，若真个应梦出城来，我定引他来见你。"三藏道："见了，我如何迎答？"行者道："来到时，我先报知，你把那匣盖儿扯开些，等我变作二寸长的一个小和尚，钻在匣儿里，你连我捧在手中。那太子进了寺来，必然拜佛，你尽他怎的下拜，只是不采他；他见你不动身，一定教拿你，你凭他拿下去，打也由他，绑也由他，杀也由他。"三藏道："呀，他的军令大，真个杀了我，怎么好？"行者道："没事，有我哩，若到那紧关处，我自然护你。他若问时，你说是东土钦差上西天拜佛取经进宝的和尚。他道有甚宝贝，你却把锦襕袈裟对他说一遍，说道：'此是三等宝贝，还有头一等、第二等的好物哩。'但问处，就说这匣内有一件宝贝，上知五百年，下知五百年，中知五百年，共一千五百年过去未来之事，俱尽晓得。却把老孙放出来，我将你梦中话告诵那太子。他若是肯信，去拿了那妖魔，一则与他父王报仇，二来我们立个名节；他若不信，再将白玉珪拿与他看。只恐他年幼，还不认得哩。"三藏闻言大喜，道：

“徒弟啊，此计绝妙。但说这宝贝，一个叫做锦襕袈裟，一个叫做白玉珪，你变的宝贝却叫做甚名？”行者道：“就叫做立帝货罢。”三藏依言，记在心上。师徒们一夜那曾得睡，盼到天明，恨不得：

点头唤出扶桑日，喷气吹散满天星。

不多时，东方发白。行者又分付了八戒、沙僧，教他两个：“不可搅扰僧人，出来乱走。待我成功之后，共汝等同行。”才别了，唿哨一筋斗，跳在空中。睁火眼平西看处，果见有一座城池。你道怎么就看见了？当时说那城池离寺只有四十里，故此凭高就望见了。行者近前仔细看处，又见那怪雾愁云漠漠，妖风怨气纷纷。行者在空中赞叹道：

若是真王登宝座，自有祥光五色云。
只因妖怪侵龙位，腾腾黑气锁金门。

行者正然感叹，忽听得炮声响喨，又只见东门开处，闪出一路人马。真个是采猎之军，果然势勇。但见：

晓出禁城东，分围浅草中。彩旗开映日，白马骤迎风。鼍鼓冬冬擂，摽枪对对冲。架鹰军猛烈，牵犬将骁雄。火炮连天振，粘竿映日红。人人支弩箭，个个跨雕弓。张网山坡下，铺绳小径中。一声惊霹雳，千骑拥貔熊。狡兔身难保，乖獐智亦穷。狐狸该命尽，麋鹿丧当中。山雉难飞脱，野鸡怎避凶？他都要捡占山场擒猛兽，摧残林木射飞虫。

那些人出得城来，散步东郊。不多时，有二十里向高田地，又只见中军营里，有小小的一个将军，顶着盔，贯着甲，果肚花，十八札，手执青锋宝剑，坐下黄骠马，腰带满弦弓。真个是：

隐隐君王像，昂昂帝主容。
规模非小辈，行动显真龙。

行者在空暗喜道：“不须说，那个就是皇帝的太子了。等我戏他一戏。”好大圣，按落云头，撞入军中，太子马前，摇身一变，变作一个白兔儿，只在太子马前乱跑。太子看见，正合欢心，拈起箭，拽满弓，一箭正中了那兔儿。原来是那大圣故意教他中了，却眼乖手疾，一把接住那箭头，把箭翎花落在前边，丢开脚步跑了。那太子见箭中了玉兔，兜开马，独自争先来赶。不知马行的快，行者如风；马行的迟，行者慢走，只在他面前不远。看他一程一至，将太子哄到宝林寺山门之下。行者现了本身——不见兔儿，只见一枝箭插在门槛上——这个是门槛精，可骇可笑。径撞进去，见唐僧道：“师父，来了，来了！”却又一变，变做二寸长的小和尚儿，钻在红匣之内。

却说那太子赶到山门前，不见了白兔，只见门槛上插着一枝雕翎箭。太子大惊失色，道：“怪哉，怪哉！分明我箭中了玉兔，玉兔怎么不见，只见箭在此间！想是年多日久，成了精魅也。”拔了箭，抬头看处，山门上有五个大字，写着“敕建宝林寺”。太子道：“我知之矣。向年间，曾记得我父王在金銮殿上，差官赍此金帛，与这和尚修理佛殿佛像，不期今日到此。正是‘因过道院逢僧话，又得浮生半日闲’，我且进去走走。”

那太子跳下马来，正要进去，只见那保驾的官将与三千人马赶上，簇簇拥拥，都入山门里面。慌得那本寺众僧，都来叩头拜接。接入正殿中间，参拜佛像。却才举目观瞻，又欲游廊玩景，忽见正当中坐着一个和尚，太子大怒，道：“这个和尚无礼！我今半朝銮驾进山，虽无旨意知会，不当远接，此时军马临门，也该起身，怎么还坐着不动？”教：“拿下来！”说声“拿”字，两边较尉，一齐下手，把唐僧抓将下来，急理绳索便捆。行者在匣里魆魆的念咒，教道：“护法诸天、六丁六甲，我今设法降妖，这太子不能知识，将绳要捆我师父，汝等即早护持；若真捆了，汝等都该有罪！”那大圣暗中分付，谁敢不遵？却将三藏护持定了。有些人摸也摸不着他光头，好似一壁墙挡住，难拢其身。

那太子道：“你是那方来的，使这般隐身法欺我！”三藏上前施礼，道：“贫僧无隐身法，乃是东土唐僧，上雷音寺拜佛求经进宝的和尚。”太子道：“你那东土虽是中原，其穷无比，有甚宝贝，你说来我听。”三藏道：“我身上穿的这袈裟，是第三样宝贝。还有第一等、第二等更好的物哩。”太子道：“你那衣服，半边苫身，半边露臂，能值多少物，敢称宝贝！”三藏道：“这袈裟虽不全体，有诗几句。诗曰：

佛衣偏袒不须论，内隐真如脱世尘。万线千针成正果，着眼。九珠八宝合元神。仙娥圣女恭修制，遗赐禅僧静垢身。见驾不迎由自可，你的父冤未报枉为人！”

太子闻言，心中大怒，道：“这泼和尚胡说！你那半片衣，凭着你口能舌便，夸好夸强。我的父冤从何未报，你说来我听！”三藏进前一步，合掌问道：“殿下，为人生在天地之间，能有几恩？”太子道：“有四恩。”三藏道：“那四恩？”太子道：“感天地盖载之恩，日月照临之恩，国王水土之恩，父母养育之恩。”三藏笑曰：“殿下言之有失。人只有天地盖载，日月照临，国王水土，那得个父母养育来？”太子怒道：“和尚是那游手游食削发逆君之徒！人不得父母养育，身从何来？”三藏道：“殿下，贫僧不知。但只这红匣内有一件宝贝，叫做立帝货，他上知五百年，中知五百年，下知五百年，共知一千五百年过去未来之事，便知无父母养育之恩，令贫僧在此久等多时矣。”

太子闻说，教：“拿来我看。”三藏扯开匣盖儿，那行者跳将出来，矮呀矮的，两边乱走。太子道：“这星星小人儿，能知甚事？”行者闻言嫌小，却就使个神通，把腰伸一伸，就长了有三尺四五寸。猴。众军士吃惊道：“若是这般快长，不消几日，就撑破天也。”趣。行者长到原身，就不长了。太子才问道：“立帝货，这老和尚说你能知未来过去吉凶，你却有龟作卜，有蓍作筮，凭书句断人祸福？”行者道：“我一毫不用，只是全凭三寸舌，万事尽皆知。”太子道：“这厮又是胡说！自古以来，《周易》之书，极其玄妙，断尽天下吉凶，使人知所趍避，故龟所以卜，蓍所以筮。听汝之言，凭据何理？妄言祸福，扇惑人心！”

行者道：“殿下且莫忙，等我说与你听。你本是乌鸡国王的太子。你那里五年前，年程荒旱，万民遭苦，你家皇帝共臣子秉心祈祷。正无点雨之时，钟南山来了一个道士，他善呼风唤雨，点石为金。君王忒也爱小，就与他拜为兄弟。这桩事有么？”太子道：“有，有，有！你再说说。”行者道：“后三年不见全真，称孤的却是谁？”太子道：“果是有个全真，父王与他拜为兄弟，食则同食，寝则同寝。三年前在御花园里玩景，被他一阵神风，把父王手中金厢白玉珪摄回钟南山去了。至今父王还思慕他。因不见他，遂无心赏玩，把花园紧闭了，已三年矣。做皇帝的，非我父王而何？”

行者闻言，哂笑不绝。太子再问不答，只是哂笑。太子怒道：“这厮当言不言，如何这等哂笑？”行者又道：“还有许多话哩，奈何左右人众，不是说处。”太子见他言语有因，将袍袖一展，教军士且退。那驾上官将急传令，将三千人马，都出门外住札。此时殿上无人，太子坐在上面，长老立在前边，左手傍立着行者，本寺诸僧皆退。行者才正色上前，道：“殿下，化风去的，是你生身之父母，见坐位的，是那祈雨之全真。”太子道：“胡说，胡说！我父自全真去后，风调雨顺，国泰民安。照依你说，就不是我父王了。还是我年懦，容得你；若我父王德见你这反话，拿了去碎尸万段！”把行者咄的喝下来。

行者对唐僧道：“何如？我说他不信，果然果然。如今却拿那宝贝进与他，倒换关文，往西天去罢。”三藏即将红匣子递与行者。行者接过来，将身一抖，那匣儿卒不见了——原是他毫毛变的，被他收上身去——却将白玉珪双手捧上，献与太子。太子见了，道："好和尚，好和尚！你五年前本是个全真，来骗了我家的宝贝，如今又妆做和尚来进献！"叫："拿了！"一声传令，把长老唬得慌忙，指着行者道："你这弼马温，专撞空头祸，带累我哩！"行者近前一齐拦住，道："休嚷，莫走了风！我不教做立帝货，还有真名哩。"太子怒道："你上来！我问你个真名字，好送法司定罪！"

行者道："我是那长老大徒弟，名唤悟空孙行者。因与我师父上西天取经，昨宵到此觅宿。我师父夜读经卷，至三更时分，得一梦，梦见你父王道，他被那全真欺害，推在御花园八角琉璃井内，全真变作他的模样，满朝官不能知，你年幼亦无分晓，禁你入宫，关了花园，止恐怕漏了消息。你父王今夜特来请我降魔。我恐不是妖邪，自空中看了，果然是个妖精，正要动手拿他，不期你出城打猎——你箭中的玉兔，就是老孙。老孙把你引到寺里，见师父，诉此衷肠，句句是实。你既然认得白玉珪，怎么不念鞠养恩情，替亲报仇？"那太子闻言，心中惨戚，暗自伤愁道："若不信此言语，他却有三分儿真实；若信了，怎奈殿上见是我父王。"这才是：

进退两难心问口，三思忍耐口问心。

行者见他疑惑不定，又上前道："殿下不必心疑。请殿下驾回本国，问你国母娘娘一声，看他夫妻恩爱之情，比三年前如何。只此一问，便知真假矣。”那太子回心道：“正是。且待我问我母亲去来。”他跳起身，笼了玉珪就走。行者扯住，道：“你这些人马都回，却不走漏消息，我难成功？但要你单人独马进城，不可扬名卖弄；莫入正阳门，须从后宰门进去。到宫中见你母亲，切莫高声大气，须是悄语低言：恐那怪神通广大，一时走了消息，你娘儿们性命俱难保也。”

太子谨遵教命，出山门，分付将官：“稳在此札营，不得移动。我有一事，待我去了，就来一同进城。”看他：

指挥号令屯军士，上马如飞即转城。

这一去，不知见了娘娘有何话说，且听下回分解。

总评：

世上既有认贼作子的，定有认妖作父的，所以禅门急急唤人要认真爷娘也。吁，爷娘则爷娘矣，缘何又要认真爷娘也？此处最可细思，勿作一句没头话理会过才是，才是。

第三十八回

婴儿问母知邪正
金木参玄见假真

逢君只说受生因，便作如来会上人。一念静观尘世佛，十方同看降威神。欲知今日真明主，须问当年嫡母身。别有世间曾未见，一行一步一花新。

却说那乌鸡国王太子，自别大圣，不多时回至城中。果然不奔朝门，不敢报传宣诏，径至后宰门首，见几个太监在那里把守。见太子来，不敢阻滞，让他进去了。好太子，夹一夹马，撞入里面，忽至锦香亭下。只见那正宫娘娘坐在锦香亭上，两边有数十个嫔妃掌扇，那娘娘倚雕栏儿流泪哩。你道他流泪怎的？原来他四更时也做了一梦，记得一半，含糊了一半，沉沉思想。

这太子下马，跪于亭下，叫："母亲！"那娘娘强整欢容，叫声："孩儿，喜呀，喜呀！这二三年在前殿与你父王开讲，不得相见，我甚思量。今日如何得暇来看我一面？诚万千之喜，诚万千之喜！孩儿，你怎么声音悲惨？你父王年纪高迈，有一日龙归碧海，凤返丹霄，你就传了帝位，还有甚么不悦？"太子叩头道："母亲，我问你：即位登龙是那个，称孤道寡果何人？"娘娘闻言，道："这孩儿发风了！做皇帝的是你父王，你问怎的？"太子叩头道："万望母亲赦子无罪，敢问；不赦，不敢问。"娘娘道："子母家有何罪？赦你，赦你，快快说来。"太子道："母亲，我问你三年前夫妻宫里之事与后三年恩爱同否，如何？"

娘娘见说，魂飘魄散，急下亭抱起，紧搂在怀，眼中滴泪，道："孩儿，我与你久不相见，怎么今日来宫问此？"太子发怒道："母亲有话早说，不说时，且误了大事。"娘娘才喝退左右，泪眼低声，道："这桩事，孩儿不问，我到九泉之下，也不得明白。既问时，听我说：

三载之前温又暖，三年之后冷如冰。枕边切切将言问，他说老迈身衰事不兴。"

太子闻言，撒手脱身，攀鞍上马。那娘娘一把扯住，道："孩儿，你有甚事，话不终就走？"太子跪在前面道："母亲，不敢说！今日早期，蒙钦差架鹰逐犬，出城打猎，偶遇东土驾下来的个取经圣僧，有大徒弟乃孙行者，极善降妖。原来我父王死在御花园八角琉璃井内，这全真假变父王，侵了龙位。今夜三更，父王托梦，请他到城捉怪。孩儿不敢尽信，特来问母。母亲才说出这等言语，必然是个妖精。"那娘娘道："儿啊，外人之言，你怎么就信为实？"太子道："儿还不敢认实，父王遗下表记与他了。"娘娘问是何物，太子袖中取出那金箱白玉珪，递与娘娘。那娘娘认得是当时国王之宝，止不住泪如泉涌，叫声："主公，你怎么死去三年，不来见我，却先见圣僧，后来见我？"太子道："母亲，这话是怎的说？"娘娘道："儿啊，我四更时分，也做了一梦。梦见你父王水淋淋的，站在我跟前，亲说他死了，鬼魂儿拜请了唐僧，降假皇帝，救他前身。记便记得是这等言语，只是一半儿不得分明。正在这里狐疑，怎知今日你又来说这话，又将宝贝拿出。我且收下，你且去请那圣僧急急为之。果然扫荡妖气，辨明邪正，庶报你父王养育之恩也。"太子急忙上马，出后宰门，躲离城池。真个是：

噙泪叩头辞国母，含悲顿首复唐僧。

不多时，出了城门，径至宝林寺山门前下马。众军士接着太子，又见红轮将坠。太子传令，不许军士乱动。他又独自个入了山门，整束衣冠，拜请行者。只见那猴王从正殿摇摇摆摆走来。那太子双膝跪下，道："师父，我来了。"行者上前搀住，道："请起。你到城中，可曾问谁么？"太子道："问母亲来。"将前言尽说了一遍。行者微微笑道："若是那般冷啊，想是个甚么冰冷的东西变的。不打紧，不打紧！等我老孙与你扫荡。却只是今日晚了，不好行事。你先回去，待明早我来。"

太子跪地叩拜，道："师父，我只在此伺候，到明日同师父一路去罢。"行者道："不好不好！若是与你一同入城，那怪物生疑，不说是我撞着你，却说是你请老孙，却不惹他返怪你也？"太子道："我如今进城，他也怪我。"行者道："怪你怎么？"太子道："我自早朝蒙差，带领若干人马鹰犬出城，今一日更无一件野物，怎么见驾？若问我个不才之罪，监陷囹圄，你明日进城，却将何倚？况那班部中更没个相知人也。"行者道："这甚打紧！你肯早说时，却不寻下些等你？"

好大圣，你看他就在太子面前，显个手段，将身一纵，跳在云端里，捻着诀，念一声"奄蓝净法界"的真言，拘得那山神、土地在半空中施礼，道："大圣，呼唤小神，有何使令？"行者道："老孙保护唐僧至此，欲拿邪魔，奈何那太子打猎无物，不敢回朝；问汝等讨个人情，快将獐犯鹿兔，走兽飞禽，各寻些来，打发他回去。"山神、土地闻言，敢不承命？又问各要几何。大圣道："不拘多少，取些来便罢。"那各神即着本处阴兵，刮一阵聚兽阴风，捉了些野鸡山雉，角鹿肥獐，狐貛狢兔，虎豹狼虫，共有百千馀只，献与行者。行者道："老孙不要。你可把他都捻就了筋，单摆在那四十里路上两傍，教那些人不纵鹰犬，拿回城去，算了汝等之功。"众神依言，散了阴风，摆在左右。

行者才按云头，对太子道："殿下请回，路上已有物了，你自收去。"太子见他在半空中弄此神通，如何不信，只得叩头拜别。出山门传了令，教军士们回城。只见那路傍果有无限的野物，军士们不放鹰犬，一个个俱着手擒捉，齐喝采道："是千岁殿下的洪福！"怎知是老孙的神功？你听凯歌声唱，一拥回城。

这行者保护了三藏，那本寺中的和尚，见他们与太子这样绸缪，怎不恭敬？却又安排斋供，管待了唐僧，依然还歇在禅堂里。将近有一更时分，行者心中有事，急睡不着。他一毂辘爬起来，到唐僧床前，叫："师父。"此时长老还未睡哩。他晓得行者会失惊打怪的，推睡不应。行者摸着他的光头，乱摇道："师父，怎睡着了？"唐僧怒道："这个顽皮！这早晚还不睡，吆喝甚么？"行者道："师父，有一桩事儿，和你计较计较。"长老道："甚么事？"行者道："我日间与那太子夸口，说我的手段比山还高，比海还深，拿那妖精如探囊取物一般，伸了手去就拿将转来。却也睡不着，想起来，有些难哩。"唐僧道："你说难，便就不拿了罢。"行者道："拿是还要拿，只是理上不顺。"唐僧道："这猴头乱说！妖精夺了人君位，怎么叫做理上不顺！"行者道："你老人家只知念经拜佛，打坐参禅，那曾见那萧何的律法？常言道，‘拿贼拿赃’，那怪物做了三年皇帝，又不曾走了马脚，漏了风声，他与三宫妃后同眠，又和两班文武共乐，我老孙就有本事拿住他，也不好定个罪名。”唐僧道：“怎么不好定罪？”行者道：“他就是个没嘴的葫芦，也与你滚上几滚。他敢道：‘我是乌鸡国王，有甚逆天之事，你来拿我？’将甚执照与他折辩？”唐僧道：“凭你怎生裁处？”

行者笑道：“老孙的计已成了，只是干碍着你老人家有些儿护短。”唐僧道：“我怎么护短？”行者道：“八戒生得夯，你有些儿偏向他。”唐僧道：“我怎么向他？”行者道：“你若不向他啊，且如今把胆放大些，与沙僧只在这里。待老孙与八戒趁此时先入那乌鸡国城中，寻着御花园，打开琉璃井，把那皇帝尸首捞将上来，包在我们包袱里。明日进城，且不管甚么倒换文牒，见了那怪，掣棍子就打。他但有言语，就将骨衬与他看，说：‘你杀的是这个人！’却教太子上来哭父，皇后出来认夫，文武多官见主，我老孙与兄弟们动手。这才是有对头的官事好打。”唐僧闻言暗喜，道：“只怕八戒不肯去。”行者笑道：“如何？我说你护短。你怎么就知他不肯去？你只相我叫你时不答应，半个时辰便了！我这去，但凭三寸不烂之舌，莫说是猪八戒，就是猪九戒，也有本事教他跟着我走。”唐僧道：“也罢，随你去叫他。”

行者离了师父，径到八戒床边，叫：“八戒，八戒！”那呆子是走路辛苦的人，丢倒头，只情打鼾，那里叫得醒？行者揪着耳躲，抓着鬃，把他一拉拉起来，叫声：“八戒！”那呆子还打挓挣。行者又叫一声，呆子道：“睡了罢，莫顽，明日要走路哩！”行者道：“不是顽，有一桩买卖，我和你做去。”八戒道：“甚么买卖？”行者道：“你可曾听得那太子说么？”八戒道：“我不曾见面，不曾听见说甚么。”行者道：“那太子告颂我说，那妖精有件宝贝，万夫不当之勇。我们明日进朝，不免与他争敌，倘那怪执了宝贝，降倒我们，却不反成不美？我想着打人不过，不如先下手，我和你去偷他的来，却不是好？”八戒道：“哥哥，你哄我去做贼哩。这个买卖，我也去得，果是晓得实实的帮衬，我也与你讲个明白：偷了宝贝，降了妖精，我却不奈烦甚么小家罕气的分宝贝，我就要了。”行者道：“你要作甚？”八戒道：“我不如你们乖姣能言，人面前化得中斋来；老猪身子又夯，言语又粗，不能念经，若到那无济无生处，可好换斋吃么！”行者道：“老孙只要图名，那里图甚宝贝，就与你罢便了。”那呆子听见说都与他，他就满心欢喜，一毂辘爬将起来，套上衣服，就和行者走路。这正是：

青酒红人面，黄金动道心。着眼。

两个密密的开了门，躲离三藏，纵祥光，径奔那城。不多时到了，按落云头，只听得楼头方二鼓矣。行者道：“兄弟，二更时分了。”八戒道：“正好，正好。人都在头觉里，正浓睡也。”二人不奔正阳门，径到后宰门首，只听得梆铃声响。行者道：“兄弟，前后门皆紧急，如何得入？”八戒道：“那见做贼的从门里走么？瞒墙跳过便罢。”行者依言，将身一纵，跳上里罗城墙。八戒也跳上去。二人潜入里面，找着门路，径寻那御花园。

正行时，只见有一座三檐白簇的门楼，上有三个亮灼灼的大字，映着那星月光辉，乃是“御花园”。行者近前看了，有几重封皮，公然将锁门锈住了。即命八戒动手。那呆子掣铁钯，尽力一筑，把门筑得粉碎。行者先举步跃入，忍不住跳将起来，大呼小叫。唬得八戒上前扯住，道：“哥呀，害杀我也！那见做贼的乱嚷，似这般吆喝！惊醒了人，把我们拿住，发到官司，就不该死罪，也要解回原籍充军。”行者道：“兄弟啊，你却不知我发急为何。你看这：

彩画雕栏狼狈，宝妆亭阁欹歪。莎汀蓼岸尽尘埋，芍药荼蘼俱败。茉莉玫瑰香暗，牡丹百合空开。芙蓉木槿草垓垓，异卉奇葩壅坏。巧石山峰俱到，池塘水涸鱼衰。青松紫竹似干柴，满路茸茸蒿艾。丹桂碧桃枝损，海榴棠棣根歪。桥头曲径有苍苔，冷落花园境界。”

八戒道：“且叹他做甚？快干我们的买卖去来！”

行者虽然感慨，却留心想起唐僧的梦来，说芭蕉树下方是井。正行处，果见一株芭蕉，生得茂盛，比众花木不同。真是：

一种灵苗秀，天生体性空。枝枝抽片纸，叶叶卷芳丛。翠缕千条细，丹心一点红。凄凉愁夜雨，憔悴怯秋风。长养元丁力，栽培造化工。缄书成妙用，挥洒有奇功。凤翎宁得似，鸾尾迥相同。薄露瀼瀼滴，轻烟淡淡笼。青阴遮户牖，碧影上帘栊。不许栖鸿雁，何堪系玉骢。霜天形槁悴，月夜色朦胧。仅可消炎暑，犹宜避日烘。愧无桃李色，冷落粉墙东。

行者道：“八戒，动手么！宝贝在芭蕉树下埋着哩。”那呆子双手举钯，筑倒了芭蕉，然后用嘴一拱，拱了有三四尺深，见一块石板盖住。呆子欢喜道：“哥呀，造化了，果有宝贝！是一片石板盖着哩。不知是坛儿盛着，是柜儿装着哩。”行者道：“你掀起来看看。”那呆子果又一嘴，拱开看处，又见有霞光灼灼，白气明明。八戒笑道：“造化，造化，宝贝放光哩！”又近前细看时，呀，原来是星月之光，原是那井中水亮。八戒道：“哥呀，你但干事，便要留根。”行者道：“我怎留根？”八戒道：“这是一眼井。你在寺里早说是井中有宝贝，我却带将两条捆包袱的绳来，怎么作个法儿，把老猪放下去；如今空手，这里面东西，怎么得下去上来耶？”行者道：“你下去么？”八戒道：“正是要下去，只是没绳索。”行者笑道：“你脱了衣服，我与你个手段。”八戒道：“有甚么好衣服？解了这直裰子就是了。”

好大圣，把金箍棒拿出来，两头一扯，叫“长”，足有七八丈长，教：“八戒，你抱着一头儿，把你放下井去。”八戒道：“哥呀，放便放下去，若到水边，就住了罢。”行者道：“我晓得。”那呆子抱着铁棒，被行者轻轻提将起来，将他放下去。不多时，放至水边。八戒道：“到水了。”行者听见他说，却将棒往下一按。那呆子扑通的一个没头蹲，丢了铁棒，便就负水，口里哺哺的嚷道：“这天杀的！我说到水莫放，他却就把我一按！”行者掣上棒来，笑道：“兄弟，可有宝贝么？”八戒：“那见甚么宝贝，只是一井水！”行者道：“宝贝沉在水底下哩，你下去摸一摸来。”

呆子真个深知水性，却就打个猛子，淬将下去。呀，那井底深得紧！他却着实又一淬，忽睁眼，见有一座牌楼，上有“水晶宫”三个字。八戒大惊，道：“罢了，罢了，错走了路了，蹡下海来也！海内有个水晶宫，井里如何有之？”原来八戒不知此是井龙王的水晶宫。幻甚。

八戒正叙话处，早有一个巡水的夜叉开了门，看见他的模样，急抽身进去，报道：“大王，祸事了！井上落一个长嘴大耳的和尚来了！赤淋淋的，衣服全无，还不死，逼法说话哩。”那井龙王忽闻此言，心中大惊，道：“这是天蓬元帅来也。昨夜夜游神奉上敕旨，来取乌鸡国王魂灵去拜见唐僧，请齐天大圣降妖。这怕是齐天大圣、天蓬元帅来了，却不可怠慢他，快接他去也。”

那龙王整衣冠，领众水族出门来，厉声高叫道：“天蓬元帅，请里面坐。”八戒却才欢喜，道：“原来是个故知。”那呆子不管好歹，径入水晶宫里。其实不知上下，赤淋淋的就坐在上面。龙王道：“元帅，近闻你得了性命，皈依释教，保唐僧西天取经，如何得到此处？”八戒道：“正为此说。我师兄孙悟空多多拜上，着我来问你取甚么宝贝哩。”龙王道：“可怜，我这里怎么得个宝贝？比不得那江河淮济的龙王，飞腾变化，便有宝贝。我久困于此，日月且不能长见，宝贝果何自而来也？”八戒道：“不要推辞，有便拿出来罢。”龙王道：“有便有一件宝贝，只是拿不出来。就元帅亲自来看看，何如？”八戒道：“妙，妙，妙，须是看看来也。”

那龙王前走，这呆子随后，转过了水晶宫殿，只见廊庑下横𦣛着一个六尺长躯。龙王用手指定，道：“元帅，那厢就是宝贝了。”八戒上前看了，呀，原来是个死皇帝，戴着冲天冠，穿着赭黄袍，踏着无忧履，系着蓝田带，直挺挺睡在那厢。八戒笑道：“难，难，难，算不得宝贝。想老猪在山为怪时，时常将此物当饭，且莫说见的多少，吃也吃了无数，那里叫做甚么宝贝。”龙王道：“元帅原来不知。他本是乌鸡国王的尸首，自到井中，我与他定颜珠定住，不曾得坏。你若肯驮他出去，见了齐天大圣，假有起死回生之意啊，莫说宝贝，凭你要甚么东西都有。”八戒道：“既这等说，我与你驮出去，只说把多少烧埋钱与我？”龙王道：“其实无钱。”八戒道：“你好白使人？果然没钱，不驮！”龙王道：“不驮，请行。”八戒就走。龙王差两个有力量的夜叉，把尸抬将出去，送到水晶宫门外，丢在那厢，摘了避水珠，就有水响。

八戒急回头，看不见水晶宫门，一把摸着那皇帝的尸首，慌得他脚软筋麻，撺出水面，扳着井墙，叫道：“师兄，伸下棒来，救我一救！”行者道：“可有宝贝么？”八戒道：“那里有！只是水底下有一个井龙王，教我驮死人；我不曾驮，他就把我送出门来，就不见那水晶宫了，只摸着那个尸首。唬得我手软筋麻，挣扎不动了！哥呀，好歹救我救儿！”行者道：“那个就是宝贝，如何不驮上来？”八戒道：“知他死了多少时了，我驮他怎的？”行者道：“你不驮，我回去耶。”八戒道：“你回那里去？”行者道：“我回寺中，同师父睡觉去。”顽皮。八戒道：“我就不去了？”行者道：“你爬得上来，便带你去；爬不上来，便罢。”八戒慌了：“怎生爬得动！你想，城墙也难上，这井肚子大口儿小，壁陡的圈墙，又是几年不曾打水的井，团团都长的是苔痕，好不滑也，教我怎爬？哥哥，不要失了兄弟们和气，等我驼上来罢。”行者道：“正是。快快驼上来，我同你回去睡觉。”

那呆子又一个猛子，淬将下去，摸着尸首，拽过来背在身上，撺出水面，扶井墙道：“哥哥，驼上来了。”那行者睁睛看处，真个的背在身上，却才把金箍棒伸下井底。那呆子着了恼的人，张开口，咬着铁棒，被行者轻轻的提将起来。

八戒将尸放下，捞过衣服穿了。行者看时，那皇帝容颜依旧，似生时未改分毫。行者道：“兄弟啊，这人死了三年，怎么还容颜不坏？”八戒道：“你不知之。这井龙王对我说，他使了定颜珠定住了，尸首未曾坏得。”行者道：“造化造化。一则是他的冤仇未报，二来该我们成功。兄弟，快把他驼了去。”八戒道：“驼往那里去？”行者道：“驼了去见师父。”八戒口中作念，道：“怎的起，怎的起！好好睡觉的人，被这猢猴花言巧语，哄我教做甚么买卖，如今却干这等事，教我驼死人！驼着他，腌臜臭水淋将下来，污了衣服，没人与我浆洗，上面有几个补丁，天阴发潮，如何穿么！”行者道：“你只管驼了去，到寺里，我与你换衣服。”八戒道：“不羞！连你穿的也没有，又替我换！”行者道：“这般弄嘴，便不驼罢。”八戒道：“不驼！”行者道：“便伸过孤拐来，打二十棒！”八戒慌了，道：“哥哥，那棒子重，若是打上二十，我与这皇帝一般了。”趣。行者道：“怕打时，趁早儿驼着走路！”八戒果然怕打，没好气，把尸首拽将过来，背在身上，拽步出园就走。

好大圣，捻着诀，念声咒语，往巽地上吸一口气，吹将去，就是一阵狂风，把八戒撮出皇宫内院，躲离了城池，息了风头，二人落地，徐徐却走将来。那呆子心中暗恼，算计要报恨。八戒道：“这猴子捉弄我，我到寺里也捉弄他捉弄，撺唆师父，只说他医得活；医不活，教师父念紧箍儿咒，把这猴子的脑浆勒出来，方趁我心！”走着路，再再寻思道：“不好，不好！若教他医人，却是容易：他去阎王家讨将魂灵儿来，就医活了。只说不许赴阴司，阳世间就能医活，这法儿才好。”

说不了，却到了山门前，径直进去，将尸首丢在那禅堂门前，道：“师父，起来看耶。”那唐僧睡不着，正与沙僧讲行者哄了八戒去久不回之事，忽听得他来叫了一声，唐僧连忙起身，道：“徒弟，看甚么？”八戒道：“行者的外公，教老猪驼将来了。”行者道：“你这馕糟的呆子！我那里有甚么外公！”八戒道：“哥，不是你外公，却教老猪驮他来怎么？也不知费多少力了！”

那唐僧与沙僧开门看处，那皇帝容颜未改，似活的一般。长老忽然惨凄，道：“陛下，你不知那世里冤家，今生遇着他，暗丧其身，抛妻别子，致令文武不知，多官不晓！可怜你妻子昏蒙，谁曾见焚香献茶？”着眼。忽失声泪如雨下。八戒笑道：“师父，他死了可干你事？又不是你家父祖，哭他怎的！”三藏道：“徒弟啊，出家人慈悲为本，方便为门。你怎的这等心硬？”八戒道："不是心硬。师兄和我说来，他能医得活；若是医不活，我也不驼他来了。"

那长老原来是一头水的，被那呆子摇动了，也便就叫："悟空，若果有手段医活这个皇帝，正是'救人一命，胜造七级浮图'，我等也强似灵山拜佛。"行者道："师父，你怎么信这呆子乱谈！人若死了，或三七五七，尽七七日，受满了阳间罪过，就转生去了。如今已死三年，如何救得！"三藏闻其言，道："也罢了。"八戒苦恨不息，道："师父，你莫被他瞒了。他有些夹脑风，你只念念那话儿，管他还你一个活人。"真个唐僧就念紧箍儿咒，勒得那猴子眼胀头疼。

毕竟不知怎生医救，且听下回分解。

总评：

描画行者耍处，八戒笨处，咄咄欲真，传神手也。

第三十九回

一粒金丹天上得
三年故主世间生

话说那孙大圣头痛难禁，哀告道："师父，莫念莫念！等我医罢！"长老问："怎么医？"行者道："只除过阴司，查勘那个阎王家有他魂灵，请将来救他。"八戒道："师父莫信他。他原说不用过阴司，阳世间就能医活，方见手段哩。"那长老信邪风，又念紧箍儿咒，慌得行者满口招承，道："阳世间医罢，阳世间医罢！"八戒道："莫要住，只管念，只管念！"行者骂道："你这呆孽畜，撺道师父咒我哩！"八戒笑得打跌，道："哥耶，哥耶，你只晓得捉弄我，不晓得我也捉弄你捉弄！"行者道："师父，莫念莫念！待老孙阳世间医罢！"三藏道："阳世间怎么医？"行者道："我如今一筋斗云，撞入南天门里，不进斗牛宫，不入灵霄殿，径到那三十三天之上离恨天宫兜率院内，见太上老君，把他九转还魂丹求得一粒来，管取救活他也。"

三藏闻言大喜，道："就去快来。"行者道："如今有三更时候罢了，投到回来，好天明了。只是这个人睡在这里，冷淡冷淡，不相个模样，须得举哀人看着他哭，便才好哩。"八戒道："不消讲，这猴子一定是要我哭了。"行者道："怕你不哭！你若不哭，我也医不成！"八戒道："哥哥，你自去，我自哭罢了。"行者道："哭有几样：若干着口喊，谓之嚎；扭搜出些眼泪儿来，谓之啕；又要哭得有眼泪，又要哭得有心肠，才算着嚎啕痛哭哩。"八戒道："我且哭个样子你看看。"他不知那里扯个纸条，捻作一个纸捻儿，往鼻孔里通了两通，打了几个涕喷，你看他眼泪汪汪，黏涎答答的，哭将起来，口里不住的絮絮叨叨，数黄道黑，真个像死了人的一般。哭到那伤情之处，唐长老也泪滴心辜。行者笑道："正是那样哀痛，再不许住声。你这呆子哄得我去了，你就不哭，我还听哩！若是这等哭便罢，若略住住声儿，定打二十个孤拐！”八戒笑道：“你去，你去。我这一哭动头，有两日哭哩。”沙僧见他数落，便去寻几枝香来烧献。行者笑道：“好好好，一家儿都有些敬意，老孙才好用功。”

好大圣，此时有半夜时分，别了他师徒三众，纵筋斗云，只入南天门里。果然也不谒灵霄宝殿，不上那斗牛天宫，一路云光，径来到三十三天离恨天兜率宫中。才入门，只见那太上老君正坐在那丹房中，与众仙童执芭蕉扇搧火炼丹哩。他见行者来时，即分付看丹的童儿：“各要仔细，偷丹的贼又来也。”行者作礼，笑道：“老官儿这等没搭撒。防备我怎的？我如今不干那样事了。”老君道：“你那猴子，五百年前大闹天宫，把我灵丹偷吃无数；着小圣二郎把拿上界，送在我丹炉炼了四十九日，炭也不知费了多少。你如今幸得脱身，皈依佛果，保唐僧往西天取经，前者在平顶山上降魔，弄刁难，不与我宝贝，今日又来做甚？”行者道：“前日事，老孙更没稽迟，将你那五件宝贝当时交还，你反疑心怪我？”

老君道：“你不走路，潜入吾宫怎的？”行者道：“自别后，西遇一方，名乌鸡国。那国王被一妖精假妆道士，呼风唤雨，阴害了国王，那妖假变国王相貌，现坐金銮殿上。是我师父夜坐宝林寺看经，那国王鬼魂参拜我师，敦请老孙与他降妖，辩明邪正。正是老孙思无指实，与弟八戒夜入园中，打破花园，寻着埋藏之所，乃是一眼八角琉璃井内。捞上他的尸首，容颜不改。到寺中见了我师，也发慈悲，着老孙医救，不许去赴阴司里求索灵魂，只教在阳世间救治。我想着无处回生，特来参谒。万望道祖垂怜，把九转还魂丹借得一千丸儿，与我老孙，答救他也。”老君道：“这猴子胡说！甚么一千丸，二千丸，当饭吃哩！是那里土块挼的，这等容易？咄，快去，没有！”行者笑道：“百十丸儿也罢。”老君道：“也没有。”行者道：“十来丸也罢。”趣。老君怒道：“这泼猴却也缠帐！没有，没有！出去，出去！”行者笑道：“真个没有，我问别处去救罢。”老君喝道：“去，去，去！”这大圣拽转步，往前就走。

老君忽的寻思道：“这猴子惫懒哩，说去就去，只怕溜进来就偷。”即命仙童叫回来，道：“你这猴子手脚不稳，我把这还魂丹送你一丸罢。”行者道：“老官儿，既然晓得老孙的手段，快把金丹拿出来，与我四六分分，还是你的造化哩；不然，就送你个皮笊篱——一捞个罄尽。”那老祖取过葫芦来，倒吊过底子，倾出一粒金丹，递与行者，道：“止有此了，拿去，拿去。送你这一粒，医活那皇帝，只算你的功果罢。”行者接了，道：“且休忙，等我尝尝看，只怕是假的，莫被他哄了。”扑的往口里一丢，慌得那老祖上前扯住，一把揪着顶瓜皮，揝着拳头，骂道：“这泼猴，若要咽下去，就直打杀了！”行者笑道：“嘴脸，小家子样！那个吃你的哩，能值几个钱？虚多实少的。在这里不是？”调皮。原来那猴子颏下有嗉袋儿，他把那金丹噙在嗉袋里，被老祖捻着，道：“去罢，去罢，再休来此缠绕！”这大圣才谢了老祖，出离了兜率天宫。你看他：

千条瑞霭离瑶阙，万道祥云降世尘。

须臾间，下了南天门，回到东观，早见那太阳星上。按云头，径至宝林寺山门外，只听得八戒还哭哩，忽近前叫声："师父。"三藏喜道："悟空来了，可有丹药？"行者道："有。"八戒道："怎么得没有？他偷也去偷人家些来！"行者笑道："兄弟，你过去罢，用不着你了。你揩揩眼泪，别处哭去。"教："沙和尚，取些水来我用。"沙僧急忙往后面井上，有个方便吊桶，即将半钵盂水递与行者。行者接了水，口中吐出丹来，安在那皇帝唇里，两手扳开牙齿，用一口清水，把金丹冲灌下肚。

有一个时辰，只听他肚里呼呼的乱响，只是身体不能转移。行者道："师父，弄我金丹也不能救活，可是掯杀老孙么！"三藏道："岂有不活之理。似这般久死之尸，如何吞得水下？此乃金丹之仙力也。自金丹入腹，却就肠鸣了，肠鸣乃血脉和动，但气绝不能回伸。莫说人在井里浸了三年，就是生铁也上秀了，只是元气尽绝，得个人度他一口气便好。"

那八戒上前就要度气，三藏一把扯住，道："使不得，还教悟空来。"那师父甚有主意：原来猪八戒自幼儿伤生作孽吃人，是一口浊气；惟行者从小修持，咬松嚼柏，吃桃果为生，是一口清气。这大圣上前，把个雷公嘴噙着那皇帝口唇，呼的一口气，吹入咽喉，度下重楼，转明堂，径至丹田，从涌泉倒返泥垣宫。呼的一声响亮，那君王气聚神归，便翻身，轮拳曲足，叫了一声"师父"，双膝跪在尘埃，道："记得昨夜鬼魂拜谒，怎知道今朝天晓返阳神！"三藏慌忙搀起，道："陛下，不干我事，你且谢我徒弟。"行者笑道："师父说那里话？常言道'家无二主'，你受他一拜儿不亏。"

三藏甚不过意，搀起那皇帝来，同入禅堂。又与八戒、行者、沙僧拜见了，方才按座。只见那本寺的僧人，整顿了早斋，却欲奉来献，忽见那个水衣皇帝，个个惊张，人人疑说。孙行者跳出来，道："那和尚不要这等惊疑。这本是乌鸡国王，乃汝之真主也。三年前被怪害了性命，是老孙昨夜救活。如今进他城去，要辨明邪正。若有了斋，摆将来，等我们吃了走路。"众僧即奉献汤水，与他洗了面，换了衣服：把那皇帝赭黄袍脱了，本寺僧官将两领布直裰与他穿了；解下蓝田带，将一条黄丝绦子与他系了；褪下无忧履，与他一双旧僧鞋撒了。却才都吃了早斋，扣背马匹。

行者问："八戒，你行李有多重？"八戒道："哥哥，这行李日逐挑着，倒也不知有多少重。"行者道："你把那一担分为两担，将一担儿你挑着，将一担儿与这皇帝挑。我们赶早进城干事。"八戒欢喜道："造化，造化！当时驼他来，不知费了多少力；如今医活了，原来是个替身。"那呆子就弄玄虚，将行李分开，就问寺中取条匾担，轻些的自己挑了，重些的教那皇帝挑着。行者笑道："陛下，着你那般打扮，挑着担子，跟我们走走，可亏你么？"那国王慌忙跪下，道："师父，你是我重生父母一般，莫说挑担，情愿执鞭坠凳，伏侍老爷，同行上西天去也。"行者道："不要你西天去。我内中有个缘故。你只挑得四十里进城，待捉了妖精，你还做你的皇帝，我们还取我们的经也。"八戒听言，道："这等说，他只挑四十里路，我老猪还是长工！"行者道："兄弟，不要胡说，趁早外边引路。"

真个八戒领那皇帝前行，沙僧伏侍师父上马，行者随后。只见那本寺五百僧人，齐齐整整，吹打着细乐，都送出山门之外。行者笑道："和尚们不消远送：但恐官家有人知觉，泄漏我的事机，返为不美。快回去，快回去。但把那皇帝的衣服冠带，整顿干净，或是今晚明早，送进城来，我讨些封赠赏赐谢你。"众僧依命各回讫。行者放开大步，赶上师父，一直前来。正是：

西方有诀好寻真，金木和同却炼神。丹母空怀幪幢梦，婴儿长恨杌槸身。必须井底求明主，还要天堂拜老君。悟得色空还本性，诚为佛度有缘人。

师徒们在路上，那消半日，早望见城池相近。三藏道："悟空，前面想是乌鸡国了。"行者道："正是，我们快赶进城干事。"那师徒进得城来，只见街市上人物齐整，风光闹热。早又见凤阁龙楼，十分壮丽。有诗为证：

海外宫楼如上邦，人间歌舞若前唐。花迎宝扇红云绕，日照鲜袍翠雾光。孔雀屏开香霭出，珍珠帘卷彩旗张。太平景象真堪贺，静列多官没奏章。

三藏下马，道："徒弟啊，我们就此进朝倒换关文，省得又拢那个衙门费事。"行者道："说得有理。我兄弟们都进去，人多才好说话。"唐僧道："都进去，莫要撒村，先行了君臣礼，然后再讲。"行者道："行君臣礼，就要下拜哩。"三藏道："正是要行五拜三叩头的大礼。"行者笑道："师父不济。若是对他行礼，诚为不智。你且让我先走，到里边自有处置。等他若有言语，让我对答。我若拜，你们也拜；我若蹲，你们也蹲。”

你看那惹祸的猴王，引至朝门，与各门大使言道：“我等是东土大唐驾下差来上西天拜佛求经者，今到此倒换关文，烦大人转达，是谓不误善果。”那黄门官即入端门，跪下丹墀，启奏道：“朝门外有五众僧人，言是东土唐国钦差上西天拜佛求经，今至此倒换关文，不敢擅入，现在门外听宣。”那魔王即令传宣。唐僧却同入朝门里面，那回生的国主随行。正行，忍不住腮边堕泪，心中暗道：“可怜，我的铜斗儿江山，铁围的社稷，谁知被他阴占了！”行者道：“陛下切莫伤感，恐走漏消息。这棍子在我耳躲里跳哩，如今决要见功，管取打杀妖魔，扫荡邪物。这江山不久就还归你也。”那君王不敢违言，只得扯衣揩泪，舍死相从，径来到金銮殿下。

又见那两班文武，四百朝官，一个个威严端肃，像貌轩昂。这行者引唐僧站立在白玉阶前，挺身不动。那阶下众官无不悚惧，道：“这和尚十分愚浊！怎么见我王便不下拜，亦不开言呼咒，喏也不唱一个？好大胆无礼！”说不了，只听得那魔王开口问道：“那和尚是那方来的？”行者昂然答道：“我是南赡部洲东土大唐国奉钦前往西域天竺国大雷音寺拜活佛求真经者。今到此方，不敢空度，特来倒换通关文牒。”那魔王闻说，心中作怒，道：“你东土便怎么！我不在你朝进贡，不与你国相通，你怎么见吾抗礼，不行参拜！”行者笑道：“我东土古立天朝，久称上国，汝等乃下土边邦。自古道：‘上邦皇帝，为父为君。下邦皇帝，为臣为子。’你倒未曾接我，且敢争我不拜？”那魔王大怒，教文武官："拿下这野和尚去！"说声叫"拿"，你看那多官一齐踊跃。这行者喝了一声，用手一指，教："莫来！"那一指，就使个定身法，众官俱莫能行动。真个是：

校尉阶前如木偶，将军殿上似泥人。

那魔王见他定住了文武多官，急纵身跳下龙床，就要来拿。猴王暗喜道："好，正合老孙之意。这一来，就是个生铁铜的头，汤着棍子，也打个窟窿！"正动身，不期傍边转出一个救命星求。你道是谁？原来是乌鸡国王的太子，急上前扯住那魔王的朝衣，跪在面前，道："父王息怒。"妖精问："孩儿怎么说？"太子道："启父王得知：三年前闻得人说，有个东土唐朝驾下钦差圣僧往西天拜佛求经，不期今日才来到我邦。父王尊性威烈，若将这和尚拿去斩首，只恐大唐有日得此消息，必生嗔怒。你想那李世民自称王位，一统江山，尚心未足，又兴过海征伐，若知我王害了他御弟圣僧，一定兴兵发马，来与我王争敌。奈何兵少将微，那时悔之晚矣。父王依儿所奏，且把那四个和尚，问他个来历分明，先定他一段不参王驾，然后方可问罪。"

这一篇，原来是太子小心，恐怕来伤了唐僧，故意留住妖魔，更不知行者安排着要打。那魔王果信其言，立在龙床前面，大喝一声，道："那和尚是几时离了东土？唐王因甚事着你求经？"行者昂然而答，道："我师父乃唐王御弟，号曰三藏。自唐王驾下有一丞相姓魏名征，奉天条梦斩泾河老龙，大唐王梦游阴司地府，复得回生之后，大开水陆道场，普度冤魂孽鬼。因我师父敷演经文，广运慈悲，忽得南海观世音菩萨指教来西。我师父大发弘愿，情欢意美，报国尽忠，蒙唐王赐与文牒。那时正是大唐贞观十三年九月望前三日。离了东土，前至两界山，收了我做大徒弟，姓孙，名悟空行者；又到乌斯国界高家庄，收了二徒弟，姓猪，名悟能八戒；流沙河界，又收了三徒弟，姓沙，名悟净和尚；前日在敕建宝林寺，又新收个挑担的行童道人。”魔王闻说，又没法搜检那唐僧，弄巧计盘诘行者，怒自问道：“那和尚，你初起时，一个人离东土，又收了四众，那三僧可让，这一道难容。那行童断然是拐来的。他叫做甚么名字？有度牒是无度牒？拿他上来取供。”唬得那皇帝战战兢兢，道：“师父啊，我却怎的供？”孙行者捻他一把，道：“你休怕，等我替你供。”

好大圣，趋步上前，对怪物厉声高叫道：“陛下，这老道是一个喑哑之人，却又有些耳聋。只因他年幼间曾走过西天，认得道路。他的一节儿起落根本，我尽知之，望陛下宽恕，待我替他供罢。”魔王道：“趁早实实的替他供来，免得取罪。”行者道：

供罪行童年且迈，痴聋喑哑家私坏。祖居原是此间人，五载之前皆破败。天无雨，民干坏，君王黎庶都斋戒。焚香沐浴告天公，万里全无云叆叇。百姓饥荒若倒悬，钟南忽降全真怪。呼风唤雨显神通，然后暗将他命害。推下花园天井中，阴侵龙位人难解。幸吾来，功果大，起死回生无挂碍。情愿皈依作行童，与僧同去朝西界。假变君王是道人，道人转是真王代。妙甚，趣甚。

那魔王在金銮殿上，闻得这一篇言语，唬得他心头撞小鹿，面上起红云，急抽身就要走路，奈何手内无一兵器；转回头，只见一个镇殿将军，腰挎一口宝刀，被行者使了定身法，直挺挺如痴如哑，立在那里，他近前夺了这宝刀，就驾云头望空而去。气得沙和尚爆燥如雷，猪八戒高声喊叫，埋怨行者是一个急猴子：“你就慢说些儿，却不稳住他了？如今他驾云逃走，却往何处追寻？”行者笑道：“兄弟们且莫乱嚷。我等叫那太子下来拜父，嫔后出来拜夫。”却又念个咒语，解了定身法，“教那多官苏醒回来拜君，方知是真实皇帝。教诉前情，才见分晓。我再去寻他。”

好大圣，分付八戒、沙僧：“好生保护他君臣父子嫔后与我师父！”只听说声“去”，就不见形影。他原来跳在九霄空里，睁眼四望，看那魔王哩。只见那畜果逃了性命，径往东北上走哩。行者赶得将近，喝道：“那怪物，那里去！老孙来了也！”那魔王急回头，掣出宝刀，高叫道：“孙行者，你好惫懒！我来占别人的帝位，与你无干，你怎么来抱不平，泄漏我的机密！”行者呵呵笑道：“我把你那个大胆的泼怪！皇帝又许你做？你既知我是老孙，就该远遁，怎么还刁难我师父，要取甚么供状！适才那供状是也不是？你不要走，好汉吃我老孙这一棒！”那魔侧身躲过，缠宝刀劈面相还。他两个搭上手，这一场好杀。真是：

猴王猛，魔王强，刀迎棒架敢相当。一天云雾迷三界，只为当朝立帝王。

他两个战经数合，那妖魔抵不住猴王，急回头，复从旧路跳入城里，闯在白玉阶前两边文武丛中，摇身一变，即变得与唐三藏一般模样，并搀手，立在阶前。这大圣赶上，就欲举棒来打，那怪、三藏道："徒弟莫打，是我！"急掣棒要打那个唐僧，却又道："徒弟莫打，是我！"一样两个唐僧，实难辨认。"倘若一棒打杀妖怪变的唐僧，这个也成了功果；假若一棒打杀我的真实师父，却怎么好！"只得停手，叫八戒、沙僧，问道："果然那一个是怪，那一个是我的师父？你指与我，我好打他。"幻甚。八戒道："你在半空中相打相嚷，我们瞥瞥眼就见两个师父，也不知谁真谁假。"

行者闻言，捻诀念声咒语，叫那护法诸天、六丁六甲、五方揭谛、四值功曹、一十八位护驾伽蓝、当方土地、本境山神，道："老孙至此降妖，妖魔变作我师父，气体相同，实难辨认。汝等暗中知会者，请师父上殿，让我擒魔。"原来那妖怪善腾云雾，听得行者言语，急撒手跳上金銮宝殿。这行者举起棒望唐僧就打。可怜，若不是唤那几位神来，这一下，就是二十个唐僧，也打为肉酱。多亏众神架住铁棒，道："大圣，妖怪会腾云，先上殿去了。"行者赶上殿，他又跳将下来，扯住唐僧，在人丛里又混了一混，依然难认。妙甚，妙甚。文章至此，灵异极矣。

行者心中不快，又见那八戒在傍冷笑，行者大怒，道："你这夯货怎的？如今有两个师父，你有得叫，有得应，有得伏侍哩，你这般欢喜得紧！"八戒笑道："哥哥说我呆，你比我又呆哩！师父既不认得，何劳费力？你且忍些头疼，叫我师父念念那话儿，我与沙僧各搀一个听着。若不会念的，必是妖怪，有何难也？”趣极。行者道：“兄弟，亏你也。正是，那话儿只有三人记得：原是我佛如来心苗上所发，传与观世音菩萨，菩萨又传与我师父，便再没人知道。也罢，师父，念念。”

真个那唐僧就念起来。那魔王怎么知得？口里胡哼乱哼。八戒道：“这哼的却是妖怪了！”他放了手，举钯就筑。那魔王纵身跳起，踏着云头便走。好八戒，喝一声，也驾云头赶上，慌得那沙和尚丢了唐僧，也掣出宝杖来打。唐僧才停了咒语。孙大圣忍着头疼，揝着铁棒，赶在空中。呀，这一场，三个狠和尚，围住一个泼妖魔王。魔王被八戒、沙僧使钉钯、宝杖左右攻住了。行者笑道：“我要再去当面打他，他却有些怕我，只恐他又走了；等我老孙跳高些，与他个捣蒜打，结果了他罢。”

这大圣纵祥光，起在九霄，正欲下个切手，只见那东北上，一朵彩云里面，厉声叫道：“孙悟空，且休下手！”行者回头看处，原来文殊菩萨。急收棒，上前施礼，道：“菩萨，那里去？”文殊道：“我来替你收这个妖怪的。”行者谢道：“累烦了。”那菩萨袖中取出照妖镜，照住了那怪的原身。行者才招呼八戒、沙僧，齐来见了菩萨。却将镜子里看处，那魔王生得好不凶恶：

眼似琉璃盏，头若炼砂缸。浑身三伏靛，四爪九秋霜。搭拉两个耳，一尾扫帚长。青毛生锐气，红眼放金光。匾牙排玉板，圆须挺硬枪。镜里观真像，原是文殊一个狮猁王。

行者道：“菩萨，这是你坐下的一个青毛狮子，却怎么走将来成精，你就不收服他？”菩萨道：“悟空，他不曾走，他是佛旨差来的。”行者道：“这畜类成精，侵夺帝位，还奉佛旨差来；似老孙保唐僧受苦，就该领几道敕书！”菩萨道：“你不知道。当初这乌鸡国王好善斋僧，佛差我来度他归西，早证金身罗汉。因是不可原身相见，变做一种凡僧，问他化些供供。被吾几句言语相难，他不识我是个好人，把我一条绳捆了，送在那御水河中，浸了我三日三夜。多亏六甲金身救我归西，奏与如来，如来将此怪令到此处，推他下井，浸他三年，以报我三日水灾之恨。‘一饮一啄，莫非前定。’今得汝等来此，成了功绩。”

行者道：“你虽报了甚么‘一饮一啄’的私仇，但那怪物不知害了多少人也。”菩萨道：“也不曾害人。自他到后，这三年间风调雨顺，国泰民安，何害人之有？”行者道：“固然如此，但只三宫娘娘与他同眠同起，点污了他的身体，坏了多少纲常伦理，还叫做不曾害人？”菩萨道：“点污他不得，他是个骟了的狮子。”八戒闻言，走近前就摸了一把，笑道：“这妖精真个是糟鼻子不吃酒——枉担其名了。”行者道：“既如此，收了去罢。若不是菩萨亲来，决不饶他性命。”

那菩萨却念个咒，喝道：“畜生，还不皈正，更待何时！”那魔王才现了原身。菩萨放莲花罩定妖魔，坐在背上，踏祥光，辞了行者。咦！

径转五台山上去，宝莲座下听谈经。

毕竟不知那唐僧师徒怎的出城，且听下回分解。

总评：

读者试思：毕竟金丹在老祖炉内否？恐离恨天兜率宫不在身外也。〇金丹到手，死者可活，缘何世人活者反要弄死？可恨，可恨！

第四十回

婴儿戏化禅心乱　猿马刀归木母空

却说那孙大圣兄弟三人，按下云头，径至朝内。只见那君臣储后，几班儿拜接谢恩。行者将菩萨降魔收怪的那一节，陈诉与他君臣听了，一个个顶礼不尽。正都在贺喜之间，又听得黄门官来奏："主公，外面又有四个和尚来也。"八戒慌了，道："哥哥，莫是妖精弄法，假捏文殊菩萨，哄了我等，却又变作和尚，来与我们斗智哩？"行者道："岂有此理！"即命宣进来看。

众文武传令，着他进来。行者看时，原来是那宝林寺僧人，捧着那冲天冠、碧玉带、赭黄袍、无忧履进得来也。行者大喜，道："来得好，来得好！"且教道人过来，摘下包巾，戴上冲天冠；脱了布衣，穿上赭黄袍；解了绦子，系上碧玉带；褪了僧鞋，登上无忧履，教太子拿出白玉珪来，与他执在手里，早请上殿称孤。正是自古道："朝廷不可一日无君。"那皇帝那里肯坐，哭啼啼跪在阶心，道："我已死三年，今蒙师父救我回生，怎么又敢妄自称尊；请那一位师父为君，我情愿领妻子城外为民足矣。"那三藏那里肯受，一心只是要拜佛求经。又请行者，行者笑道："不瞒列位说，老孙若肯要做皇帝，天下万国九州皇帝都做遍了。只是我们做惯了和尚，是这般懒散。若做了皇帝，就要留头长发，黄昏不睡，五鼓不眠，听有边报，心神不安，见有灾荒，忧愁无奈，我们怎么弄得惯？你还做你的皇帝，我还做我的和尚，修功行去也。"着眼。

那国王苦让不过，只得上了宝殿，南面称孤，大赦天下，封赠了宝林寺僧人回去。却才开东阁，筵宴唐僧。一壁厢传旨宣召丹青，写下唐师徒四位喜容，供养在金銮殿上。

那师徒们安了邦国，不肯久停，欲辞王驾投西。那皇帝与三宫妃后、太子、诸臣，将镇国的宝贝、金银段帛，献与师父酬恩。那三藏分毫不受，只是倒换关文，催悟空等背马早行。那国王甚不过意，摆整朝銮驾，请唐僧上坐，着两班文武引导，他与三宫妃后并太子一家儿，捧毂推轮，送出城廓，却才下龙辇，与众相别。国王道："师父啊，到西天经回之日，是必还到寡人界内一顾。"三藏道："弟子领命。"那皇帝阁泪汪汪，遂与众臣回去了。

那唐僧一行四僧，上了羊肠大路，一心里专拜灵山。正值秋尽冬初时节。但见：

霜凋红叶林林瘦，雨熟黄梁处处盈。
日暖岭梅开晚色，风摇山竹动寒声。

师徒们离了乌鸡国，夜住晓行，将半月有馀，忽又见一座高山，真个是摩天碍日。三藏马上心惊，急兜缰忙呼行者。行者道："师父有何分付？"三藏道："你看前面又有大山峻岭，须要仔细堤防，恐一时又有邪物来侵我也。"行者笑道："只管走路，莫再多心，老孙自有防护。"那长老只得宽怀，加鞭策马，奔至山岩，果然也十分险峻。但见得：

高不高，顶上接青霄；深不深，涧中如地府。山前常见骨都都白云，扢腾腾黑雾。红梅翠竹，绿柏青松。山后有千万丈挟魂灵台，后有古古怪怪藏魔洞。洞中有叮叮当当滴水泉，下更有湾湾曲曲流水涧。又见那跳天搠地献果猿，丫丫叉叉带角鹿，呢呢痴痴看人獐。至晚巴山寻穴虎，待晚翻波出水龙。登得洞门唿喇的亮，惊得飞禽扑鲁的起，看那林中走兽鞠律律的行。见此一伙禽和兽，吓得人心扢磴磴惊。堂倒洞堂堂倒洞，洞当当倒洞当仙。青石染成千块玉，碧纱笼罩万堆烟。

师徒们正当悚惧，又只见那山凹里，有一朵红云，直冒到九霄空内，结聚了一团火气。行者大惊，走近前，把唐僧挡着脚，推下马来，叫："兄弟们，不要走了，妖怪来矣。"慌得个八戒急掣钉钯，沙僧忙轮宝杖，把唐僧围护在当中。

话分两头。却说红光里，真是个妖精。他数年前闻得人讲：东土唐僧往西天取经，乃是金蝉长老转生，十世修行的好人。有人吃他一块肉，延生长寿，与天地同休。他朝朝在山间等候，不期今日到了。他在那半空里正然观看，只见三个徒弟，把唐僧围护在马下，各各准备。这精灵夸赞不尽，道："好和尚！我才看着一个白面胖和尚骑了马，真是那唐朝圣僧，却怎么被三个丑和尚护持住了！一个个伸拳敛袖，各执兵器，似乎要与人打的一般。噫，不知是那个有眼力的，想应认得我了！似此模样，莫想得那唐僧的肉吃。"沉吟半晌，以心问心的自家商量道："若要倚势而擒，莫能得近；或者以善迷他，却到得手，但哄得他心迷惑，待我在善内生机，断然拿了。且下去戏他一戏。"好妖怪，即散红光，按云头落下，去那山坡里，摇身一变，变作七岁顽童，赤条条的，身上无衣，将麻绳捆了手足，高吊在那松树稍头，口口声声只叫："救人，救人！"

却说那孙大圣忽抬头再看处，只见那红云散尽，火气全无，便叫："师父，请上马走路。"唐僧道："你说妖怪来了，怎么又敢走路？"行者道："我才然间见一朵红云从地而起，到空中结做一团火气，断然是妖精；这一会红云散了，想是个过路的妖精，不敢伤人。我们去耶！"八戒笑道："师兄说话最巧，妖精又有个甚么过路的。"行者道："你那里知道。若是那山那洞的魔王设宴，邀请那诸山各洞之精赴会，却就有东南西北四路的精灵都来赴会，故此他只有心赴会，无意伤人。此乃过路之妖精也。"

三藏闻言，也似信不信的，只得攀鞍在马，顺路奔山前进。正行时，只听得叫声"救人"，长老大惊，道："徒弟呀，这半山中，是那里甚么人叫？"行者上前道："师父只管走路，莫缠甚么人轿、骡轿、明轿、睡轿。这所在，就是打也没个人抬你。"唐僧道："不是扛抬之轿，乃是叫唤之叫。"行者笑道："我晓得，莫管闲事，且走路。"

三藏依言，策马又进，行不上一里之遥，又听得叫声"救人"，长老道："徒弟，这个叫声，不是鬼魅妖邪；不是鬼魅妖邪，但有出声，无有回声。你听他叫一声，又叫一声，想必是个有难之人。我们可去救他一救。"行者道："师父，今日且把这慈悲心略收起收起，待过了此山，再发慈悲罢。这去处凶多吉少，你知道那倚草附木之说，是物可以成精。诸般还可，只有一般蟒蛇，但修得年远日深，成了精魅，善能知人小名儿。他若在草科里或山凹中叫人一声，人不答应还可；若答应一声，他就把人元神绰去，当夜跟来，断然伤人性命。且走且走！古人云'脱得去，谢神明'，切不可听他。"

长老只得依他，又加鞭催马而去。行者心中暗想："这泼怪不知在那里，只管叫啊叫的。等我老孙送他一个卯酉星法，教他两不见面。"好大圣，叫沙和尚："前来拢着马，慢慢走着，让老孙解解手。"你看他让唐僧先行几步，却念个咒语，使个移山缩地之法，把金箍棒往后一指，他师徒过此峰头，往前走了，却把那怪物撇下。他再拽开步，赶上唐僧，一路奔山。只见那三藏又听得那山背后叫声"救人"，长老道："徒弟呀，那有难的人大没缘法，不曾得遇着我们。我们走过他了，你听他在山后叫哩。"八戒道："在便还在山前，只是如今风转了也。"行者道："管他甚么转风不转风，且走路。"因此遂都无言语，恨不得一步趿过此山，不题话下。

却说那妖精在山坡里，连叫了三四声，更无人到。他心中思量道："我等唐僧在此，望见他离不上三里，却怎么这半晌还不到？想是抄下路去了。"他抖一抖身躯，脱了绳索，又纵红光，上空再看。不觉孙大圣仰面一观，识得是妖怪，又把唐僧撮着脚推下马来，道："兄弟们，仔细仔细！那妖精又来也！"慌得那八戒、沙僧各持钯棍，将唐僧又围护在中间。那精灵见了，在半空中称羡不已，道："好和尚！我才见那白面和尚坐在马上，却怎么又被他三人藏了？这一去见面方知。先把那有眼力的弄倒了，方才捉得唐僧。不然啊，

徒费心机难获物，枉劳情兴总成空。"

即按下云头，恰似前番变化，高吊在松树稍头等候。这番却不上

半里之地。

却说那孙大圣抬头再看，只见那红云又散，复请师父上马前行。三藏道："你说妖精又来，如何又请走路？"行者道："这还是个过路的妖精，不敢惹我们。"长老又怀怒道："这个泼猴，十分弄我！正当有妖魔处，却说无事；似这般清平之所，却又来吓我，不时的嚷道有甚妖精！虚多实少，不管轻重，将我挡着脚掉下马来，如今却解说甚么过路的妖精！假若跌伤了我，却也过意不去！"这等这等。行者道："师父莫怪。若是跌伤了你的手足，却还好医治；若是被妖精捞了去，却何处跟寻？"三藏大怒，哏哏的要念紧箍儿咒，却是沙僧苦劝，只得上马又行。

还未曾坐得稳，又听得叫"师父救人啊"。长老抬头看时，原来是个小孩童，赤条条的吊在树上，兜住缰，便骂行者，道："这泼猴多大惫懒！全无有一点儿善良之意，心心只是要撒泼行凶哩！我那般说叫唤的是个人声，他就千言万语只嚷是妖怪！你看那树上吊的不是个人么？"大圣见师父怪下来了，却又觌面看见模样，一则做不得手脚，二来又怕念紧箍儿咒，低着头，再也不敢回言，让唐僧到了树下。那长老将鞭稍指着，问道："你是那家孩儿？因有甚事，吊在此间？说与我，好救你。"噫，分明他是个精灵，变化得这等，那师父却是个肉眼凡胎，不能相识。

那妖魔见他下问，越弄虚头，眼中噙泪，叫道："师父哑，山西去有一条枯松涧，涧那边有一庄村。我是那里人家。我祖公公姓红，只因广积金银，家私巨万，混名唤做红百万。年老归世已久，家产遗与我父。近来人事奢侈，家私渐废，改名叫做红十万，专一结交四路豪杰，将金银借放，希图利息。怎知那无籍之人，设骗了去啊，本利无归。我父发了洪誓，分文不借。那借金银人，身无活计，结成凶党，明火执杖，白日杀上我们，将我财帛尽劫掳，把我父亲杀了；见我母亲有些颜色，拐将去做甚么压寨夫人。那时节，我母亲舍不得我，把我抱在怀里，哭哀哀，战兢兢，跟随贼寇。不期到此山中，又要杀我，多亏母亲哀告，免教我刀下身亡，却将绳子吊我在树上，只教冻饿而死。那些贼将我母亲不知掠往那里去了。我在此已吊三日三夜，更没一个人来行走。不知那世里修积，今生得遇老师父。若肯舍大慈悲，救我一命回家，就典身卖命，也酬谢师恩。致使黄沙盖面，更不敢忘也。”

三藏闻言，认了真实，就教八戒解放绳索，救他下来。那呆子也不识人，便要上前动手。行者在傍，忍不住喝了一声，道：“那泼物，有认得你的在这里哩！莫要只管架空捣鬼，说谎哄人！你既家私被劫，父被贼伤，母被人掳，救你去交与谁人？你将何物与我作谢？这谎脱节了耶！”好盘诘。那怪闻言，心中害怕，就知大圣是个能人，暗将他放在心上；却又战战兢兢，滴泪而言曰：“师父，虽然我父母空亡，家财尽绝，还有些田产未动，亲戚皆存。”行者道：“你有甚么亲戚？”妖怪道：“我外公家在山南，姑娘住居岭北。涧头李四是我姨夫，林内红三是我族伯。还有堂叔、堂兄，都住在本庄左右。老师父若肯救我，到了庄上，见了诸亲，将老师父拯救之恩，一一对众言说，典卖些田产，重重酬谢也。”

八戒听说，扛住行者，道：“哥哥，这等一个小孩子家，你只管盘诘他怎的！他说得是，强盗只打劫他些浮财，莫成连房屋田产也劫得去？若与他亲戚们说了，我们纵有广大食肠，也吃不了他十亩田价。救他下来罢。”呆子只是想着吃食，那里管甚么好歹，把戒刀挑断绳索，放下怪来。那怪对唐僧马下，泪汪汪只情磕头。长老心慈，便叫：“孩儿，你上马来，我带你去。”那怪道：“师父啊，我手脚都吊麻了，腰胯疼痛，一则是乡下人家，不惯骑马。”唐僧叫八戒驼着，那妖怪抹了一眼，道：“师父，我的皮肤都冻熟了，不敢要这位师父驼。他的嘴长耳大，脑后鬃硬，搠得我慌。”唐僧道：“教沙和尚驮着。”那怪也抹了一眼，道：“师父，那些贼来打劫我家时，一个个都搽了花脸，带假胡子，拿刀弄杖的。我被他唬怕了，见这位晦气脸的师父，一发没了魂了，也不敢要他驮。”唐僧教孙行者驮着。行者呵呵笑道：“我驮我驮！”

那怪物暗自欢喜，顺顺当当的要行者驮他。行者把他扯在路旁边，试了一试，只好有三斤十来两重。行者笑道：“你这个泼怪物，今日该死了，怎么在老孙面前捣鬼！我认得你是个那话儿啊。”妖怪道：“师父，我是好人家儿女，不幸遭此大难，我怎么是个甚么那话儿？”行者道：“你既是好人家儿女，怎么这等骨头轻？”妖怪道：“我骨格儿小。”行者道：“你今年几岁了？”那怪道：“我七岁了。”行者笑道：“一岁长一斤，也该七斤。你怎么不满四斤重么？”那怪道：“我一时失乳。”行者说：“也罢，我驼着你。若要尿尿把把，须和我说。”三藏才与八戒、沙僧前走，行者背着孩儿随后，一行径投西去。有诗为证：

道德高隆魔瘴高，禅机本静静生妖。心君正直行中道，木母痴顽踊外趫。意马不言怀爱欲，黄婆无语自忧焦。客邪得志空欢喜，毕竟还从正处消。

孙大圣驼着妖魔，心中埋怨唐僧不知艰苦："行此险峻山场，空身也难走，却教老孙驼人。这厮莫说他是妖怪，就是好人，他没了父母，不知将他驼与何人，倒不如掼杀他罢。"那怪物却早知觉了，便就使个神通，往四下里吸了四口气，吹在行者背上，便觉重有千斤。行者笑道："我儿啊，你弄重身法压我老爷哩！"那怪闻言，恐怕大圣伤他，却就解尸出了元神，跳将起去，伫立在九霄空里。这行者背上越重了。猴王发怒，抓过他来，往那路傍边赖石头上滑辣的一掼，将尸骸掼得相个肉饼一般；还恐他又无礼，索性将四肢扯下，丢在路两边，俱粉碎了。

那物在空中明明看着，忍不住心头火起，道："这猴和尚，十分惫懒！就作我是个妖魔，要害你师父，却还不曾见怎么下手哩，你怎么就把我这等伤损！早是我有算计，出神走了；不然，是无故伤生也。若不趁此时拿了唐僧，再让一番，越教他停留长智。"好怪物，就此半空里弄了一阵旋风，呼的一声响亮，走石扬沙，诚然凶狠。这样小小年纪，已会弄风了。好风：

淘淘怒卷水云腥，黑气腾腾闭日明。岭树连根通拔尽，野梅带干悉皆平。黄沙迷目人难走，怪石伤残路怎平。滚滚团团平地暗，遍山禽兽发哮声。

刮得那三藏马上难存，八戒不敢仰视，沙僧低头掩面。孙大圣情知是怪物弄风，急纵步来赶时，那怪已骋风头将唐僧摄去了，无踪无影，不知摄向何方，无处跟寻。

一时间，风声暂息，日色光明。行者上前观看，只见白龙马战兢兢发喊声嘶，行李担丢在路下，八戒伏于崖下呻吟，沙僧蹲在坡前叫唤。行者喊："八戒！"那呆子听见是行者的声音，却抬头看时，狂风已静，爬起来，扯住行者，道："哥哥，好大风啊！"沙僧却也上前，道："哥哥，这是一阵旋风。"又问："师父在那里？"八戒道："风来得紧，我们都藏头遮眼，各自躲风，师父也伏在马上的。"行者道："如今却往那里去了？"沙僧道："是个灯草做的，想是一风卷去也。"

行者道："兄弟们，我等自此就该散了！"八戒道："正是，趁早散了，各寻头路，多少是好。那西天路无穷无尽，几时能到得！"沙僧闻言，打了一个失惊，浑身麻木，道："师兄，你都说的是那里话！我等因为前生有罪，感蒙观世音菩萨劝化，与我们摩顶受戒，改换法名，皈依佛果，情愿保护唐僧上西方拜佛求经，将功折罪。今日到此，一旦俱休，说出这等各寻头路的话来，可不违了菩萨的善果，坏了自己的德行，惹人耻笑，说我们有始无终也！"行者道："兄弟，你说的也是。奈何师父不听人说。我老孙火眼金睛，识得好歹。才然这风，是那树上吊的孩儿弄的。我认得他是个妖精，你们不识，那师父也不识，认作是好人家儿女，教我驼着他走。是老孙算计要摆布他，他就弄个重身法压我；是我把他掼得粉碎，他想是又使解尸之法，弄阵旋风，把我师父摄去也。因此上怪他每每不听我说，故我意懒心灰，说各人散了。既是贤弟有此诚意，教老孙进退两难。八戒，你端的要怎的处？”八戒道：“我才自失口，乱说了几句，其实也不该散。哥哥，没及奈何，还信沙弟之言，去寻那妖怪，救师父去。”行者却回嗔作喜，道：“兄弟们，还要来结同心，收拾了行李、马匹，上山找寻怪物，答救唐僧去。”

三个人附葛扳藤，寻坡转涧，行经有五七十里，却也没个音信。那山上飞禽走兽全无，老柏乔松常见。孙大圣着实心焦，将身一纵，跳上那巅崄峰头，喝一声，叫“变”，变作三头六臂，似那大闹天宫的本像，将金箍棒幌一幌，变作三根金箍棒，劈哩扑辣的，往东打一路，往西打一路，两边不住的乱打。八戒见了，道：“沙和尚，不好了！师兄是寻不着师父，恼出气心风来了！”

那行者打了一会，打出一伙穷神来，都披一片挂一片，裩无裆裤无口的，跪在山前，叫：“大圣，山神、土地来见。”奇甚。行者道：“怎么就有许多山神、土地？”众神叩头道：“上告大圣，此山唤做六百里钻头号山。我等是十里一山神，十里一土地，共该三十名山神，三十名土地。昨日已此闻大圣来了，只因一时会不齐，故此接迟，致令大圣发怒。万望恕罪。”行者道：“我且饶你罪名。我问你，这山上有多少妖精？”众神道：“爷爷哑，只有得一个妖精，把我们头也摩光了，弄得我们少香没纸，血食全无，一个个衣不充身，食不充口，还吃得有多少妖精哩！”行者道：“这妖精在山前住，是山后住？”众神道：“他也不在山前山后。这山中有一条涧，叫做枯松涧，涧边有一座洞，叫做火云洞。那洞里有一个魔王，神通广大，常常的把我们山神、土地拿了去，烧火顶门，黑夜与他提铃喝号。小妖儿又讨甚么常例钱。”行者道：“汝等乃是阴鬼之仙，有何钱钞？”众神道：“正是没钱与他，只得捉几个山獐、野鹿，早晚间打点群精；若是没有相送，就要打拆庙宇，剥衣裳，搅得我等不得安生，万望大圣与我等剿除此怪，拯救山上生灵！”行者道：“你等既受他节制，常在他洞下，可知他是那里妖精，叫做甚么名字？”众神道：“说起他来，或者大圣也知道。他是牛魔王的儿子，罗刹女养的。他曾在火焰山修行了三百年，炼成三昧真火，却也广大神通。牛魔王使他来镇守号山，乳名叫做红孩儿，号叫做圣婴大王。”

行者闻言，满心欢喜，喝退了土地、山神，却现了本像，跳下峰头，对八戒、沙僧道：“兄弟们放心，再不须思念。师父决不伤生。妖精与老孙有亲。”八戒笑道：“哥哥，莫要说谎。你在东胜神洲，他这里是西牛贺洲，路程遥远，隔着万水千山，海洋也有两道，怎的与你有亲？”行者道：“刚才这伙人都是本境土地、山神。我问他妖怪的原因，他道是牛魔王的儿子，罗刹女养的，名字唤做红孩儿，号圣婴大王。想我老孙五百年前大闹天宫时，遍游天下名山，寻访大地豪杰，那牛魔王曾与老孙结七兄弟。一般五六个魔王，止有老孙生得小巧，故此把牛魔王称为大哥。这妖精是牛魔王的儿子，我与他父亲相识，若论将起来，还是他老叔哩。他怎敢害我师父？我们趁早去来。”沙和尚笑道：“哥呀，常言道，‘三年不上门，当亲也不亲’哩。你与他相别五六百年，又不曾往还酒杯，又没有个节礼相邀，他那里与你认甚么亲耶？”说得是，说得是。如今世上都是如此。行者道：“你怎么这等量人！常言道：'一叶浮萍归大海，为人何处不相逢。'总然他不认亲，好道也不伤我师父；不望他相留酒席，必定也还我个囫囵唐僧。"

三兄弟各办虔心，牵着白马，马上驼着行李，找大路一直前进。无分昼夜，行了百十里远近，忽见一松林，分中有一条曲涧，涧下有碧澄澄的活水飞流。那涧稍头有一座石板桥，通着那厢洞府。行者道："兄弟，你看那壁厢，有石崖磷磷，想必是妖精住处了。我等从众商议：那个管守行李、马匹，那个肯跟着我过去降妖？"八戒道："哥哥，老猪没甚坐性，我随你去罢。"行者道："好，好。"教沙僧："将马匹、行李俱潜在树林深处，小心守护，待我两个上门去寻师父耶。"

那沙僧依命，八戒相随，与行者各持兵器前来。正是：

未炼婴儿邪火胜，心猿木母共扶持。

毕竟不知一去吉凶何如，且听下回分解。

总评：

自古及今，无一人不受此孩儿之害。人试思之，此孩儿毕竟是何物，理会得着，方许他读《西游记》也。

修行了三百年，还是一个孩儿，此子最藏年纪，极好去考童生，省得削须晒额。

第四十一回

心猿遭火败

木母被魔擒

心猿遭火敗
木母被魔擒

善恶一时忘念，荣枯都不关心。晦明隐现任浮沉，随分饥餐渴饮。神静湛然常寂，昏冥便有魔侵。说出。五行蹭蹬破禅林，风动必然寒凛。

却说那孙大圣，引八戒别了沙僧，跳过枯松涧，径来到那怪石崖前。果见有一座洞府，真个也景致非凡。但见：

回銮古道幽还静，风月也听玄鹤弄。白云透出满川光，流水过桥仙意兴。猿啸鸟啼花木奇，藤萝石蹬芝兰胜。苍摇崖壑散烟霞，翠染松篁招彩凤。远列巅峰似插屏，山朝涧绕真仙洞。昆仑地脉发来龙，有分有缘方受用。

将近行到门前，见有一座石碣，上镌八个大字，乃是"号山枯松涧火云洞"。那壁厢一群小妖，在那里轮枪舞剑的跳风顽耍。孙大圣厉声高叫道："那小的们，趁早去报与洞主知道，教他送出我唐僧师父来，免你这一洞精灵的性命；牙迸半个'不'字，我就掀翻了你的山场，踊平了你的洞府！"那些小妖闻得此言，慌忙急转身，各归洞里，关了两扇石门，到里边来报："大王，祸事了！"

却说那怪自把三藏拿到洞中，选剥了衣服，四马攒蹄，捆在后院里，着小妖打干净水刷洗，要上笼蒸吃哩。急听得报声"祸事"，且不刷洗，便来前庭上问："有何祸事？"小妖道："有个毛脸雷公嘴的和尚，带一个长嘴大耳的和尚，在门前要甚么唐僧师父哩，但若牙迸半个'不'字，就要掀翻山场，踊平洞府。"

魔王微微冷笑，道："这是孙行者与猪八戒。他却也会寻哩。我拿他师父，自半山中到此，有百五十里，却怎么就寻上门来？"教："小的们，把管车的推出车去！"那一班几个小妖，推出五辆小车儿来，开了前门。八戒望见，道："哥哥，这妖精想是怕我们，推出车子，往那厢搬哩。"行者道："不是，且看他放在那里。"只见那小妖将车子按金木水火土安下，着五个看着，五个进去通报。那魔王问："停当了？"答应："停当了。"教："取过枪来。"有那一伙管兵器的小妖，着两个抬出一杆丈八长的火尖枪，递与妖王。

妖王轮枪拽步，也无甚么盔甲，只是腰间束一条锦绣战裙，赤着脚，走出门前。行者与八戒抬头观看，但见那怪物：

面如傅粉三分白，唇若涂朱一表才。鬓挽青云欺靛染，眉分新月似刀裁。战裙巧绣盘龙凤，形比哪吒更富胎。双手绰枪威凛冽，祥光护体出门来。哏声响若春雷吼，暴眼明如掣电乖。要识此魔真姓氏，名扬千古唤红孩。

那红孩儿怪出得门来，高叫道："是甚么人，在我这里吆喝！"行者近前，笑道："我贤侄，莫弄虚头。你今早在山路傍高吊在松树稍头，是那般一个瘦怯怯的黄病孩儿，哄了我师父。我到好意驮着你，你就弄风儿把我师父摄将来。你如今又弄这个样子，我岂不认得你？趁早送出我师父，不要白了面皮，失了亲情：恐你令尊知道，怪我老孙以长欺幼，不相模样。"这猴头委是轻薄。那怪闻言，心中大怒，咄的一声喝道："那泼猴头！我与你有甚亲情？你在这里满口胡柴，绰甚声经儿！那个是你贤侄！”行者道：“哥哥，是你也不晓得。当年我与你令尊做弟兄时，你还不知在那里哩！”那怪道：“这猴子一发胡说！你是那里人，我是那里人，怎么得与我父亲做兄弟？”行者道：“你是不知。我乃五百年前大闹天宫的齐天大圣孙悟空是也。我当初未闹天宫时，遍游海角天涯，四大部洲，无方不到。那时节，专慕豪杰。你令尊叫做牛魔王，称为平天大圣，与我老孙结为七兄弟，让他做了大哥；还有个蛟魔王，称为覆海大圣，做了二哥；又有个大鹏魔王，称为混天大圣，做了三哥；又有个狮狔王，称为移山大圣，做了四哥；又有个猕猴王，称为通风大圣，做了五哥；又有个狨王，称为驱神大圣，做了六哥；惟有老孙身小，称为齐天大圣，排行第七。我老弟兄们那时节要子时，还不曾生你哩！”

那怪物闻言，那里肯信，举起火尖枪就刺。行者正是那会家不忙，又使了一个身法，闪过枪头，轮起铁棒，骂道：“你这小畜生，不识高低！看棍！”那妖精也使身法，让过铁棒，道：“泼猢狲，不达时务！看枪！”他两个也不论亲情，一齐变脸，各使神通，跳在云端里。好杀：

行者名声大，魔王手段强。一个横举金箍棒，一个直挺火尖枪。吐雾遮三界，喷云照四方。一天杀气凶声吼，日月星辰不见光。语言无逊让，情意两乖张。那一个欺心失礼义，这一个变脸没纲常。棒架威风长，枪来野性狂。一个是混元真大圣，一个是正果善财郎。二人努力争强胜，只为唐僧拜法王。

那妖魔与孙大圣战经二十合，不分胜败。猪八戒在傍边看得明白：妖精虽不败降，却只是遮拦隔架，全无攻杀之能；行者总不赢他，棒法精强，来往只在那妖精头上，不离了左右。八戒暗想道："不好啊，行者溜撒，一时间丢个破绽，哄那妖魔钻进来，一铁棒打倒，就没了我的功劳。"你看他抖搜精神，举着九齿钯，在空里望妖精劈头就筑。那怪见了心惊，急拖枪败下阵来。行者喝教："八戒，赶上赶上！"

二人赶到他洞门前，只见妖精一只手举着火尖枪，站在那中间一辆小车儿上；一只手捏着拳头，往自家鼻子上捶了两拳。八戒笑道："这厮放赖，不羞！你好道捶破鼻子，倘出些血来，搽红了脸，往那里告我们去耶？"趣。那妖魔捶了两拳，念个咒语，口里喷出火来，鼻子里浓烟迸出，闸闸眼，火焰齐生。那五辆车子上，火光涌出。连喷了几口，只见那红焰焰大火烧空，把一座火云洞，被那烟火迷慢，真个是熯天炽地。八戒慌了，道："哥哥，不停当！这一钻在火里，莫想得活，把老猪弄做个烧熟的，加上香料，尽他受用哩！快走，快走！"说声走，他也不顾行者，跑过涧去了。

这行者神通广大，捏着避火诀，撞入火中，寻那妖怪。那妖怪见行者来，又吐上几口，那火比前更胜。好火：

炎炎烈烈盈空燎，赫赫威威遍地红。却似火轮飞上下，由如炭屑舞西东。这火不是燧人钻木，又不是老子炮丹。非天火，非野火，乃是妖魔修炼成真三昧火。五辆车儿合五行，五行生化火煎成。肝水能生心火旺，心火致令脾土平。脾土生金金化水，水能生木彻通灵。生生化化皆因火，火遍长空万物荣。妖邪久悟呼三昧，永镇西方第一名。

行者被他烟火飞腾，不能寻怪，看不见他洞门前路径，抽身跳出火中。那妖精在门首看得明白，他见行者走了，却才收了火具，帅群妖转于洞内，闭了石门，以为得胜，着小的排宴奏乐，欢笑不题。

却说行者跳过枯松涧，按下云头，只听得八戒与沙僧朗朗的在松间讲话。行者上前，喝八戒道："你这呆子，全无人气！你就惧怕妖火，败走逃生，却把老孙丢下。早是我有些南北哩！"八戒笑道："哥啊，你被那妖精说着了，果然不达时务。古人云：'识得时务者，呼为俊杰。'那妖精不与你亲，你强要认亲；既与你赌斗，放出那般无情的火来，又不走，还要与他恋战哩。"行者道："那怪物的手段比我何如？"八戒道："不济。""枪法比我何如？"八戒道："也不济。老猪见他撑持不住，却来助你一钯，不期他不识耍，就败下阵来，没天理，就放火了。"行者道："正是你不该来。我再与他斗几合，我取巧儿捞他一棒，却不是好？"

他两个只管论那妖精的手段，讲那妖精的火毒，沙和尚倚着松根，笑得挨了。行者看见，道："兄弟，你笑怎么？你好道有甚手段，擒得那妖魔，破得那火阵？这桩事，也是大家有益的事。常言道：'众毛攒球。'你若拿得妖魔，救了师父，也是你的一件大功绩。"沙僧道："我也没甚手段，也不能降妖。我笑你两个都着了忙也。"行者道："我怎么着忙？"沙僧道："那妖精手段不如你，枪法不如你，只是多了些火势，故不能取胜。若依小弟说，以相生相克拿他，有甚难处？”行者闻言，呵呵笑道：“兄弟说得有理。果然我们着忙了，忘了这事。若以相生相克之理论之，须是以水克火。却往那里寻些水来，泼灭这妖火，可不救了师父？”沙僧道：“正是这般，不必迟疑。”行者道：“你两个只在此间，莫与他索战，待老孙去东洋大海求借龙兵，将些水来，泼息妖火，捉这泼怪。”八戒道：“哥哥放心前去，我等理会得。”

好大圣，纵云离此地，顷刻到东洋。却也无心看玩海景，使个逼水法，分开波浪。正行时，见一个巡海夜叉相撞，看见是孙大圣，急回到水晶宫里报知。那老龙王敖广即率龙子龙孙、鰕兵蟹卒，一齐出门迎接，请里面坐。坐定，礼毕，告茶。行者道：“不劳茶，有一事相烦。我因师父唐僧往西天拜佛取经，经过号山枯松涧火云洞，有个红孩儿妖精，号圣婴大王，把我师父拿了去。是老孙寻到洞边，与他交战，他却放出火来。我们禁不得他，想着水能克火，特来问你求些水去，与我下场大雨，泼灭了妖火，救唐僧一难。”那龙王道：“大圣差了，若要求取雨水，不该来问我。”行者道：“你是四海龙王，主司雨泽，不来问你，却去问谁？”龙王道：“我虽司雨，不敢擅专，须得玉帝旨意，分付在那地方，要几尺几寸，甚么时辰起住，还要三官举笔，太乙移文，会定了雷公电母、风伯云童。俗语云‘龙无云而不行’哩。”行者道：“我也不用着风云雷电，只是要些雨水灭火。”龙王道：“大圣不用风云雷电，但我一人也不能助力，着舍弟们同助大圣一功如何？”行者道：“令弟何在？”龙王道：

“南海龙王敖钦、北海龙王敖顺、西海龙王敖闰。”行者笑道：“我若再游过三海，不如上界去求玉帝旨意了。”龙王道：“不消大圣去，只我这里撞动铁鼓金钟，他自顷刻而至。”行者闻其言，道：“老龙王，快撞钟鼓。”

须臾间，三海龙王拥至，问：“大哥，有何事命弟等？”敖广道：“孙大圣在这里借雨，助力降妖。”三弟即引进见毕，行者备言借水之事，众神个个欢从，即点起：

鲨鱼骁勇为前部，鳠痴口大作先锋。鲤元帅翻波跳浪，鯾提督吐雾喷风。鲭太尉东方打哨，鲌都司西路催征。红眼马郎南面舞，黑甲将军北下冲。鱑把总中军掌号，五方兵处处英雄。纵横机巧鼋枢密，妙算玄微龟相公。有谋有智鼍丞相，多变多能鳖总戎。横行蟹士轮长剑，直跳虾婆扯硬弓。鲇外郎查明文簿，点龙兵出离波中。

诗曰：

四海龙王喜助功，齐天大圣请相从。
只因三藏途中难，借水前来灭火红。

那行者领着龙兵，不多时早到号山枯松涧上。行者道：“敖氏昆玉，有烦远涉。此间乃妖魔之处，汝等且停于空中，不要出头露面。让老孙与他赌斗，若赢了他，不须列位捉拿；若输与他，也不用列位助阵，只是他但放火时，可听我呼唤，一齐喷雨。”龙王俱如号令。

行者却按云头，入松林里见了八戒、沙僧，叫声：“兄弟。”八戒道：“哥哥来得快哑，可曾请得龙王来？”行者道：“俱来了。你两个切须仔细，只怕雨大，莫湿了行李。待老孙与他打去。”沙僧道：“师兄放心前去，我等俱理会得了。”

行者跳过涧，到了门首，叫声：“开门！”那些小妖又去报道：“孙行者又来了。”红孩仰面笑道：“那猴子想是火中不曾烧了他，故此又来。这一来，切莫饶他，断然烧个皮焦肉烂才罢！”急纵身，挺着长枪，教：“小的们，推出火车子来！”走出门前，对行者道：“你又来怎的？”行者道：“还我师父来！”那怪道：“你这猴头，忒不通变！那唐僧与你做得师父，也与我做得按酒。如今师父连按酒也做不得。你还思量要他哩！莫想，莫想！”行者闻言，十分恼怒，掣金箍棒劈头就打，那妖精使火尖枪急架相迎。这一场赌斗，比前不同。好杀：

怒发泼妖魔，恼急猴王将。这一个专救取经僧，那一个要吃唐三藏。心变没亲情，情疏无义让。这个恨不得捉住活剥皮，那个恨不得拿来生蘸酱。真个忒英雄，果然多猛壮。棒来枪架赌输赢，枪去棒迎争下上。举手相轮二十回，两家本事一般样。

那妖王与行者战经二十回合，见得不能取胜，虚幌一枪，急抽身，捏着拳头，又将鼻子捶了两下，却就喷出火来。那门前车子上烟火迸起，口眼中赤焰飞腾。孙大圣回头叫道：“龙王何在？”那龙王兄弟帅众水族，望妖精火光里喷下雨来。好雨。真个是：

潇潇洒洒，密密沉沉。潇潇洒洒，如天边坠落星辰；密密沉沉，似海口倒悬浪滚。起初时如拳大小，次后来瓮泼盆倾。满地浇流鸭顶绿，高山洗出佛头青。沟壑水飞千丈玉，涧泉波涨万条银。三叉路口看看满，九曲溪中渐渐平。这个是唐僧有难神龙助，扳倒天河往下倾。

那雨淙淙大小，莫能止息那妖精的火势。原来龙王私雨，只好泼得凡火，妖精的三昧真火，如何泼得？好一似火上浇油，越泼越灼。

大圣道：“等我捻着诀，钻入火中。”轮铁棒，寻妖要打。那妖见他来到，将一口烟劈脸喷来。行者急回头，熰音秋。得眼花雀乱，忍不住泪落如雨。原来这大圣不怕火，只怕烟。当年因大闹天宫时，被老君放在八卦炉中煅过一番。他幸在那巽位安身，不曾烧坏，只是风搅得烟来，把他熰做火眼金睛，故至今只是怕烟。好点缀。那妖又喷一口，行者当不得，纵云头走了。那妖王却又收了火具，回归洞府。

这大圣一身烟火，暴躁难禁，径投于涧水内救火。怎知被冷水一逼，弄得火气攻心，三魂出舍。可怜：

气塞胸堂喉舌冷，魂飞魄散丧残生。好妆点。

慌得那四海龙王在半空里收了雨泽，高声大叫：“天蓬元帅，卷帘将军！休在林中藏隐，且寻你师兄出来！”

八戒与沙僧听得呼他圣号，急忙解了马，挑着担，奔出林来，也不顾泥泞，顺涧边找寻。只见那上溜头，翻波滚浪，急流中淌下一个人来。沙僧见了，连衣跳下水中，抱上岸来，却是孙大圣身躯。噫，你看他蜷局四肢伸不得，浑身上下冷如冰。沙和尚满眼垂泪，道：“师兄，可惜了你亿万年不老长生客，如今化作个中途短命人！”

八戒笑道：“兄弟莫哭。这猴子佯推死，吓我们哩。你摸他摸，胸前还有一点热气没有？”沙僧道：“浑身都冷了，就有一点儿热气，怎的就得回生？”八戒道：“他有七十二般变化，就有七十二条性命。你扯着脚，等我摆布他。”真个那沙僧扯着脚，八戒扶着头，把他拽个直，推上脚来，盘膝坐定。八戒将两手搓热，仵住他的七窍，使一个按摩禅法。原来那行者被冰水逼了，气阻丹田，不能出声。却幸得八戒按摸揉擦，须臾间，气透三关，转明堂，冲开孔窍，叫了一声：“师父啊！”沙僧道：“哥啊，你生为师父，死也还在口里。且苏醒，我们在这里哩。”行者睁开眼，道：“兄弟们在这里？老孙吃了亏也！”八戒笑道：“你才方发昏的，若不是老猪救你啊，已此了帐了，还不谢我哩。”行者却才起身，仰面道：“敖氏弟兄何在？”那四海龙王在半空中答应道：“小龙在此伺候。”行者道：“累你远劳，不曾成得功果，且请回去，改日再谢。”龙王帅水族泱泱而回，不在话下。

沙僧搀着行者，一同到松林之下坐定。少时间，却定神顺气，止不住泪滴腮边，又叫：“师父啊！

忆昔当年出大唐，岩前救我脱灾殃。三山六水遭魔障，万苦千辛割寸肠。托钵朝餐随厚薄，参禅暮宿或林庄。一心指望成功果，今日安知痛受伤！”

沙僧道：“哥哥，且休烦恼。我们早安计策，去那里请兵助力，达救师父耶？”行者道：“那里请救么？”沙僧道：“当初菩萨分付，着我等保护唐僧，他会许我们叫天天应，叫地地应。那里请救去？”行者道：“想老孙大闹天宫时，那些神兵都禁不得我。这妖精神通不小，须是比老孙手段大些的，才降得他哩。天神不济，地煞不能，若要拿此妖魔，须是去请观音菩萨才好。奈何我皮肉酸麻，腰膝疼痛，驾不起筋斗云，怎生请得？”八戒道：“有甚话分付，等我去请。”行者笑道：“也罢，你是去得。若见了菩萨，切休仰视，只可低头礼拜。等他问时，你却将地名、妖名说与他，再请救师父之事。他若肯来，定取擒了怪物。”八戒闻言，即便驾了云雾，向南而去。

却说那个妖王，在洞里欢喜道：“小的们，孙行者吃了亏去了。这一阵虽不得他死，好道也发个大昏。咦，只怕他又请救兵来也。快开门，等我去看他请谁。”众妖开了门，妖精就跳在空里观看，只见八戒往南去了。妖精想着南边再无他处，断然是请观音菩萨，急按下云，叫：“小的们，把我那皮袋寻出来。多时不用，只恐口绳不牢，与我换上一条，放在二门之下；等我去把八戒赚将回来，装于袋内，蒸得稀烂，犒劳你们。”原来那妖精有一个如意的皮袋。众小妖拿出来，换了口绳，安于洞门内不题。

却说那妖王久居于此，俱是熟游之地，他晓得那条路上南海去近，那条去远。他从那近路上，一驾云头，赶过了八戒，端坐在壁岩之上，变作一个假观世音模样，等候着八戒。

那呆子正纵云行处，忽然望见菩萨。他那里识得真假？这才是见像作佛。呆子停云下拜，道："菩萨，弟子猪悟能叩头。"妖精道："你不保唐僧去取经，却见我有何事干？"八戒道："弟子因与师父行至中途，遇着号山枯松涧火云洞，有个红孩儿妖精，他把我师父摄了去。是弟子与师兄等寻上他门，与他交战。他原来会放火，头一阵，不曾得赢；第二阵，请龙王助雨，也不能灭火。师兄被他烧坏了，不能行动，着弟子来请菩萨。万望垂慈，救我师父一难！"妖精道："那火云洞洞主不是个伤生的，一定是你们冲撞了他也。"八戒道："我不曾冲撞他，是师兄悟空冲撞他的。他变作一个小孩子，吊在树上，试我师父。师父甚有善心，教我解下来，着师兄驮他一程。是师兄掼了他一掼，他就弄风儿，把师父摄去了。"妖精道："你起来，跟我进那洞里见洞主，与你说个人情，你陪一个礼，把你师父讨出来罢。"八戒道："菩萨哑，若肯还我师父，就磕他一个头也罢。"

妖王道："你跟来。"那呆子不知好歹，就跟着他径回旧路，却不向南洋海，随赴火云门。顷刻间，到了门首。妖精进去，道："你休疑忌。他是我的故人，你进来。"呆子只得举步入门。众妖一齐呐喊，将八戒捉倒，装于袋内，束紧了口绳，高吊在驮梁之上。妖精现了本相，坐在当中，道："猪八戒，你有甚么手段，就敢保唐僧取经，就敢请菩萨降我？你大睁着两个眼，还不认得我是圣婴大王哩！如今拿你，吊得三五日，蒸熟了赏赐小妖，权为案酒！"八戒听言，在里面骂道："泼怪物，十分无礼！若论你百计千方骗了我吃，管教你一个个遭种头天瘟！”呆子骂了又骂，嚷了又嚷，不题。

却说孙大圣与沙僧正坐，只见一阵腥风刮面而过，他就打了一个喷嚏，道：“不好，不好！这阵风凶多吉少。想是猪八戒走错路也。”沙僧道：“他错了路，不会问人？”行者道：“想是撞见妖精了。”沙僧道：“撞见妖精，他不会跑回？”行者道：“不停当。你坐在这里看守，等我跑过涧去打听打听。”沙僧道：“师兄腰疼，只恐又着他手，等小弟去罢。”行者道：“你不济事，还让我去。”

好行者，咬着牙，忍着疼，捻着铁棒，走过涧，到那火云洞前，叫声：“妖怪！”那把门的小妖又急入里报：“孙行者又在门首叫哩！”那妖王传令叫“拿”，那伙小妖枪刀簇拥，齐声呐叫，即开门，都道：“拿住，拿住！”行者果然疲倦，不敢相迎，将身钻在路傍，念个咒语，叫“变”，即变做一个销金包袱。小妖看见，报道：“大王，孙行者怕了，只见说一声‘拿’字，慌得把包袱丢下走了。”妖王笑道：“那包袱也无甚么值钱之物，左右是和尚的破偏衫、旧帽子，背进来拆洗做补衬。”一个小妖果将包袱背进，不知是行者变的。行者道：“好了，这个销金包袱背着了！”那妖精不以为事，丢在门内。

好行者，假中又假，虚里还空：即拔一根毫毛，吹口仙气，变作个包袱一样；他的真身却又变作一个苍蝇儿，丁在门枢上。只听得八戒在那里哼哩哼的，声音不清，却似一个瘟猪。行者嘤的飞了去寻时，原来他吊在皮袋里也。行者丁在皮袋，又听得他恶言恶语骂道，妖怪长，妖怪短：“你怎么假变作个观音菩萨，哄我回来，吊我在此，还说要吃我！有一日我师兄：

> 大展齐天无量法，满山泼怪等时擒！
> 解开皮袋放我出，筑你千钯方趁心！”

行者闻言暗笑道：“这呆子虽然在这里面受闷气，却还不倒了旗枪。老孙一定要拿了此怪。若不如此，怎生雪恨！”

正欲设法拯救八戒出来，只听得妖王叫道：“六健将何在？”时有六个小妖，是他知己的精灵，封为健将，都有名字：一个叫做云里雾，一个叫做雾里云，一个叫做急如火，一个叫做快如风，一个叫做兴烘掀，一个叫做掀烘兴。好名字。六健将上前跪下，妖王道：“你们认得老大王家么？”六健将道：“认得。”妖王道：“你与我星夜去请老大王来，说我这里捉唐僧蒸与他吃，寿延千纪。”

六怪领命，一个个厮拖厮扯，径出门去了。行者嘤的一声，飞下袋来，跟定那六怪，躲离洞中。

毕竟不知怎的请来，且听下回分解。

总评：

篇中云：“肝水能生心火旺，心火致令脾土平。脾土生金金化水，水能生木彻通灵。生生化化皆因火，火遍长空万物荣。”从此看来，病亦是火，药亦是火，要知要知。

第四十二回

大圣殷勤拜南海　观音慈善缚红孩

大聖殷勤拜
南海觀音慈
善縛紅孩

话说那六健将出洞门，径往西南上，依路而走。行者心中暗想道："他要请老大王吃我师父，老大王断是牛魔王。我老孙当年与他相会，真个意合情投，交游甚厚。好点缀。至如今我归正道，他还是邪魔。着眼。虽则久别，还记得他模样，且等老孙变作牛魔王，哄他一哄，看是何如。"猴。好行者，躲离了六个小妖，展开翅，飞向前边，离小妖有十数里远近，摇身一变，变作个牛魔王；拔下几根毫毛，叫"变"，即变作几个小妖，在那山凹里驾鹰牵犬，搭弩张弓，充作打围的样子，等候那六健将。

那一伙厮拖厮扯，正行时，忽然看见牛魔王坐在中间，慌得兴烘掀、掀烘兴扑的跪下，道："老大王爷爷在这里也。"那云里雾、雾里云、急如火、快如风都是肉眼凡胎，那里认得真假，也就一同跪倒磕头，道："爷爷，小的们是火云洞圣婴大王处差来，请老大王爷爷去吃唐僧肉，寿延千纪哩。"描画。行者借口答道："孩儿们起来，同我回家去，换了衣服来也。"猴。小妖叩头道："望爷爷方便，不消回府罢。路程遥远，恐我大王见责，小的们就此请行。"行者笑道："好乖儿女！也罢，也罢，向前开路，我和你去来。"六怪抖搜精神，向前喝路。大圣随后而来。

不多时，早到了本处。快如风、急如火撞进洞里："报大王，老大王爷爷来了。"妖王欢喜道："你们却中用，这等来的快。"即便叫各路头目摆队伍，开旗鼓："迎接老大王爷爷。"满洞群妖遵依旨令，齐齐整整，摆将出去。这行者昂昂烈烈，挺着胸脯，把身子抖了一抖，却将那架鹰犬的毫毛都收回身上。拽开大步，径步入门里，坐在南面当中。猴。红孩儿当面跪下，朝上叩头，道："父王，孩儿拜揖。"行者道："孩儿免礼。”虽得做人父亲，却是变圣为魔了。自尊大者着眼。那妖王四大拜，拜毕，立于下手。

行者道：“我儿，请我来有何事？”妖王躬身道：“孩儿不才，昨日获得一人，乃东土大唐和尚。常听得人讲，他是个十世修行之人，有人吃他一块肉，寿似蓬瀛不老仙。愚男不敢自食，特请父王同享唐僧之肉，寿延千纪。”行者闻言，打了个失惊，好照管。道：“我儿，是那个唐僧？”妖王道：“是往西天取经的人也。”行者道：“我儿，可是孙行者师父么？”猴极矣，妙绝。妖王道：“正是。”行者摆手摇头，道：“莫惹他，莫惹他！别的还好惹，孙行者是那样人哩。我贤郎，你不曾会他，那猴子神通广大，变化多端。他曾大闹天宫，玉皇上帝差十万天兵，布下天罗地网，也不曾捉得他。你怎么敢吃他师父！快早送出去还他，不要惹那猴子。他若打听着你吃了他师父，他也不来和你打，他只把那金箍棒往山腰里搠个窟窿，连山都掬了去！我儿，弄得你何处安身，教我倚靠何人养老！”那知是自家卖弄。

妖王道：“父王说那里话？长他人志气，灭孩儿的威风。那孙行者共有兄弟三人，领唐僧在我半山之中，被我使个变化，将他师父摄来。他与那猪八戒当时寻到我的门前，讲甚么攀亲托熟之言，被我怒发冲天，与他交战几合，也只如此，不见甚么高作。那猪八戒刺斜里就来助战，是孩儿吐出三昧真火，把他烧败了一阵。着眼。三昧真火才烧得他败。慌得他去请四海龙王助雨，又不能灭得我三昧真火，被我烧了一个小发昏。连忙着猪八戒去请南海观音菩萨。是我假变观音，把猪八戒赚来，见吊在如意袋中，也要蒸他与众小的们吃哩。那行者今早又来我的门首吆喝，我传令教拿他，慌得他把包袱都丢下走了。却才相请父王来看看唐僧活像，方可蒸与你吃，延寿长生不老也。”

行者笑道：“我贤郎啊，你只知有三昧火赢得他，不知他有七十二般变化哩！”妖王道：“凭他怎么变化，我也认得。谅他决不敢进我门来。”行者道：“我儿，你虽然认得他，他却不变大的，如狼犺大像，恐进不得你门；他若变作小的，你却难认。”今人不认真爷面孔，直一红孩儿已哉！妖王道：“凭他变甚小的，我这里每一层门上，有四五个小妖把守，他怎生得入！”行者道：“你是不知。他会变苍蝇、蚊子、虼蚤，或是蜜蜂、蝴蝶并蟭蟟虫等项，又会变我模样，你却那里认得？”猴甚。妖王道：“勿虑。他就是铁胆铜心，也不敢近我门来也。”

行者道：“既如此说，贤郎甚有手段，实是敌得他过，方来请我吃唐僧的肉。奈何我今日还不吃哩。”妖王道：“如何不吃？”行者道：“我近来年老，你母亲常劝我作些善事。我想无甚作善，且持些斋戒。”猴。从魔亦持斋，不魔不持斋了。妖王道：“不知父王是长斋，是月斋？”行者道：“也不是长斋，也不是月斋，唤做雷斋。每月只该四日。”妖王问：“是那四日？”行者道：“三辛逢初六。今朝是辛酉日，一则当斋，二来酉不会客。猴。且等明日，我去亲自刷洗蒸他，与儿等同享罢。”

那妖王闻言，心中暗想道：“我父王平日吃人为生，今活勾有一千馀岁，怎么如今又吃起斋来了？想当初作恶多端，这三四日斋戒，那里就积得过来？吃三四日斋要折平日过恶，今人极多。此言有假，可疑，可疑！”即抽身走出二门之下，叫六健将来问：“你们老大王是那里请来的？”小妖道：“是半路请来的。”妖王道：“我说你们来的快。不曾到家么？”小妖道：“是，不曾到家。”妖王道：“不好了，着了他假也！这不是老大王！”小妖一齐跪下，道：“大王，自己父亲也认不得？”着眼。须知谁是自己父亲。妖王道：“观其形容动静都像，只是言语不像，只怕着了他假，吃了人亏。你们都要仔细：会使刀的，刀要出鞘，会使枪的，枪要磨明；会使棍的使棍，会使绳的使绳。待我再去问他，看他言语如何。若果是老大王，莫说今日不吃，明日不吃，便迟个月何妨；假若言语不对，只听我哏的一声，就一齐下手。”群魔各各领命讫。

这妖王复转身到于里面，对行者当面又拜。行者道：“孩儿，家无常礼，不须拜。但有甚话，只管说来。”妖王伏于地下，道：“愚男一则请来奉献唐僧之肉，二来有句话儿上请。我前日闲行，驾祥光，直至九霄空内，忽逢着祖延道龄张先生。”幻极。此儿却也来得。行者道：“可是做天师的张道龄么？”妖王道：“正是。”行者问曰：“有甚话说？”妖王道：“他见孩儿生得五官周正，三停平等，他问我是几年那月那日那时出世，儿因年幼，记得不真。先生子平精熟，要与我推看五星。今请父王，正欲问此。倘或下次再得相会他，好烦他推算。”真是敌手。行者闻言，坐在上面暗笑道：“好妖怪哑！老孙自归佛果，保唐师父，一路上也捉了几个妖精，不似这厮克剥。他问我甚么家长礼短，少米无柴的话说，我也好信口捏脓答他；他如今问我生年月日，我却怎么知道！”画他心事。好猴王，也十分乖巧，巍巍端坐中间，也无一些儿惧色，面上反喜盈盈的，笑道：“贤郎请起。我因年老，连日有事，不遂心怀，把你生时果偶然忘了。且等到明日回家，问你母亲便知。”贼猴。

妖王道：“父王把我八个字时常不离口论说，说我有同天不老之寿，怎么今日一旦忘了？岂有此理！必是假的！”好狠对手。喝的一声，群妖枪刀簇拥，望行者没头没脸的札来。这大圣使金箍棒架住了，现出本像，对妖精道：“贤郎，你却没理！那里儿子好打爷的？”好猴。那妖王满面羞惭，不敢回视。行者化金光，走出他的洞府。小妖道：“大王，孙行者走了。”妖王道：“罢，罢，罢，让他走了罢！我吃他这一场亏也！且关了门，莫与他打话，只来刷洗唐僧，蒸吃便罢。”

却说那行者搴着铁棒，呵呵大笑，自涧那边而来。沙僧听见，急出林迎着，道：“哥啊，这半日方回，如何这等哂笑，想救出师父来也？”行者道：“兄弟，虽不曾救得师父，老孙却得个上风来了。”猴。沙僧道：“甚么上风？”行者道：“原来猪八戒被那怪假变观音哄将回来，吊于皮袋之内。我欲设法救援，不期他着甚么六健将去请老大王来吃师父肉。是老孙想着他老大王必是牛魔王，就变了他的模样，充将进去，坐在中间。他叫父王，我就应他；他便叩头，我就直受。着实快活！果然得了上风！”沙僧道：“哥啊，你便图这般小便宜！恐师父性命难保！”行者道：“不须虑，等我去请菩萨来。”沙僧道：“你还腰疼哩。”行者道：“我不疼了。古人云：‘人逢喜事精神爽。’你看着行李、马匹，等我去。”沙僧道：“你置下仇了，恐他害我师父。你须快去快来。”行者道：“我来得快，只消顿饭时，就回来矣。”

好大圣，说话间躲离了沙僧，纵筋斗云，径投南海。在那半空里，那消半个时辰，望见普陀山景。须臾，按下云头，直至落伽崖上。端肃正行，只见二十四路诸天迎着，道：“大圣，那里去？”行者作礼毕，道：“要见菩萨。”诸天道：“少停，容通报。”时有鬼子母诸天来潮音洞外：“报于菩萨得知，孙悟空特来参见。”菩萨闻报，即命进去。

大圣敛衣皈命，捉定步，径入里边，见菩萨倒身下拜。菩萨道：“悟空，你不领金蝉子西方求经去，却来此何干？”行者道：“上告菩萨，弟子保护唐僧前行，至一方，乃号山枯松涧火云洞。有一个红孩儿妖精，唤作圣婴大王，谁圣不婴，谁婴不圣？把我师父摄去。是弟子与猪悟能等寻至门前，与他交战。他放出三昧火来，我等不能取胜，救不出师父。急上东洋大海，请到四海龙王，施雨水，又不能胜火，着眼。今人谁不被火烧却？可怜，可怜。把弟子都熏坏了，稀乎丧了残生。”菩萨道：“既他是三昧火，神通广大，怎么去请龙王，不来请我？”行者道：“本欲来的，只是弟子被烟熏了，不能驾云，却教猪八戒来请菩萨。”菩萨道：“悟能不曾来哑。”行者道：“正是。未曾得到宝山，被那妖精假变做菩萨模样，把猪八戒又赚入洞中，现吊在一个皮袋里，也要蒸吃哩。”

菩萨听说，心中大怒，菩萨也大怒，大怒便不是菩萨。道：“那泼妖敢变我的模样！”恨了一声，将手中宝珠净瓶往海心里扑的一掼。唬得那行者毛骨竦然，即起身侍立下面，道：“这菩萨火性不退，着眼。火性不退，佛性自退矣。好是怪老孙说的话不好，坏了他的德行，就把净瓶掼了。可惜可惜！早知送了我老孙，却不是一件大人事？”说不了，只见那海当中翻波跳浪，钻出个瓶来。原来是一个怪物驼着出来。行者仔细看那驼瓶的怪物。怎生模样？

根源出处号帮泥，水底增光独显威。世隐能知天地性，安藏偏晓鬼神机。藏身一缩无头尾，展足能行快似飞。文王画卦曾元卜，常纳庭台伴伏羲。云龙透出千般俏，号水推波把浪吹。条条金线穿成甲，点点装成彩玳瑁。九宫八卦袍披定，散碎铺遮绿灿衣。生前好勇龙王幸，死后还驼佛祖碑。要知此物名和姓，兴风作浪恶乌龟。藏得妙。偏是恶乌龟要兴风作浪。

那龟驼着净瓶，爬上崖边，对菩萨点头二十四点，权为二十四拜。行者见了暗笑，道："原来是管瓶的。想是不见瓶，就问他要。"菩萨道："悟空，你在下面说甚么？"行者道："没说甚么。"菩萨教："拿上瓶来。"这行者即去拿瓶。咦，莫想拿得他动。好便似蜻蜓撼石柱，怎生摇得半分毫？行者上前跪下，道："菩萨，弟子拿不动。"菩萨道："你这猴头，只会说嘴，瓶儿你也拿不动，怎么去降妖缚怪！"行者道："不瞒菩萨说，平日拿得动，今日拿不动。想是吃了妖精亏，筋力弱了。"菩萨道："常时是个空瓶，如今是净瓶抛下海去，这一时间，转过了三江五湖，八海四渎，溪源潭洞之间，共借了一海水在里面。你那里有架海的斤量？此所以拿不动也。"行者合掌道："是弟子不知。"

那菩萨走上前，将右手轻轻的提起净瓶，托在左手掌上。只见那龟点点头，钻下水去了。行者道："原来是个养家看瓶的夯货！"菩萨坐定，道："悟空，我这瓶中甘露水浆，比那龙王的私雨不同，能灭那妖精的三昧火。待要与你拿了去，你却拿不动；待要着善财龙女与你同去，你却又不是好心，专一只会骗人。你见我这龙女貌美，净瓶又是个宝物，你假若骗了去，却那有工夫又来寻你？你须是留须些甚么东西作当。”行者道：“可怜，菩萨这等多心！我弟子自秉沙门，一向不干那样事了。你教我留些当头，却将何物？我身上这件锦布直裰，还是你老人家赐的。这条虎皮裙子，能值几个铜钱？这根铁棒，早晚却要护身。但只是头上这个箍儿，是个金的，却又被你弄了个方法儿，长在我头上，取不下来。你今要当头，情愿将此为当，你念个松箍儿咒，将此除去罢。不然，将何物为当？”菩萨道：“你好自在啊！我也不要你的衣服、铁棒、金箍，只将你那脑后救命的毫毛拔一根与我作当罢。”行者道：“这毫毛，也是你老大人家与我的，但恐拔下一根，就折破群了，又不能救我性命。”菩萨骂道：“你这猴子！你便一毛也不拔，教我这善财也难舍。”着眼。菩萨说趣话。行者笑道：“菩萨，你却也多疑。正是‘不看僧面看佛面’，千万救我师父一难罢！”那菩萨：

逍遥欣喜下莲台，云步香飘上石崖。
只为圣僧遭瘴害，要降妖怪救回来。

孙大圣十分欢喜，请观音出了潮音仙洞。诸天大神都列在普陀岩上。菩萨道：“悟空，过海。”行者躬身道：“请菩萨先行。”菩萨道：“你先过去。”行者磕头道：“弟子不敢在菩萨面前施展。若驾筋斗云啊，掀露身体，恐菩萨怪我不敬。”菩萨闻言，即着善财龙女去莲花池里，劈一瓣莲花，放在石岩下边水上，教行者：“你上那莲花瓣儿，我渡你过海。”行者见了，道：“菩萨，这花瓣儿又轻又薄，如何载得我起！这一蹦翻跌下水去，却不湿了虎皮裙？走了硝，天冷怎穿！”菩萨喝道：“你且上去看！”行者不敢推辞，舍命往上跳。果然先见轻小，到上面比海船还大三分。行者欢喜道：“菩萨，载得我了。”菩萨道：“既载得，如何不过去？”行者道：“又没个篙桨篷桅，怎生得过？”菩萨道：“不用。”只把他一口气吹开吸拢，又着实一口气，吹过南洋苦海，得登彼岸。行者却脚踚实地，笑道：“这菩萨卖弄神通，把老孙这等呼来喝去，全不费力也！”

那菩萨分付概众诸天各守仙境，着善财龙女闭了洞门。他却纵祥云，躲离普陀岩，到那边叫：“惠岸何在？”惠岸乃托塔李天王第二个太子，俗名木叉是也，乃菩萨亲传授的徒弟，不离左右，称为护法惠岸。惠岸即对菩萨合掌伺候。菩萨道：“你快上界去见你父王，问他借天罡刀来一用。”惠岸道：“师父用着几何？”菩萨道：“全副都要。”

惠岸领命，即驾云头，径入南天门里，到云楼宫殿，见父王下拜。天王见了，问：“儿从何来？”木叉道：“师父是孙悟空请来降妖，着儿拜上父王，将天罡刀借了一用。”天王即唤哪吒，将刀取三十六把，递与木叉。木叉对哪吒说：“兄弟，你回去多拜上母亲，我事紧急，等送刀来再磕头罢。好照管。”忙忙相别，按落祥光，径至南海，将刀捧与菩萨。

菩萨接在手中，抛将去，念个咒语，只见那刀化作一座千叶莲台。菩萨纵身上去，端坐在中间。行者在傍暗笑，道：“这菩萨省使俭用。那莲花池里有五色宝莲台，舍不得坐将来，却又问别人去借。”菩萨道：“悟空休言语，跟我来也。”却才都驾着云头，离了海上。白鹦哥展翅前飞，孙大圣与惠岸随后。

顷刻间，早见一座山头，行者道："这山就是号山了。从此处到那妖精门首，约摸有四百馀里。"菩萨闻言，即命住下祥云。在那山头上念一声"唵"字咒语，只见那山左山右，走出许多神鬼，却乃是本山土地众神，都到菩萨宝莲座下磕头。菩萨道："汝等俱莫惊张。我今来擒此魔王，你与我把这团围打扫干净，要三百里远近地方，不许一个生灵在地。将那窝中小兽，窟内雏虫，都送在巅峰之上安生。"众神遵依而退。须臾间，又来回复。菩萨道："既然干净，俱各回祠。"遂把净瓶扳倒，唿喇喇倾出水来，就如雷响。真个是：

漫过山头，冲开石壁。漫过山头如海势，冲开石壁似汪洋。黑雾涨天全水气，沧波影日幌寒光。遍崖冲玉浪，满海长金莲。菩萨大展降魔法，袖中取出定身禅。化做落伽仙景界，真如南海一般般。秀蒲挺出昙花嫩，香草舒开贝叶鲜。紫竹几竿鹦鹉歇，青松数簇鹧鸪喧。万叠波涛连四野，只闻风吼水漫天。

孙大圣见了，暗中赞叹道："果然是一个大慈大悲的菩萨！若老孙有此法力，将瓶儿望山一倒，管甚么禽兽蛇虫哩！"菩萨叫："悟空，伸手过来。"行者即忙敛袖，将左手伸出。菩萨拔杨柳枝，蘸甘露，把他手心里写一个"迷"字，既已见妖怪矣，又迷些恁来？教他："捏着拳头，快去与那妖精索战，许败不许胜。引将来我这根前，我自有法力收他。"

行者领命，返云光，径来至洞口，一只手使拳，一只手使棒，高叫道："妖怪开门！"那些小妖又进去报道："孙行者又来了！”妖王道：“紧关了门，莫采他！”行者叫道：“好儿子，把老子赶在门外，还不开门！”顽猴。小妖又报道：“孙行者骂出那话儿来了！”妖王只教莫采他。行者叫两次，见不开门，心中大怒，举铁棒，将门一下打了一个窟窿。慌得那小妖跌将进去，道：“孙行者打破门了！”妖王见报几次，又听说打破前门，急纵身跳将出去，挺长枪，对行者骂道：“这猴子，老大不识起倒！我让你得些便宜，你还不知尽足，又来欺我！打破我门，你该个甚么罪名？”行者道：“我儿，你赶老子出门，你该个甚么罪名？”猴。

那妖王羞怒，绰长枪劈胸便刺，这行者举铁棒架隔相还。一番搭上手，斗经四五个回合，行者捏着拳头，拖着棒，败将下来。那妖王立在山前，道：“我要刷洗唐僧去哩！”行者道：“好儿子，天看着你哩，你来！”那妖精闻言，愈加嗔怒，喝一声，赶到面前，挺枪又刺。这行者轮棒又战几合，败阵又走。那妖王骂道：“猴子，你在前有二三十合的本事，你怎么如今正斗时就要走了，何也？”行者笑道：“贤郎，老子怕你放火。”趣甚，妙甚。小说家决不可无此。妖精道：“我不放火了，你上来。”行者道：“既不放火，走开些，好汉子莫在家门前打人。”那妖精不知是诈，真个举枪又赶。行者拖了棒，放了拳头，那妖王着了迷乱，只情追赶。前走的如流星过度，后走的如弩箭离弦。

不一时，望见那菩萨了。行者道：“妖精，我怕你了，你饶我罢。你如今赶至南海观音菩萨处，还不回去？”那妖王不信，咬着牙，只管赶来。行者将身一幌，藏在那菩萨的神光影里。这妖精见没了行者，走近前，睁圆眼，对菩萨道：“你是孙行者请来的救兵么？”菩萨不答应。妖王捻转长枪，喝道：“咄，你是孙行者请来的救兵么？”菩萨也不答应。妖精望菩萨劈心刺一枪来，那菩萨化道金光，径走上九霄空内。行者跟定，道：“菩萨，你好欺伏我罢了！那妖精再三问你，你怎么推聋妆哑，不敢做声，被他一枪搠走了，却把那个莲台都丢下耶！”菩萨只教：“莫言语，看他再要怎的。”

此时行者与木叉俱在空中，并肩同看。只见那妖呵呵冷笑，道：“泼猴头，错认了我也！他不知把我圣婴当作个甚人，几番家战我不过，又去请个甚么脓包菩萨来，却被我一枪搠得无形无影去了，又把个宝莲台儿丢了。且等我上去坐坐。”好妖精，他也学菩萨，盘手盘脚的坐在当中。行者看见，道：“好好好，莲花台儿好送人了！”菩萨道：“悟空，你又说甚么？”行者道：“说甚说甚，莲台送了人了！那妖精坐放臀下，终不得你还要哩？”菩萨道：“正要他坐哩。”行者道：“他的身躯小巧，比你还坐得稳当。”菩萨叫：“莫言语，且看法力。”

他将杨柳枝往下指定，叫一声“退”，只见那莲台花彩俱无，祥光尽散，原来那妖王坐在刀尖之上。即命木叉：“使降妖杵，把刀柄儿打打去来。”那木叉按下云头，将降魔杵如筑墙一般，筑了有千百馀下。此处又趣。看顽童妙甚。那妖精：

穿通两腿刀尖出，血流成汪皮肉开。

好怪物，你看他咬着牙，忍着疼，且丢了长枪，用手将刀乱拔。行者却道：“菩萨啊，那怪物不怕疼，还拔刀哩。”菩萨见了，唤上木叉："且莫伤他生命。"却又把杨柳枝垂下，念声"唵"字咒语，那天罡刀都变做倒须勾儿，狼牙一般，莫能褪得。那妖精却才慌了，扳着刀尖，痛声苦告道："菩萨，我弟子有眼无珠，不识你广大法力。千乞垂慈，饶我性命！再不敢恃恶，愿入法门戒行也。"

菩萨闻言，却与那行者、白鹦哥低下金光，到了妖精面前，问道："你可受吾戒行么？"妖王点头滴泪，道："若饶性命，愿受戒行。"菩萨道："你可入我门么？"妖王道："果饶性命，愿入法门。"菩萨道："既如此，我与你摩顶受戒。"就袖中取出一把金剃头刀儿，近前去，把那怪分顶剃了几刀，剃作一个太山压顶，与他留下三个顶搭，挽起三个窝角揪儿。行者在傍笑道："这妖精大晦气！弄得不男不女，不知像个甚么东西！"不男不女，是个顽童。菩萨道："你今既受我戒，我却也不慢你，称你做善财童子，如何？"那妖点头受持，只望饶命。菩萨却用手一指，叫声"退"，撞的一声，天罡刀都脱落尘埃，那童子身躯不损。着眼。菩萨叫："惠岸，你将刀送上天宫，还你父王，莫来接我，先到普陀岩会众诸天等候。"那木叉领命，送刀上界，回海不题。

却说那童子野性不定，见那腿疼处不疼，臀破处不破，头挽了三个揪儿，他走去绰起长枪，望菩萨道："那里有甚真法力降我，原来是个掩样术法儿！不受甚戒，看枪！"望菩萨劈脸刺来。狠得个行者轮铁棒要打。菩萨只叫："莫打，我自有惩治。"却又袖中取出一个金箍儿来，道："这宝贝，原是我佛如来赐我往东土寻取经人的金、紧、禁三个箍儿。紧箍儿，先与你戴了；禁箍儿，收了守山大神；这个金箍儿，未曾舍得与人，今观此怪无礼，与他罢。”好菩萨，将箍儿迎风一幌，叫声“变”，即变作五个箍儿，望童子身上抛了去；喝声“着”，一个套在他头顶上，两个套在他左右手上，两个套在他左右脚上。菩萨道：“悟空，走开些，等我念念金箍儿咒。”行者慌了，道：“菩萨哑，请你来此降妖，如何却要咒我？”菩萨道：“这篇咒，不是紧箍儿咒，咒你的；是金箍儿咒，咒那童子的。”行者却才放心，紧随左右，听得他念咒。菩萨捻着诀，默默的念了几遍。那妖精搓耳揉腮，攒蹄打滚。正是：

一句能通遍沙界，广大无边法力深。

毕竟不知那童子怎的皈依，且听下回分解。

总评：

篇中云：“作恶多端，这三四日斋戒，那里就积得过来？”此处极可提醒佛口蛇心的斋公。又云：“你便一毫不拔，教我这善财难舍。”此处极可提醒白手抄化的和尚。

第四十三回

黑河妖孽擒僧去

西洋龙子捉鼍回

黑河妖孽擒僧去
西洋龍子捉鼉回

却说那菩萨念了几遍，却才住口，那妖精就不疼了。又正性起身看处，颈项里与手足上都是金箍，勒得疼痛，便就除那箍儿时，莫想褪得动分毫。这宝贝已此是见肉生根，越抹越痛。行者笑道："我那乖乖，菩萨恐你养不大，与你戴个颈圈镯头哩。"那童子闻此言，又生烦恼，就此绰起枪来，望行者乱刺。行者急闪身，立在菩萨后面，叫："念咒念咒！"那菩萨将杨柳枝儿，蘸了一点甘露，洒将去，叫声"合"。只见他丢了枪，一双手合掌当胸，再也不能开放。至今留了一个"观音扭"，即此意也。那童子开不得手，拿不得枪，方知是法力深微。没奈何，才纳头下拜。

菩萨念动真言，把净瓶欹倒，将那一海水依然收去，更无半点存留。对行者道："悟空，这妖精已是降了，却只是野心不定，等我教他一步一拜，只拜到落伽山，方才收法。你如今快早去洞中，救你师父去来！"行者转身叩头，道："有劳菩萨远涉，弟子当送一程。"菩萨道："你不消送，恐怕误了你师父性命。"行者闻言，欢喜叩别。那妖精早归了正果，五十三参，参拜观音。

且不题善菩萨收了童子，却说那沙和尚久坐林间，盼望行者不到，将行李稍在马上，一只手执着降妖宝杖，一只手牵着缰绳，出松林向南观看。只见行者欣喜而来，沙僧迎着，道："哥哥，你怎么去请菩萨，此时才来？焦杀我也！"行者道："你还做梦哩。老孙已请了菩萨，降了妖怪。"行者却将菩萨的法力备陈了一遍。沙僧十分欢喜，道："救师父去也！"他两个才跳过涧去，撞到门前，拴下马匹，举兵器齐打入洞里，剿净了群妖，解下皮袋，放出八戒来。那呆子谢了行者，道："哥哥，那妖精在那里？等我去筑他几钯，出出气来！"行者道："且寻师父去。"

三人径至后边，只见师父赤条条捆在院中哭哩。沙僧连忙解绳，行者即取衣服穿上。三人跪在面前，道："师父吃苦了。"三藏谢道："贤徒啊，多累你等。怎生降得妖魔也？"行者又将请菩萨收童子之言备陈一遍。三藏听得，即忙跪下，朝南礼拜。行者道："不消谢他，转是我们与他作福，收了一个童子。"——如今说童子拜观音，五十三参，参参见佛，即此是也。——教沙僧将洞内宝物收了，且寻米粮，安排斋饭，管待了师父。那长老：

得性命全亏孙大圣，取真经只靠美猴精。

师徒们出洞来，攀鞍上马，找大路，笃志投西。行了一个多月，忽听得水声振耳。三藏大惊，道："徒弟哑，又是那里水声？"行者笑道："你这老师父，忒也多疑，做不得和尚。我们一同四众，偏你听见甚么水声。你把那《多心经》又忘了也？"唐僧道："《多心经》乃浮屠山乌巢禅师口授，共五十四句，二百七十个字。我当时耳传，至今常念，你知我忘了那句儿？"行者道："老师父，你忘了'无眼耳鼻舌身意'。我等出家之人，眼不视色，耳不听声，鼻不嗅香，舌不尝味，身不知寒暑，意不存妄想，如此谓之祛褪六贼。你如今为求经，念念在意；怕妖魔，不肯舍身；要斋吃，动舌；喜香甜，嗅鼻；闻声音，惊

耳；睹事物，凝眸，招来这六贼纷纷，怎生得西天见佛？”着眼。三藏闻言，默然沉虑，道：“徒弟啊，我

一自当年别圣君，奔波昼夜甚殷勤。芒鞋踏破山头雾，竹笠冲开岭上云。夜静猿啼殊可叹，月明鸟噪不堪闻。何时满足三三行，得取如来妙法文？”

行者听毕，忍不住鼓掌大笑，道：“这师父原来只是思乡难息！若要那三三行满，有何难哉！常言道，‘功到自然成’哩。”着眼。八戒回头道：“哥啊，若照依这般魔瘴凶高，就走上千年也不得成功！”沙僧道：“二哥，你和我一般，拙口钝腮，不要惹大哥热擦。且只挨肩磨担，终须有日成功也。”着眼。

师徒们正话间，脚走不停，马蹄正疾，见前面有一道黑水滔天，马不能进。四众停立崖边，仔细观看。但见那：

层层浓浪，叠叠浑波。层层浓浪翻乌潦，叠叠浑波卷黑油。近观不照人身影，远望难寻树木形。滚滚一地墨，滔滔千里灰。水沫浮来如积炭，浪花飘起似翻煤。牛羊不饮，鸦鹊难飞。牛羊不饮嫌深黑，鸦鹊难飞怕渺弥。只是岸上芦蘋知绿茂，滩头花草斗青奇。湖泊江河天下有，溪源泽洞世间多。人生皆有相逢处，谁见西方黑水河！

唐僧下马道：“徒弟，这水怎么如此浑黑？”八戒道：“是那家泼了靛缸了。”沙僧道：“不然，是谁家洗笔砚哩。”行者

道："你们且休胡猜乱道，且设法保师父过去。"八戒道："这河若是老猪过去不难：或是驾了云头，或是下河负水，不消顿饭时，我就过去了。"沙僧道："若教我老沙，也只消纵云蹦水，顷刻而过。"行者道："我等容易，只是师父难哩。"三藏道："徒弟啊，这河有多少宽么？"八戒道："约摸有十来里宽。"三藏道："你三个计较，着那个驼我过去罢。"行者道："八戒驼得。"八戒道："不好驮。若是驼着腾云，三尺也不能离地。常言道：'背凡人重若丘山。'若是驼着负水，转连我坠下水去了。"

师徒们在河边正都商议，只见那上溜头，有一人棹下一只小船儿来。唐僧喜道："徒弟，有船来了。叫他渡我们过去。"沙僧厉声高叫道："棹船的，来渡人，来渡人！"船上人道："我不是度船，如何渡人？"沙僧道："天上人间，方便第一。你虽不是渡船，我们也不是常来打搅你的。我等是东土钦差取经的佛子，你可方便方便，渡我们过去，谢你。"那人闻此言，却把船儿棹近崖边，扶着桨道："师父啊，我这船小，你们人多，怎能全渡？"三藏近前看了那船儿，原来是一段木头刻的，中间只有一个舱口，只好坐下两个人。三藏道："怎生是好？"沙僧道："这般啊，两遭儿渡罢。"八戒就使心术，要躲懒讨乖，道："悟净，你与大哥在这边看着行李、马匹，等我保师父先过去，却再来渡马。教大哥跳过去罢。"行者点头道："你说的是。"

那呆子扶着唐僧，那稍公撑开船，举棹冲流，一直而去。方才行到中间，只听得一声响喨，卷浪翻波，遮天迷目。那阵狂风十分利害。好风：

当空一片炮云起，中溜千层黑浪高。两岸飞沙迷日色，四边树到振天号。翻江搅海龙神怕，播土扬尘花木凋。呼呼响若春雷吼，阵阵凶如饿虎哮。蟹鳖鱼虾朝上拜，飞禽走兽失窝巢。五湖船户皆遭难，四海人家命不牢。溪内渔翁难把钓，河间稍子怎撑篙？揭瓦翻砖房屋倒，惊天动地太山摇。

这阵风，原来就是那棹船人弄的。他本是黑水河中怪物。眼看着那唐僧与猪八戒，连船儿淬在水里，无影无形，不知摄了那方去也。

这岸上，沙僧与行者心慌，道："怎么好？老师父步步逢灾，才脱了魔瘴，幸得这一路平安，又遇着黑水迍邅！"沙僧道："莫是翻了船，你们往下溜头找寻去。"行者道："不是翻船，若翻船，八戒会水，他必然保师父负水而出。我才见那个棹船的有些不正气，想必就是这厮弄风，把师父拖下水去了。"沙僧闻言，道："哥哥何不早说，你看着马与行李，等我下水找寻去来。"行者道："这水色不正，恐你不能去。"沙僧道："这水比我那流沙河如何？去得，去得！"

好和尚，脱了褊衫，找抹了手脚，轮着降妖宝杖，扑的一声，分开水路，钻入波中，大踏步行将进去。正走处，只听得有人言语。沙僧闪在傍边，偷睛观看，那壁厢有一座亭台，台门外横封了八个大字，乃是"衡阳峪黑水河神府"。又听得那怪物坐在上面道："一向辛苦，今日方能得物。这和尚乃十世修行的好人，但得吃他一块肉，便做长生不老人。我为他也等彀多时，今朝却不负我志。"教："小的们，快把铁篭抬出来，将这两个和尚囫囵蒸熟，具柬去请二舅爷来，与他暖寿。”沙僧闻言，按不住心头火起，掣宝杖，将门乱打，口中骂道：“那泼物，快送我唐僧师父与八戒二兄出来！”唬得那门内妖邪，急跑去报：“祸事了！”老怪问：“甚么祸事？”小妖道：“外面有一个晦气色脸的和尚，打着前门骂，要人哩！”

那怪闻言，即唤取披挂。小妖抬出披挂，老妖结束整齐，手提一根竹节钢鞭，走出门来。真个是凶顽毒像。但见：

方面圜睛霞彩亮，卷唇巨口血盆红。几根铁线稀髯摆，两鬓珠砂乱发蓬。形似显灵真太岁，貌如发怒狠雷公。身披铁甲团花灿，头戴金盔嵌宝浓。竹节钢鞭提手内，行时滚滚拽狂风。生来本是波中物，脱去原流变化凶。要问妖邪真姓字，前身唤做小鼍龙。

那怪喝道：“是甚人在此打我门哩！”沙僧道：“我把你个无知的泼怪！你怎么弄玄虚，变作稍公，架舡将我师父摄来？快早送还，饶你性命！”那怪呵呵笑道：“这和尚不知死活！你师父是我拿了，如今要蒸熟了请人哩！你上来，与我见个雌雄！三合敌得我啊，还你师父；如三合敌不得，连你一发都蒸吃了，休想西天去也！”沙僧闻言大怒，轮宝杖，劈头就打。那怪举钢鞭，急架相还。两个在水底下，这场好杀：

降妖杖与竹节鞭，二人怒发各争先。一个是黑水河中千载怪，一个是灵霄殿外旧时仙。那个因贪三藏肉中吃，这个为保唐僧命可怜。都来水底相争斗，各要功成两不然。杀得虾鱼对对摇头躲，蟹鳖双双缩首潜。只听水府群妖齐擂鼓，门前众怪乱争喧。好个沙门真悟净，单身独力展威权！跃浪翻波无胜败，鞭迎杖架两牵连。算来只为唐和尚，欲取真经拜佛天。

他二人战经三十回合，不见高低。沙僧暗想道："这怪物是我的对手，枉自不能取胜，且引他出去，教师兄打他。"这沙僧虚丢了个驾子，拖着宝杖就走。那妖精更不赶来，道："你去罢，我不与你斗了。我且具柬帖儿去请客哩。"

沙僧气呼呼跳出水来，见了行者，道："哥哥，这怪物无礼！"行者问："你下去许多时才出来，端的是甚妖邪？可曾寻见师父？"沙僧道："他这里边有一座亭台，台门外横书八个大字，唤做'衡阳峪黑水河神府'。我闪在一傍边，听他在里面说话，教小的们洗刷铁笼，待要把师父与八戒蒸熟了，去请他舅爷来暖寿。是我发起怒来，就去打门。那怪物提一条竹节钢鞭走出来，与我斗了这半日，约有三十合，不分胜负。我却使个佯输法，要引他出来，着你助阵。那怪物乖得紧，他不来赶我，只要回去具柬请客。我才上来。"行者道："不知是个甚么妖邪？"沙僧道："那模样像一个大鳖，不然，便是个鼍龙也。"行者道："不知那个是他舅爷？"

说不了，只见那下湾里走出一个老人，远远的跪下，叫："大圣，黑水河河神叩头。"行者道："你莫是那棹船的妖邪，又来骗我么？"那老人磕头滴泪，道："大圣，我不是妖邪，我是这河内真神。那妖精旧年五月间，从西洋海趁大潮来于此处，就与小神交斗。奈我年迈身衰，敌他不过，把我坐的那衡阳峪黑水神府，就占夺去住了，又伤了我许多水族。我却没奈何，径往海内告他。原来西海龙王是他的母舅，不准我的状子，教我让与他住。我欲启奏上天，奈何神微职小，不能得见玉帝。今闻得大圣到此，特来参拜投生，万望大圣与我出力报冤！”行者闻言，道：“这等说，西海龙王都该有罪。他如今摄了我师父与师弟，扬言要蒸熟了，去请他舅爷暖寿。我正要拿他，幸得你来报信。这等，河神你倍着沙僧在此看守，等我去海中，先把那海龙王捉来，教他擒此怪物。”河神道：“深感大圣大恩！”

行者即驾云，径至西洋大海。按筋斗，捻了避水诀，分开波浪。正然走处，撞见一个黑鱼精，捧着一个浑金的请书匣儿，从下流头似箭如梭钻将上来。被行者扑个满面，掣铁棒分顶一下，可怜就打得脑浆迸出，腮骨查开，嗗都的一声，飘出水面。他却揭开匣儿看处，里边有一张简帖，上写着：“愚甥鼍洁顿首百拜，启上二舅爷敖老大人台下：向承佳惠，感感。今因获得二物，乃东土僧人，实为世间之罕物。甥不敢自用，因念舅爷圣诞在迩，特设菲筵，预祝千寿。万望车驾速临是荷。”行者笑道：“这厮却把供状先递与老孙也！”

正才袖了帖子，往前再行，早有一个探海的夜叉，望见行者，急抽身撞上水晶宫：“报大王，齐天大圣孙爷爷来了。”那龙王敖顺即领众水族出宫迎接，道：“大圣，请入小宫少坐献茶。”行者道：“我还不曾吃你的茶，你倒先吃了我的酒也！”龙王笑道：“大圣一向皈依佛门，不动荤酒，却几时请我吃酒来？”行者道：“你便不曾去吃酒，只是惹下一个吃酒的罪名了！”敖顺大惊道：“小龙为何有罪？”行者袖中取出简帖儿，递与龙王。

龙王见了，魂飞魄散，慌忙跪下叩头，道：“大圣恕罪！那厮是舍妹第九个儿子。因妹夫错行了风雨，刻减了雨数，被天曹降旨，着人曹官魏徵丞相梦里斩了。好照管。舍妹无处安身，是小龙带他到此，恩养成人。前年不幸，舍妹疾故，惟他无方居住，我着他在黑水河养性修真。不期他作此恶孽！小龙即差人去擒他来也。”行者道：“你令妹共有几个贤郎？都在那里作怪？”龙王道：“舍妹有九个儿子。那八个都是好的：第一个小黄龙，见居淮渎；第二个小骊龙，见住济渎；第三个青背龙，占了江渎；第四个赤髯龙，镇守河渎；第五个徒劳龙，与佛祖司钟；第六个稳兽龙，与神宫镇脊；第七个敬仲龙，与玉帝守擎天华表；第八个蜃龙，在大家兄处，砥据太岳。此乃第九个鼍龙，因年幼，无甚执事，自旧年才着他居黑水河养性，待成名，别迁调用。谁知他不遵吾旨，冲撞大圣也。”

行者闻言，笑道：“你妹妹有几个妹丈？”好谑。敖顺道：“只嫁得一个妹丈，乃泾河龙王。向年以此被斩，舍妹孀居于此，前年疾故了。”行者道：“一夫一妻，如何生这几个杂种？”敖顺道：“此正谓‘龙生九种，九种各别’。”行者道：“我才心中烦恼，欲将简帖为证，上奏天庭，问你个通同作怪，抢夺人口之罪。据你所言，是那厮不遵教诲，我且饶你这次：一则是看你昆玉分上，二来只该怪那厮年幼无知，你也不甚知情。你快差人擒来，救我师父，再作区处。”敖顺即唤太子摩昂：“快点五百虾鱼壮兵，将小鼍捉来问罪！”一壁厢安排酒席，与大圣陪礼。行者道："龙王再勿多心，既讲开，饶了你便罢，又何须办酒？我今虽与你令郎同去：一则老师父遭愆，二则我师弟盼望。"

那老龙苦留不住，又见龙女捧茶来献。行者立饮他一盏香茶，别了老龙，随与摩昂领兵离了西海，早到黑水河中。行者道："贤太子，好生捉怪，我上岸去也。"摩昂道："大圣宽心。小龙子将他拿上来，先见了大圣，惩治了他罪名，把师父送上来，才敢带回海内，见我家父。"行者忻然相别，捏了避水诀，跳出波津，径到了东边崖上。沙僧与那河神迎着，道："师兄，你去时从空而去，怎么回来却自河内而回？"行者把那打死鱼精，得简帖，见龙王，与太子同领兵来之事，备陈了一遍。沙僧十分欢喜。都立在岸边，候接师父不题。

却说那摩昂太子，着介士先到他水府门前，报与妖怪道："西海老龙王太子摩昂来也。"妖怪正坐，忽闻摩昂来，心中疑惑，道："我差黑鱼精投简帖拜请二舅爷，这早晚不见回话，怎么舅爷不来，却是表兄来耶？"正说间，只见那巡河的小怪又来报："大王，河内有一枝兵，屯于水府之西，旗号上书着'西海储君摩昂小帅'。"妖怪道："这表兄却也狂妄！想是舅爷不得来，命他来赴宴。既是赴宴，如何又领兵劳士？咳，但恐其间有故。"教："小的们，将我的披挂钢鞭伺候，恐一时变暴。待我且出去迎他，看是何如。"众妖领命，一个个擦掌摩拳准备。

这鼍龙出得门来，真个见一枝海兵札营在右。只见：

征旗飘绣带，画戟列明霞。宝剑凝光彩，长枪缨绕花。弓弯如月小，箭插似狼牙。大刀光灿灿，短棍硬沙沙。鲸鳌并蛤蚌，蟹鳖共鱼虾。大小齐齐摆，干戈似密麻。不是元戎令，谁敢乱爬踏。

鼍怪见了，径至那营门前，厉声高叫："大表兄，小弟在此拱候，有请！"有一个巡营的螺螺，急至中军帐报："千岁殿下，外有鼍龙叫请哩。"太子按一按顶上金盔，束一束腰间宝带，手提一根三棱简，拽开步，跑出营去，道："你来请我怎么？"鼍龙进礼，道："小弟今早有简帖拜请舅爷，想是舅爷见弃，着表兄来的。兄长既来赴席，如何又劳师动众？不入水府，扎营在此，又贯甲提兵，何也？"太子道："你请舅爷做甚？"妖怪道："小弟一向蒙恩，赐居于此，久别尊颜，未得孝顺。昨日捉得一个东土僧人，我闻他是十世修行的元体，人吃了他，可以延寿，欲请舅爷看过，上铁篭蒸熟，与舅爷暖寿哩。"太子喝道："你这厮十分懵懂！你道僧人是谁？"妖精道："他是唐朝来的僧人，往西天取经的和尚。"太子道："你只知他是唐僧，不知他手下徒弟利害哩。"妖怪道："他有一个长嘴的和尚，唤做个猪八戒，我也把他捉住了，要与唐和尚一同蒸吃。还有一个徒弟，唤做沙和尚，乃是一条黑汉子，晦气色脸，使一根宝杖。昨日与我在这门外讨师父，被我师出河兵，一顿钢鞭，战得他败阵逃生，也不见怎的利害。"

太子道："原来是你不知！他还有一个大徒弟，是五百年前大闹天宫上方太乙金仙齐天大圣，如今保护唐僧往西天拜佛求经，是普陀岩大慈大悲观音菩萨劝善，与他改名，唤做孙悟空行者。你怎么没得做，撞出这件祸来？他又在我海内遇着你的差人，夺了请帖，径入水晶宫，拿捏我父子们有‘结连妖邪，抢夺人口’之罪。你快把唐僧、八戒送上河边，交还了孙大圣，凭着我与他倍礼，你还好得性命；若有半个‘不’字，休想得全生居于此也！”那怪鼍闻此言，心中大怒，道：“我与你嫡亲的姑表，你倒反护他人！听你所言，就教把唐僧送出，天地间那里有这等容易事也！你便怕他，莫成我也怕他？他若有手段，敢来我水府门前，与我交战三合，我才与他师父；若敌不过我，就连他也拿来，一齐蒸熟。也没甚么亲人，也不去请客，自家关了门，教小的们唱唱舞舞，我坐在上面，自自在在，吃他娘不是！”

太子见说，开口骂道：“这泼邪，果然无状！且不要教孙大圣与你对敌，你敢与我相持么？”那怪道：“要做好汉，怕甚么相持！”教：“取披挂！”呼唤一声，众小妖跟随左右，献上披挂，捧上钢鞭。他两个变了脸，各逞英雄，传号令，一齐擂鼓。这一场比与沙僧争斗，甚是不同。但见那：

旌旗照耀，戈戟摇光。这壁厢营盘解散，那壁厢门户开张。摩昂太子提金简，鼍怪轮鞭急架偿。一声炮响河兵烈，三棒罗鸣海士狂。虾与虾争，蟹与蟹斗。鲸鳌吞赤鲤，鯾鲌起黄鲿。鲨鲻吃鲎鲭鱼走，牡蛎擒蛏蛤蚌慌。少扬刺硬如铁棍，鲳司针利似锋芒。鳣鳇追白蟮，鲈鲙捉乌鲳。一河水怪争高下，两处龙兵定弱强。混战多时波浪滚，摩昂太子赛金刚。喝声金简当头重，拿住妖鼍作怪王。

这太子将三棱简闪了一个破绽，那妖精不知是诈，钻将进来，被他使个解数，把妖精右臂，只一简，打了个跐踵；赶上前，又一拍脚，跌倒在地。众海兵一拥上前，揪翻住，将绳子背绑了双手，将铁索穿了琵琶骨，拿上岸来，押至孙行者面前，道：“大圣，小龙子捉住妖鼍，请大圣定夺。”

行者与沙僧见了，道：“你这厮不遵旨令！你舅爷原着你在此居住，教你养性存身，待你名成之日，别有迁用。你怎么强占水神之宅，倚势行凶，欺心诳上，弄玄虚，骗我师父、师弟？我待要打你这一棒，奈何老孙这棒子甚重，略打打儿，就了了性命。你将我师父安在何处哩？”那怪叩头不住，道：“大圣，小鼍不知大圣大名。却才逆了表兄，骋强背理，被表兄把我拿住。今见大圣，幸蒙大圣不杀之恩，感谢不尽。你师父还捆在那水府之间，望大圣解了我的铁索，放了我手，等我到河中送他出来。”摩昂在傍道：“大圣，这厮是个逆怪，他极奸诈，若放了他，恐生恶念。”沙和尚道：“我认得他那里，等我寻师父去。”

他两个跳入水中，径至水府门前。那里门扇大开，更无一个小卒。直入亭台里面，见唐僧、八戒赤条条都捆在那里。沙僧即忙解了师父，河神亦随解了八戒，一家背着一个，出水面，径至岸边。猪八戒见那妖精锁绑在侧，急掣钯上前就筑，口里骂道：“泼邪畜，你如今不吃我了？”行者扯住，道：“兄弟，且饶他死罪罢，看敖顺贤父子之情。”摩昂进礼道：“大圣，小龙子不敢久停。既然救得师父，我带这厮去见家父；虽大圣饶了他死罪，家父决不饶他活罪，定有发落处置，仍回复大圣谢罪。”行者道："既如此，你领他去罢。多多拜上令尊，尚容面谢。"那太子押着那妖泼，投水中，帅领海兵，径转西洋大海不题。

却说那黑水河神谢了行者，道："多蒙大圣复得水府之恩！"唐僧道："徒弟啊，如今还在东岸，如何渡此河也？"河神道："老爷勿虑，且请上马，小神开路，引老爷过河。"那师父才骑了白马，八戒采着缰绳，沙和尚挑了行李，孙行者扶持左右。只见河神作起阻水的法术，将上流挡住。须臾，下流撤干，开出一条大路。师徒们行过西边，谢了河神，登崖上路。这正是：

禅僧有救朝西域，彻地无波过黑河。

毕竟不知怎生得拜佛求经，且听下回分解。

总评：

行者说《心经》处大是可思，不若今之讲师，记得些子旧讲说，便出来做买卖也。〇今之讲经和尚，既不及那猴子，又要弄这猴子怎的？〇妖怪请阿舅暖寿，尚有渭阳之情，不比世人；若表兄弟反面，则与世人一般矣。

第四十四回

法身元运逢车力

心正妖邪度脊关

诗曰：

求经脱瘴向西游，无数名山不尽休。兔走乌飞催昼夜，鸟啼花落自春秋。微尘眼底三千界，锡杖头边四百州。宿水餐风登紫陌，未期何日是回头。

话说唐三藏幸亏龙子降妖，黑水河神开路，师徒们过了黑水河，找大路一直西来。真个是迎风冒雪，戴月披星。行勾多时，又值早春天气。但见：

三阳转运，万物生辉。三阳转运，满天明媚开图画；万物生辉，遍地芳菲设绣茵。梅残数点雪，麦涨一川云。渐开水解山泉溜，尽放萌芽没烧痕。正是那太昊乘震，勾芒御辰。花香风气暖，云淡日光新。道傍杨柳舒青眼，膏雨滋生万象春。

师徒们在路上游观景色，缓马而行，忽听得一声吆喝，好便似千万人呐喊之声。唐三藏心中害怕，兜住马不能前进，急回头道："悟空，是那里这等响振？"八戒道："好一似地裂山崩。"沙僧道："也就如雷声霹雳。"三藏道："还是人喊马嘶？"孙行者笑道："你们都猜不着，且住，待老孙看是何如。"

好行者，将身一纵，踏云光，起在空中，睁眼观看。远见一座城池，又近觑，到也祥光隐隐，不见甚么凶气纷纷。行者暗自沉吟道："好去处。如何有响声振耳？那城中又无旌旗闪灼，戈戟光明，又不是炮声响振，何以若人马喧哗？"正议间，只见那城门外，有一块沙滩空地，攒簇了许多和尚，在那里扯车儿哩。原来是一齐着力打号，齐喊“大力王菩萨”，所以惊动唐僧。

行者渐渐按下云头来看处，呀，那车子装的都是砖瓦木植土坯之类。滩头上坡坂最高，又有一道夹脊小路，两座大关，关下之路都是直立壁陡之崖，那车儿怎么拽得上去？虽是天色和暖，那些人却也衣衫蓝缕，看此像十分窘迫。行者心疑道：“想是修盖寺院。他这里五谷丰登，寻不出杂工人来，所以这和尚亲自努力。”正自猜疑未定，只见那城门里，摇摇摆摆，走出两个少年道士来。你看他怎生打扮？但见他：

头戴星冠，身披锦绣。头戴星冠光耀耀，身披锦绣彩霞飘。足踏云头履，腰系熟丝绦。面如满月多聪俊，形似瑶天仙客娇。

那些和尚见道士来，一个个心惊胆战，加倍着力，恨苦的拽那车子。行者就晓得了：“咦，想必这和尚们怕那道士，不然啊，怎么这等着力拽扯？我曾听得人言，西方路上有个敬道灭僧之处，断乎此间是也。我待要回报师父，奈何事不明白，反惹他怪，道我这等一个伶俐之人，就不能探个实信。且等下去问得明白，好回师父话。”

你道他来问谁？好大圣，按落云头，去郡城脚下，摇身一变，变做个游方的云水全真，左臂上挂着一个水火篮儿，手敲着渔鼓，口唱修道清词。近城门，迎着两个道士当面躬身，道：“道长，贫道起手。”那道士还礼，道：“先生那里来的？”行者道：“我弟子云游于海角，浪荡在天涯。今朝来此处，欲募善人家。动问二位道长，这城中那条街上好道？那个巷里好贤？我贫道好去化些斋吃。”那道士笑道：“你这先生，怎么说这等败兴的话？”行者道：“何为败兴？”道士道：“你要化些斋吃，却不是败兴？”行者道：“出家人以乞化为由，却不化斋吃，怎生有钱买？”道士笑道：“你是远方来的，不知我这城中之事。我这城中，且休说文武官员好道，富民长者爱贤，大男小女见我等拜请奉斋，这般都不须挂齿，头一等就是万岁君王好道爱贤。”行者道：“我贫道一则年幼，二则是远方乍来，实是不知。烦二位道长将这里地名、君王好道爱贤之事，细说一遍，足见同道之情。”

道士说：“此城名唤车迟国，宝殿上君王与我们有亲。”行者闻言，呵呵笑道：“想是道士做了皇帝？”他道：“不是。只因这二十年前，民遭亢旱，天无点雨，地绝谷苗，不论君臣黎庶，大小人家，家家沐浴焚香，户户拜天求雨。正都在倒悬挨命之处，忽然天降下三个仙长来，俯救生灵。”行者问道：“是那三个仙长？”道士说：“便是我家师父。”行者道：“尊师甚号？”道士云：“我大师父，号做虎力大仙；二师父，鹿力大仙；三师父，羊力大仙。”行者问曰：“三位尊师有多少法力？”道士云：“我那师父，呼风唤雨，只在翻掌之间；指水为油，点石成金，却如转身之易。所以有这般法力，能夺天地之造化，换星斗之玄微，君臣相敬，与我们结为亲也。”行者道：“这皇帝十分造化。常言道：‘术动公卿。’老师父有这般手段，结了亲，其实不亏他。噫，不知我贫道可有星星缘法，得见那老师父一面哩？”道士笑曰：“你要见我师父，有何难处！我两个是他靠胸贴肉的徒弟。和尚道士徒弟，那一个不是靠胸贴肉的。我师父却又好道爱贤，只听见说个‘道’字，就也接出大门。若是我两个引进你，乃吹灰之力。”

行者深深的唱个大喏，道：“多承举荐，就此进去罢。”道士说：“且少待片时，你在这里坐下，等我两个把公事干了，来和你进去。”行者道：“出家人无拘无束，自由自在，有甚公事？”道士用手指定那沙滩上僧人：“他做的是我家生活，恐他躲懒，我们去点他一卯就来。”行者笑道：“道长差了。僧道之辈都是出家人，为何他替我们做活，伏我们点卯？”道士云：“你不知道。因当年求雨之意，僧人在一边拜佛，道士在一边告斗，都请朝廷的粮偿。谁知那和尚不中用，空念空经，不能济事。和尚着眼。后来我师父一到，唤雨呼风，拔济了万民涂炭。却才恼了朝廷，说那和尚无用，拆了他的山门，毁了他的佛像，追了他的度牒，不放他回乡，御赐与我们家做活，就当小厮一般。我家里烧火的，也是他；扫地的，也是他；顶门的，也是他。因为后边还有住房未曾完备，着这和尚来拽砖瓦，拖木植，起盖房宇。只恐他贪顽躲懒，不肯拽车，所以着我两个去查点查点。”

行者闻言，扯住道士，滴泪道：“我说我无缘，真个无缘，不得见老师父尊面！”道士云：“如何不得见面？”行者道：“我贫道在方上云游，一则是为性命，二则也为寻亲。”道士问：“你有甚么亲？”行者道：“我有一个叔父，自幼出家，削发为僧。向日年程饥馑，也来外面求乞。猴。这几年不见回家，我念祖上之恩，特来顺便寻访。想必是羁迟在此等地方，不能脱身，未可知也。我怎的寻着他，见一面，才可与你进城。”道士云：“这般却是容易。我两个且坐下，即烦你去沙滩上替我一查，只点头目有五百名数目便罢。看内中那个是你令叔，果若有哑，我们看道中情分，放他去了，却与你进城好么？”

行者顶谢不尽，长揖一声，别了道士，敲着渔鼓，径往沙滩之上。过了双关，转下夹脊，那和尚一齐跪下磕头，道：“爷爷，我等不曾躲懒，五百名半个不少，都在此扯车哩。”行者看见，暗笑道：“这些和尚被道士打怕了，见我这假道士就这般悚惧。若是个真道士，好道也活不成了。”如今真道士也没有，假和尚太多。行者又摇手道：“不要跪，休怕。我不是监工的，我来此是寻亲的。”众僧们听说认亲，就把他圈子阵围将上来，一个个出头露面，咳嗽打响，巴不得要认出去，道：“不知那个是他亲哩。”行者认了一会，呵呵笑将起来。众僧道：“老爷不认亲，如何发笑？”行者道：“你们知我笑甚么？笑你这些和尚全不长俊！父母生下你来，皆因命犯华盖，妨爷克娘，或是不招姊妹，才把你舍断了出家。你怎的不遵三宝，不敬佛法，不去看经拜忏，却怎么与道士佣工，作奴婢使唤？”众僧道：“老爷，你来羞我们哩！你老人家想是个外边来的，不知我这里利害。”行者道：“果是外方来的，其实不知你这里有甚利害。”

众僧滴泪道：“我们这一国君王，偏心无道，只喜得是老爷等辈，恼的是我们佛子。”行者道：“为何来？”众僧道：“只因呼风唤雨，三个仙长来此处，灭了我等；哄信君王，把我们寺拆了，度牒追了，不放归乡，亦不许补役当差，赐与那仙长家使用，苦楚难当！但有个游方道者至此，即请拜王领赏；若是和尚来，不分远近，就拿来与仙长家佣工。”行者道：“想必那道士还有甚么巧法术，诱了君王。若只是呼风唤雨，也都是傍门小法术耳，安能动得君心？”众僧道：“他会炼砂乾汞，打坐存神，点水为油，点石成金。如今兴盖三清观宇，对天地昼夜看经忏悔，祈君王万年不老，所以就把君心惑动了。”

行者道：“原来这般。你们都走了便罢。”众僧道：“老爷，走不脱！那仙长奏准君王，把我们画了影身图，四下里长川张挂。他这车迟国地界也宽，各府州县乡村店集之方，都有一张和尚图，上面是御笔亲题。若有官职的，拿得一个和尚，高升三级；无官职的，拿得一个和尚，就赏白银五十两，所以走不脱。且莫说是和尚，就是剪鬃、秃子、毛稀的，都也难逃。四下里快手又多，缉事的又广，凭你怎么也是难脱。我们没奈何，只得在此苦挨。”

行者道：“既然如此，你们死了便罢。”众僧道：“老爷，有死的。到处捉来与本处和尚，也共有二千馀众，到此熬不得苦楚，受不得劳碌，忍不得寒冷，服不得水土，死了有六七百，自尽了有七八百，只有我这五百个不得死。”行者道：“怎么不得死？”众僧道：“悬梁绳断，刀刎不疼；投河的飘起不沉，服药的身安不损。”行者道：“你却造化，天赐汝等长寿哩！”众僧道：“老爷哑，你少了一个字儿，是‘长受罪’哩！我等日食三餐，乃是糙米熬得稀粥，到晚就在沙滩上冒露安身，才合眼就有神人拥护。”行者道：“想是累苦了，见鬼么？”众僧道：“不是鬼，乃是六丁六甲、护教伽蓝。但至夜，就来保护。但有要死的，就保着不教他死。”行者道：“这些神却也没理，只该教你们早死早升天，却来保护怎的？”众僧道：“他在梦寐中劝解我们，教‘不要寻死，且苦挨着，等那东土大唐圣僧，往西天取经的罗汉。他手下有个徒弟，乃齐天大圣，神通广大，专秉忠良之心，与人间报不平之事，济困扶危，恤孤念寡。只等他来显神通，灭了道士，还敬你们沙门禅教哩’。”

行者闻得此言，心中暗笑道：“莫说老孙无手段，预先神圣早传名。”他急抽身，敲着渔鼓，别了众僧，径来城门口，见了道士。那道士迎着道：“先生，那一位是令亲？”行者道：“五百个都与我有亲。”猴。两个道士笑道：“你怎么就有许多亲？”行者道：“一百个是我左邻，一百个是我右舍，一百个是我父党，一百个是我母党，一百个是我交契。你若肯把这五百人都放了，我便与你进去；不放，我不去了。”道士云：“你想有些风病，一时间就胡说了。那些和尚乃国王御赐，若放一二名，还要在师父处递了病状，然后补个死状，才了得哩。怎么说都放了？此理不通，不通！且不要说我家没人使唤，就是朝廷也要怪，他那里长要差官查勘，或时御驾也亲来点札，怎么敢放？”行者道：“不放么？”道士说：“不放！”行者连问三声，就怒将起来，把耳躲里铁棒取出，迎风捻了一捻，就碗来粗细，晃了一晃，照道士脸上一刮，可怜就打得：“头破血流身倒地，皮开颈折脑浆倾。”

那滩上僧人远远望见他打杀了两个道士，丢了车儿，跑将上来，道：“不好了，不好了！打杀皇亲了！”行者道：“那个是皇亲？”众僧把他簸箕阵围了，道：“他师父，上殿不参王，下殿不辞主，朝廷常称做‘国师兄长先生’。你怎么到这里闯祸？他徒弟出来监工，与你无干，你怎么把他来打死？那仙长不说是你来打死，只说是来此监工，我们害了他性命，我等怎了？且与你进城去，会了人命出来。”行者笑道：“列位休嚷，我不是云水全真，我是来救你们的。”众僧道：“你到打杀人，害了我们，添了担儿，如何是救我们的？”行者道：“我是大唐圣僧徒弟孙悟空行者，特特来此救你们性命。”众僧道：“不是，不是！那老爷我们认得他。”行者道：“又不曾会他，如何认得？”众僧道：“我们梦中尝见一个老者，自言太白金星，常教诲我等，说那孙行者的模样，莫教错认了。”行者道：“他和你怎么说来？”众僧道：“他说那大圣：

磕额金睛幌亮，圆头毛脸无腮。咨牙尖嘴性情乖，貌比雷公古怪。惯使金箍铁棒，曾将天阙攻开。如今皈正保僧来，专救人间灾害。”

行者闻言，又嗔又喜，喜道“替老孙传名”，嗔道“那老贼惫懒，把我的元身都说与这伙凡人”。忽失声道：“列位诚然认我不是孙行者。我是孙行者的门人，来此处学闯祸耍子的。那里不是孙行者来了？”用手向东一指，哄得众僧回头，他却现了本相。众僧们方才认得，一个个倒身下拜，道：“爷爷，我等凡胎肉眼，不知是爷爷显化。望爷爷与我们雪恨消灾，早进城降邪从正也！”行者道：“你们且跟我来。”众僧紧随左右。

那大圣径至沙滩上，使个神通，将车儿拽过两关，穿过夹脊，提起来，摔得粉碎。着眼。把那些砖瓦木植，尽抛下坡坂，喝教众僧：“散！莫在我手脚边，等我明日见这皇帝，灭却道士！”众僧道：“爷爷哑，我等不敢远走，但恐在官人拿住解来，却又吃打发赎，返又生灾。”行者道：“既如此，我与你个护身法儿。”好大圣，把毫毛拔了一把，嚼得粉碎，每一个和尚与他一截，都教他捻在无名指甲里，捻着拳头，只情走路：“无人敢拿你便罢，若有人拿你，攒紧了拳头，叫一声‘齐天大圣’，我就来护你。”众僧道：“爷爷，倘若去得远了，看不见你，叫你不应，怎么是好？”行者道：“你只管放心，就是万里之遥，可保全无事。”众僧有胆量大的，捻着拳头，悄悄的叫声“齐天大圣”，只见一个雷公站在面前，手执铁棒，就是千军万马也不能近身。此时有百十众齐叫，足有百十个大圣护持。众僧叩头道：“爷爷，果然灵显！”行者又分付：“叫声‘寂’字，还你收了。”真个是叫声“寂”，依然还是毫毛在那指甲缝里。顽皮。众和尚却才欢喜逃生，一齐而散。行者道：“不可十分远遁，听我城中消息。但有招僧榜出，就进城还我毫毛也。”五百个和尚东的东，西的西，走的走，立的立，四散不题。

却说那唐僧在路傍，等不得行者回话，教猪八戒引马投西，遇着些僧人奔走；将近城边，见行者还与十数个未散的和尚在那里。三藏勒马道：“悟空，你怎么来打听个响声，许久不回？”行者引了十数个和尚，对唐僧马前施礼，将上项事说了一遍。三藏大惊，道：“这般啊，我们怎了？”那十数个和尚道：“老爷放心，孙大圣爷爷乃天神降的，神通广大，定保老爷无虞。我等是这城里敕建智渊寺内僧人。因这寺是先王太祖御造的，现有先王太祖神像在内，未曾折毁；城中寺院，大小尽皆折了。我等请老爷赶早进城，到我荒山安下。待明日早朝，孙大圣必有处置。”行者道：“汝等说得是。也罢，趁早进城去来。”

那长老却才下马，行到城门之下。此时已太阳西坠。过吊桥，进了三层门里，街上人见智渊寺的和尚牵马挑包，尽皆回避。正行时，却到山门前。但见那门上高悬着一面金字大扁，乃“敕建智渊寺”。众僧推开门，穿过金刚殿，把正殿门开了。唐僧把袈裟披起，拜毕金身方入。好点缀。众僧叫：“看家的！”老和尚走出来，看见行者就拜，道：“爷爷，你来了？”行者道：“你认得我是那个爷爷，就是这等呼拜？”那和尚道：“我认得你是齐天大圣孙爷爷。我们夜夜梦中见你。太白金星常常来托梦，说道只等你来，我们才得性命。今日果见尊颜，与梦中无异。爷爷哑，喜得早来！再迟一两日，我等已俱做鬼矣！”行者笑道：“请起，请起。明日就有分晓。”众僧安排了斋饭，他师徒们吃了，打扫干净，方丈安寝一宿。

二更时候，孙大圣心中有事，偏睡不着。只听得那里吹打，悄悄的爬起来，穿了衣服，跳在空中观看。原来是正南上灯烛荧煌。低下云头，仔细再看，却乃是三清观道士禳星哩。但见那：

灵区高殿，福地真堂。灵区高殿，巍巍壮似蓬壶景；福地真堂，隐隐清如化乐宫。两边道士奏笙簧，正面高公擎玉简。宣理《消灾忏》，开讲《道德经》。扬尘几度尽传符，表白一番皆俯伏。咒水发檄，烛焰飘摇冲上界；查罡布斗，香烟馥郁透清霄。案头有供献新鲜，桌上有斋筵丰盛。

殿门前挂一联黄绫织锦的对句，上绣着二十二个大字，云：“雨顺风调，愿祝天尊无量法；河清海晏，祈求万岁有馀年。”幻甚。行者见三个老道士披了法衣，想是那虎力、鹿力、羊力大仙。下面有七八百个散众，司鼓司钟，侍香表白，尽都侍立两边。行者暗自喜道："我欲下去与他混一混，奈何'单丝不线，孤掌难鸣'，且回去照顾八戒、沙僧，一同来耍耍。"

按落祥云，径至方丈中。原来八戒与沙僧通脚睡着。行者先叫悟净，沙和尚醒来，道："哥哥，你还不曾睡哩？"行者道："你且起来，我和你受用些来。"沙僧道："半夜三更，口枯眼涩，有甚受用？"行者道："这城里果有一座三清观。观里道士们修醮，三清殿上有许多供养：馒头足有斗大，烧果有五六十斤一个，衬饭无数，果品新鲜。和你受用去来！"那猪八戒睡梦里听见说吃好东西，就醒了，道："哥哥，就不带挈我些儿？"行者道："兄弟，你要吃东西，不要大呼小叫，惊醒了师父。都跟我来。"

他两个套上衣服，悄悄的走出门前，随行者踏了云头，跳将起去。那呆子看见灯光，就要下手。行者扯住，道："且休忙，待他散了，方可下去。"八戒道："他才念到兴头上，却怎么肯散？"行者道："等我弄个法儿，他就散了。"好大圣，捻着诀，念个咒语，往巽地上吸一口气，呼的吹去，便是一阵狂风，径直卷尽那三清殿上，把他些花瓶烛台，四壁上悬挂的功德，一齐刮倒，遂而灯火无光。众道士心惊胆战。虎力大仙道："徒弟们且散。这阵神风所过，吹灭了灯烛香花，各人归寝，明朝早起，多念几卷经文补数。"众道士果各退回。

这行者却引八戒、沙僧，按落云头，闯上三清殿。呆子不论生熟，拿过烧果来，张口就啃。行者掣铁棒，着手便打。八戒缩手躲过，道："还不曾尝着甚么滋味，就打！"行者道："莫要小家子行，且叙礼坐下受用。"八戒道："不羞！偷东西吃，还要叙礼！若是请将来，却要如何！"行者道："这上面坐的是甚么菩萨？"八戒笑道："三清也认不得，却认做甚么菩萨！"行者道："那三清？"八戒道："中间的是元始天尊，左边的是灵宝道君，右边的是太上老君。"行者道："都要变得这般模样，才吃得安稳哩。"

那呆子急了，闻得那香喷喷供养要吃，爬上高台，把老君一嘴拱下去，道："老官儿，你也坐得彀了，让我老猪坐坐。"八戒变做太上老君，行者变做元始天尊，沙僧变作灵宝道君，把原像都推下去。及坐下时，八戒就抢大馒头吃。行者道："莫忙哩！"八戒道："哥哥，变得如此，还不吃等甚？"行者道："兄弟哑，吃东西事小，泄漏天机事大。这圣像都推在地下，倘有起早的道士来撞钟扫地，或绊一个根头，却不走漏消息？你把他藏过一边来。"八戒道："此处路生，摸门不着，却那里藏他？"行者道："我才进来时，那右手下有一重小门儿，那里面秽气触人，想必是个五谷轮回之所。你把他送在那里去罢。"

这呆子有些夯力量，跳下来，把三个圣像拿在肩膊上，扛将出来。到那厢，用脚登开门看时，原来是个大东厕，笑道："这个弼马温着然会嘴弄舌，把个毛坑也与他起个道号，叫做甚么'五谷轮回之所'！"那呆子扛在肩上且不丢了去，口里咽咽哕哝的祷道："三清，三清，我说你听：远方到此，惯灭妖精。欲享供养，无处安宁。借你坐位，略略少停。你等坐久，也且暂下毛坑。你平日家受用无穷，做个清净道士；今日里不免享些秽物，也做个受臭气的天尊！”祝罢，烹的望里一捽，渍了半衣襟臭水，走上殿来。行者道：“可藏得好么？”八戒道：“藏便藏得好，只是渍起些水来，污了衣服，有些腌臜臭气，你休恶心。”行者笑道：“也罢，你且来受用，但不知可得个干净身子出门哩。”

那呆子还变做老君。三人坐下，尽情受用。先吃了大馒头，后吃簇盘、衬饭、点心、拖炉、饼锭、油煠、蒸酥。那里管甚么冷热，任情吃起。原来孙行者不大吃烟火食，只吃几个果子，陪他两个。那一顿如流星赶月，风卷残云，吃得罄尽。已此没得吃了，还不走路，且在那里闲讲，消食耍子。

噫，有这般事！原来那东廊下有一个小道士，才睡下，忽然起来道：“我的手铃儿忘记在殿上，若失落了，明日师父见责。”与那同睡者道：“你睡着，等我寻去。”急忙中不穿底衣，止扯一领直裰，径到正殿中寻铃。摸来摸去，铃儿摸着了，正欲回头，只听得有呼吸之声。道士害怕，急拽步往外走时，不知怎的，蹭着一个荔枝核子，扑的滑了一跌，当的一声，把个铃儿跌得粉碎。猪八戒忍不住呵呵大笑出来，把个小道士唬走了三魂，惊回了七魄，一步一跌，撞到那方丈外，打着门叫：“师公，不好了，祸事了！”

三个老道士还未曾睡，即开门问：“有甚祸事？”他战战兢兢道：“弟子忘失了手铃儿，因去殿上寻铃，只听得有人呵呵大笑，险些儿唬杀我也！”老道士闻言，即叫：“掌灯来，看是甚么邪物？”一声传令，惊动那两廊道士，大大小小都爬起来，点灯着火，往正殿上观看。

不知端的何如，且听下回分解。

总评：

僧也不要灭道，道也不要灭僧，只要做和尚便做个真正和尚，做道士便做个真正道士，自然各有好处。

尝说真正儒者决不以二氏为异端也，噫，可与语此者谁乎！

第四十五回

三清观大圣留名　车迟国猴王显法

三清觀大聖留名
車遲國猴王顯法

却说孙大圣，左手把沙和尚捻一把，右手把猪八戒捻一把，他二人却就省悟，坐在高处，板着脸，不言不语。凭那些道士点灯着火，前后照看，他三个就如泥塑金妆一般模样。一班顽皮。虎力大仙道：“没有歹人，如何把供献都吃了？”鹿力大仙道：“却像人吃的勾当，有皮的都剥了皮，有核的都吐出核，却怎么不见人形？”羊力大仙道：“师兄勿疑。想是我们虔心志意，在此昼夜诵经，前后申文，又是朝廷名号，断然惊动天尊。想是三清爷爷圣驾降临，受用了这些供养。趁今仙从未返，鹤驾在斯，我等可拜告天尊，恳求些圣水金丹，进与陛下，却不是长生永寿，见我们的功果也？”虎力大仙道：“说的是。”教：“徒弟们，动乐诵经，一壁厢取法衣来，等我步罡拜祷。”

那些小道士俱遵命，两班儿摆列齐整，当的一声磬响，齐念一卷《黄庭道德真经》。虎力大仙披了法衣，擎着玉简，对面前舞蹈扬尘，拜伏于地，朝上启奏道：“诚惶诚恐，稽首归依。臣等兴教，仰望清虚。灭僧鄙俚，敬道光辉。敕修宝殿，御制庭闱。广陈供养，高挂龙旗。通宵秉烛，镇日香馥。一诚达上，万敬虔归。今蒙降驾，未返仙车。望赐些金丹圣水，进与朝廷，寿比南极。”

八戒闻言，心中忐忑，默对行者道：“这是我们的不是。吃了东西，且不走路，直等这般祷祝，却怎么答应？”行者又捻一把，忽地开口，叫声：“晚辈小仙，且休拜祝。我等自蟠桃会上来的，不曾带得金丹圣水，待改日再来垂赐。”顽皮。那些大小道士听见说出话来，一个个抖衣而战，道：“爷爷哑，活天尊临凡，是必莫放，好歹求个长生的法儿！”鹿力大仙上前又拜云：

“扬尘顿首，谨辨丹诚。微臣归命，俯仰三清。自来此界，兴道除僧。国王心喜，敬重玄龄。罗天大醮，彻夜看经。幸天尊之不弃，降圣驾而临庭。俯求垂念，仰望恩荣。是必留些圣水，与弟子们延寿长生。”

沙僧捻着行者，默默的道：“哥哑，要得紧，又来祷告了。”行者道：“与他些罢。”八戒寂寂道：“那里有得？”行者道：“你只看着我，我有时，你们也都有了。”那道士吹打已毕，行者开言道：“那晚辈小仙不须伏拜。我欲不留些圣水与你们，恐灭了苗裔；若要与你，又忒容易了。”顽皮。众道闻言，一齐俯伏叩头，道：“万望天尊念弟子恭敬之意，千乞喜赐些须。我弟子广宣道德，奏国王普敬玄门。”行者道：“既如此，取器皿来。”

那道士一齐顿首谢恩。虎力大仙恃强，就抬一口大缸，放在殿上；鹿力大仙端一砂盆，安在供卓之上；羊力大仙把花瓶摘了花，移在中间。行者道：“你们都出殿前，掩上格子，不可泄了天机，好留与你些圣水。”众道一齐跪伏丹墀之下，掩了殿门。

那行者立将起来，掀着虎皮裙，撒了一花瓶臊溺。猪八戒见了，欢喜道：“哥啊，我把你做这年兄弟，只这些儿不曾弄我。我才吃了些东西，道要干这个事儿哩。”那呆揭衣服，忽喇喇，就似吕梁洪倒下坂来，沙沙的溺了一砂盆。沙和尚却也撒了半缸。依旧整衣端坐在上，道：“小仙领圣水。”趣甚。

那些道士推开格子，磕头礼拜谢恩，抬出缸去，将那瓶盆总归一处，教：“徒弟，取个钟子来尝尝。”小道士即便拿了一个茶钟，递与老道士。道士舀出一钟来，喝下口去，只情抹唇咂嘴。打骂道士吃尿亦妙。鹿力大仙道："师兄，好吃么？"老道士努着嘴，道："不甚好吃，有些酣醳之味。"羊力大仙道："等我尝尝。"也喝了一口，道："有些猪溺臊气。"

行者坐在上面，听见说出这话儿来，已是识破了，道："我弄个手段，索性留个名罢。"大叫云："道号道号，你好胡思！那个三清，肯降凡基？吾将真姓，说与你知：大唐僧众，奉旨来西。良宵无事，下降宫闱。吃了供养，闲坐嬉嬉。蒙你叩拜，何以答之？那里是甚么圣水，你们吃的都是我一溺之尿！"顽皮恶状至此，可发大笑。

那道士闻得此言，拦住门，一齐动叉钯、扫帚、瓦块、石头，没头没脸，往里面乱打。好行者，左手挟了沙僧，右手挟了八戒，闯出门，驾着祥光，径转智渊寺方丈。不敢惊动师父，三人又复睡下。

早是五鼓三点。那国王设朝，聚集两班文武，四百朝官，但见绛纱灯火光明，宝鼎香云叆叇。此时唐三藏醒来，叫："徒弟，徒弟，伏侍我倒换关文去来。"行者与沙僧、八戒急起身，穿了衣服，侍立左右，道："上告师父：这昏君信着那些道士，兴道灭僧，恐言语差错，不肯倒换关文；我等护持师父，都进朝去也。"

唐僧大喜，披了锦襕袈裟。行者带了通关文牒，教悟净捧着钵盂，悟能拿了锡杖，将行囊、马匹，交与智渊寺僧看守。径到五凤楼前，对黄门官作礼，报了姓名，言是东土大唐取经的和尚，来此倒换关文，烦为转奏。那阁门大使进朝，俯伏金阶，奏曰："外面有四个和尚，说是东土大唐取经的，欲将倒换关文，现在五凤楼前候旨。”国王闻奏，道：“这和尚没处寻死，却来这里寻死！那巡捕官员，怎么不拿他解来？”傍边闪过当驾的太师，启奏道：“东土大唐乃南赡部洲，号曰中华大国，到此有万里之遥，路多妖怪。这和尚一定有些法力，方敢西来。望陛下看中华之远僧，且召来验牒放行，庶不失善缘之意。”国王准奏，把唐僧等宣至金銮殿下。师徒们排列阶前，捧关文递与国王。

国王展开方看，又见黄门官来奏：“三位国师来也。”慌得国王收了关文，急下龙座，着近侍的设了绣墩，躬身迎接。形容。三藏等回头观看，见那大仙摇摇摆摆，后带着一双丫髻蓬头的小童儿，往里直进。两班官控背躬身，不敢仰视。他上了金銮殿，对国王径不行礼。那国王道：“国师，朕未曾奉请，今日如何肯降？”老道士云：“有一事奉告，故来也。那四个和尚是那国来的？”国王道：“是东土大唐差去西天取经的，来此倒换关文。”那三道士鼓掌大笑，道：“我说他走了，原来还在这里！”国王惊道：“国师有何话说？他才来报了姓名，正欲拿送国师使用，怎奈当驾太师所奏有理，朕因看远来之意，不灭中华善缘，方才召入验牒；不期国师有此问。想是他冒犯尊颜，有得罪处也？”道士笑云：“陛下不知。他昨日来的，在东门外打杀了我两个徒弟，放了五百个囚僧，捽碎车辆；夜间闯进观来，把三清圣像毁坏，偷吃了御赐供养。我等被他蒙蔽了，只道是天尊下降，求些圣水金丹，进与陛下，指望延寿长生；不期他遗些小便，哄瞒我等。我等各喝了一口，尝出滋味，正欲下手擒拿，他却走了。今日还在此间，正所谓‘冤家路儿窄’也！”那国王闻言发怒，欲诛四众。

孙大圣合掌开言，厉声高叫道："陛下暂息雷霆之怒，容僧等启奏。"国王道："你冲撞了国师，国师之言，岂有差谬！"行者道："他说我昨日到城外打杀他两个徒弟，是谁知证？我等且曲认了，着两个和尚偿命，还放两个去取经。他又说我摔碎车辆，放了囚僧，此事亦无见证，料不该死，再着一个和尚领罪罢了。他说我毁了三清，闹了观宇，这又是栽害我也。"国王道："怎见栽害？"行者道："我僧乃东土之人，乍来此处，街道尚且不通，如何夜里就知他观中之事？既遗下小便，就该当时捉住，却这早晚坐名害人。天下假名托姓的无限，怎么就说是我？望陛下回嗔详察。"那国王本来昏乱，被行者说了一遍，他就决断不定。

正疑惑之间，又见黄门官来奏："陛下，门外有许多乡老听宣。"国王道："有何事干？"即命宣来。宣至殿前，有三四十名乡老，朝上叩头道："万岁，今年一春无雨，但恐夏月干荒，特来启奏，请那位国师爷爷祈一场甘雨，普济黎民。"国王道："乡老且退，就有雨来也。"乡老谢恩而出。

国王道："唐朝僧众，朕敬道灭僧为何？只为当年求雨，我朝僧人更未尝求得一点，幸天降国师，拯援涂炭。你今远来，冒犯国师，本当即时问罪，姑且恕你，敢与我国师赌胜求雨么？若祈得一场甘雨，济度万民，朕即饶你罪名，倒换关文，放你西去；若赌不过，无雨，就将汝等推赴杀场，典刑示众。"行者笑道："小和尚也晓得些儿求祷。"国王见说，即命打扫坛场，一壁厢教摆驾："寡人亲上五凤楼观看。"当时多官摆驾，须臾，上楼坐了。唐三藏随着行者、沙僧、八戒，侍立楼下。那三道士陪国王坐在楼上。少时间，一员官飞马来报："坛场诸色皆备，请国师爷爷登坛。"

那虎力大仙欠身拱手，辞了国王，径下楼来。行者向前拦住，道："先生那里去？"大仙道："登坛祈雨。"行者道："你也忒自重了，更不让我远乡之僧。也罢，这正是'强龙不压地头蛇'。先生先去，必须对君前讲开。"大仙道："讲甚么？"行者道："我与你都上坛祈雨，知雨是你的，是我的？不见是谁的功绩了。"国王在上听见，心中暗喜，道："那小和尚说话，到有些筋节。"沙僧听见，暗笑道："不知他一肚子筋节，还不曾拿出来哩！"大仙道："不消讲，陛下自然知之。"行者道："虽然知之，奈我远来之僧，未曾与你相会。那时彼此混赖，不成勾当。须讲开方好行事。"大仙道："这一上坛，只看我的令牌为号：一声令牌响，风来；二声响，云起；三声响，雷闪齐鸣；四声响，雨至；五声响，云散雨收。"行者笑道："妙啊，我僧是不曾见！请了请了！"

大仙拽开步进前，三藏等随后，径到了坛门外。抬头观看，那里有一座高台，约有三丈多高。台左右插着二十八宿旗号，顶上放一张卓子，卓上有一个香炉，炉中香烟霭霭。两边有两只烛台，台上风烛煌煌。炉边靠着一个金牌，牌上镌的是雷神名号。底下有五个大缸，都注着满缸清水，水上浮出杨柳枝。杨柳枝上，托着一面铁牌，牌上书的是雷霆都司的符字。左右有五个大桩，桩上写着五方蛮雷使者的名录。每一桩边，立两个道士，各执铁锤，伺候着打桩。台后面有许多道士，在那里写作文书。正中间设一架纸炉，又有几个像生的人物，都是那执符使者、土地赞教之神。把祈雨坛场一一画出，妙手妙手。

那大仙走进去，更不谦逊，直上高台立定。傍边有个小道士，捧了几张黄纸书就的符字，一口宝剑，递与大仙。大仙执着宝剑，念动咒语，将一道符在烛上烧了。那底下两三个道士，拿过一个执符的像生，一道文书，亦点火焚之。那上面乒的一声令牌响，只见那半空里，悠悠的风色飘来。猪八戒口里作念，道："不好了，不好了！这道士果然有本事！令牌响了一下，果然就刮风！"行者道："兄弟悄悄的，你们再莫与我说话，只管护持师父，等我干事去来。"

好大圣，拔下一根毫毛，吹口仙气，叫"变"，就变作一个假行者，立在唐僧手下。他的真身出了元神，赶到半空中，高叫："那司风的是那个？"慌得那风婆婆捻住布袋，巽二郎札住口绳，上前施礼。行者道："我保护唐朝圣僧西天取经，路过车迟国，与那妖道赌胜祈雨，你怎么不助老孙，返助那道士？我且饶你，把风收了。若有一些风儿，把那道士的胡子吹得动动，各打二十铁棒！"风婆婆道："不敢，不敢。"遂而没些风气。八戒忍不住乱嚷，道："那先生请退！令牌已响，怎么不见一些风儿？你下来，让我们上去！"

那道士又执令牌，烧了符檄，扑的又打了一下，只见那空中云雾遮满。孙大圣又当头叫道："布云的是那个？"慌得那推云童子、布雾郎君当面施礼。行者又将前事说了一遍。那云童、雾子也收了云雾，放出太阳星耀耀，一天万里更无云。八戒笑道："这先儿只好哄这皇帝，搪塞黎民，全没些真实本事！令牌响了两下，如何又不见云生？"

那道士心中焦燥，仗宝剑，解散了头发，念着咒，烧了符，再一令牌打将下去。只见那南天门里，邓天君领着雷公、电母到当空，迎着行者施礼。行者又将前项事说了一遍，道："你们怎么来的志诚，是何法旨？"天君道："那道士五雷法是个真的。他发了文书，烧了文檄，惊动玉帝，玉帝掷下旨意，径至九天应元雷声普化天尊府下。我等奉旨前来，助雷电下雨。"行者道："既如此，且都住了，伺候老孙行事。"果然雷也不鸣，电也不灼。

那道士愈加着忙，又添香、烧符、念咒、打下令牌。半空中，又有四海龙王一齐拥至。行者当头喝道："敖广，那里去？"那敖广、敖钦、敖闰、敖顺上前施礼。行者又将前项事说了一遍，道："向日有劳，未曾成功；今日之事，望为助力。"龙王道："遵命，遵命。"行者又谢了敖顺，道："前日亏令郎缚怪，搭救师父。"龙王道："那厮还锁在海中，未敢擅便，正欲请大圣发落。"行者道："凭你怎么处治了罢。如今且助我一功：那道士四声令牌已毕，却轮到老孙上去干事了；但我不会发符、烧檄、打甚令牌，你列位却要助我行行。"

邓天君道："大圣分付，谁敢不从！但只是得一个号令，方敢依令而行；不然，雷雨乱了，显得大圣无款也。"行者道："我将棍子为号罢。"那雷公大惊，道："爷爷哑，我们怎吃得这棍子！"行者道："不是打你们，但看我这棍子，往上一指，就要刮风。"那风婆婆、巽二郎没口的答应，道："就放风。""棍子第二指，就要布云。"那推云童子、布雾郎君道："就布云，就布云。""棍子第三指，就要雷公皆鸣。"那雷公、电母道："奉承，奉承。""棍子第四指，就要下雨。"那龙王道："遵命，遵命。""棍子第五指，就要大日天晴，却莫违误。"

分付已毕，遂按下云头，把毫毛一抖，收上身来。那些人肉眼凡胎，那里晓得？行者遂在傍边高叫道："先生请了，四声令牌俱已响毕，更没有风云雷雨，该让我了。"那道士无奈，不敢久占，只得下了台让他；努着嘴，径往楼上见驾。行者道："等我跟他去，看他说些甚的。"只听得那国王问道："寡人这里洗耳诚听，你那里四声令响，不见风雨，何也？"道士云："今日龙神都不在家。"行者厉声道："陛下，龙神俱在家，只是这国师法不灵，请他不来。等和尚请来你看。"国王道："即去登坛，寡人还在此候雨。"

行者得旨，急抽身到坛所，扯着唐僧，道："师父请上台。"唐僧道："徒弟，我却不会祈雨。"八戒笑道："他害你了，若还没雨，拿上柴蓬，一把火了帐！"行者道："你不会求雨，好的会念经，等我助你。"那长老才举步登坛，到上面端然坐下，定性归神，默念那《密多心经》。正坐处，忽见一员官飞马来问："那和尚，怎么不打令牌，不烧符檄？"行者高声答道："不用不用！我们是静功祈祷。"那官去回奏不题。

行者听得老师父经文念尽，却去耳躲内取出铁棒，迎风幌了一幌，就有丈二长短，碗来粗细，将棍望空一指。那风婆婆见了心忙，扯开皮袋，巽二郎解放口绳。只听得呼呼风响，满城中揭瓦翻砖，扬沙走石。看起来真个好风，却比寻常之风不同也。但见：

折柳伤花，摧林倒树。九重殿损壁崩墙，五凤楼摇梁撼柱。天边红日无光，地下黄砂有翅。演武厅前武将惊，会文阁内文官惧。三宫粉黛乱青丝，六院嫔妃蓬宝髻。侯伯金冠落绣缨，宰相乌纱去展翅。当驾有言不敢谈，黄门执本无由递。金鱼玉带不依班，象简罗衫无品叙。彩阁翠屏尽损伤，绿窗朱户皆狼狈。金銮殿瓦走砖飞，锦云堂门歪槅碎。这阵狂风果是凶，刮得那君王父子难相会，六街三市没人踪，万户千门皆紧闭！

正是那狂风大作。

孙行者又显神通，把金箍棒钻一钻，望空又一指。只见那：

推云童子，布雾郎君。推云童子显神威，骨都都触石垂天；布雾郎君施法力，浓漠漠飞烟盖地。茫茫三市暗，冉冉六街昏。因风离海上，随雨出昆仑。顷刻漫天地，须臾蔽世尘。宛然如混沌，不见凤楼门。

此时昏雾朦胧，浓云叆叇。

孙行者又把金箍棒钻一钻，望空又一指。慌得那：

雷公奋怒，电母生嗔。雷公奋怒，倒骑火兽下天关；电母生嗔，乱掣金蛇离斗府。唿喇喇施霹雳，震碎了铁叉山；淅沥沥闪红绡，飞出了东洋海。呼呼隐隐滚车声，烨烨煌煌飘稻米。万萌万物精神改，多少昆虫蛰已开。君臣楼上心惊骇，商贾闻声胆怯忙。

那沉雷护闪，乒乒乓乓，一似那地裂山崩之势，唬得那满城人户户焚香，家家化纸。孙行者高呼："老邓，仔细替我看那贪赃坏法之官，忤逆不孝之子，多打死几个示众！"那雷越发振响起来。

行者却又把铁棒望上一指。只见那：

龙施号令，雨漫乾坤。势如银汉倾天堑，疾似云流过海门。楼头声滴滴，窗外响潇潇。天上银河泻，街前白浪滔。淙淙如瓮检，滚滚似盆浇。孤庄将漫屋，野岸欲平桥。真个桑田变沧海，霎时陆岸滚波涛。神龙籍此来相助，抬起长江望下浇。

这场雨自辰时下起，只下到午时前后。下得那车迟城里里外外，水漫了街衢。

那国王传旨道："雨彀了，雨彀了！十分再多，又渰坏了禾苗，返为不美。"五凤楼下听事官策马冒雨来报："圣僧，雨彀了。"行者闻言，将金箍棒往上又一指。只见霎时间雷收风息，雨散云收。国王满心欢喜，文武尽皆称赞，道："好和尚，这正是'强中更有强中手'！就是我国师求雨虽灵，若要晴，细雨儿还下半日，便不清爽；怎么这和尚要晴就晴，顷刻间杲杲日出，万里就无云也？"

国王教回銮，倒换关文，打发唐僧过去。正用御宝时，又被那三个道士上前阻住，道："陛下，这场雨全非和尚之功，还是我道门之力。"国王道："你才说龙王不在家，不曾有雨；好皇帝。他走上去，以静功祈祷，就雨下来，怎么又与他争功，何也？"虎力大仙道："我上坛发了文书，烧了符檄，击了令牌，那龙王谁敢不来？想是那方召请，风云雷雨五司俱不在，一闻我令，随赶而来；适遇着我下他上，一时撞着这个机会，所以就雨。从根算来，还是我请的龙，下的雨，怎么算作他的功果？"道士说来似亦有理。那国王昏乱，听此言，却又疑惑未定。

行者近前一步，合掌奏道："陛下，这些傍门法术，也不成个功果，算不得我的他的。如今有四海龙王，见在空中，我僧未曾发放，他还不敢遽退。那国师若能叫得龙王现身，就算他的功劳。"国王大喜，道："寡人做了二十三年皇帝，更不曾看见活龙是怎么模样。你两家各显法力，不论僧道，但叫得来的，就是有功；叫不出的，有罪。"那道士怎么有那样本事？就叫。那龙王见大圣在此，也不敢出头。道士云："我辈不能，你是叫来。"

那大圣仰面朝空，厉声高叫："敖广何在？兄弟们都现原身来看！"那龙王听唤，即忙现了本身。四条龙在半空中度雾穿云，飞舞向金銮殿上。但见：

飞腾变化，绕雾盘云。玉爪垂钩白，银鳞舞镜明。髯飘素练根根爽，角耸轩昂挺挺清。磕额崔巍，圆睛幌亮。隐显莫能测，飞扬不可评。祷雨随时布雨，求晴即便天晴。这才是有灵有圣真龙像，祥瑞缤纷绕殿庭。

那国王在殿上焚香，众公卿在阶前礼拜。国王道："有劳贵体降临，请回，寡人改日醮谢。"行者道："列位众神各自归去，这国王改日醮谢。”那龙王径自归海，众臣各各回天。这正是：

广大无边真妙法，至真了性劈傍门。

毕竟不知怎么除邪，且听下回分解。

总评：

描画祈雨坛场处是大手笔。其馀虽妙，却还是剩技。

第四十六回

外道弄强欺正法
心猿显圣灭诸邪

外道弄强欺正灋
心猿顯聖滅諸邪

话说那国王见孙行者有呼龙使圣之法，即将关文用了宝印，便要递与唐僧，放行西路。那三个道士，慌得拜倒在金銮殿上启奏。那皇帝即下龙位，御手忙搀，道：“国师今日行此大礼，何也？”道士说：“陛下，我等至此，匡扶社稷，保国安民，苦历二十年来；今日这和尚弄法力，抓了丢去，败了我们声名。陛下以一场之雨，就恕杀人之罪，可不轻了我等也？望陛下且留住他的关文，让我兄弟与他再赌一赌，看是何如。”

那国王着实昏乱，东说向东，西说向西，真个收了关文，道：“国师，你怎么与他赌？”虎力大仙道：“我与他赌坐禅。”国王道：“国师差矣。那和尚乃禅教出身，必然先会禅机，才敢奉旨求经。你怎与他赌此？”大仙道：“我这坐禅，比常不同，有一异名，教做‘云梯显圣’。”国王道：“何为云梯显圣？”大仙云：“要一百张桌子，五十张作一禅台，一张一张叠将起去，不许手攀而上，亦不用梯凳而登，各驾一朵云头，上台坐下，约定几个时辰不动。”

国王见此有些难处，就便传旨，问道：“那和尚，我国师要与你赌云梯显圣坐禅，那个会么？”行者闻言，沉吟不答。八戒道：“哥哥，怎么不言语？”行者道：“兄弟，实不瞒你说。若是踢天弄井，搅海翻江，担山赶月，换斗移星，诸般巧事，我都干得；就是砍头剁脑，剖腹剜心，异样腾那，却也不怕，但说坐禅，我就输了。我那里有这坐性？你就把我锁在铁柱上，我也要上下爬踏，莫想坐得住。”三藏忽的开言道：“我会坐禅。”行者欢喜道：“却好却好！可坐得多少时？”三藏道：“我幼年遇方上禅僧讲道，那性命根本上，定性存禅，在死生关里，也坐二三个年头。”行者道：“师父若坐二三年，我个就不取经罢；多也不上二三个时辰，就下来了。”三藏道：“徒弟哑，却是不能上去。”行者道：“你上前答应，我送你上去。”

那长老果然合掌当胸，道：“贫僧会坐禅。”国王教传旨立禅台。国家有倒山之力，不消半个时辰，就设起两座台，在金銮殿左右。

那虎力大仙下殿，立于阶心，将身一纵，踏一朵席云，径上西边台上坐下。行者拔一根毫毛，变做假像，陪着八戒、沙僧立于下面，他却作五色祥云，把唐僧撮起空中，径至东边台上坐下。他又敛祥光，变作一个蟭蟟虫，飞在八戒耳躲边，道：“兄弟，仔细看着师父，再莫与老孙替身说话。”却呆子笑道：“理会得，理会得。”

却说那鹿力大仙在绣墩上坐有多时，他两个在高台上不分胜负，这道士就助他师兄一功：将脑后短发拔了一根，捻着一团，弹将上去，径至唐僧头上，变作一个大臭虫，咬住长老。那长老先前觉痒，然后觉疼。原来坐禅的不许动手，动手算输。一时间疼痛难禁，他缩着头，就着衣襟擦痒。八戒道：“不好了，师父羊儿风发了！”沙僧道：“不是，是头风发了。”行者听见，道：“我师父乃志诚君子，他说会坐禅，断然会坐；说不会，只是不会。君子家岂有谬乎？你两个休言，等我上去看看。”

好行者，嘤的一声，飞在唐僧头上，只见有豆粒大小一个臭虫叮他师父，慌忙用手捻下，替师父挠挠接接。那长老不疼不痒，端坐上面。行者暗想道：“和尚头光，虱子也安不得一个，如何有此臭虫？想是那道士弄的玄虚，害我师父。哈哈，枉自也不见输赢，等老孙去弄他一弄！”

这行者飞将上去，在兽头上落下，摇身一变，变作一条七寸长的蜈蚣，径来道士鼻凹里叮了一下。那道士坐不稳，一个筋斗翻将下去，几乎丧了性命，幸亏大小官员人多救起。国王大惊，即着当驾大师，领他往文华殿里梳洗去了。行者仍驾祥云，将师父驼下阶前，已是长老得胜。

那国王只教放行。鹿力大仙又奏道：“陛下，我师兄原有暗风疾，因到了高处，冒了天风，旧疾举发，故令和尚得胜。且留下他，等我与他赌隔板猜枚。国王道：“怎么叫做隔板猜枚？”鹿力道：“贫道有隔板知物之法，看那和尚可能勾。他若猜得过我，让他出去；猜不着，凭陛下问拟罪名，雪我昆仲之恨，不污了二十年保国之恩也。”真个那国王十分昏乱，依此谗言，即传旨，将一朱红漆的柜子，命内官抬到宫殿，教娘娘放上件宝贝。须臾抬出，放在白玉阶前，教僧、道：“你两家各赌法力，猜那柜中是何宝贝。”

三藏道：“徒弟，柜中之物，如何得知？”行者敛祥光，还变作蟭蟟虫，叮在唐僧头上，道：“师父放心，等我去看来。”好大圣，轻轻飞到柜上，爬在那柜脚之下，见有一条板缝儿；他钻将进去，见一个红漆丹盘内，放一套宫衣，乃是山河社稷袄，乾坤地理裙。用手拿起来，抖乱了，咬破舌尖上一口血，哨喷将去，叫声“变”，即变作一件破烂流丢一口钟。临行，又撒上一泡臊溺，却还从板缝里钻出来，飞在唐僧耳躲上，道：“师父，你只猜是破烂流丢一口钟。”三藏道：“他教猜宝贝哩，流丢是件甚宝贝？”行者道：“莫管他，只猜着便是。”

唐僧进前一步，正要猜，那鹿力大仙道："我先猜。那柜里是山河社稷袄，乾坤地理裙。"唐僧道："不是，不是。柜里是件破烂流丢一口钟。"国王道："这和尚无礼！敢笑我国中无宝，猜甚么流丢一口钟！"教："拿了！"那两班校尉就要动手，慌得唐僧合掌高呼："陛下，且赦贫僧一时，待打开柜看。端的是宝，贫僧领罪；如不是宝，却不屈了贫僧也？"国王教打开看。当驾官即开了，捧出丹盘来看，果然是件破烂流丢一口钟。

国王大怒，道："是谁放上此物？"龙座后面闪上三宫皇后，道："我主，是梓童亲手放的山河社稷袄，乾坤地理裙，却不知怎么变成此物！"国王道："御妻请退，寡人知之。宫中所用之物，无非是段绢绫罗，那有此甚么流丢？"教："抬上柜来，等朕亲藏一宝贝，再试如何。"那皇帝即转后宫，把御花园里仙桃树上结得一个大桃子——有碗来大小——摘下，放在柜内，又抬下叫猜。

唐僧道："徒弟啊，又来猜了。"行者道："放心，等我再去看看。"又嘤的一声飞将去，还从板缝儿钻进去。见是一个桃子，正合他意，即现了原身，坐在柜里，将桃子一顿口啃得干干净净，连两边腮凹儿都啃净了，将核子安在里面。妙。仍变蟭蟟虫飞将出去，叮在唐僧耳躲上，道："师父，只猜是个桃核子。"长老道："徒弟啊，休要弄我。先前不是口快，几乎拿去典刑。这翻须猜宝贝方好，桃核子是甚宝贝？"行者道："休怕，只管赢他便了。"

三藏正要开言，听得那羊力大仙道："贫道先猜，是一颗仙桃。”三藏猜道：“不是桃，是个光桃核子。”那国王喝道：“是朕放的仙桃，如何是核？三国师猜着了。”三藏道：“陛下，打开来看就是。”当驾官又抬上去打开，捧出丹盘，果然是一个核子，皮肉俱无。国王见了心惊，道：“国师，休与他赌斗了，让他去罢。寡人亲手藏的仙桃，如今只是一核子，是甚人吃了！想是有鬼神暗助他也。”八戒听说，与沙僧微微冷笑，道：“还不知他是会吃桃子的积年哩！”趣。

正话间，只见那虎力大仙从文华殿梳洗了，走上殿道：“陛下，这和尚有搬运抵物之术，抬上柜来，我破他术法，与他再猜。”国王道：“国师，还要猜甚？”虎力道：“术法只抵得物件，却不抵得人身。将这道童藏在里面，管教他抵换不得。”这小童果藏在柜里，掩上柜盖，抬将下去，教：“那和尚再猜，这三番是甚宝贝。”三藏道：“又来了！”行者道：“等我再去看看。”嘤的又飞去，钻入里面，见是一个小童儿。好大圣，他却有见识。果然是腾那天下少，似这伶俐世间稀。

他就摇身一变，变作个老道士一般容貌，顽皮。进柜里叫声“徒弟”。童儿道：“师父，你从那里来的？”行者道：“我使遁法来的。”童儿道：“你来有甚教诲？”行者道：“那和尚看见你进柜来了，他若猜个道童，却又不输了？是特来和你计较计较，剃了头，我们猜和尚罢。”趣至此，妙至此，亦奇矣。童儿道：“但凭师父处治，只要我们赢他便了。若是再输与他，不但低了声名，又恐朝廷不敬重了。”行者道：“说得是。我儿过来。赢了他，我重重赏你。”将金箍棒就变作一把剃头刀，搂抱着那童儿，口里叫道：“乖乖，忍着疼，莫放声，等我与你剃头。”顽皮。须臾，剃下发来，窝作一团，塞在那柜脚纥络里。收了刀儿，摸着他的光头，道："我儿，头便像个和尚，只是衣裳不趁。脱下来，我与你变一变。"那道童穿的一领葱白色云头花绢绣锦沿边的鹤氅，真个脱下来，被行者吹一口仙气，叫"变"，即变做一件土黄色的直裰儿，与他穿了。却又拔下两根毫毛，变作一个木鱼儿，猴。递在他手里，道："徒弟，须听着：但叫道童，千万莫出去；若叫和尚，你就与我顶开柜盖，敲着木鱼，念一卷佛经钻出来，方得成功也。"童儿道："我只会念《三官经》《北斗经》《消灾经》。"行者道："你可会念佛？"童儿道："阿弥陀佛，那个不会念？"行者道："也罢，也罢，就念佛，省得我又教你。切记着，我去也。"看到此，哭人也笑，死人也活。还变蟭蟟虫钻出去，飞在唐僧耳轮边，道："师父，你只猜是个和尚。"三藏道："这番也准赢了。"行者道："你怎么定得？"三藏道："经上有云，佛、法、僧三宝。和尚却也是一宝。"

正说处，只见那虎力大仙道："陛下，第三番是个道童。"只管叫，他那里肯出来。三藏合掌道："是个和尚。"八戒尽力高叫道："柜里是个和尚！"那童儿忽的顶开柜盖，敲着木鱼，念着佛，钻出来。喜得那两班文武，齐声喝采；唬得那三个道士，钳口无言。到此，作者、读者俱结大欢喜缘矣。国王道："这和尚足有鬼神辅佐！怎么道士入柜，就变做和尚？纵有待诏跟进去，也只剃得头便了，如何衣服也能趁体，口里又会念佛？国师啊，让他去罢！"

虎力大仙道："陛下，左右是'棋逢对手，将遇良材'，贫道将钟南山幼时学的武艺，索性与他赌一赌。"国王道："有甚么武艺？"虎力道："弟兄三个，都有些神通。会砍下头来，又能安上；剖腹剜心，还再长完；滚油锅里，又能洗澡。”国王大惊道：“此三事都是寻死之路！”虎力道：“我等有此法力，才敢出此朗言，断要与他赌个才休。”那国王叫道：“东土的和尚，我国师不肯放你，还要与你赌砍头、剖腹、下滚油锅洗澡哩。”

行者正变作蟭蟟虫往来报事，忽听此言，即收了毫毛，现出本相，哈哈大笑，道：“造化造化！买卖上门了！”猴。八戒道：“这三件都是丧性命的事，怎么说买卖上门？”行者道：“你还不知我的本事。”八戒道：“哥哥，你只像这等变化腾那也勾了，怎么还有这等本事？”行者道：“我啊，

砍下头来能说话，剁了臂膊打得人。斩去腿脚会走路，剖腹还平妙绝伦。就似人家包匾食，一捻一个就囫囵。油锅洗澡更容易，只当温汤涤垢尘。”着眼。

八戒、沙僧闻言，呵呵大笑。

行者上前道：“陛下，小和尚会砍头。”国王道：“你怎么会砍头？”行者道：“我当年在寺里修行，曾遇着一个方上禅和子，教我一个砍头法，不知好也不好，如今且试试新。”国王笑道：“那和尚年幼不知事，砍头那里好试新？头乃六阳之首，砍下即便死矣。”虎力道：“陛下，正要他如此，方才出得我们之气。”那昏君信他言语，即传旨，教设杀场。一声传旨，即有羽林军三千，摆列朝门之外。国王教：“和尚先去砍头。”行者欣然应道：“我先去，我先去！”猴。拱着手，高呼道：“国师，恕大胆，占先了。”趣极。拽回头，往外就走。唐僧一把扯住，道：

“徒弟哑，仔细些，那里不是要处。”行者道：“怕他怎的！撒了手，等我去来。”

那大圣径至杀场里面，被刽子手挝住了，捆做一团，按在那土墩高处。只听喊一声“开刀”，搜的把个头砍将下来，又被刽子手一脚踢了去，好似滚西瓜一般，滚有三四十步远近。行者腔子中更不出血，只听得肚里叫声“头来”。猴。慌得鹿力大仙见有这般手段，即念咒语，教本坊土地神祇：“将人头扯住，待我赢了和尚，奏了国王，与你把小祠堂盖作大庙宇，泥塑像改作正金身。”原来那些土地神祇因他有五雷法，也服他使唤，暗中真个把行者头按住了。行者又叫声“头来”，那头一似生根，莫想得动。行者心焦，猴。捻着拳，挣了一挣，将捆的绳子就皆挣断，喝声“长”，搜的腔子内长出一个头来。文人之笔，奇幻至此。唬得那刽子手个个心惊，羽林军人人胆战。那监斩官急走入朝奏道：“万岁，那小和尚砍了头，又长出一颗来了。”八戒冷笑道：“沙僧，那知哥哥还有这般手段。”沙僧道：“他有七十二般变化，就有七十二个头哩。”

说不了，行者走来，叫声“师父”。三藏大喜，道：“徒弟，辛苦么？”行者道：“不辛苦，倒好要子。”猴。八戒道：“哥哥，可用刀疮药么？”行者道：“你是摸摸看，可有刀痕？”那呆子伸手一摸，就笑得呆呆挣挣，道：“妙哉，妙哉，却也长得完全，截疤儿也没些儿！”

兄弟们正都欢喜，又听得国王叫领关文：“赦你无罪。快去，快去！”行者道：“关文虽领，必须国师也赴曹砍砍头，也当试新去来。”国王道：“大国师，那和尚也不肯放你哩。你与他赌胜，且莫唬了寡人。”虎力也只得去，被几个刽子手也捆翻在地，幌一幌，把头砍下，一脚也跌将去，滚了有三十馀步。他腔子里也不出血，也叫一声“头来”。行者即忙拔下一根毫毛，吹口仙气，叫“变”，变作一条黄犬，跑入场中，把那道士头一口衔来，径跑到御水河边丢下不题。猴。

却说那道士连叫三声，人头不到，怎似行者的手段长得出来？腔子中骨都都红光迸出。可怜：

空有唤雨呼风法，怎比长生果正仙？

须臾，倒在尘埃。众人观看，乃是一只无头的黄毛虎。

那监斩官又来奏：“万岁，大国师砍下头来，不能长出，死在尘埃，是一只无头的黄毛虎。”国王闻奏，大惊失色，目不转睛，看那两个道士。鹿力起身道：“我师兄已是命倒禄绝了，如何是只黄虎！这都是那和尚惫懒，使的掩样法儿，将我师兄变作畜类！我今定不饶他，定要与他赌那剖腹剜心！”

国王听说，方才定性回神，又叫：“那和尚，二国师还要与你赌哩。”行者道：“小和尚久不吃烟火食，前日西来，忽遇斋公家劝饭，多吃了几个馍馍；这几日腹中作痛，想是生虫，正欲借陛下之刀，剖开肚皮，拿出脏腑，洗净脾胃，方好上西天见佛。”猴。国王听说，教：“拿他赴曹。”那许多人搀的搀，扯的扯。行者展脱手，道：“不用人搀，自家走去。但一件，不许缚手，我好用手洗刷脏腑。”国王传旨，教：“莫绑他手。”

行者摇摇摆摆，径至杀场。将身靠着大桩，解开衣带，露出肚腹。那刽子手将一条绳套在他膊项上，一条绳札住他腿足，把一口牛耳短刀幌一幌，着肚皮下一割，搠个窟窿。这行者双手爬开肚腹，拿出肠脏来，一条条理勾多时，依然安在里面，照旧盘曲；捻着肚皮，吹口仙气，叫“长”，依然长合。猴。

国王大惊，将他那关文捧在手中，道：“圣僧莫误西行，与你关文去罢。”行者笑道：“关文小可，也请二国师剖剖剜剜，何如？”国王对鹿力说：“这事不与寡人相干，是你要与他做对头的。请去，请去。”鹿力道：“宽心，料我决不输与他。”

你看他也像孙大圣，摇摇摆摆，径入杀场。被刽子手套上绳，将牛耳短刀，唿喇的一声，割开肚腹。他也拿出肝肠，用手理弄。行者即拔一根毫毛，吹口仙气，叫“变”，变作一只饿鹰，展开翅爪，搜的把他五脏心肝尽情抓去，不知飞向何方受用。猴。这道士弄做一个：

空腔破肚淋漓鬼，少脏无肠浪荡魂。

那刽子手蹬倒大桩，拖尸来看，呀，原来是一只白毛角鹿！原来道士都是畜生。慌得那监斩官又来奏道：“二国师晦气，正剖腹时，被一只饿鹰将脏腑肝肠都刁去了，死在那里。原身是个白毛角鹿也。”国王害怕道：“怎么是个角鹿？”那羊力大仙又奏道：“我师兄既死，如何得现兽形？这都是那和尚弄术法，坐害我等。等我与师兄报仇者！”国王道：“你有甚么法力赢他？”羊力道：“我与他赌下滚油锅洗澡。”国王便教取一口大锅，满贮香油，教他两个赌去。行者道：“多承下顾，小和尚一向不曾洗澡，这两日皮肤燥痒，好歹荡荡去。”猴。

那当驾官果安下油锅，架起干柴，燃着烈火，将油烧滚，教：“和尚先下去。”行者合掌道：“不知文洗武洗？”猴。国王道：“文洗如何，武洗如何？”行者道：“文洗，不脱衣服，似这般叉着手，下去打个滚就起来，不许污坏了衣服，若有一点油腻算输；武洗，要取一张衣架，一条手巾，脱了衣服，跳将下去，任意翻筋斗，竖蜻蜓，当耍而洗也。”国王对羊力说：“你要与他文洗武洗？”羊力道：“文洗，恐他衣服是药炼过的，隔油。武洗罢。”行者又上前道：“恕大胆，屡次占先了。”猴。你看他脱了布直裰，褪了虎皮裙，将身一纵，跳在锅内，翻波斗浪，就似负水一般顽耍。

八戒见了，咬着指头，对沙僧道：“我们也错看了这猴子了！平时间劖言讪语，斗他耍子，怎知他有这般真实本事！”他两个唧唧哝哝，夸奖不尽。行者望见，心疑道：“那呆子笑我哩！正是‘巧者多劳拙者闲’，老孙这般舞弄，他到自在。等我作成他捆一绳，看他可怕。”正洗浴，打个氽子，淬在油锅底上，变作个枣核钉儿，再也不起来了。猴极矣。那监斩官近前又奏：“万岁，小和尚被滚油烹死了。”国王大喜，教捞上骨骸来看。剑子手将一把铁笊篱在油锅里捞。原来那笊篱眼稀，行者变得钉小，往往来来，从眼孔漏下去了，那里捞得着！又奏道：“和尚身微骨嫩，俱札化了。”

国王教：“拿三个和尚下去！”两边校尉见八戒面凶，先揪翻，把背心捆了。慌得三藏高叫：“陛下，赦贫僧一时。我那个徒弟，自从归教，历历有功，今日冲撞国师，死在油锅之内。奈何先死者为神——我贫僧怎敢贪生！正是天下官员也管着天下百姓。陛下若教臣死，臣岂敢不死？——只望宽恩，赐我半盏凉浆水饭，三张纸马，容到油锅边，烧此一陌纸，也表我师徒一念。那时再领罪也。”国王闻言，道：“也是，那中华人多有义气。”命取些浆饭、黄钱与他。果然取了，递与唐僧。

唐僧教沙和尚同去。行至阶下，有几个校尉把八戒揪着耳躲，拉在锅边。三藏对锅祝曰：“徒弟孙悟空，

自从受戒拜禅林，护我西来恩爱深。指望同时成大道，何期今日你归阴！生前只为求经意，死后还存念佛心。万里英魂须等候，幽冥做鬼上雷音！”

八戒听见，道：“师父，不是这般祝了。沙和尚，你替我奠浆饭，等我祷。”那呆子捆在地，气呼呼的道：“闯祸的泼猴子，无知的弼马温！该死的泼猴子，油烹的弼马温！猴儿了帐，马温断根！”

孙行者在油锅底上听得那呆子乱骂，忍不住现了本相，赤淋淋的站在油锅底，道：“馕糟的夯货，你骂那个哩！”唐僧见了，道：“徒弟，唬杀我也！”沙僧道：“大哥干净推佯死惯了！”慌得那两班文武上前来奏道：“万岁，那和尚不曾死，又在油锅里钻出来了。”监斩官恐怕虚诳朝廷，却又奏道：“死是死了，只是日期犯凶，小和尚来显魂哩。”行者闻言大怒，跳出锅来，揩了油腻，穿上衣服，掣出棒，挝过监斩官，着头一下，打做了肉团，道：“我显甚么魂哩！”唬得众官连忙解了八

戒，跪地哀告："恕罪，恕罪！"国王走下龙座，行者上殿扯住，道："陛下不要走，且教你三国师也下下油锅去。"那皇帝战战兢兢，道："三国师，你救朕之命，使下锅去，莫教和尚打我。"

羊力下殿，照依行者脱了衣服，跳下油锅，也那般支吾洗浴。行者放了国王，近油锅边，叫烧火的添柴，却伸手探了一把。哑，那滚油都冰冷。心中暗想道："我洗时滚热，他洗时却冷。我晓得了，这不知是那个龙王在此护持他哩。"急纵身跳在空中，念声"唵"字咒语，把那北海龙王唤来："我把你这个带角的蚯蚓，有鳞的泥鳅！你怎么助道士，冷龙护住锅底，教他显圣赢我！"唬得那龙王喏喏连声，道："敖顺不敢相助。大圣原来不知：这个孽畜苦修行了一场，脱得本壳，却只是五雷法真受，其馀都蹰了傍门，难归仙道。这个是他在小茅山学来的大开剥。那两个已是大圣破了他法，现了本相。这一个也是他自己炼的冷龙，只好哄瞒世俗之人耍子，怎瞒得大圣！小龙如今收了他冷龙，管教他骨碎皮焦，显甚么手段！"行者道："趁早收了，免打！"那龙王化一阵狂风，到油锅边，将冷龙捉下海去不题。

行者下来，与三藏、八戒、沙僧立在殿前。见那道士在滚油锅里打挣，爬不出来，滑了一跌，霎时间骨脱皮焦肉烂。监斩官又来奏道："万岁，三国师煠化了也。"那国王满眼垂泪，手扑着御案，放声大哭，道：

人身难得果然难，不遇真传莫炼丹。空有驱神咒水术，却无延寿保生丸。圆明混，怎涅槃，徒用心机命不安。早觉这般轻折挫，何如秘食稳居山！

这正是：

点金炼汞成何济，唤雨呼风总是空。

毕竟不知师徒们怎的维持，且听下回分解。

总评：

人决不可有胜负心。你看他三个道士，只为要赢，反换个输了。〇尝说棋以不着为高，兵以不战为胜，毕竟奕秋还是个第二手，孙武子还是个败军之将也。世亦有知此者乎？〇前面黑风洞、黄袍郎、青狮子、红孩儿等项，都是金木水火土的别号，作者以之为魔，欲学者跳出五行也。此处虎力、鹿力、羊力三道士，亦是虎车、鹿车、羊车的隐名，作者之意，亦欲人不以三车为了义也。读《西游记》者，亦知之乎否也？

第四十七回

圣僧夜阻通天水　金木垂慈救小童

聖僧夜阻通天河
金木垂慈救小童

却说那国王倚着龙床，泪如泉涌，只哭到天晚不住。世上自不乏这等痴人。行者上前高呼道："你怎么这等昏乱！见放着那道士的尸骸，一个是虎，一个是鹿，那羊力是一个羚羊。不信时，捞上骨头来看。那里人有那样骷髅？他本是成精的山兽，同心到此害你。因见气数还旺，不敢下手。若再过二年，你气数衰败，他就害了你性命，把你江山一股儿尽属他了。幸我等早来，除妖邪，救了你命。你还哭甚？哭甚！急打发关文，送我出去。"国王闻此，方才省悟。省悟得太速些。那文武多官俱奏道："死者果然是白鹿、黄虎，油锅里果是羊骨。圣僧之言，不可不听。"国王道："既是这等，感谢圣僧。今日天晚，教太师且请圣僧至智渊寺。明日早朝，大开东阁，教光禄寺安排素净筵宴酬谢。"果送至寺里安歇。

次日五更时候，国王设朝，聚集多官，传旨："快出招僧榜文，四门各路张挂。"一壁厢大排筵宴，摆驾出朝，至智渊寺门外，请了三藏等，共入东阁赴宴，不在话下。

却说那脱命的和尚，闻有招僧榜，个个欣然，都入城来，寻孙大圣交纳毫毛谢恩。这长老散了宴，那国王换了关文，同皇后嫔妃，两班文武，送出朝门。只见那些和尚跪拜道傍，口称："齐天大圣爷爷，我等是沙滩上脱命僧人，闻知爷爷扫除妖孽，救拔我等，又蒙我王出榜招僧，特来交纳毫毛，叩谢天恩。"行者笑道："汝等来了几何？"僧人道："五百名，半个不少。"行者将身一抖，收了毫毛，对君臣僧俗人说道："这些和尚实是老孙放了。车辆是老孙运转双门，穿夹脊，捽碎了。那两个妖道也是老孙打死了。今日灭了妖邪，方知是禅门有道。向后来，再不可胡为乱信，望你把三道归一：也敬僧，也敬道，也养育人才。我保你江山永固。”国王依言，感谢不尽，遂送唐僧出城去讫。这一去：

只为殷勤经三藏，努力修持光一元。

晓行夜住，渴饮饥餐，不觉的春尽夏残，又是秋光天气。一日，天色已晚，唐僧勒马道：“徒弟，今宵何处安身也？”行者道：“师父，出家人莫说那在家人的话。”三藏道：“在家人怎么，出家人怎么？”行者道：“在家人，这时候温床暖被，怀中抱子，脚后蹬妻，自自在在睡觉；我等出家人，那里能勾！便是要带月披星，餐风宿水，有路且行，无路方住。”八戒道：“哥哥，你只知其一，不知其二。如今路多崄峻，我挑着重担，着实难走，须要寻个去处，好眠一觉，养养精神，明日方好挨担；不然，却不累倒我也？”行者道：“趁月光再走一程，到有人家之所再住。”师徒们没奈何，只得相随行者往前又行。

不多时，只听得滔滔浪响。八戒道：“罢了，来到尽头路了。”沙僧道：“是一股水挡住也。”唐僧道：“却怎生得渡？”八戒道：“等我试之，看深浅何如。”三藏道：“悟能，你休乱谈。水之浅深，如何试得？”八戒道：“寻一个鹅卵石，抛在当中。若是溅起水泡来，是浅；若是骨都都沉下有声，是深。”行者道：“你去试试看。”那呆子在路傍摸了一块石头，望水中抛去，只听得骨都都泛起鱼津，沉下水底。他道：“深，深，深，去不得！”唐僧道：“你虽试得深浅，却不知有多少宽阔。”八戒道："这个却不知，不知。"行者道："等我看看。"

好大圣，纵筋斗云，跳在空中，定睛观看。但见那：

洋洋光浸月，浩浩影浮天。灵派吞华岳，长流贯百川。千层汹浪滚，万叠峻波颠。岸口无渔火，沙头有鹭眠。茫然浑似海，一望更无边。

急收云头，按落河边，道："师父，宽哩宽哩，去不得！老孙火眼金睛，白日里常看千里，凶吉晓得，是夜里也还看三五百里；如今通看不见边岸，怎定得宽阔之数？"

三藏大惊，口不能言，声音哽咽，道："徒弟啊，似这等怎了？"沙僧道："师父莫哭。你看那水边立的，可不是个人么。"行者道："想是扳缯的渔人，等我问他去来。"拿了铁棒，两三步跑到面前看处，呀，不是人，是一面石碑。碑上有三个篆文大字，下边两行，有十个小字。三个大字乃"通天河"，十个小字乃"径过八百里，亘古少人行"。行者叫："师父，你来看看。"三藏看见，滴泪道："徒弟哑，我当年别了长安，只说西天易走；那知道妖魔阻隔，山水迢遥！"八戒道："师父，你且听，是那里鼓钹声音？想是做斋的人家。我们且去赶些斋饭吃，问个渡口寻舡，明日过去罢。"三藏马上听得，果然有鼓钹之声。"却不是道家乐器，足是我僧家举事。我等去来。"

行者在前引马，一行闻响而来。那里有甚正路，没高没低，漫过沙滩，望见一簇人家住处，约摸有四五百家，却也都住得好。但见：

倚山通路，傍岸临溪。此时入夜矣。处处柴扉掩，家家竹院关。沙头宿鹭梦魂清，柳外啼鹃喉舌冷。短笛无声，寒砧不韵。红蓼枝摇月，黄芦叶斗风。陌头村犬吠疏篱，渡口老渔眠钓艇。灯火稀，人烟静，半空皎月如悬镜。忽闻一阵白蘋香，却是西风隔岸送。

三藏下马，只见那路头上有一家儿，门外竖一首幢幡，内里有灯烛荧煌，香烟馥郁。三藏道："悟空，此处比那山凹河边，却是不同。在人间屋檐下，可以遮得冷露，放心稳睡。你都莫来，让我先到那斋公门首告求。若肯留我，我就招呼汝等；假若不留，你却休要撒泼。汝等脸嘴丑露，只恐唬了人，闯出祸来，却倒无住处矣。"行者道："说得有理。请师父先去，我们在此守待。"

那长老才摘了斗笠，光着头，抖抖褊衫，拖着锡杖，径来到人家门外。见那门半开半掩，三藏不敢擅入。聊站片时，只见里面走出一个老者，项下挂着数珠，口念阿弥陀佛，径自来关门。慌得这长老合掌高叫："老施主，贫僧问讯了。"那老者还礼，道："你这和尚却来迟了。"三藏道："怎么说？"老者道："来迟无物了。早来啊，我舍下斋僧，尽饱吃饭，熟米三升，白布一段，铜钱十文。你怎么这时才来？"三藏躬身道："老施主，贫僧不是赶斋的。"老者道："既不赶斋，来此何干？"三藏道："我是东土大唐钦差往西天取经者。今到贵处，天色已晚，听得府上鼓钹之声，特来告借一宿，天明就行也。"那老者摇手道："和尚，出家人休打诳语。东土大唐到我这里，有五万四千里路，你这等单身，如何来得？”三藏道：“老施主见得最是。但我还有三个小徒，逢山开路，过水叠桥，保护贫僧，方得到此。”老者道：“既有徒弟，何不同来？”教：“请，请，我舍下有处安歇。”三藏回头，叫声：“徒弟，这里来。”

那行者本来性急，八戒生来粗鲁，沙僧却也莽撞，三个人听得师父招呼，牵着马，挑着担，不问好歹，一阵风闯将进去。那老者看见，唬得跌倒在地，口里只说：“是妖怪来了，妖怪来了！”三藏搀起道：“施主莫怕。不是妖怪，是我徒弟。”老者战兢兢道：“这般好俊师父，怎么寻这样丑徒弟？”三藏道：“虽然相貌不终，却倒会降龙伏虎，捉怪擒妖。”老者似信不信的，扶着唐僧慢走。

却说那三个凶顽，闯入厅房上，拴了马，丢下行李。那厅中原有几个和尚念经。八戒掬着长嘴，喝道：“那和尚，念的是甚么经？”那些和尚听见问了一声，忽然抬头：

观看外来人，嘴长耳躲大。身粗背膊宽，声响如雷咋。行者与沙僧，容貌更丑漏。厅堂几众僧，无人不害怕。阇黎还念经，班首教行罢。难顾磬和铃，佛像且丢下。一齐吹息灯，惊散光光乍。跌跌与爬爬，门槛何曾跨。你头撞我头，似倒葫芦架。清清好道场，翻成大笑话。

这兄弟三人，见那些人跌跌爬爬，鼓着掌哈哈大笑。那些僧越加悚惧，磕头撞脑，各顾性命，通跑净了。

三藏搀那老者到厅堂上，灯火全无，三人嘻嘻哈哈的还笑。

唐僧骂道："这泼物，十分不善！我朝朝教诲，日日叮咛。古人云：'不教而善，非圣而何？教而后善，非贤而何？教亦不善，非愚而何？'汝等这般撒泼，诚为至下至愚之类！走进门，不知高低，唬倒了老施主，惊散了念经僧，把人家好事都搅坏了，却不是堕罪与我？"说得他们不敢回言。那老者方信是他徒弟，急回头作礼，道："老爷，没大事，没大事。才然关了灯，散了花，佛事将收也。"八戒道："既是了帐，摆出满散的斋来，我们吃了睡觉。"老者叫："掌灯来，掌灯来！"家里人听得，大惊小怪道："厅上念经，有许多香烛，如何又教掌灯？"几个童仆出来看时，这个黑洞洞的，即便点火把灯笼，一拥而至。忽抬头见八戒、沙僧，慌得丢了火把，忽抽身关了中门，往里嚷道："妖怪来了，妖怪来了！"

行者拿起火把，点上灯烛，扯过一张交椅，请唐僧坐在上面。他兄弟们坐在两傍，那老者坐在前面。正叙坐间，只听得里面门开处，又走出一个老者，拄着拐杖，道："是甚么邪魔，黑夜里来我善门之家？"前面坐的老者，急起身迎到屏门后，道："哥哥莫嚷！不是邪魔，乃东土大唐取经的罗汉。徒弟们相貌虽凶，果然是相恶人善。"那老者方才放下拄杖，与他四位行礼。礼毕，也坐了面前，叫："看茶来，排斋。"连叫数声，几个童仆战战兢兢，不敢拢身。

八戒忍不住，问道："老者，你这盛价，两边走怎的？"老者道："教他们捧斋来侍奉老爷。"八戒道："几个人伏侍？"老者道："八个人。"八戒道："这八个人伏侍那个？"老者道："伏侍你四位。"八戒道："那白面师父，只消一个人；毛脸雷公嘴的，只消两个人；那晦气脸的，要八个人；我得二十个人伏侍方彀。”老者道：“这等说，想是你的食肠大些。”八戒道：“也将就看得过。”老者道：“有人，有人。”七大八小，就叫出有三四十人出来。

那和尚与老者，一问一答的讲话，众人方才不怕，却将上面排了一张桌，请唐僧上坐；两边摆了三张桌，请他三位坐；前面一张桌，坐了二位老者。先排上素果品菜蔬，然后是面饭、米饭、闲食、粉汤，排得齐齐整整。唐长老举起箸来，先念一卷《启斋经》。那呆子一则有些急吞，二来有些饿了，那里等唐僧经完，拿过红漆木碗来，把一碗白米饭扑的丢下口去，就了了。傍边小的道：“这位老爷忒没算计，不笼馒头，怎的把饭笼了，却不污了衣服？”八戒笑道：“不曾笼，吃了。”小的道：“你不曾举口，怎么就吃了？”八戒道：“儿子们便说谎！分明吃了，不信，再吃与你看。”那小的们又端了碗，盛一碗递与八戒。呆子幌一幌，又丢下口去，就了了。众童仆见了，道：“爷爷哑，你是‘磨砖砌的喉咙，着实又光又溜’！”

凡形容八戒饮食处都俗，且重复可厌。

那唐僧一卷经还未完，他已五六碗过手了，然后却才同举箸，一齐吃斋。呆子不论米饭面饭，果品闲食，只情一涝乱噇，口里还嚷：“添饭，添饭！”渐渐不见来了。行者叫道：“贤弟，少吃些罢。也强似在山凹里忍饿，将就彀得半饱也好了。”八戒道：“嘴脸！常言道，‘斋僧不饱，不如活埋’哩。”行者教：“收了家火，莫采他！”二老者躬身道：“不瞒老爷说，白日里倒也不怕，似这大肚子长老，也斋得起百十众；只是晚了，收了残斋，只蒸得一石面饭、五斗米饭与几桌素食，要请几个亲邻与众僧们散福。不期你列位来，唬得众僧跑了，连亲邻也不曾敢请，尽数都供奉了列位。如不饱，再教蒸去。”八戒道：“再蒸去，再蒸去！”

话毕，收了家火桌席。三藏供身谢了斋供，才问：“老施主，高姓？”老者道：“姓陈。”三藏合掌道：“这是我贫僧华宗了。”老者道：“老爷也姓陈？”三藏道：“是，俗家也姓陈。请问适才做的甚么斋事？”八戒笑道：“师父问他怎的！岂不知道？必然是青苗斋、平安斋、了场斋罢了。”老者道：“不是，不是。”三藏又问：“端的为何？”老者道：“是一场预修亡斋。”八戒笑得打跌，道：“公公忒没眼力！我们是扯谎架桥哄人的大王，你怎么把这谎话哄我！和尚家岂不知斋事？若晓得些斋事，还像个和尚。只有个预修寄库斋、预修填还斋，那里有个预修亡斋的？你家人又不曾有死的，做甚亡斋？”

行者闻言暗喜，道：“这呆子乖了些也。老公公，你是错说了。怎么叫做预修亡斋？”那二位欠身道：“你等取经，怎么不走正路，却蹡到我这里来？”行者道：“走的是正路，只见一股水挡住，不能得渡；因闻鼓钹之声，特来造府借宿。”老者道：“你们到水边，可曾见些甚么？”行者道：“止见一面石碑，上书‘通天河’三字，下书‘径过八百里，亘古少人行’十字，再无别物。”老者道：“再往上岸走走好的，离那碑记只有里许，有一座灵感大王庙，你不曾见？”行者道：“未见。请公公说说，何为灵感？”

那两个老者一齐垂泪，道：“老爷啊，那大王：

感应一方兴庙宇，威灵千里佑黎民。
年年庄上施甘雨，岁岁村中落庆云。”

行者道：“施甘雨，落庆云，也是好意思，你却怎么伤情烦恼，何也？”那老者蹬脚捶胸，哏了一声，道：“老爷啊！

虽则恩多还有怨，总然慈惠却伤人。
只因好吃童男女，不是昭彰正直神。”

行者道：“要吃童男女么？”老者笑道：“正是。”行者道：“想必轮到你家了？”老者道：“今年正到舍下。我们这里有百家人家居住，此处属车迟国元会县所管，唤做陈家庄。这大圣一年一次祭赛，要一个童男，一个童女，猪羊牲醴供献他。他一顿吃了，保我们风调雨顺；若不祭赛，就来降祸生灾。”

行者道：“你府上几位令郎？”老者捶胸道：“可怜，可怜！说甚么令郎，羞杀我等。这个是我舍弟，名唤陈清。老拙叫做陈澄。我今年六十三岁，说六十三岁，叙事处缘何又是五十八岁，错无疑。他今年五十八岁，儿女上都艰难。我五十岁上还没儿子，亲友们劝我纳了一妾，没奈何，寻下一房，生得一女。今年才交八岁，取名唤做一秤金。”八戒道：“好贵名。怎么叫做一秤金？”老者道：“我因儿女艰难，修桥补路，建寺立塔，布施斋僧，有一本帐目，那里使三两，那里使四两；到生女之年，却好用过有三十斤黄金。三十斤为一秤，所以唤做一秤金。”行者道：“那个的儿子么？”老者道：“舍弟有个儿子，也是偏出，今年七岁了，取名唤做陈关保。”行者问：“何取此名？”老者道：“家下供养关圣爷爷，因在关爷之位下求得这个儿子，故名关保。我兄弟二人，年岁百二，止得这两人种，不期轮次到我家祭赛，所以不敢不献。故此父子之情，难割难舍，先与孩儿做个超生道场，故曰预修亡斋者，此也。”

三藏闻言，止不住腮边泪下，道：“这正是古人云：‘黄梅不落青梅落，老天偏害没儿人。’”行者笑道：“等我再问他。老公公，你府上有多大家当？”二老道：“颇有些儿。水田有四五十顷，旱田有六七十顷，草场有八九十处，水黄牛有二三百头，驴马有三二十匹，猪羊鸡鹅无数。舍下也有吃不着的陈粮，穿不了的衣服。家财产业，也尽得数。”行者道：“你这等家业，也亏你省将起来的。”老者道：“怎见我省？”行者道：“既有这家私，怎么舍得亲生儿女祭赛？拚了五十两银子，可买一个童男；拚了一百两银子，可买一个童女，雌价倍雄价一半，亦可思。连绞缠不过二百两之数，可就留下自己儿女后代，却不是好？”二老滴泪道：“老爷，你不知道。那大王甚是灵感，常来我们人家行走。”行者道：“他来行走，你们看见他是甚么嘴脸？有几多长短？”二老道：“不见其形，只闻得一阵香风，就知是大王爷爷来了，即忙满斗焚香，老少望风下拜。他把我们这人家，匙大碗小之事，他都知道；老幼生时年月，他都记得。只要亲生儿女，他方受用。不要说二三百两没处买，就是几千万两，也没处买这般一模一样同年同月的儿女。”

行者道：“原来这等。也罢，也罢。你且抱你令郎出来，我看看。”那陈清急入里面，将关保儿抱出厅上，放在灯前。小孩儿那知死活，笼着两袖果子，跳跳舞舞的，吃着耍子。行者见了，默默念声咒语，摇身一变，变作那关保儿一般模样。两个孩儿搀着手，在灯前跳舞，唬得那老者慌忙跪下。唐僧道："老爷不当人子，不当人子。"这老者道："才然说话，怎么就变作我儿一般模样，叫他一声，齐应齐走！却折了我们年寿！请现本相，请现本相！"

行者把脸抹了一把，现了本相。那老者跪在面前，道："老爷原来有这样本事！"行者笑道："可像你儿子么？"妙猴，趣猴。老者道："像，像，像！果然一般嘴脸，一般声音，一般衣服，一般长短。"行者道："你还没细哩。取秤来称称，可与他一般轻重？"老者道："是，是，是，是一般重。"行者道："似这等可祭赛得过么？"老者道："忒好，忒好！祭得过了！"行者道："我今替这个孩儿性命，留下你家香烟后代，我去祭赛那大王去也。"那陈清跪地磕头，道："老爷果若慈悲替得，我送白银一千两，与唐老爷做盘缠往西天去。"行者道："就不谢谢老孙？"老者道："你已替祭，没了你也。"行者道："怎的得没了？"老者道："那大王吃了。"行者道："他敢吃我？"老者道："不吃你，好道嫌腥。"行者笑道："任从天命，吃了我，是我的命短；不吃，是我的造化。我与你祭赛去。"

那陈清只管磕头相谢，又允送银五百两。惟陈澄也不磕头，也不说谢，只是倚着那屏门痛哭。描画逼真。行者知之，上前扯住，道："大老，你这不允我，不谢我，想是舍不得你女儿么？"陈澄才跪下道："是舍不得。敢蒙老爷盛情，救替了我侄子也彀了。但只是老拙无儿，止此一女，就是我死之后，他也哭得痛切，怎么舍得！”行者道：“你快去蒸上五斗米的饭，整治些好素菜，与我那长嘴师父吃，教他变作你的女儿，我兄弟同去祭赛，索性行个阴骘，救你两个儿女性命，如何？”

那八戒听得此言，心中大惊，道：“哥哥，你要弄精神，不管我死活，就要攀扯我。”行者道：“贤弟，常言道，‘鸡儿不吃无功之食’，你我进门，感承盛斋，你还嚷吃不饱哩，怎么就不与人家救些患难？”八戒道：“哥啊，变化的事情，我却不会哩。”行者道：“你也有三十六般变化，怎么不会？”三藏呼：“悟能，你师兄说得最是，处得甚当。常言：‘救人一命，胜造七级浮屠。’一则感谢厚情，二来当积阴德。况凉夜无事，你兄弟要要去来。”八戒道：“你看师父说的话！我只会变山，变树，变石头，变赖像，变水牛，变大肚汉还可，若变小女儿，有几分难哩。”行者道：“老大莫信他，抱出你令嫒来看看。”

陈澄急入里边，抱将一秤金女儿，到了厅上。一家子妻妾大小，不拘老幼内外，都出来磕头礼拜，只请救孩儿性命。叙得逼真。那女儿头上戴一个八宝垂珠的花翠箍，身上穿一件红闪黄的纻丝袄，上套着一件官绿缎子棋盘领的披风，腰间系一条大红花绢裙，脚下踏一双虾蟆头浅红纻丝鞋，腿上穿两只绡金膝裤儿，也拿着果子吃哩。行者道：“八戒，这就是女孩儿。你快变的像他，我们祭赛去。”八戒道：“哥哑，似这般小巧俊秀，怎变？”行者叫：“快些，莫讨打！”八戒慌了，道：“哥哥不要打，等我变了看。”

这呆子念动咒语，把头摇了几摇，叫“变”，真个变过头来，就也像女孩儿面目，只是呆子胖大郎伉不像。行者笑道：

“再变变！”八戒道：“凭你打了罢！变不过来，奈何？”行者道：“莫成是丫头的头，和尚的身子？如今反是和尚的头，丫头的身子的多。弄的这等不男不女，却怎生是好？你可布起罡来。”他就吹他一口仙气，果然即时把身子变过，与那女儿一般。便教：“二位老者，带你宝眷同令郎令爱进去，不要错了。一会家，我兄弟躲懒讨乖，走进去时难识认。你将好果子与他吃，不可教他哭叫，恐大王一时知觉，走了风讯。等我两人要子去也！”

好大圣，分付沙僧保护唐僧：“我变作陈关保，八戒变作一秤金。”二人俱停当了，却问：“怎么供献？还是捆了去，是绑了去？蒸熟了去，是剁碎了去？”八戒道：“哥哥，莫要弄我，我没这个本事。”老者道：“不敢，不敢。只是用两个红漆丹盘，请二位坐在盘内，放在桌子上，着两个后生抬一张桌子，把你们抬上庙去。”行者道：“好好好。拿盘子出来，我们试试。”那老者即取出两个丹盘。行者与八戒坐上，四个后生抬起两张桌子，往天井里走走儿，又抬回放在堂上。行者欢喜道：“八戒，相这般子走走要要，我们也是上台盘的和尚了。”八戒道：“若是抬了去，还抬回来，两头抬到天明，我也不怕；只是抬到庙里，就要吃哩，这个却不是要子！”行者道：“你只看着我。划着吃我时，你就走了罢。”八戒道：“知他怎么吃哩？如先吃童男，我便好跑；如先吃童女，我却如何？”老者道：“常年祭赛时，我这里有胆大的，钻在庙后，或在供桌底下，看见他先吃童男，后吃童女。”八戒道：“造化，造化！”

兄弟正然谈论，只听得锣鼓喧天，灯火照耀，打开前门，叫：“抬出童男童女来！”这老者哭哭啼啼，那四个后生将他二人抬将出去。

端的不知性命何如，且听下回分解。

总评：

他两人能替人性命，真是大侠。然又谈笑而为之，不动一毫声色，真圣也。

第四十八回

魔弄寒风飘大雪
僧思拜佛履层冰

魔弄寒風飄大雪
聖僧拜佛履層冰

话说陈家庄众信人等，将猪羊牲醴与行者、八戒，喧喧嚷嚷，直抬至灵感庙里排下，将童男女设在上首。行者回头，看见那供桌上香花蜡烛，正面一个金字牌位，上写“灵感大王之神”，更无别的神像。众信摆列停当，一齐朝上叩头，道：“大王爷爷，今年今月今日今时，陈家庄祭主陈澄等众信，年甲不齐，谨遵年例，供献童男一名陈关保，童女一名陈一秤金，猪羊牲醴如数，奉上大王享用。保佑风调雨顺，五谷丰登。”祝罢，烧了纸马，各回本宅不题。

那八戒见人散了，对行者道：“我们家去罢。”行者道：“你家在那里？”好提醒。八戒道：“往老陈家睡觉去。”行者道：“呆子，又乱谈了。既允了他，须与他了这愿心才是哩。”八戒道：“你倒不是呆子，反说我是呆子！只哄他耍耍便罢，怎么就与他祭赛，当起真来！”行者道：“莫胡说。为人为彻。一定等那大王来吃了，才是个全始全终；不然，又教他降灾贻害，反为不美。”

正说间，只听得呼呼风响。八戒道：“不好了，风响是那话儿来了！”行者只叫：“莫言语，等我答应。”顷刻间，庙门外来了一个妖邪。你看他怎生模样？

金甲金盔灿烂新，腰缠宝带绕红云。眼如晚出明星皎，牙似重排锯齿分。足下烟霞飘荡荡，身边雾霭暖熏熏。行时阵阵阴风冷，立处层层煞气温。却似卷帘扶驾将，由如镇寺大门神。

那怪物拦住庙门，问道：“今年祭祀的是那家？”行者笑吟吟的答道："承下问，庄头是陈澄、陈清家。"乖猴，趣猴。那怪闻答，心中疑似道："这童男胆大，言谈伶俐。常来供养受用的，问一声不言语，再问声，唬了魂，用手去捉，已是死人。怎么今日这童男善能应对？"怪物不敢来拿，又问："童男女叫甚名字？"行者笑道："童男陈关保，童女一秤金。"怪物道："这祭赛乃常年旧规，如今供献，我当吃你。"行者道："不敢抗拒，请自在受用。"怪物听说，又不敢动手，拦住门，喝道："你莫顶嘴！我常年先吃童男，今年倒要先吃童女！"八戒慌了，道："大王还照旧罢，不要吃坏例子。"趣。

那怪不容分说，放开手，就捉八戒。呆子扑的跳下来，现了本相，掣钉钯，劈手一筑。那怪物缩了手，往前就走，只听得当的一声响。八戒道："筑破甲了！"行者也现本相看处，原来是冰盘大小两个鱼鳞，好一对童男女，快请大王受用。喝声"赶上"，二人跳到空中。那怪物因来赴会，不曾带得兵器，空手在云端里，问道："你是那方和尚，到此欺人，破了我的香火，坏了我的名声！"行者道："这泼物原来不知！我等乃东土大唐圣僧三藏奉钦差西天取经之徒弟。昨因夜寓陈家，闻有邪魔，假号灵感，年年要童男女祭赛，是我等慈悲，拯救生灵，捉你这泼物！趁早实实供来：一年吃两个童男女，你在这里称了几年大王，吃了多少男女？一个个算还我，饶你死罪！"那怪闻言就走，被八戒又一钉钯，未曾打着。他化一阵狂风，钻入通天河内。

行者道："不消赶他了，这怪想是河中之物。且待明日设法拿他，送我师父过河。"八戒依言，径回庙里，把那猪羊祭礼，连桌面一齐搬到陈家。此时唐长老、沙和尚，共陈家兄弟，正在厅中候信，忽见他二人将猪羊等物都丢在天井里。三藏迎来问道："悟空，祭赛之事何如？"行者将那称名赶怪钻入河中之事，说了一遍。二老十分欢喜，即命打扫厢房，安排床铺，请他师徒就寝不题。

却说那怪得命回归水内，坐在宫中，默默无言。水中大小眷族问道："大王每年享祭回来欢喜，怎么今年烦恼？"那怪道："常年享毕，还带些馀物与汝等受用，今日连我也不曾吃得，造化低，撞着一个对头，几乎伤了性命。"众水族问："大王，是那个？"那怪道："是一个东土大唐圣僧的徒弟，往西天拜佛求经者，假变男女，坐在庙里。我被他现出本相，险些儿伤了性命。一向闻得人讲，唐三藏乃十世修行好人，但得吃他一块肉，延寿长生。不期他手下有这般徒弟。我被他坏了名声，破了香火，有心要捉唐僧，只怕不得能彀。"

那水族中闪上一个班衣鳜婆，对怪物跬跬拜拜，笑道："大王，要捉唐僧，有何难处！但不知捉住他，可赏我些酒肉？"那怪道："你若有谋，合同用力，捉了唐僧，与你拜为兄妹，共席享之。"鳜婆拜谢了，道："久知大王有呼风唤雨之神通，搅海翻江之势力，不知可会降雪？"此婆亦通。那怪道："会降。"又道："既会降雪，不知可会作冷结冰？"那怪道："更会。"鳜婆鼓掌笑道："如此极易，极易！"那怪道："你且将极易之功讲来我听。"鳜婆道："今夜有三更天气，大王不必迟疑，趁早作法，起一阵寒风，下一阵大雪，把通天河尽皆冻结。着我等善变化者，变作几个人形，在于路口，背包持伞，担担推车，不住的在冰上行走。那唐僧取经之心甚急，看见如此人行，断然踏冰而渡。大王稳坐河心，待他脚踪响处，迸裂寒冰，连他那徒弟们一齐坠落水中，一股可得也！”那怪闻言，满心欢喜，道：“甚妙，甚妙！”即出水府，踏长空兴风作雪，寒威宁冻成冰不题。

人但知冷处害人，不知热处害人更甚。

却说唐长老师徒四人，歇在陈家。将近天晓，师徒们衾寒枕冷。八戒咳歌打战，睡不得，叫道：“师兄，冷啊！”行者道：“你这呆子，忒不长俊！出家人寒暑不侵，怎么怕冷？”着眼。三藏道：“徒弟，果然冷。你看，就是那：

重衾无暖气，袖手似揣冰。此时败叶垂霜蕊，苍松挂冻铃。地裂因寒甚，池平为水凝。渔舟不见叟，山寺怎逢僧？樵子愁柴少，王孙喜炭增。征人须似铁，诗客笔如菱。皮袄犹嫌薄，貂裘尚恨轻。蒲团僵老衲，纸帐旅魂惊。绣被重茵褥，浑身战抖铃。”不通之极，可笑。

师徒们都睡不得，爬起来穿了衣服。开门看处，呀，外面白茫茫的，原来下雪哩。行者道：“怪道你们害冷哩，却是这般大雪！”四人眼同观看，好雪。但见那：

彤云密布，惨雾重侵。彤云密布，朔风凛凛号空；惨雾重侵，大雪纷纷盖地。真个是六出花片片飞琼，千林树株株带玉。须臾积粉，顷刻成盐。白鹦歌失素，皓鹤羽毛同。平添吴楚千江水，压倒东南几树梅。却便似战退玉龙三百万，果然如败鳞，残甲满天飞。那里得东郭履，袁安卧，孙康映读；更不见子猷舟，王恭氅，苏武餐毡。但只是几家村舍如银砌，万里江山似玉团。好雪。柳絮漫桥，梨花盖舍。柳絮漫桥，桥边渔叟挂蓑衣；梨花盖舍，舍下野翁煨榾柮。客子难沽酒，苍头苦觅梅。洒洒潇潇裁蝶翅，飘飘荡荡剪鹅衣。团团滚滚随风势，叠叠层层道路迷。阵阵寒威穿小幕，飕飕冷气透幽帏。丰年祥瑞从天降，堪贺人间好事宜。

那场雪纷纷洒洒，果如剪玉飞绵。

师徒们叹玩多时，只见陈家老者着两个童仆，折开道路，又两个送出热汤洗面。须臾，又送滚茶乳饼，又抬出炭火。俱到厢房，师徒们叙坐。长老问道："老施主，贵处时令，不知可分春夏秋冬？"陈老笑道："此间虽是僻地，但只风俗人物与上国不同，至于诸凡谷苗牲畜，都是同天共日，岂有不分四时之理？"三藏道："既分四时，怎么如今就有这般大雪，这般寒冷？"陈老道："此时虽是七月，昨日已交白露，就是八月节了。我这里常年八月间就有霜雪。"三藏道："甚比我东土不同，我那里交冬节方有之。"

正话间，又见童仆来安桌子请吃粥。粥罢之后，雪比早间又大，须臾，平地有二尺来深。三藏心焦垂泪。陈老道："老爷放心，莫见雪深忧虑。我舍下颇有几石粮食，供养得老爷们半生。"三藏道："老施主不知贫僧之苦。我当年蒙圣恩赐了旨意，摆大驾亲送出关，唐王御手擎杯奉饯，问道几时可回，贫僧不知有山川之险，顺口回奏：只消三年，可取经回国。自别后，今已七八个年头，还未见佛面，恐违了钦限，又怕的是妖魔凶狠，所以焦虑。今日有缘得寓潭府，昨夜愚徒们略施小惠报答，实指望求一船只渡河；不期天降大雪，道路迷漫，不知几时才得功成回故土也！”功不成便不得回故土，此意可思。着眼，着眼。陈老道：“老爷放心。正是多的日子过了，那里在这几日？且待天晴，化了冰，老拙倾家费产，必处置送老爷过河。”

只见一童又请进早斋。到厅上吃毕，叙不多时，又午斋相继而进。三藏见品物丰盛，再四不安，道：“既蒙见留，只可以家常相待。”陈老道：“老爷，感蒙替祭救命之恩，虽逐日设筵奉款，也难酬难谢。”

此后大雪方住，就有人行走。陈老见三藏不快，又打扫花园，大盆架火，请去雪洞里闲耍散闷。八戒笑道：“那老儿忒没算计！春二三月好赏花园，这等大雪，又冷，赏玩何物！”行者道：“呆子不知事！雪景自然幽静。一则游赏，二来与师父宽怀。”陈老道：“正是，正是。”遂此邀请到园。但见：

景值三秋，风光如腊。苍松结玉蕊，衰柳挂银花。阶下玉苔堆粉屑，窗前翠竹吐琼芽。巧石山头，养鱼池内。巧石山头，削削尖峰排玉笋；养鱼池内，清清活水作冰盘。临岸芙蓉娇色浅，傍崖木槿嫩枝垂。秋海棠，全然压倒；腊梅树，聊发新枝。牡丹亭，海榴亭，丹桂亭，亭亭尽鹅毛堆积；放怀处，款客处，遣兴处，处处皆蝶翅铺漫。两边黄菊玉绡金，几树丹枫红间白。无数闲庭冷难到，且观雪洞冷如春。那里边放一个兽面像足铜火盆，热烘烘炭火才生；那上下有几张虎皮搭苫漆交椅，软温温纸窗铺设。那壁上挂几轴名公古画，却是那：七贤过关，寒江独钓，叠嶂层峦团雪景；苏武餐毡，折梅逢使，琼林玉树写寒文。说不尽那家近水亭鱼易买，雪迷山径酒难沽。真个可堪容膝处，算来何用访蓬壶？

众人观玩良久，就于雪洞里坐下，对邻叟道取经之事，又捧香茶饮毕。陈老问："列位老爷，可饮酒么？"三藏道："贫僧不饮，小徒略饮几杯素酒。"陈老大喜，即命："取素果品，顿暖酒，与列位汤寒。"那童仆即抬桌围炉，与两个邻叟各饮了几杯，收了家火。

不觉天色将晚，又仍请到厅上晚斋，只听得街上行人都说："好冷天啊，把通天河冻住了！"三藏闻言，道："悟空，冻住河，我们怎生是好？"陈老道："乍寒乍冷，想是近河边浅水处冻结。"那行人道："把八百里都冻的似镜面一般，路口上有人走哩。"三藏听说有人走，就要去看。陈老道："老爷莫忙。今日晚了，明日去看。"遂此别却邻叟，又晚斋毕，依然歇在厢房。

及次日天晓，八戒起来，道："师兄，今夜更冷，想必河冻住也。"三藏迎着门，朝天礼拜，道："众位护教大神，弟子一向西来，虔心拜佛，苦历山川，更无一声报怨；今至于此，感得皇天佑助，结冻河水，弟子空心权谢，待得经回，奏上唐皇，竭诚酬答。"礼拜毕，遂教悟净背马，趁冰过河。陈老又道："莫忙，待几日雪融冰解，老拙这里办船相送。"沙僧道："就行也不是话，再住也不是话。口说无凭，耳闻不如眼见。我背了马，且请师父亲去看看。"陈老道："言之有理。"教："小的们，快去背我们六匹马来，且莫背唐僧老爷马。”就有六个小价跟随，一行人径往河边来看。真个是：

雪积如山耸，云收破晓晴。寒凝楚塞千峰瘦，冰结江湖一片平。朔风凛凛，滑冻棱棱。池鱼偎密藻，野鸟恋枯槎。塞外征夫俱坠指，江头稍子乱敲牙。裂蛇腹，断鸟足，果然冰山千百尺。万壑冷浮银，一川寒浸玉。东方自信出僵蚕，北地果然有鼠窟。王祥卧，光武渡，一夜溪桥连底固。曲沼结棱层，深渊重叠沍。通天阔水更无波，皎洁冰漫如陆路。

三藏与一行人到了河边，勒马观看，真个那路口上有人行走。三藏问道：“施主，那些人上冰往那里去？”陈老道：“河那边乃西梁女国。这起人都是做买卖的。我这边百钱之物，到那边可值万钱；那边百钱之物，到这边亦可值万钱。利重本轻，所以人不顾死生而去。世情如此，真是可怜。常年家有五七人一船，或十数人一船，飘洋而过。见如今河道冻住，故舍命而步行也。”三藏道：“世间事惟名利最重。着眼。似他为利的，舍死忘生；我弟子奉旨全忠，也只是为名，与他能差几何！”教：“悟空，快回施主家，收拾行囊，叩背马匹，趁此层冰，早奔西方去也。”行者笑吟吟答应。

沙僧道：“师父啊，常言道：‘千日吃了千升米。’今已托赖陈府上，且再住几日，待天晴化冻，办船而过。忙中恐有错也。”好言语。三藏道：“悟净，怎么这等愚见！若是正二月，一日暖似一日，可以待得冻解。此时乃八月，一日冷似一日，如何可便望解冻！却不又误了半载行程？”八戒跳下马来：“你们且休讲闲口，等老猪试看有多少厚薄。”行者道：“呆子，前夜试水，能去抛石；如今冰冻重漫，怎生试得？”八戒道：“师兄不知。等我举钉钯钯他一下。假若筑破，就是冰薄，且不敢行；若筑不动，便是冰厚，如何不行？”三藏道：“正是，说得有理。”那呆子撩衣拽步，走上河边，双手举钯，尽力一筑，只听扑的一声，筑了九个白迹，手也振得生疼。如画。呆子笑道：“去得，去得！连底都锢住了。”

三藏闻言，十分欢喜，与众同回陈家，只教收拾走路。那两个老者苦留不住，只得安排些干粮烘炒，做些烧饼馍馍相送。一家子磕头礼拜，又捧出一盘子散碎金银，跪在面前，道：“多蒙老爷活子之恩，聊表涂中一饭之敬。”三藏摆手摇头，只是不受，道：“贫僧出家人，财帛何用？就途中也不敢取出，只是以化斋度日为正事。收了干粮足矣。”二老又再三央求，行者用指尖儿捻了一小块，约有四五钱重，递与唐僧，道：“师父，也只当些衬钱，莫教空负二老之意。”

遂此相向而别。径至河边冰上，那马蹄滑了一滑，险些儿把三藏跌下马来。就似真的一般，奇矣。沙僧道：“师父，难行！”八戒道：“且住，问陈老官讨个稻草来我用。”行者道：“要稻草何用？”八戒道：“你那里得知，要稻草包着马蹄方才不滑，免教跌下师父来也。”陈老在岸上听言，急命人家中取一束稻草，却请唐僧上岸下马。八戒将草包裹马足，然后踏冰而行。

别陈老，离河边，行有三四里远近，八戒把九环锡杖递与唐僧，道：“师父，你横此在马上。”行者道：“这呆子奸诈！锡杖原是你拿的，如何又叫师父拿着？”八戒道：“你不曾走过冰冻，不晓得。凡是冰冻之上，必有冷眼，倘或蹦着冷眼，脱将下去，若没横担之物，骨都的落水，就如一个大锅盖盖住，如何钻得上来！须是如此架住方可。”行者暗笑道：“这呆子到是个积年走冰的！”果然都依了他。长老横担着锡杖，行者横担着铁棒，沙僧横担着降妖宝杖，八戒肩挑着行李，腰横着钉钯，师徒们放心前进。

这一直行到大晚，吃了些干粮，却又不敢久停，对着星月光华，观的冰冻上亮灼灼、白茫茫，只情奔走。果然是马不停蹄，师徒们莫能合眼，走了一夜。天明又吃些干粮，望西又进。

正行时，只听得冰底下扑喇喇一声响亮，险些儿唬倒了白马。三藏大惊，道：“徒弟哑，怎么这般响亮？”八戒道：“这河忒也冻得结实，地冷响了，或者这半中间连底通锢住了也。”三藏闻言，又惊又喜，策马前进，趱行不题。

却说那妖邪自从回归水府，引众精在于水下等候多时，只听得马蹄响处，他在底下弄个神通，滑喇的迸开冰冻。慌得孙大圣跳上空中，早把那白马落于水内，三人尽皆脱下。那妖邪将三藏捉住，引群精径回水府，厉声高叫：“鳜妹何在？”老鳜婆迎门施礼，道：“大王，不敢，不敢。”妖邪道：“贤妹何出此言！‘一言既出，驷马难追。’原说听从汝计，捉了唐僧，与你拜为兄妹。今日果成妙计，捉了唐僧，就好昧了前言？”教：“小的们，抬过案卓，磨快刀来，把这和尚剖腹剜心，剥皮剐肉，一壁厢响动乐器，与贤妹共而食之，延寿长生也。”鳜婆道：“大王，且休吃他，恐他徒弟们寻来炒闹。且宁耐两日，让那厮不来寻，然后剖开，请大王上坐，众眷族环列，吹弹歌舞，奉上大王，从容自在享用，却不好也？”那怪依言，把唐僧藏在宫后，使一个六尺长的石匣，盖在中间不题。

却说八戒、沙僧，在水里捞着行囊，放在白马身上驮了，分开水路，涌浪翻波，负水而出。只见行者在半空中看见，问道：“师父何在？”八戒道：“师父姓陈，名到底了。如今没处找寻，且上岸再作区处。”原来八戒本是天蓬元帅临凡，他当年掌管天河八万水兵大众；沙和尚是流沙河内出身；白马本是西海龙孙：故此能知水性。大圣在空中指引，须臾，回转东崖，晒刷了马匹，纱掠了衣裳。

大圣云头按落，一同到那陈家庄上。早有人报与二老道：“四个取经的老爷，如今只剩了三个来也。”兄弟即忙接出门外，果见衣裳还湿，道：“老爷们，我等那般苦留，却不肯住，只要这样方休。怎么不见三藏老爷？”八戒道：“不叫做三藏了，改名叫做陈到底也。”二老垂泪道：“可怜，可怜！我说等雪融备舡相送，坚执不从，致令丧了性命！”行者道：“老儿，莫替古人耽忧。我师父管他不死长命。老孙知道，决然是那灵感大王弄法算计去了。你且放心，与我们浆浆衣服，晒晒关文，取草料喂着白马，等我弟兄寻着那厮，救出师父，索性剪草除根，替你一庄人除了后患，庶几永永得安生也。”陈老闻言，满心欢喜，即命安排斋供。

兄弟三人饱餐一顿，将马匹行囊交与陈家看守，各整兵器，径赴水边寻师擒怪。正是：

误踏层冰伤本性，大舟脱漏怎周全？

毕竟不知怎么救得唐僧，且听下回分解。

总评并前七回：

人见妖魔要吃童男童女，便以为怪事。殊不知世上有父母自吃童男童女的，甚至有童男自吃童男，童女自吃童女的，比比而是，亦常事耳，何怪之有？或问何故，曰：以童男付之庸师，童女付之淫媒，此非父母自吃童男女乎？为男者自甘为凶人，为女者自甘为妒妇，丧失其赤子之心，此非童男女自吃童男女乎？或鼓掌大笑曰：原来今日却是妖魔世界也。余亦笑而不言。

第四十九回

三藏有灾沉水宅　观音救难现鱼篮

三藏有災沈水宅
觀音救難見魚籃

却说孙大圣与八戒、沙僧，辞陈老来至河边，道："兄弟，你两个议定，那一个先下水。"八戒道："哥啊，我两个手段不见怎的，还得你先下水。"行者道："不瞒贤弟说，若是山里妖精，全不用你们费力；水中之事，我去不得。就是下海行江，我须要捻着避水诀，或者变化甚么鱼蟹之形才去得；若是那般捻诀，却轮不得铁棒，使不得神通，打不得妖怪。我久知你两个惯水之人，我所以要你两个下去。"沙僧道："哥啊，小弟虽是去得，但不知水底如何。我等大家都去。哥哥变作甚么模样，或是我驮着你，分开水道，寻着妖圣的巢穴，你先进去打听打听。若是师父不曾伤损，还在那里，我们好努力征讨；假若不是这怪弄法，或者渰死师父，或者被妖吃了，我等不须苦求，早早的别寻道路，何如？"行者道："贤弟说得有理。你们那个驮我？"八戒暗喜道："这猴子不知捉弄了我多少，今番原来不会水，等老猪驼他，也捉弄他捉弄！"呆子笑嘻嘻的叫道："哥哥，我驼你。"行者就知有意，却便将计就计，道："是，也好，你比悟净还有些膂力。"

八戒就背着他，沙僧剖开水路，兄弟们同入通天河内。向水底下行有百十里远近，那呆子捉弄行者，行者随即拔下一根毫毛，变做假身，伏在八戒背上，真身变作一个猪虱子，紧紧的贴在他耳躲里。这班顽皮。八戒正行，忽然打个踉踵，便故意把行者往前一掼，扑的跌了一跤。原来那个假身本是毫毛变的，却就飘起去，无影无形。沙僧道："二哥，你是怎么说？不好生走路，就跌在泥里，便也罢了，却把大哥不知跌在那里去了！"八戒道："那猴子不禁跌，一跌就跌化了。兄弟，莫管他死活，我和你且去寻师父去。”沙僧道：“不好，还得他来，他虽不知水性，他比我们乖巧。若无他来，我不与你去。”

行者在八戒耳躲里忍不住高叫道：“悟净，老孙在这里也！”沙僧听得，笑道：“罢了，这呆子是死了！你怎么就敢捉弄他！如今弄得闻声不见面，却怎是好？”八戒慌得跪在泥里磕头，道：“哥哥，是我不是了，待救了师父，上岸陪礼。你在那里做声？就唬杀我也！你请现原身出来。我驼着你，再不敢冲撞你了。”行者道：“是你还驼着我哩。我不弄你，你快走，快走！”那呆子絮絮叨叨，只管念诵着陪礼，爬起来，与沙僧又进。

行了又有百十里远近，忽抬头望见一座楼台，上有“水鼋之第”四个大字。沙僧道：“这壁厢是妖精住处，我两个不知虚实，就骂上门索战？”行者道：“悟净，那门里外可有水么？”沙僧道：“无水。”行者道：“既无水，你再藏隐在左右，待老孙去打听打听。”

好大圣，爬离了八戒耳躲里，却又摇身一变，变作个长脚虾婆，两三跳，跳到门里。睁眼看时，只见那怪坐在上面，众水族摆列两边，有个班衣鳜婆坐于侧手，都商议要吃唐僧。行者留心，两边寻找不见，忽看见一个大肚虾婆走将来，径往西廊下立定。行者跳到面前，称呼道：“姆姆，大王与众商议要吃唐僧，唐僧却在那里？”猴。虾婆道：“唐僧被大王降雪结冰，昨日拿在宫后石匣中间，只等明日他徒弟们不来炒闹，就奏乐享用也。”

行者闻言，演了一会，径直寻到宫后看，果有一个石匣，却像人家槽房里的猪槽，又似人间一口石棺材之样，量量只有六尺长短。却伏在上面，听了一会，只听得三藏在里面嘤嘤的哭哩。行者不言语，侧耳再听，那师父挫得牙响，恨了一声，道：

　　自恨江流命有愆，生时多少水灾缠。出娘胎腹淘波浪，拜佛西天堕渺渊。前遇黑河身有难，今逢冰解命归泉。不知徒弟能来否，可得真经返故园？

行者忍不住叫道："师父，莫恨水灾。经云：'土乃五行之母，水乃五行之源。着眼。无土不生，无水不长。'老孙来了！"三藏闻得，道："徒弟啊，救我耶！"行者道："你且放心，待我们擒住妖精，管教你脱难。"三藏道："快些儿下手，再停一日，足足闷杀我也！"行者道："没事没事！我去也！"

急回头，跳将出去，到门外现了原身，叫："八戒！"那呆子与沙僧近道："哥哥，如何？"行者道："正是此怪骗了师父。师父未曾伤损，被怪物盖在石匣之下。你两个快早斗战，让老孙先出水面。你若擒得他，就擒；擒不得，做个佯输，引他出水，等我打他。"沙僧道："哥哥放心先去，待小弟们鉴貌辨色。"这行者捻着避水诀，钻出河中，停立岸边等候不题。

你看那猪八戒行凶，闯至门前，厉声高叫："泼怪物，送我师父出来！"慌得那门里小妖急报："大王，门外有人要师父哩！"妖邪道："这定是那泼和尚来了。"教："快取披挂兵器来！"众小妖连忙取出。妖邪结束了，执兵在手，即命开门，走将出来。八戒与沙僧对列左右，见妖邪怎生披挂？好怪物。你看他：

头戴金盔晃且辉，身披金甲掣虹霓。腰围宝带团珠翠，足踏烟黄靴样奇。鼻准高隆如峤耸，天庭广阔若龙仪。眼光闪灼圆还暴，牙齿钢锋尖又齐。短发蓬松飘火焰，长须潇洒挺金锥。口咬一枝青嫩藻，手拿九瓣赤铜锤。一声咿哑门开处，响似三春惊蛰雷。这等形容人世少，敢称灵显大王威。

妖邪出得门来，随后有百十个小妖，一个个轮枪舞剑，摆开两哨，对八戒道："你是那寺里和尚？为甚到此喧嚷？"八戒喝道："我把你这打不死的泼物！你前夜与我顶嘴，今日如何推不知来问我？我本是东土大唐圣僧之徒弟，往西天拜佛求经者。你弄玄虚，假做甚么灵感大王，专在陈家庄要吃童男童女，我本是陈清家一秤金，你不认得我么？"那妖邪道："你这和尚，甚没道理！你变做一秤金，该一个冒名顶替之罪。我到不曾吃你，反被你伤了我手背。已是让了你，你怎么又寻上我的门来？"八戒道："你既让我，却怎么又弄冷风，下大雪，冻结坚冰，害我师父？快早送我师父出来，万事皆休；牙迸半个'不'字，你只看看手中钯，决不饶你！"妖邪闻言，微微冷笑，道："这和尚卖此长舌，胡夸大口！果然是我作冷下雪冻河，摄你师父。你今嚷上门来，思量取讨，只怕这一番不比那一番了。那时节我因赴会，不曾带得兵器，误中你伤。你如今且休要走，我与你交敌三合。三合敌得我过，还你师父；敌不过，连你一发吃了。"

八戒道："好乖儿子！正是这等说，仔细看钯！"妖邪道："你原来是半路上出家的和尚。"八戒道："我的儿，你真个有些灵感，怎么就晓得我是半路出家的？"妖邪道："你会使钯，想是雇在那里种园，把他钉钯拐将来也。”八戒道：“儿子！我这钯，不是那筑地之钯。你看：

巨齿铸就如龙爪，细金妆来似蟒形。若逢对敌寒风洒，但遇相持火焰生。能与圣僧除怪物，西方路上捉妖精。轮动烟云遮日月，使开霞彩照分明。筑倒太山千虎怕，掀翻大海万龙惊。饶你威灵有手段，一筑须教九窟窿！”

那个妖邪那里肯信，举铜锤劈头就打。八戒使钉钯架住，道：“你这泼物，原来也是半路上成精的邪魔！”那怪道：“你怎么认得我是半路上成精的？”八戒道：“你会使铜锤，想是雇在那个银匠家扯炉，被你得了手，偷将出来的。”妖邪道：“这非打银之锤。你看：

九瓣攒成花骨朵，一竿虚孔万年青。原来不比凡间物，出处还从仙苑名。绿房紫菂瑶池老，素质清香碧沼生。因我用功抟炼过，坚如钢锐彻通灵。枪刀剑戟浑难赛，钺斧戈矛莫敢经。总让你钯能利刃，汤着吾锤迸折钉！”

沙和尚见他两个攀话，忍不住近前，高叫道：“那怪物，休得浪言！古人云：‘口说无凭，做出便见。’不要走，且吃我一杖！”妖邪使锤杆架住，道：“你也是半路里出家的和尚。”沙僧道：“你怎么认得？”妖邪道：“你这模样，像一个磨博士出身。”沙僧道：“如何认得我像个磨博士？”妖邪道：“你不是磨博士，怎么会使赶面杖？”沙僧骂道：“你这业障，是也不曾见！

这般兵器人间少，故此难知宝杖名。出自月宫无影处，梭罗仙木琢磨成。外边嵌宝霞光耀，内里钻金瑞气凝。先日也曾陪御宴，今朝秉正保唐僧。西方路上无知识，上界宫中有大名。唤做降妖真宝杖，管教一下碎天灵！”

那妖邪不容分说，三人变脸。这一场，在水底下好杀：

铜锤宝杖与钉钯，悟能悟净战妖邪。一个是天蓬临世界，一个是上将降天涯。他两个夹攻水怪施威武，这一个独抵神僧势可夸。有分有缘成大道，相生相克秉恒沙。土克水，水干见底；水生木，木旺开花。禅法参修归一体，还丹炮炼伏三家。说得明白。土是母，发金芽，金生神水产婴娃；水为本，润木华，木有辉煌烈火霞。攒簇五行皆别异，故然变脸各争差。看他那铜锤九瓣光明好，宝杖千丝彩绣佳。钯按阴阳分九曜，不明解数乱如麻。捐躯弃命因僧难，舍死忘生为释迦。致使铜锤忙不坠，左遮宝杖右遮钯。

三人在水底下斗经两个时辰，不分胜败。猪八戒料道不得赢他，对沙僧丢了个眼色，二人诈败佯输，各拖兵器，回头就走。那怪教：“小的们，扎住在此，等我追赶上这厮，捉将来与汝等凑吃哑！”你看他如风吹败叶，似雨打残花，将他两个赶出水面。

那孙大圣在东岸上，眼不转睛，只看着河边水势。忽然见波浪翻腾，喊声号吼，八戒先跳上岸，道："来了，来了！"沙僧也到岸边，道："来了，来了！"那妖邪随后叫："那里走！"才出头，被行者喝道："看棍！"那妖邪闪身躲过，使铜锤急架相还。一个在河边涌浪，一个在岸上施威。搭上手，未经三合，那妖遮架不住，打个花，又淬于水里，遂此风平浪息。

行者回转高崖，道："兄弟们，辛苦啊。"沙僧道："哥啊，这妖精他在岸上觉得不济，在水底也尽利害哩！我与二哥左右齐攻，只战得个两平，却怎么处置，救师父也？"行者道："不必疑迟，恐被他伤了师父。"八戒道："哥哥，我这一去哄他出来，你莫做声，但只在半空中等候。估着他钻出头来，却使个捣蒜打，照他顶门上着着实实一下！总然打不死他，好道也护疼发晕，却等老猪赶上一钯，管教他了帐！"行者道："正是正是。这叫做里迎外合，方可济事。"他两个复入水中不题。

却说那妖邪败阵逃生，回归本宅。众妖接到宫中，鳜婆上前问道："大王，赶那两个和尚到那方来？"妖邪道："那和尚原来还有一个帮手。他两个跳上岸去，那帮手轮一条铁棒打我，我闪过与他相持。也不知他那棍子有多少斤重，我的铜锤莫想架得他住，战未三合，我却败回来也。"鳜婆道："大王，可记得那帮手是甚相貌？"妖邪道："是一个毛脸雷公嘴，查耳躲，折鼻梁，火眼金睛和尚。"鳜婆闻说，打了一个寒禁，道："大王啊，亏了你识俊，逃了性命！若再三合，决然不得全生！那和尚我认得他。"妖邪道："你认得他是谁？"鳜婆道："我当年在东洋海内，曾闻得老龙王说他的名誉，乃是五百年前大闹天宫混元一气上方太乙金仙美猴王齐天大圣。如今归依佛教，保唐僧往西天取经，改名唤做孙悟空行者。他的神通广大，变化多端。大王，你怎么惹他！今后再莫与他战了。”

说不了，只见门里小妖来报：“大王，那两个和尚又来门外索战哩！”妖精道：“贤妹所见甚长，再不出去，看他怎么。”急传令，教：“小的们，把门关紧了。正是：‘任君门外叫，只是不开门。’让他缠两日，性摊了回去时，我们却不自在受用唐僧也？”那小妖一齐都搬石头，塞泥块，把门闭好。八戒与沙僧连叫不出，呆子心焦，就使钉钯筑门。那门已是紧闭塞关，莫想能勾。被他七八钯，筑破门扇，里面却都是泥土石块，高叠千层。沙僧见了，道：“二哥，这怪物惧怕之甚，闭门而走，我和你且回上河崖，再与大哥计较去来。”八戒依言，径转东岸。

那行者半云半雾，提着铁棒等哩。看见他两个上来，不见妖怪，即按云头迎至岸边，问道：“兄弟，那话儿怎么不上来？”沙僧道：“那妖物紧闭宅门，再不出来见面；被二哥打破门扇看时，那里面都是些泥土石块，实实的叠住了。故此不能得战，却来与哥哥计议，再怎么设法去救师父。”行者道：“似这般，却也无法可治。你两个只在河岸上巡视着，不可放他往别处走了，待我去来。”八戒道：“哥哥，你往那里去？”行者道：“我上普陀岩拜问菩萨，看这妖怪是那里出身，姓甚名谁。寻着他的祖居，拿了他的家属，捉了他的四邻，却来此擒怪救师。”八戒笑道：“哥啊，这等干只是忒费事，担搁了时辰了。”行者道：“管你不费事，不担搁！我去就来！”

好大圣，急纵祥光，躲离河口，径赴南海。那里消半个时辰，早望见落伽山不远。低下云头，径至普陀岩上。只见那二十四路诸天与守山大神、木叉行者、善财童子、捧玉龙女，一齐上前，迎着施礼，道：“大圣何来？”行者道：“有事要见菩萨。”众神道：“菩萨今早出洞，不许人随，自入竹林里观玩。知大圣今日必来，分付我等在此候接大圣。不可就见，请在翠岩前聊坐片时，待菩萨出来，自有道理。”行者依言，还未坐下，又见那善财童子上前施礼，好照应。道：“孙大圣，前蒙盛意，幸菩萨不弃收留，早晚不离左右，专侍莲花之下，甚得善慈。”行者知是红孩儿，笑道：“你那时节魔业迷心，今朝得成正果，才知老孙是好人也。”着眼。

行者久等不见心焦，道：“列位与我传报一声，若迟了，恐伤吾师之命。”诸天道：“不敢报。菩萨分付，只等他自出来哩。”行者性急，那里等得，急耸身往里便走。噫！

这个美猴王，性急能鹊薄。诸天留不住，要往里边踱。拽步入深林，睁眼偷觑着。远观救苦尊，盘坐衬残箬。懒散怕梳妆，容颜多绰约。散挽一窝丝，未曾戴缨络。不挂素蓝袍，贴身小袄缚。漫腰束锦裙，赤了一双脚。披肩绣带无，精光两臂膊。玉手执钢刀，正把竹皮削。

行者见了，忍不住厉声高叫道：“菩萨，弟子孙悟空志心朝礼。”菩萨教：“外面俟候。”行者叩头道：“菩萨，我师父有难，特来拜问通天河妖怪根源。”菩萨道：“你且出去，待我出来。”行者不敢强，只得走出竹林，对众诸天道：“菩萨今日又重置家事哩，怎么不坐莲台，不妆饰，不喜欢，在林里削篾做甚？”诸天道：“我等却不知。今早出洞，未曾妆束，就入林中去了。又教我等在此接候大圣，必然为大圣有事。”行者没奈何，只得等候。

不多时，只见菩萨手提一个紫竹篮儿出林，道：“悟空，我与你救唐僧去来。”行者慌忙跪下，道：“弟子不敢催促，且请菩萨着衣登座。”菩萨道：“不消着衣，就此去也。”那菩萨撇下诸天，纵祥云腾空而去。孙大圣只得相随。

顷刻间，到了通天河界。八戒与沙僧看见，道：“师兄性急，不知在南海怎么乱嚷乱叫，把一个未梳妆的菩萨逼将来也。”说不了，到了河岸。二人下拜，道：“菩萨，我等擅干，有罪，有罪！”

菩萨即解下一根束袄的丝绦，将篮儿拴定，提着丝绦，半踏云彩，抛在河中，往上溜头扯着，口念颂子道：“死的去，活的住！死的去，活的住！”念了七遍，提起篮儿，但见那篮里亮灼灼一尾金鱼，还斩眼动鳞。菩萨叫：“悟空，快下水救你师父耶。”行者道：“未曾拿住妖邪，如何救得师父？”菩萨道：“这篮儿里不是？”八戒与沙僧拜问道：“这鱼儿怎生有那等手段？”菩萨道：“他本是我莲花池里养大的金鱼，每日浮头听经，修成手段。那一柄九瓣铜锤，乃是一根未开的菡萏，被他运炼成兵。不知是那一日，海潮泛涨，走到此间。我今早扶栏看花，却不见这厮出拜，掐指巡纹，算着他在此成精，害你师父。故此未及梳妆，运神功，织个竹篮儿擒他。”真活观音未梳妆就想救人，假活观音未梳妆只是害人。

行者道：“菩萨，既然如此，且待片时，我等叫陈家庄众信人等，看看菩萨的金面：一则留恩，二来说此收怪之事，好教凡人信心供养。”菩萨道：“也罢，你快去叫来。”那八戒与沙僧一齐飞跑至庄前，高呼道：“都来看活观音菩萨，都来看活观音菩萨！”一庄老幼男女，都向河边，也不顾泥水，都跪在里面，磕头礼拜。内中有善图画者，传下影神，这才是鱼篮观音现身。当时菩萨自归南海。

八戒与沙僧分开水路，径往那水鼋之第，找寻师父。原来那里边水怪鱼精，尽皆死烂。却入后宫，揭开石匣，驮着唐僧，出离波津，与众相见。那陈清兄弟叩头称谢，道：“老爷不依小人劝留，致令如此受苦。”行者道：“不消说了。你们这里人家，下年再不用祭赛，那大王已此除根，永无伤害。陈老儿，如今才好累你，快寻一只船儿，送我们过河去也。”那陈清道：“有，有，有！”就教解板打船。众庄客闻得此言，无不喜舍。那个道“我买桅蓬”，这个道“我办篙桨”；有的说“我出绳索”，有的说“我雇水手”。

正都在河边上炒闹，忽听得河中间高叫：“孙大圣，不要打船，花费人家财物，我送你师徒们过去！”众人听说，个个心惊，胆小的走了回家，胆大的战兢兢贪看。须臾，那水里钻出一个怪来。你道怎生模样？

方头人物非凡品，九助灵机号水仙。曳尾能延千纪寿，潜身静隐百川渊。翻波跳浪冲江岸，向日朝风卧海边。养气含灵真有道，多年粉盖赖头鼋。

那老鼋又叫：“大圣，不要打船，我送你师徒过去！”行者轮着铁棒，道：“我把你这个孽畜！若到边前，这一棒就打死你！”老鼋道：“我感大圣之恩，情愿办好心送你师徒，你怎么返要打我？”行者道：“与你有甚恩惠？”老鼋道：“大圣，你不知。这底下水鼋之第乃是我的住宅，自历代以来，祖上传留到我。我因省悟本根，养成灵气，在此处修行，被我将祖居翻盖了一遍，立做一个水鼋之第。那妖邪乃九年前海啸波翻，他赶潮头来于此处，仗逞凶顽，与我争斗。被他伤了我许多儿女，夺了我许多眷族。我斗他不过，将巢穴白白的被他占了。今蒙大圣至此搭救唐师父，请了观音菩萨，扫净妖氛，收去怪物，将第宅还归于我。我如今团圞老小，再不须挨土帮泥，得居旧舍。此恩重若丘山，深如大海。今不但我等蒙恩，只这一庄上人，免得年年祭赛，全了多少人家儿女。此诚所以谓一举而两得之恩也，敢不报答。”

行者闻言，心中暗喜，收了铁棒，道：“你端的是真实之情么？”老鼋道：“因大圣恩德洪深，怎敢虚谬？”行者道：“既是真情，你朝天赌咒。”那老鼋张着红口，朝天发誓道：“我若真情不送唐僧过此通天河，将身化为血水！”行者笑道：“你上来，你上来。”老鼋却才负近岸边，将身一纵，爬上河崖。众人近前观看，有四丈围圆的一个大白盖。行者道：“师父，我们上他身，渡过去也。”三藏道：“徒弟哑，那层冰厚冻，尚且遭迍，况此鼋背，恐不稳便。”老鼋道：“师父放心。我比那层冰厚冻稳得紧哩，但歪一歪，不成功果！”行者道：“师父啊，凡诸众生，会说人话，决不打诳语。”今人却会打诳语。教：“兄弟们，快牵马来。”

到了河边，陈家庄老幼男女一齐来拜送。行者教把马牵在白鼋盖上，请唐僧站在马的颈项左边，沙僧站在右边，八戒站在马后，行者站在马前。又恐那鼋无礼，解下虎筋绦子，穿在老鼋的鼻之内，扯起来，像一条缰绳。却使一只脚踏在盖上，一只脚登在头上，一只手执着铁棒，一只手扯着缰绳，叫道：“老鼋，慢慢走啊，歪一歪儿，就照头一下！”老鼋道：“不敢，不敢！”他却登开四足，踏水面如行平地。众人都在岸上焚香叩头，都念南无阿弥陀佛。这正是真罗汉临凡，活菩萨出现。众人只拜的望不见形影方回，不题。

却说那师父驾着白鼋，那消一日，行过了八百里通天河界，干手干脚的登岸。三藏上崖，合手称谢道：“老鼋累你，无物可赠，待我取经回谢你罢。”老鼋道：“不劳师父赐谢。我闻得西天佛祖无灭无生，能知过去未来之事。我在此间整修行了一千三百馀年，虽然延寿身轻，会说人话，只是难脱本壳。万望老师父到西天，与我问佛祖一声，看我几时得脱本壳，可得一个人身。”着眼。人身这样难得。三藏响允道：“我问，我问。”那老鼋才淬水中去了。

行者遂伏侍唐僧上马，八戒挑着行囊，沙僧跟随左右，师徒们找大路一直奔西。这的是：

圣僧奉旨拜弥陀，水远山遥灾难多。
意志心诚不惧死，白鼋驮渡过天河。

毕竟不知此后还有多少路程，还有甚么凶吉，且听下回分解。

总评：

你看老鼋修了一千三百馀年，尚且不得人身，人身如此难得，缘何今人把这身子不作一钱看待？真可为之痛哭流涕。语曰："一失足时千古恨，再回头是百年身。"警省，警省。

第五十回

情乱性从因爱欲　神昏心动遇魔头

着眼。

情亂性
從因愛欲
神昏心
動遇
魔頭

心地频频扫，尘情细细除，莫教坑堑陷毗卢。常净常清净，方可论元初。性烛须挑剔，曹溪任吸呼，勿令猿马气声粗。昼夜绵绵息，方显是功夫。着眼。

这一首词，牌名《南柯子》，单道着那唐三藏脱却通天河寒冰之灾，踏白鼋负登彼岸。师徒四众，顺着大路，望西而进，正遇严冬之景。但见那：

林光漠漠烟中淡，山骨棱棱水外清。

师徒们正当行处，忽然又遇一座大山，阻住去道。路窄崖高，石多岭峻，人马难行。三藏在马上兜住缰绳，叫声："徒弟。"那孙行者引猪八戒、沙和尚近前侍立，道："师父，有何分付？"三藏道："你看前面山高，恐有虎狼作怪，妖兽伤人，今番是必仔细！"行者道："师父放心莫虑。我等兄弟三人，心和意合，归正求真，着眼。使出伤怪降妖之法，怕甚么虎狼妖兽！"三藏闻言，只得放怀前进。到于谷口，促马登崖，抬头仔细观看。好山：

嵯峨矗矗，峦削巍巍。嵯峨矗矗冲霄汉，峦削巍巍碍碧空。怪石乱堆如坐虎，苍松斜挂似飞龙。岭上鸟啼娇韵美，崖前梅放异香浓。涧水潺湲流出冷，巅云黯淡过来凶。又见那飘飘雪，凛凛风，咆哮饿虎吼山中。寒鸦拣树无栖处，野鹿寻窝没定踪。可叹行人难进步，皱眉愁脸把头蒙。

师徒四众，冒雪冲寒，战澌澌行过那巅峰峻岭，远望见山凹中有楼台高耸，房舍清幽。唐僧马上欣然道：“徒弟啊，这一日又饥又寒，幸得那山凹里有楼台房舍，断乎是庄户人家，庵观寺院，且去化些斋饭，吃了再走。”行者闻言，急睁睛看，只见那壁厢凶云隐隐，恶气纷纷，回首对唐僧道：“师父，那厢不是好处。”三藏道：“见有楼台亭宇，如何不是好处？”行者笑道：“师父啊，你那里知道。西方路上多有妖怪邪魔，善能点化庄宅。不拘甚么楼台房舍，馆阁亭宇，俱能指化了哄人。你知道龙生九种，内有一种名蜃。蜃气放光，就如楼阁浅池。若遇大江昏迷，蜃现此势；倘有鸟鹊飞腾，定来歇翅，那怕你上万论千，尽被他一气吞之。此意害人最重。那壁厢气色凶恶，断不可入。”

三藏道：“既不可入，我却着实饥了。”行者道：“师父果饥，且请下马，就在这平处坐下，待我别处化些斋来你吃。”三藏依言下马。八戒采定缰绳，沙僧放下行李，即去解开包裹，取出钵盂，递与行者。行者接钵盂在手，分付沙僧道：“贤弟，却不可前进，好生保护师父稳坐于此，待我化斋回来，再往西去。”沙僧领诺。行者又向三藏道：“师父，这去处少吉多凶，切莫要动身别往。老孙化斋去也。”唐僧道：“不必多言，但要你快去快来，我在这里等你。”行者转身欲行，却又回来，道：“师父，我知你没甚坐性，我与你个安身法儿。”即取金箍棒，幌了一幌，将那平地下周围画了一道圈子，请唐僧坐在中间；着八戒、沙僧侍立左右，把马与行李都放在近身。对唐僧合掌道：“老孙画的这圈，强似那铜墙铁壁。凭他甚么虎豹狼虫，妖魔鬼怪，俱莫敢近。但只不许你们走出圈外，只在中间稳坐，保你无虞；但若出了圈儿，定遭毒手。千万千万，至祝至祝！”三藏依言，师徒俱端然坐下。

行者按起云头，寻庄化斋。一值南行，忽见那古树参天，乃一村庄舍。按下云头，仔细观看。但只见：

雪欺衰柳，冰结方塘。疏疏修竹摇青，郁郁乔松凝翠。几间茅屋半妆银，一座小桥斜砌粉。篱边微吐水仙花，檐下长垂冰冻箸。飒飒寒风送异香，雪漫不见梅开处。

行者随步观着庄景，只听得呀的一声，柴扉响处，走出一个老者，手拖黎杖，头顶羊裘，身穿破衲，足踏蒲鞋，拄着杖，仰身朝天，道：“西北风起，明日晴了。”说不了，后边跑出一个哈巴狗儿来，望着行者汪汪的乱吠。老者却才转过头来看见。行者捧着钵盂，打个问讯，道：“老施主，我和尚是东土大唐钦差上西天拜佛求经者。适路过宝方，我师父腹中饥馁，特造尊府，募化一斋。”

老者闻言，点头顿杖，道：“长老，你且休化斋，你走错路了。”行者道：“不错。”老者道：“往西天大路在那直北下，此间到那里有千里之遥，还不去找大路而行？”行者笑道：“正是直北下。我师父现在大路上端坐，等我化斋哩。”那老者道：“这和尚胡说了。你师父在大路上等你化斋，似这千里之遥，就会走路，也须得六七日；走回去，又要六七日，却不饿坏他也？”行者笑道：“不瞒老施主说，我才然离了师父，还不尚一盏热茶之时，却就走到此处。如今化了斋，还要赶去作午斋哩。”老者见说，心中害怕，道：“这和尚是鬼，是鬼！”急抽身往里就走。行者一把扯住，道：“施主那里去？有斋快化些儿。”老者道：“不方便，不方便！别转一家儿罢！”行者道：“你这施主，好不会事！你说我离此有千里之遥，若再转一家，却不又有千里？真是饿杀我师父也。”那老者道：“实不瞒你说，我家老小六七口，才淘了三升米下锅，还未曾煮熟。你且到别处转转再来。”行者道：“古人云，‘走三家不如坐一家’，我贫僧在此等一等罢。”那老者见缠得紧，恼了，举黎杖就打。行者公然不惧，被他照光头上打了七八下，只当与他拂痒。那老者道：“这是个撞头的和尚！”行者笑道：“老官儿，凭你怎么打，只要记得杖明白，一杖一升米，慢慢量来。”那老者闻言，急丢了黎杖，跑进去把门关了，只嚷：“有鬼，有鬼！”慌得那一家儿战战兢兢，把前后门俱关上。

行者见他关了门，心中暗想：“这老贼才说淘米下锅，不知是虚是实。常言道：‘道化贤良释化愚。’且等老孙进去看看。”好大圣，捻着诀，使个隐身遁法，径走入厨中看处，果然那锅里气腾腾的，煮了半锅干饭。就把钵盂往里一揌，满满的揌了一钵盂，即驾云回转不题。

却说唐僧坐在圈子里，等待多时，不见行者回来，欠身帐望，道：“这猴子往那里化斋去了！”八戒在傍笑道：“知他往那里耍子去来！化甚么斋，却教我们在此坐牢！”三藏道：“怎么谓之坐牢？”八戒道：“师父，你原来不知。古人划地为牢。他将棍子划个圈儿，强似铁壁铜墙，假如有虎狼妖兽来时，如何挡得他住？只好白白的送与他吃罢了。”三藏道：“悟能，凭你怎么处治？”八戒道：“此间又不藏风，又不避冷，若依老猪，只该顺着路，往西且行。师兄化了斋，驾了云，必然来快，让他赶来。如有斋，吃了再走。如今坐了这一会，老大脚冷！”

三藏闻此言，就是晦气星进了。遂依呆子，一齐出了圈外。八戒牵了马，沙僧挑了担，那长老顺路步行前进。不一时，到了楼阁之所，却原来是坐北向南之家。门外八字粉墙，有一座倒垂莲升斗门楼，都是五色妆的。那门儿半开半掩。八戒就把马拴在门枕石鼓上，沙僧歇了担子，三藏畏风，坐于门槛之上。八戒道：“师父，这所在想是公侯之宅，相辅之家。前门外无人，想必都在里面烘火。你们坐着，让我进去看看。”唐僧道：“仔细些，莫要冲撞了人家。”呆子道：“我晓得。自从归正禅门，这一向也学了些礼数，不比那村莽之夫也。”

那呆子把钉钯撒在腰里，整一整青锦直裰，斯斯文文，走入门里。只见是三间大厅，帘栊高控，静悄悄全无人迹，也无桌椅家火。转屏门往里又走，乃是一座穿堂。堂后有一座大楼，楼上窗格半开，隐隐见一顶黄绫帐幔。呆子道：“想是有人怕冷，还睡哩。”他也不分内外，拽步走上楼来。用手掀开看时，把呆子唬了一个跳踵。原来那帐里象牙床上，白媸媸的一堆骸骨，骷髅有巴斗大，腿挺骨有四五尺长。呆子定了性，止不住腮边泪落，对骷髅点头叹云：“你不知是

那代那朝元帅体，何邦何国大将军。当时豪杰争强胜，今日凄凉露骨筋。不见妻儿来侍奉，那逢士卒把香焚？谩观这等真堪叹，可惜兴王霸业人。”

八戒正才感叹，只见那帐幔后有火光一幌。呆子道："想是有侍奉香火之人在后面哩。"急转步过帐观看，却是穿楼的窗扇透光。那壁厢有一张彩漆的桌子，桌子上乱搭着几件锦绣绵衣。呆子提起来看时，却是三件纳锦背心儿。他也不管好歹，拿下楼来，出厅房，径到门外，道："师父，这里全没人烟，是一所亡灵之宅。老猪走进里面，直至高楼之上，黄绫帐内有一堆骸骨。串楼傍有三件纳锦的背心，被我拿来了。也是我们一程儿造化，此时天气寒冷，正当用处。师父，且脱了褊衫，把他且穿在底下，受用受用，免得吃冷。"三藏道："不可，不可！律云：'公取窃取皆为盗。'倘或有人知觉，赶上我们，到了当官，断然是一个窃盗之罪。还不送进去，与他搭在原处！我们在此避风坐一坐，等悟空来时走路。出家人不要这等爱小。"八戒道："四顾无人，虽鸡犬亦不知之，但只我们知道，谁人告我？有何证见？就如拾得的一般，那里论甚么公取窃取也！"悟能偷心未尽。三藏道："你胡做啊！虽是人不知之，天何盖焉！玄帝垂训云：'暗室亏心，神目如电。'趁早送去还他，莫爱非礼之物。"

那呆子莫想肯听，对唐僧笑道："师父啊，我自为人，也穿了几件背心，不曾见这等纳锦的。你不穿，且等老猪穿一穿，试试新，护护脊背。等师兄来，脱了还他走路。"沙僧道："既如此说，我也穿一件儿。"两个齐脱了上盖直裰，将背心套上。才紧带子，不知怎么立站不稳，扑的一跌。原来这背心儿赛过绑缚手，霎时间，把他两个背剪手贴心捆了。慌得个三藏跌足报怨，急忙忙前来解，那里便解得开？三个人在那里吆喝之声不绝，却早惊了魔头也。

话说那座楼房果是妖精点化的，终日在此拿人。他在洞里正坐，忽闻得怨恨之声，急出门来看，果见捆住几个人了。妖魔即唤小妖，同到那厢，收了楼台房屋之形，把唐僧搀住，牵了白马，挑了行李，将八戒、沙僧一齐捉到洞里。老妖魔登台高坐，众小妖把唐僧推近台边，跪伏于地。妖魔问道："你是那方和尚？怎么这般胆大，白日里偷盗我的衣服？"三藏滴泪告曰："贫僧是东土大唐钦差往西天取经的。因腹中饥馁，着大徒弟去化斋未回，不曾依得他的言语，误撞仙庭避风。不期我这两个徒弟爱小，拿出这衣物。贫僧决不敢坏心，当教送还本处。他不听吾言，要穿此护护脊背，不料中了大王机会，把贫僧拿来。万望慈悯，留我残生，求取真经，永注大王恩情，回东土千古传扬也！"

那妖魔笑道："我这里常听得人言，有人吃了唐僧一块肉，发白还黑，齿落更生。幸今日不请自来，还指望饶你哩！你那大徒弟叫做甚么名字？往何方化斋？"八戒闻言，即开口称扬道："我师兄乃五百年前大闹天宫齐天大圣孙悟空也。"那妖魔听说是齐天大圣孙悟空，老大有些悚惧，口内不言，心中暗想道："久闻那厮神通广大，如今不期而会。"教："小的们，把唐僧捆了；将那两个解下宝贝，换两条绳子，也捆了。且抬在后边，待我拿住他大徒弟，一发刷洗，却好凑灶蒸吃。"众小妖答应一声，把三人一齐捆了，抬在后边；将白马拴在槽头，行李挑在屋里。众妖都磨兵器，准备擒拿行者不题。

却说孙行者自南庄人家摄了一钵盂斋饭，驾云回返旧路，径至山坡平处，按下云头，早已不见唐僧，不知何往。棍划的圈子还在，只是人马都不见了。回看那楼台处所，亦俱无矣，惟见山根怪石。行者心惊道："不消说了，他们定是遭那毒手也！"急依路看着马蹄，向西而赶。

行有五六里，正在凄怆之际，只闻得北坡外有人言语。看时，乃一个老翁，毡衣盖体，暖帽蒙头，足下踏一双半新半旧的油靴，手持着一根龙头拐棒；后边跟一个年幼的童仆，折一枝腊梅花，自坡前念歌而走。

行者放下钵盂，觌面道个问讯，叫："老公公，贫僧问讯了。"那老翁即便回礼，道："长老那里来的？"行者道："我们东土来的，往西天拜佛求经。一行师徒四众。我因师父饥了，特去化斋，教他三众坐在那山坡平处相候。及回来不见，不知往那条路上去了。动问公公，可曾看见？"老者闻言，呵呵冷笑，道："你那三众，可有一个长嘴大耳的么？"行者道："有有有！""又有一个晦气色脸的，牵着一匹白马，领着一个白脸的胖和尚么？"行者道："是是是！"老翁道："你们走错了路。你休寻他，各人顾命去也。"行者道："那白脸者是我师父，那怪样者是我师弟。我与他共发虔心，要往西天取经，如何不寻他去！"老翁道："我才然从此过时，看见他错走了路径，闯入妖魔口里去了。"行者道："烦公公指教指教，是个甚么妖魔，居于何方，我好上门取索他等，往西天去也。"老翁道："这座山叫做金岘山，山前有个金岘洞，那洞中有个独角兕大王。那大王神通广大，威武高强。那三众那回断没命了。你若去寻，只怕连你也难保，不如不去之为愈也。我也不敢阻你，也不敢留你，只凭你心中度量。"

行者再拜称谢，道："多蒙公公指教，我岂有不寻之理！"把这斋饭倒与他，将这空钵盂自家收拾。那老翁放下拐棒，接了钵盂，递与童仆，现出本相，双双跪下叩头，叫："大圣，小神不敢隐瞒。我们两个就是此山山神、土地，在此候接大圣。这斋饭连钵盂，小神收下，让大圣身轻好施法力。待救唐僧出难，将此斋还奉唐僧，方显得大圣至恭至孝。"行者喝道："你这毛鬼讨打！既知我到，何不早迎？却又这般藏头露尾，是甚道理？"土地道："大圣性急，小神不敢造次，恐犯威颜，故此隐像告知。"行者息怒，道："你且记打！好生与我收着钵盂，待我拿那妖精去来！"土地、山神遵领。

这大圣却才束一束虎筋绦，拽起虎皮裙，执着金箍棒，径奔山前，找寻妖洞。转过山崖，只见那乱石磷磷，翠崖边有两扇石门，门外有许多小妖，在那里轮枪舞剑。真个是：

烟云凝瑞，苔藓堆青。崚嶒怪石列，崎岖曲道萦。猿啸鸟啼风景丽，鸾飞凤舞若蓬瀛。向阳几树梅初放，弄暖千竿竹自青。陡崖之下，深涧之中。陡崖之下雪堆粉，深涧之中水结冰。两林松柏千年秀，几处山茶一样红。

这大圣观看不尽，拽开步，径至门前，厉声高叫道："那小妖，你快进去与你那洞主说，我本是唐朝圣僧徒弟齐天大圣孙悟空。快教他送我师父出来，免教你等丧了性命！"

那伙小妖急入洞里，报道："大王，前面有一个毛脸勾嘴的和尚，称是齐天大圣孙悟空，来要他师父哩。"那魔王闻得此言，满心欢喜，道："正要他来哩！我自离了本宫，下降尘世，更不曾试试武艺。今日他来，必是个对手。"即命小妖们取出兵器。那洞中大小群魔，一个个精神抖搜，即忙抬出一根丈二长的点钢枪，递与老怪。老怪传令，教："小的们，各要整齐，进前者赏，退后者诛！"众妖得令，随着老怪走出门来，叫道："那个是孙悟空？"行者在傍闪过，见那魔王生得好不凶丑：

独角参差，双眸幌亮。顶上粗皮突，耳根黑肉光。舌长时搅鼻，口阔版牙黄。毛皮青似靛，筋挛硬如钢。比犀难照水，像牯不耕荒。全无喘月犁云用，倒有欺天振地强。两只焦筋蓝靛手，雄威直挺点钢枪。细看这等凶模样，不枉名称兕大王！

孙大圣上前道："你孙外公在这里也！快早还我师父，两无毁伤；若道半个'不'字，我教你死无葬身之地！"那魔喝道："我把你这个大胆泼猴精！你有些甚么手段，敢出这般大言！"行者道："你这泼物，是也不曾见我老孙的手段！"那妖魔道："你师父偷盗我的衣服，实是我拿住了，如今待要蒸吃。你是个甚么好汉，就敢上我的门来取讨！"行者道："我师父乃忠良正直之僧，岂有偷你甚么衣服之理？"妖魔道："我在山路边点化一座仙庄，你师父潜入里面，心爱情欲，将我三领纳锦绵装背心儿偷穿在身，见有赃证，故此我才拿他。你今果有手段，即与我比势。假若三合敌得我，饶了你师之命；如敌不过我，教你一路归阴！"

行者笑道："泼物，不须讲口！但说比势，正合老孙之意。

走上来，吃吾之棒！”那怪物那怕甚么赌斗，挺钢枪劈面迎来。这一场好杀。你看那：

金箍棒举，长杆枪迎。金箍棒举，亮烁烁似雷掣金蛇；长杆枪迎，明幌幌如龙离出海。那门前小妖擂鼓，排开阵势助威风；这壁厢大圣施功，使出纵横逞本事。他那里一杆枪，精神抖擞；我这里一条棒，武艺高强。正是英雄相遇英雄汉，果然对手才逢对手人。那魔王口喷紫气盘烟雾，这大圣眼放光华结绣云。只为大唐僧有难，两家无义苦争轮。

他两个战经三十合，不分胜负。那魔王见孙悟空棒法齐整，一往一来，全无些破绽，喜得他连声喝采，道：“好猴儿，好猴儿，真个是那闹天宫的本事！”这大圣也爱他枪法不乱，右遮左挡，甚有解数，也叫道：“好妖精，好妖精，果然是一个偷丹的魔头！”还是一对知己。二人又斗了一二十合。那魔王把枪尖点地，喝令小妖齐来。那些泼怪一个个拿刀弄杖，执剑轮枪，把个孙大圣围在中间。行者公然不惧，只叫：“来得好，来得好！正合吾意！”使一条金箍棒，前迎后架，东挡西除。那伙群妖，莫想肯退。行者忍不住焦躁，把金箍棒丢将起去，喝声“变”，即变作千百条铁棒，好便似飞蛇走蟒，盈空里乱落下来。那伙妖精见了，一个个魄散魂飞，抱头缩颈，尽往洞中逃命。

老魔王唏唏冷笑，道：“那猴不要无礼！看手段！”即忙袖中取出一个亮灼灼白森森的圈子来，望空抛起，叫声“着”，唿喇一下，把金箍棒收做一条，套将去了。弄得孙大圣赤手空拳，翻筋斗逃了性命。那妖魔得胜回归洞，行者朦胧失主张。这正是：

道高一尺魔高丈，性乱情昏错认家。
可恨法身无坐位，当时行动念头差。说出。

毕竟不知这番怎么结果，且听下回分解。

总评：

篇中云“道高一尺魔高丈”，的是名言。若无彼丈魔，亦无此尺道，即所云沙里淘金是也。离沙决无有金理，离魔亦决无有道理。

第五十一回

心猿空用千般计
水火无功难炼魔

心猿空用千般计
水火无功难炼魔

话说齐天大圣空着手败了阵，来坐于金皘山后，扑梭梭两眼滴泪，叫道："师父啊，指望和你：

佛恩有德有和融，同幼同生意莫穷。同住同修同解脱，同慈同念显灵功。同缘同相心真契，同见同知道转通。岂料如今无主杖，还是已前多此。空拳赤脚怎兴隆！"

大圣凄惨多时，心中暗想道："那妖精认得我，我记得他在阵上夸奖道：'真个是闹天宫之类！'这等啊，决不是凡间怪物，定然是天上凶星，想因思凡下界，又不知是那里降下来魔头，且须去上界查勘查勘。"

行者这才是以心问心，自张自主。急翻身，纵起祥云，直至南天门外。忽抬头，见广目天王当面迎着长揖，道："大圣何往？"行者道："有事要见玉帝。你在此何干？"广目道："今日轮该巡视南天门。"说未了，又见那马、赵、温、关四大元帅作礼，道："大圣，失迎。请待茶。"行者道："有事哩。"遂辞了广目并四元帅，径入南天门里，直至灵霄殿外。果又见张道龄、葛仙翁、许旌阳、丘弘济四天师，并南斗六司、北斗七元，都在殿前迎着行者，一齐起手道："大圣如何到此？"又问："保唐僧之功完否？"行者道："早哩早哩！路遥魔广，才有一半之功。见如今阻住在金皘山金皘洞，有一个兕怪，把唐师父拿于洞里。是老孙寻上门，与他交战一场。那厮的神通广大，把老孙的金箍棒抢去了，因此难缚魔王。疑是上界那个凶星思凡下界，又不知是那里降来的魔头，老孙因此来寻寻玉帝，问他个钳束不严。"

许旌阳笑道："这猴头还是如此放刁！"行者道："不是放刁。我老孙一生是这口儿紧些，才寻的着个头儿。"张道龄道："不消多说，只与他传报便了。"行者道："多谢多谢。"

当时四天师传奏灵霄，引见玉陛。行者朝上唱个大喏，道："老官儿，累你累你！我老孙保护唐僧往西天取经，一路凶多吉少，也不消说。于今来在金峴山金峴洞，有一兕怪，把唐僧拿在洞里，不知是要蒸，要煮，要晒。是老孙寻上他门，与他交战，那怪却说有些认得老孙，真是神通广大，把老孙的金箍棒抢去，因此难缚妖魔。疑是天上凶星思凡下界，为此老孙特来启奏，伏乞天尊垂慈洞鉴，降旨查勘凶星，发兵收剿妖魔。老孙不胜战栗屏营之至。"却又打个深躬，道："以闻。"傍有葛仙翁笑道："猴子是何前倨后恭？"行者道："不敢不敢。不是甚前倨后恭，老孙于今是没棒弄了。"

彼时玉皇天尊闻奏，即忙降旨可韩司知道："既如悟空所奏，可随查诸天星斗，各宿神王，有无思凡下界，随即覆试施行以闻。"可韩丈人真君领旨，当时即同大圣去查。先查了四天门门上神王官吏；次查了三微垣垣中大小群真；又查了雷霆官将陶、张、辛、邓，苟、毕、庞、刘；最后才查三十三天天天自在；又查二十八宿：东七宿，角、亢、氐、房、心、尾、箕，西七宿，斗、牛、女、虚、危、室、壁，南七宿，北七宿，宿宿安宁；又查了太阳、太阴、水、火、木、金、土七政，罗睺、计都、炁、孛四馀。满天星斗，并无思凡下界。行者道："既是如此，我老孙也不消上那灵霄宝殿，打搅玉皇大帝，深为不便。你自回旨去罢。我只在此等你回话便了。"那可韩丈人真君依命。

孙行者等候良久，作诗纪兴，曰：

风清云霁乐升平，神静星明显瑞祯。河汉安宁天地泰，五方八极偃戈旌。的是猴诗。然今日山人中极多对手。

那可韩司丈人真君历历查勘，回奏玉帝，道："满天星宿不少，各方神将皆存，并无思凡下界者。"玉帝闻奏："着孙悟空挑选几员天将，下界擒魔去也。"四大天师奉旨意，即出灵霄宝殿，对行者道："大圣啊，玉帝宽恩，言天宫无神思凡，着你挑选几员天将擒魔去哩。"行者低头暗想，道："天上将不如老孙者多，胜似老孙者少。这样小觑他，天上无人，地下更当何如？想我闹天宫时，玉帝遣十万天兵，布天罗地网，更不曾有一将敢与我比手。向后来，调了小圣二郎，方是我的对手。如今那怪物手段又强似老孙，却怎么得能勾取胜？"许旌阳道："此一时，彼一时，大不同也。常言道，'一物降一物'哩。你好违了旨意？但凭高见，选用天将，勿得迟疑误事。"行者道："既然如此，深感上恩：果是不好违旨，一则老孙又不空走这遭。烦旌阳转奏玉帝，只教托塔天王与哪吒太子——他还有几件降妖兵器——且下界与那怪见一仗，以看如何。果若能擒得他，是老孙之幸；若不能，那时再作区处。"

真个那天师启奏玉帝，玉帝即令李天王父子，率领众部天兵，与行者助力。那天王即奉旨来会行者。行者又对天师道："蒙玉帝遣差天王，谢之不尽。还有一事，再烦转达：但得两个雷公使用，等天王战斗之时，教雷公在云端里下个雷捎，照顶门上锭死那妖魔，深为良计也。”天师笑道：“好，好，好。”天师又奏，玉帝传旨，教九天府下点邓化、张蕃二雷公，与天王合力缚妖救难。遂与天王、孙大圣径下南天门外。

顷刻而到。行者道：“此山便是金㟁山，山中间乃是金㟁洞。列位商议，却教那个先去索战？”天王停下云头，扎住天兵在于山南坡下，道：“大圣素知小儿哪吒曾降九十六洞妖魔，善能变化，随身有降妖兵器，须教他先去出阵。”行者道：“既如此，等老孙引太子去来。”

那太子抖搜雄威，与大圣跳在高山，径至洞口。但见那洞门紧闭，崖下无精。行者上前高叫：“泼魔，快开门，还我师父来也！”那洞里把门的小妖看见，急报道：“大王，孙行者领着一个小童男，在门前叫战哩！”那魔王道：“这猴子铁棒被我夺了，空手难争，想是请得救兵来也。”叫：“取兵器！”魔王绰枪在手，走到门外观看：那小童男生得相貌清奇，十分精壮。真个是：

玉面娇容如满月，朱唇方口露银牙。眼光掣电睛珠暴，额阔凝霞发髻鬖。绣带舞风飞彩焰，锦袍映日放金花。环绦灼灼攀心镜，宝甲辉辉衬战靴。身小声洪多壮丽，三天护教恶哪吒。

魔王笑道：“你是李天王第三个孩儿，名唤做哪吒太子，却如何到我这门前呼喝？”太子道：“因你这泼魔作乱，困害东土圣僧，奉玉帝金旨，特来拿你！”魔王大怒，道：“你想是孙悟空请来的。我就是那圣僧的魔头哩！着眼。量你这小儿曹有何武艺，敢出胡言！不要走，吃我一枪！”

这太子使斩妖剑劈手相迎。他两个搭上手，却才赌斗，那大圣急转山坡，叫：“雷公何在？快早去着妖魔下个雷捎，助太子降伏来也！”邓、张二公即踏云光，正欲下手，只见那太子使出法来，将身一变，变作三头六臂，手持六般兵器，望妖魔砍来。那魔王也变作三头六臂，三柄长枪抵住。这太子又弄出降魔法力，将六般兵器抛将起去。是那六般兵器？却是砍妖剑、斩妖刀、缚妖索、降魔杵、绣球、火轮儿。大叫一声“变”，一变十，十变百，百变千，千变万，都是一般兵器，如骤雨冰雹，纷纷密密，望妖魔打将去。那魔王公然不惧，一只手取出那白森森的圈子来，望空抛起，叫声“着”，唿喇的一下，把六般兵器套将下来，慌得那哪吒太子赤手逃生。魔王得胜而回。

邓、张二雷公在空中暗笑道：“早是我先看头势，不曾放了雷捎。假若被他套将去，却怎么回见天尊？”好雷公，如此坐视，难道不怕雷打？二公按落云头，与太子来山南坡下，对李天王道：“妖魔果神通广大！”悟空在傍笑道：“那厮神通也只如此。争奈那个圈子利害，不知是甚么宝贝，丢起来，善套诸物。”哪吒恨道：“这大圣甚不成人！我等折兵败阵，十分烦恼，都只为你，你反喜笑何也！”行者道：“你说烦恼，终不然我老孙不烦恼？我如今没计奈何，哭不得，所以只得笑也。”天王道：“似此怎生结果？”行者道：“凭你等再怎计较，只是圈子套不去的，就可拿住他了。”天王道：“套不去者，惟水火最利。常言道：‘水火无情。’”行者闻言，道：“说得有理。你且稳坐在此，待老孙再上天走走来。”邓、张二公道：“又去做甚的？”行者道：“老孙这去，不消启奏玉帝，只到南天门里，上彤华宫，请荧惑火德星君来此，放火烧那怪物一场，或者连那圈子烧做灰烬，捉住妖魔。一则取兵器还汝等归天，二则可解脱吾师之难。”太子闻言甚喜，道：“不必迟疑，请大圣早去早来，我等只在此拱候。”

行者纵起祥光，又至南天门外。那广目与四将迎道：“大圣如何又来？”行者道：“李天王着太子出师，只一阵，被那魔王把六件兵器都捞去了。我如今要到彤华宫请火德星君助阵哩。”四将不敢久留，让他进去。至彤华宫，只见火部众神即入报道：“孙悟空欲见主公。”那南方三炁火德星君整衣出门，迎进道：“昨日可韩司查点小宫，更无一人思凡。”好点缀。行者道：“已知。但李天王与太子败阵，失了兵器，特来请你救援救援。”星君道：“那哪吒乃三坛海会大神，他出身时，曾降九十六洞妖魔，神通广大。若他不能，小神又怎敢望也？”行者道：“因与李天王计议，天地间至利者，惟水火也。那怪物有一个圈子，善能套人的物件，如今世上亦有一圈子，善能套人物件，人亦知否？不知是甚么宝贝。故此说火能灭诸物，特请星君领火部到下方，纵火烧那妖魔，救我师父一难。”

火德星君闻言，即点本部神兵，同行者到金㟜山南坡下，与天王、雷公等相见了。天王道：“孙大圣，你还去叫那厮出来，等我与他交战。待他拿动圈子，我却闪过，教火德帅众烧他。”行者笑道：“正是，我和你去来。”火德共太子、邓、张二公立于高峰之上，与他挑战。

这大圣到了金㟜洞口，叫声：“开门，快早还我师父！”那妖又急通报道：“孙悟空又来了！”那魔帅众出洞，见了行者，道："你这泼猴，又请了甚么兵来耶？"这壁厢转上托塔天王，喝道："泼魔头，认得我么？"魔王笑道："李天王，想是要与你令郎报仇，欲讨兵器么？"天王道："一则报仇要兵器，二来是拿你救唐僧！不要走，吃我一刀！"那怪物侧身躲过，挺长枪随手相迎。他两个在洞前这场好杀。你看那：

天王刀砍，妖怪枪迎。刀砍霜光喷烈火，枪迎锐气迸愁云。一个是金皘山生成的恶怪，一个是灵霄殿差下的天神。那一个因欺禅性施威武，这一个为救师灾展大轮。天王使法飞沙石，魔怪争强播土尘。播土能教天地暗，飞沙善着海江浑。两家努力争功绩，皆为唐僧拜世尊。

那孙大圣见他两个交战，即转身跳上高峰，对火德星君道："三炁用心者！"你看那个妖魔与天王正斗到好处，却又取出圈子来。天王看见，即拨祥光，败阵而走。这高峰上火德星君忙传号令，教众部火神一齐放火。这一场真个利害，好火。经云："南方者，火之精也。"虽星星之火，能烧万顷之田。着眼。乃三炁之威，能变百端之火。今有火枪火刀，火弓火箭，各部神祇，所用不一。但见那：

半空中火鸦飞噪，满山头火马奔腾。双双赤鼠，对对火龙。双双赤鼠喷烈焰，万里通红；对对火龙吐浓烟，千方共黑。火车儿推出，火葫芦撒开。火旗摇动一天霞，火棒搅行盈地燎。说甚么宁戚鞭牛，胜强似周郎赤壁。这个是天火非凡真利害，烘烘焰焰火风红。

那妖魔见火来，全无恐惧，将圈子望空抛起，唿喇一声，把这火龙火马、火鸦火鼠、火枪火刀、火弓火箭，一圈子又套将下去。转回本洞，得胜收兵。

这火德星君手执着一杆空旗，招回众将，会合天王等，坐于山南坡下，对行者道："大圣啊，这个凶魔真是罕见！我今折了火具，怎生是好？"行者笑道："不消报怨，列位且请宽坐坐，待老孙再去去来。"天王道："你又往那里去？"行者道："那怪物既不怕火，断然怕水。常言道：'水能克火。'等老孙去北天门里，请水德星君施布水势，往他洞里一灌，把魔王渰死，取物件还你们。"天王道："此计虽妙，但恐连你师父都渰杀也。"行者道："没事！渰死我师，我自有个法儿教他活来。如今稽迟列位，甚是不当。"火德道："既如此，且请行，请行。"

好大圣，又驾筋斗云，径到北天门外。忽抬头，见多闻天王向前施礼，道："孙大圣何往？"行者道："有一事要入乌浩宫见水德星君。你在此作甚？"多闻道："今日轮该巡视。"正说处，又见那庞、刘、苟、毕四大天将进礼邀茶。行者道："不劳不劳，我事急矣！"遂别却诸神，直至乌浩宫，着水部众神即时通报。众神报道："齐天大圣孙悟空来了。"水德星君闻言，即将查点四海五湖、八河四渎、三江九派并各处龙王俱遣退，整冠束带，接出宫门，迎进宫内，道："昨日可韩司查勘小宫，恐有本部之神思凡作怪，正在此点查江海河渎之神，尚未完也。"

又一小变，极是。君与火处一例俱可厌矣。

行者道："那魔王不是江河之神，此乃广大之精。先蒙玉帝差李天王父子并两个雷公下界擒拿，被他弄个圈子，将六件神兵套去。老孙无奈，又上彤华宫请火德星君帅火部众神放火，又将火龙、火马等物一圈子套去。我想此物既不怕火，必然怕水，特来告请星君施水势，与我捉那妖精，取兵器归还天将。吾师之难，亦可救也。”

水德闻言，即令黄河水伯神王：“随大圣去助功。”水伯自衣袖中取出一个白玉盂儿，道：“我有此物盛水。”行者道：“看这盂儿，能盛几何？妖魔如何渰得？”水伯道：“不瞒大圣说，我这一盂，乃是黄河之水，半盂就是半河，一盂就是一河。”行者喜道：“只消半盂足矣。”遂辞别水德，与黄河神急离天阙。

那水伯将盂儿望黄河舀了半盂，跟行者至金峣山，向南坡下见了天王、太子、雷公、火德，具言前事。行者道：“不必细讲，且放水伯跟我去。待我叫开他门，不要等他出来，就将水往门里一倒，那怪物一窝子可都渰死。我却去捞师父的尸首，再救活不迟。”那水伯依命，紧随行者，转山坡，径至洞中，叫声：“妖怪开门！”那把门的小妖听得是孙大圣的声音，急又去报道：“孙悟空又来矣！”

那魔闻说，带了宝贝，绰枪就走；响一声，开了石门。这水伯将白玉盂向里一倾。那妖见是水来，撒了长枪，即忙取出圈子，撑住二门。只见那股水骨都都的只往外泛将出来，慌得孙大圣急纵筋斗，与水伯跳在高峰。那天王同众都驾云停于高峰之前观看。那水波涛泛涨，着实狂澜。好水。真个是：

一勺之多，果然不测。盖唯神功运化，利万物而流涨百川。

只听得那潺潺声振谷，又见那滔滔势漫天。雄威响若雷奔走，猛涌波如雪卷颠。千丈波高漫路道，万层涛激泛山岩。泠泠如漱玉，滚滚似鸣弦。触石沧沧喷碎玉，回湍渺渺漩窝圆。低低凹凹随流荡，横涧平沟上下连。

行者见了心慌道："不好啊！水漫四野，渰了民田，未曾灌在他的洞里，怎奈之何？"唤水伯急忙收水。水伯道："小神只会放水，却不会收水，常言道，'泼水难收'。"咦，那座山却也高峻，这场水只奔低流。须臾间，四散而归涧壑。又只见那洞外跳出几个小妖，在外边吆吆喝喝，伸拳捋袖，弄棒拈枪，依旧喜喜欢欢耍子。天王道："这水原来不曾灌入洞内，枉费一场之功也！"

行者忍不住心中怒发，双手轮拳，闯至妖魔门首，喝道："那里走，看打！"唬得那几个小妖丢了枪棒，跑入洞里，战兢兢的报道："大王，打将来了！"魔王挺长枪，迎出门前，道："这泼猴老大惫懒！你几番家敌不过我，纵水火亦不能近，怎么又蹱将来送命？"行者道："这儿子反说了哩！不知是我送命，是你送命！走过来，吃老外公一拳！"那妖魔笑道："这猴儿勉强缠帐！我倒使枪，他却使拳。那般一个筋髑子拳头，只好有个核桃儿大小，怎么称得个锤子起也？罢罢罢，我且把枪放下，与你走一路拳看看！"行者笑道："说得是，走上来！"

那妖撩衣进步，丢了个架子，举起两个拳来，真似打油的铁锤模样。这大圣展足那身，摆开解数，在那洞门前与那魔王递走拳势。这一场好打。咦！

拽开大四平，踢起双飞脚。韬胁劈胸墩，剜心摘胆着。仙人指路，老子骑鹤。饿虎扑食最伤人，蛟龙戏水能凶恶。魔王使个蟒翻身，大圣却施鹿解角。翘跟淬地龙，扭碗擎天橐。青狮张口来，鲤鱼跌子跃。盖顶撒花，绕腰贯索。迎风贴扇儿，急雨催花落。妖精便使观音掌，行者就对罗汉脚。长拳开阔自然松，怎比短拳多紧削？两个相持数十回，一般本事无强弱。

他两个在那洞门前厮打，只见这高峰头，喜得个李天王厉声喝采，火德星鼓掌夸称。那两个雷公与哪吒太子帅众神跳到跟前，都要来相助；这壁厢群妖摇旗擂鼓，舞剑轮刀一齐护。孙大圣见事不谐，将毫毛拔下一把，望空撒起，叫“变”，即变做三五十个小猴，一拥上前，把那妖缠住，抱腿的抱腿，扯腰的扯腰，抓眼的抓眼，挦毛的挦毛。那怪物慌了，急把圈子拿将出来。大圣与天王等见他弄出圈套，拨转云头，走上高峰逃阵。那妖把圈子往上抛起，唿喇的一声，把那三五十个毫毛变的小猴收为本相，套入洞中。得了胜，领兵闭门，贺喜而去。

这太子道：“孙大圣还是个好汉！这一路拳，走得似锦上添花；使分身法，正是人前显贵。”行者笑道：“列位在此远观，那怪的本事，比老孙如何？”李天王道：“他拳松脚慢，不如大圣的紧疾。他见我们去时，也就着忙；又见你使出分身法来，他就急了，所以大弄个圈套。”行者道：“魔王好治，只是圈子难降。”火德与水伯道：“若还取胜，除非得了他那宝贝，然后可擒。”行者道：“他那宝贝如何可得？只除是偷去来。”邓、张二公笑道：“若要行偷礼，除大圣再无能者。想当年大闹天宫时，偷御酒，偷蟠桃，偷龙肝凤髓及老君之丹，却是何等手段！今日正该在此处用也。”行者道：“好说好说。既如此，你们且等老孙打听去。”

好大圣，跳下峰头，私至洞口，摇身一变，变做个麻苍蝇儿。真个好秀溜。看他：

翎翅薄如竹膜，身躯小似花心。手足比毛更壮，星星眼窟明明。善自闻香逐气，飞时迅速乘风。称来刚压定盘星，可爱些些有用。

轻轻的飞在门上，爬到门缝边，钻进去。只见那大小群妖，舞的舞，唱的唱，排列两傍；老魔王高坐台上，面前摆着些蛇肉鹿脯、熊掌驼峰、山蔬果品，有一把青磁酒壶，香喷喷的羊酪椰醪，大碗家宽怀畅饮。

行者落于小妖丛里，又变做一个獾头精，慢慢的挨近台边。看勾多时，全不见宝贝放在何方。急抽身转至台后，又见那后厅上高吊着火龙吟啸，火马号嘶。忽抬头，见他的金箍棒靠在东壁，好照管。喜得他心痒难挝，忘记了更容变像，走上前拿了铁棒，现原身丢开解数，一路棒打将出去。慌得那群妖胆战心惊，老魔王措手不及，却被他推倒三个，放倒两个，打开一条血路，径出洞门。这才是：

魔头骄傲无防备，主杖还归与本人。着眼。

毕竟不知凶吉如何，且听下回分解。

总批：

谁人跳出这个圈子，谁人不在这个圈子里？可怜，可怜。

第五十二回

悟空大闹金兜洞　如来暗示主人公

悟空大鬧金兜洞 如來暗示主人公

话说孙大圣得了金箍棒，打出门前，跳上高峰，对众神满心欢喜。李天王道："你这场如何？"行者道："老孙变化进他洞去，那怪物越发唱唱舞舞的，吃得胜酒哩，更不曾打听得他的宝贝在那里。我转他后面，忽听得马叫龙吟，知是火部之物。东壁厢靠着我的金箍棒，是老孙拿在手中，一路打将出来也。"众神道："你的宝贝得了，我们的宝贝何时到手？"行者道："不难不难！我有了这根铁棒，不管怎的，也要打倒他，取宝贝还你。"

正讲处，只听得那山坡下锣鼓齐鸣，喊声振地。原来是兕大王帅众精灵来赶行者。行者见了，叫道："好好好，正合我意！列位请坐，待老孙再去捉他。"好大圣，举铁棒劈面迎来，喝道："泼魔，那里去，看棍！"那怪使枪支住，骂道："贼猴头，着实无礼！你怎么白昼劫我物件？"行者道："我把你这个不知死的业畜！你倒弄圈套白昼抢夺我物！那件儿是你的？不要走，吃老爷一棍！"那怪物轮枪隔架。这一场好战：

大圣施威猛，妖魔不顺柔。两家齐斗勇，那个肯干休！这一个铁棒如龙尾，那一个长枪似蟒头。这一个棒来解数如风响，那一个枪架雄威似水流。只见那彩雾朦朦山岭暗，祥云叆叆树林愁。满空飞鸟皆停翅，四海狼虫尽缩头。那阵上小妖呐喊，这壁厢行者抖擞。一条铁棒无人敌，打遍西方万里游。那杆长枪真对手，永镇金兜称上筹。相遇这场无好散，不见高低誓不休。

那魔王与孙大圣战经三个时辰，不分胜败。早又见天色将晚，妖魔支着长枪，道："悟空，你住了！天昏地暗，不是个赌斗之时，且各歇息歇息，明朝再与你比迸。”行者骂道：“泼畜休言！老孙的兴头才来，管甚么天晚！是必与你定个输赢！”那怪物喝一声，虚幌一枪，逃了性命。帅群妖收转干戈，入洞中将门紧紧闭了。

这大圣拽棍方回。天神在岸头贺喜，都道：“是有能有力的大齐天，无量无边的真本事！”行者笑道：“承过奖，承过奖！”李天王近前道：“此言实非褒奖，真是一条好汉子！这一阵也不亚当时瞒地网罩天罗也！”好点缀。行者道：“且休题夙话。那妖魔被老孙打了这一场，必然疲倦。我也说不得辛苦，你们都放怀坐坐，等我再进洞去打听他的圈子，务要偷了他的，捉住那怪，寻取兵器，奉还汝等归天。”太子道：“今已天晚，不若安眠一宿，明早去罢。”行者笑道：“这小郎不知世事！那见做贼的好白日里下手？似这等掏摸的，必须夜去夜来，不知不觉，才是买卖哩。”妙。火德与雷公道：“三太子休言。这件事我们不知。大圣是个惯家熟套，须教他趁此时候，一则魔头困倦，二来夜黑无防。就请快去，快去。”

好大圣，笑唏唏的将铁棒藏了，跳下高峰，又至洞口。摇身一变，变作一个促织儿。真个：

嘴硬须长皮黑，眼明爪脚丫叉。风清月明叫墙涯，夜静如同人话。泣露凄凉景色，声音断续堪夸。客窗旅思怕闻他，偏在空阶床下。

登开大腿，三五跳，跳到门边，自门缝里钻将进去，蹲在那壁根下，迎着里面灯光，仔细观看。只见那大小群妖，一个个狼餐虎咽，正都吃东西哩。行者摷摷锤锤的叫了一遍。少时间，收了家火，又都去安排窝铺，各各安身。

约莫有一更时分，行者才到他后边房里。只听那老魔传令，教："各门上小的醒睡！恐孙悟空又变甚么，私入家偷盗。"又有些该班坐夜的，涤涤托托，梆铃齐响。这大圣越好行事。钻入房门，见有一架石床，左右列几个抹粉搽胭的山精树鬼，展铺盖伏侍老魔，脱脚的脱脚，解衣的解衣。只见那魔王宽去衣服，左胳膊上，白森森的套着那个圈子，原来像一个连珠琢头模样。你看他更不取下，转往上抹了两抹，紧紧的勒在胳膊上，方才睡下。

行者见了，将身一变，变作一个黄皮虼蚤，跳上石床，钻入被里，爬在那怪的胳膊上，着实一口，叮的那怪翻身骂道："这些少打的奴才！被也不抖，床也不拂，不知甚么东西，咬了我这一下！"他却把圈子又捋上两捋，依然睡下。行者爬上那圈子，又咬一口。那怪睡不得，又翻过身来，道："刺闹杀我也！"

行者见他关防得紧，宝贝又随身不肯除下，料偷他的不得。跳下床来，还变做促织儿，出了房门，径至后面，又听得龙吟马嘶。原来那层门紧锁，火龙、火马都吊在里面。行者现了原身，走近门前，使个解锁法，念动咒语，用手一抹，扢扠一声，那锁双皇俱就脱略。推开门，闯将进去观看，原来那里面被火器照得明幌幌的，如白日一般。忽见东西两边斜靠着几件兵器，都是太子的砍妖刀等物，并那火德的火弓、火箭等物。行者映火光，周围看了一遍，又见那门背后一张石卓子上有一个篾丝盘儿，放着一把毫毛。

大圣满心欢喜，将毫毛拿起来，呵了两口热气，叫声“变”，即变作三五十个小猴。教他都拿了刀剑、杵索、裘轮及弓箭、枪车、葫芦、火鸦、火鼠、火马，一应套去之物，跨了火龙，纵起火势，从里边往外烧来。只听得烘烘㷄㷄，朴朴乓乓，好便似咋雷连炮之声。慌得那些大小妖精梦梦查查的，抱着被，朦着头，喊的喊，哭的哭，一个个走头无路，被这火烧死大半。美猴王得胜回来，只好有三更时候。

却说那高峰上李天王众位，忽见火光幌亮，一拥前来。见行者骑着龙，喝喝呼呼，纵着小猴，径上峰头，厉声高叫道：“来收兵器，来收兵器！”火德与哪吒答应一声，这行者将身一抖，那把毫毛复上身来。哪吒太子收了他六件兵器，火德星君着众火部收了火龙等物，都笑吟吟赞贺行者不题。

却说那金峣洞里火焰纷纷，唬得个兕大王魂不负体，急欠身开了房门，双手拿着圈子，东推东火灭，西推西火消，满空中冒烟突火。执着宝贝跑了一遍，四下里烟火俱息。急忙收救群妖，已此烧杀大半，男男女女，收不上百十馀丁。又查看藏兵之内，各件皆无。又去后面看处，见八戒、沙僧与长老还捆住未解，白龙马还在槽上，行李担亦在屋里。妖魔遂恨道：“不知是那个小妖不仔细，失了火，致令如此！”傍有近侍的告道：“大王，这火不干本家之事，多是个偷营劫寨之贼，放了那火部之物，盗了神兵去也。”老魔方然省悟，道：“没有别人，断乎是孙悟空那贼！怪道我临睡时不得安稳，想是那贼猴变化进来，在我这胳膊叮了两口。一定是要偷我的宝贝，见我抹勒得紧，不能下手，故此盗了兵器，纵着火龙，放此狠毒之心，意欲烧杀我也。贼猴啊，你枉使机关，不知我的本事！我但带了这件宝贝，就是入大海而不能溺，赴火池而不能焚哩！这番若拿住那贼，只把刮了点垛，方趁我心！”

说着话，懊恼多时，不觉的鸡鸣天晓。那高峰上太子得了六件兵器，对行者道：“大圣，天色已明，不须怠慢。我们趁那妖魔挫了锐气，与火部等扶助你再去力战，庶几这次可擒拿也。”行者笑道：“说得有理。我们齐了心，耍子儿去耶！”

一个个抖擞威风，喜弄武艺，径至洞口。行者叫道：“泼魔出来，与老孙打者！”原来那里两扇石门被火气化成灰烬，门里边有几个小妖正然扫地撮灰。好点缀。忽见众圣齐来，慌得丢了扫帚，撇下灰耙，跑入里又报道：“孙悟空领着许多天神，又在门外骂战哩！”那兕怪闻报大惊，圪迸迸钢牙咬响，滴溜溜环眼睁圆。挺着长枪，带了宝贝，走出门来，泼口乱骂道：“我把这个偷营放火的贼猴！你有多大手段，敢这等藐视我也！”行者笑脸儿骂道：“泼怪物！你要知我的手段，且上前来，我说与你听：

自小生来手段强，乾坤万里有名扬。当时颖悟修仙道，昔日传来不老方。立志拜投方寸地，虔心参见圣人乡。学成变化无量法，宇宙长空任我狂。闲在山前将虎伏，闷来海内把龙降。祖居花果称王位，水帘洞里逞刚强。几番有意图天界，数次无知夺上方。御赐齐天名大圣，敕封又赠美猴王。只因宴设蟠桃会，无简相邀我性刚。暗闯瑶池偷玉液，私行宝阁饮琼浆。龙肝凤髓曾偷吃，百味珍羞我窃尝。千载蟠桃随受用，万年丹药任充肠。天宫异物般般取，圣府奇珍件件藏。却是一幅做贼供状。玉帝访我有手段，即发天兵摆战场。九曜恶星遭我贬，五方凶宿被吾伤。普天神将皆无敌，十恶雄师不敢当。威逼玉皇传旨意，灌江小圣把兵扬。相持七十单二变，各弄精神个个强。南海观音来助战，净瓶杨柳也相帮。老君又使金刚套，把我擒拿到上方。绑见玉皇张大帝，曹官拷较罪该当。即差大力开刀斩，刀砍头皮火焰光。百计千方算不死，将吾押赴老君堂。六丁神火炉中炼，炼得浑身硬似钢。七七数完开鼎看，我身跳出又凶张。诸神闭户无遮挡，众圣商量把佛央。其实如来多法力，果然智慧广无量。手中赌赛翻筋斗，将山压我不能强。玉皇才设安天会，西域方称极乐场。压困老孙五百载，一些茶饭不曾尝。当得金蝉长老临凡世，东土差他拜佛乡。欲取真经回上国，大唐帝主度先亡。观音劝我皈依善，秉教迦持不放狂。解脱高山根下难，如今西去取经章。泼魔休弄獐狐智，还我唐僧拜法王！”

那怪闻言，指着行者道：“你原来是个偷天的大贼！不要走，吃吾一枪！”这大圣使棒来迎。两个正自相持，这壁厢哪吒太子生嗔，火德星君发狠，即将那六件神兵、火部等物，望妖魔上抛来。孙大圣更加雄势。一边又雷公使楔，天王举刀，不分上下，一拥齐来。那魔头巍巍冷笑，袖子中暗暗将宝贝取出，撒手抛起空中，叫声“着”，唿喇的一下，把六件神兵、火部等物、雷公楔、天王刀、行者棒，尽情又都捞去。众神灵依然赤手，孙大圣仍是空拳。妖魔得胜，回身叫：“小的们，搬石砌门，动土修造，从新整理房廊。待齐备了，杀唐僧三众来谢土，大家散福受用。”众小妖领命维持不题。

却说那李天王帅众回上高峰，火德怨哪吒性急，雷公怪天王放刁，惟水伯在傍无语。行者见他们面不厮睹，心有萦思，没奈何，怀恨强欢，对众笑道：“列位不须烦恼，自古道，‘胜败兵家之常’。我和他论武艺也只如此，但只是他多了这个圈子，所以为害，把我等兵器又套将去了。你且放心，待老孙再去查查他的脚色来也。”太子道：“你前启奏玉帝，查勘满天世界，更无一点踪迹，如今却又何处去查？”行者道：“我想起来，佛法无边，如今且上天去问我佛如来。教他着慧眼观看大地四部洲，看这怪是那方生长，何处乡贯住居，圈子是件甚么宝贝。不管怎的，一定要拿他，与列位出气，还汝等欢喜归天。”众神道：“既有此意，不须久停。快去，快去。”

好行者，说声“去”，就纵筋斗云，早至灵山。落下祥光，四方观看。好去处：

灵峰疏杰，叠嶂清佳，仙岳顶巅摩碧汉。西天瞻巨镇，形势压中华。元气流通天地远，威风飞彻满台花。时闻钟磬音长，每听经声明朗。又见那青松之下优婆讲，翠柏之间罗汉行。白鹤有情来鹫岭，青鸾着意伫云亭。玄猴对对擎仙果，寿鹿双双献紫英。幽鸟声频如诉语，奇花色绚不知名。回峦盘绕重重顾，古道湾环处处平。正是清虚灵秀地，庄严大觉佛家风。

那行者正当点看山景，忽听得有人叫道：“孙悟空，从那里来，往何处去？”急回头看，原来是比丘尼尊者。大圣作礼，道："正有一事，欲见如来。"比丘尼道："你这个顽皮！既然要见如来，怎么不登宝刹，倒在这里看山？"行者道："初来贵地，故此大胆。"何不把经典偷了罢。比丘尼道："你快跟我来也。"这行者紧随至雷音寺山门下，又见那八大金刚，雄纠纠的两边挡住。比丘尼道："悟空，暂候片时，等我与你奏上去来。"行者只得住立门外。那比丘尼至佛前，合掌道："孙悟空有事，要见如来。"如来传旨令入，金刚才闪路放行。

行者低头礼拜毕，如来问道："悟空，前闻得观音尊者解脱汝身，皈依释教，保唐僧来此求经。你怎么独自到此，有何事故？"行者顿首道："上告我佛：弟子自秉迦持，与唐朝师父西来，行至金峴山金峴洞，遇着一个恶魔头，名唤兕大王，神通广大，把师父与师弟等摄入洞中。弟子向伊求取，没好意，两家比迸，被他将一个白森森的一个圈子，抢了我的铁棒。我恐他是天将思凡，急上界查勘不出。蒙玉帝差遣李天王父子助援，又被他抢了太子的六般兵器。又请火德星君放火烧他，又被他将火具抢去。又请水德星君放水渰他，一毫又渰他不着。弟子费若干精神气力，将那铁棒等物偷出，复去索战，又被他将前物依然套去，无法收降。因此特告我佛，望垂慈与弟子看看，果然是何物出身。我好去拿他家属四邻，擒此魔头，救我师父，合拱虔诚，拜求正果。"

如来听说，将慧眼遥观，早已知识，对行者道："那怪物我虽知之，但不可与你说。你这猴儿口厂，一传道是我说他，他就不与你斗，定要嚷上灵山，返遗祸于我也。我这里着法力助你擒他去罢。"行者再拜称谢，道："如来助我甚么法力？"如来即令十八尊罗汉："开宝库取十八粒金丹砂，与悟空助力。"行者道："金丹砂却如何？"如来道："你去洞外叫那妖魔比试，演他出来，却教罗汉放砂，陷住他，使他动不得身，拔不得脚，凭你揪打便了。"行者笑道："妙妙妙！趁早去来！"

那罗汉不敢迟延，即取金丹砂出门。行者又谢了如来。一路查看，止有十六尊罗汉，行者嚷道："这是那个去处，却卖放人！"众罗汉道："那个卖放？"行者道："原差十八尊，今怎么只得十六尊？"说不了，里边走出降龙、伏虎二尊，上前道："悟空，怎么就这等放刁？我两个在后听如来分付话的。"行者道："忒卖法，忒卖法！才自若嚷迟了些儿，你敢就不出来了。"众罗汉笑呵呵驾起祥云。

不多时，到了金皘山界。那李天王见了，帅众相迎，备言前事。罗汉道："不必叙繁，快去叫他出来。"这大圣捻着拳头，来于洞口，骂道："腯泼怪物，快出来与你孙外公见个上下！"那小妖又飞跑去报，魔王怒道："这贼猴，又不知请谁来猖獗也！"小妖道："更无甚将，止他一人。"魔王道："那根棒子已被我收来，怎么却又一人到此？敢是又要走拳？"随带了宝贝，绰枪在手，叫小妖搬开石块，跳出门来，骂道："贼猴，你几番家不得便宜，就该回避，如何又来吆喝？"行者道："这泼魔不识好歹！若要你外公不来，除非你服了降，陪了礼，送出我师父、师弟，我就饶你！"那怪道："你那三个和尚已被我洗净了，不久便要宰杀，你还不识起倒！去了罢！"

行者听说"宰杀"二字，扢蹬蹬腮边火发，按不住心头之怒，丢了架手，轮着拳，斜行拗步，望妖魔使个挂面。那怪缠长枪劈手相迎。行者左跳右跳，哄那妖魔。妖魔不知是计，赶离洞口南来。行者即招呼罗汉把金丹砂望妖魔一齐抛下，共显神通。好砂。正是那：

似雾如烟初散漫，纷纷蔼蔼下天涯。白茫茫到处迷人眼，昏漠漠飞时找路差。打柴的樵子失了伴，采药的仙童不见家。细细轻飘如麦面，粗粗翻复似芝麻。世界朦胧山顶暗，长空迷没太阳遮。不比嚣尘随骏马，难言轻软衬香车。此砂本是无情物，盖地遮天把怪拿。只为邪魔侵正道，阿罗奉法逞豪华。手中就有明珠现，等时刮得眼生花。

那妖魔见飞砂迷目，把头低了一低，足下就有三尺馀深；慌得他将身一纵，跳在浮上一层，未曾立得稳，须臾，又有二尺馀深。那怪急了，拔出脚来，即忙取圈子，往上一撇，叫声“着”，唿喇的一下，把十八粒金丹砂又尽套去。拽回步，径归本洞。

那罗汉一个个空手停云。行者近前问道：“众罗汉，怎么不下砂了？”罗汉道：“适才响了一声，金丹砂就不见了。”行者笑道：“又是那话儿套将去了。”天王等众道：“这般难伏啊，却怎么捉得他！何日归天，何颜见帝也！”傍有降龙、伏虎二罗汉对行者道：“悟空，你晓得我两个出门迟滞何也？”行者道：“老孙只怪你躲避不来，却不知有甚话说。”罗汉道：“如来分付我两个说：‘那妖魔神通广大，如失了金丹砂，就教孙悟空上离恨天兜率宫太上老君处寻他的踪迹，庶几可一鼓而擒也。’”好照应。

行者闻言，道："可恨可恨！如来却也闪赚老孙！当时就该对我说了，却不免教汝等远涉？"李天王道："既是如来有此明示，大圣就当早起。"

好行者，说声"去"，就纵一道筋斗云，直入南天门里。时有四大元帅擎拳拱手，道："擒怪事如何？"行者且行且答，道："未哩未哩，如今有处寻根去也。"四将不敢留阻，让他进了天门。不上灵霄殿，不入斗牛宫，径至三十三天之外离恨天兜率宫前。见两仙童侍立，他也不通姓名，一直径走，慌得两童扯住，道："你是何人？待往何处去？"行者才说："我是齐天大圣，欲寻李老君哩。"仙童道："你怎这样粗鲁？且住下，让我们通报。"行者那容分说，喝了一声，往里径走。忽见老君自内而出，撞个满怀。行者躬身唱个喏，道："老官，一向少看。"老君笑道："这猴儿不去取经，却来我处何干？"行者道："取经取经，昼夜无停；有些阻碍，到此行行。"老君道："西天路阻，与我何干？"行者道："西天西天，你且休言；寻着踪迹，与你缠缠。"好顽皮。老君道："我这里乃是无上仙宫，有甚踪迹可寻？"

行者入里，眼不转睛，东张西看。走过几层廊宇，忽见那牛栏边一个童儿盹睡，青牛不在栏中。行者道："老官，走了牛也，走了牛也！"老君大惊，道："这业畜几时走了？"正嚷间，那童儿方醒，跪于当面，道："爷爷，弟子睡着，不知是几时走的。"老君骂道："你这厮如何盹睡？"童儿叩头道："弟子在丹房里拾得一粒丹，当时吃了，就在此睡着。"老君道："想是前日炼得七返火丹，吊了一粒，被这厮拾吃了。那丹吃一粒，该睡七日哩。那业畜因你睡着，无人看管，遂乘机走下界去，今亦是七日矣。”即查可曾偷甚宝贝。行者道：“无甚宝贝，只见他有一个圈子，甚是利害。”

老君急查看时，诸般俱在，止不见了金刚琢。老君道：“这业畜偷了我金刚琢去了！”行者道：“原来是这件宝贝！当时打着老孙的是他！好点缀。如今在下界张狂，不知套了我等多少物件！”老君道：“这业畜在甚地方？”行者道：“现在金㠀山金㠀洞。他捉了我唐僧进去，抢了我金箍棒。请天兵相助，又抢了太子的神兵。及请火德星君，又抢了他的火具。惟水伯虽不能淹死他，倒还不曾抢他物件。至请如来着罗汉下砂，又将金丹砂抢去。似你这老官，纵放怪物，抢夺伤人，该当何罪？”老君道：“我那金刚琢，乃是我过函关化胡之器，自幼炼成之宝。凭你甚么兵器、水火，俱莫能近他。若偷去我的芭蕉扇儿，连我也不能奈他何矣。”

大圣才欢欢喜喜，随着老君。老君执了芭蕉扇，驾着祥云同行。出了仙宫，南天门外低下云头，径至金㠀山界。见了十八尊罗汉、雷公、水伯、火德、李天王父子，备言前事一遍。老君道：“孙悟空，还去诱他出来，我好收他。”

这行者跳下峰头，又高声骂道：“腯泼业畜，趁早出来受死！”那小妖又去报知。老魔道：“这贼猴，又不知请谁来也。”急绰枪带宝，迎出门来。行者骂道：“你这泼魔，今番坐定是死了！不要走，吃吾一掌！”急纵身跳个满怀，劈脸打了一个耳瓜子，回头就跑。那魔轮枪就赶，只听得高峰上叫道：“那牛儿还不归家，更待何日？”那魔抬头，看见是太上老君，就唬得心惊胆战，道："这贼猴真个是个地里鬼！却怎么就访得我的主公来也？"

老君念个咒语，将扇子扇了一下。那怪将圈子丢来，被老君一把接住。又一扇，那怪物力软筋麻，现了本相，原来是一只青牛。老君将金刚琢吹口仙气，穿了那怪的鼻子，解下勒袍带，系于琢上，牵在手中。至今留下个拴牛鼻的拘儿，又名宾郎，职此之谓。老君辞了众神，跨上青牛背上：

驾彩云，径归兜率院；缚妖怪，高升离恨天。

孙大圣才同天王等众打入洞里，把那百十个小妖尽皆打死，各取兵器。谢了天王回天，雷公入府，水伯回河，罗汉向西，然后才解放唐僧、八戒、沙僧，拿了铁棒。他三人又谢了行者，收拾马匹行装，师徒们离洞，找大路方走。正走间，只听得路傍叫："唐圣僧，吃了斋饭去。"

那长老心惊，不知是甚人叫唤，且听下回分解。

总批：

人人有个主人公，若能常常照管，决不到弄圈套时节矣。

第五十三回

禅主吞餐怀鬼孕　黄婆运水解邪胎

德行要修八百，阴功须积三千。均平物我与亲冤，始合西天本愿。着眼。魔兕刀兵不怯，空劳水火无愆。老君降伏却朝天，笑把青牛牵转。

话说那大路傍叫唤者谁？乃金皘山山神、土地，捧着紫金钵盂叫道："圣僧啊，这钵盂饭是孙大圣向好处化来的。因你等不听良言，误入妖魔之手，致令大圣劳苦万端，今日方救得出。且来吃了饭，再去走路。莫孤负孙大圣一片恭孝之心也。"好照应。三藏道："徒弟，万分亏你，言谢不尽！早知不出圈痕，那有此杀身之害。"行者道："不瞒师父说，只因你不信我的圈子，却教你受别人的圈子，着眼。多少苦楚！可叹，可叹！"骂八戒："都是你这业嘴业舌的夯货，弄师父遭此大难！着老孙翻天覆地，请天兵水火与佛祖丹砂，尽被他使一个白森森的圈子套去。如来暗示了罗汉，对老孙说出那妖的根原，才请老君来收伏，却是个青牛作怪。"三藏闻言，感激不尽，道："贤徒，今番经此，下次定然听你分付。"遂此四人分吃那饭，那饭热气腾腾的。行者道："这饭多时了，却怎么还热？"土地跪下道："是小神知大圣功完，才自热来伺候。"须臾饭毕，收拾了钵盂，辞了土地、山神，那师父才攀鞍上马，过了高山。正是：

涤虑洗心皈正觉，餐风宿水向西行。

行勾多时，又值早春天气。听了些：

紫燕呢喃，黄鹂睍睆。紫燕呢喃香嘴困，黄鹂睍睆巧音频。满地落红如布锦，偏山发翠似堆茵。岭上青梅结豆，崖前古柏留云。野润烟光淡，沙暄日色曛。几处园林花放蕊，阳回大地柳芽新。

正行处，忽遇一道小河，澄澄清水，湛湛寒波。唐长老勒过马观看，远见河那边有柳阴垂碧，微露着茅屋几椽。行者遥指那厢，道："那里人家一定是摆渡的。"三藏道："我见那厢也是这般，却不见船只，未敢开言。"八戒旋下行李，厉声高叫道："摆渡的，撑船过来！"连叫几遍，只见那柳阴里面，咿咿哑哑的，撑出一只船儿。不多时，相近这岸。师徒们仔细看了那船儿。真个是：

短棹分波，轻桡泛浪。橄堂油漆彩，艎板满平仓。船头上铁缆盘窝，船后边舵楼明亮。虽然是一苇之航，也不亚泛湖浮海。纵无锦缆牙樯，实有松桩桂楫。固不如万里神舟，真可渡一河之隔。往来只在两崖边，出入不离古渡口。

那船儿须臾顶岸。那稍子叫云："过河的，这里去。"三藏纵马近前看处，那稍子怎生模样？

头裹锦绒帕，足踏皂丝鞋。身穿百纳绵裆袄，腰束千针裙布裩。手腕皮粗筋力硬，眼花眉皱面容衰。声音娇细如莺啭，近观乃是老裙钗。

行者走近船边，道："你是摆渡的？"那妇人道："是。"行者道："稍公如何不在，却着稍婆撑船？"妇人微笑不答，用手拖上跳板。沙和尚将行李挑上去，行者扶着师父上跳，然后顺过船来，八戒牵上白马，收了跳板。那妇人撑开船，摇动桨，顷刻间过了河。叙得宛然。

身登西岸，长老教沙僧解开包，取几文钱钞与他。妇人更不争多寡，将缆拴在傍水的楼上，笑嘻嘻径入庄屋里去了。三藏见那水清，一时口渴，便着八戒："取钵盂，舀些水来我吃。"那呆子道："我也正要些儿吃哩。"即取钵盂，舀了一钵，递与师父。师父吃了有一少半，还剩了多半，呆子接来，一气饮干，却扶侍三藏上马。

师徒们找路西行，不上半个时辰，那长老在马上呻吟，道："腹痛！"八戒随后道："我也有些腹痛。"沙僧道："想是吃冷水了？"说未毕，师父声唤道："疼的紧！"八戒也道："疼得紧！"他两个疼痛难禁，渐渐肚子大了。用手摸时，似有血团肉块，不住的骨冗骨冗乱动。三藏正不稳便，忽然见那路傍有一村舍，树稍头挑着两个草把。行者道："师父，好了。那厢是个卖酒的人家。我们且去化他些热汤与你吃，就问可有卖药的，讨贴药，与你治治腹痛。"

三藏闻言甚喜，却打白马。不一时，到了村舍门口下马。但只见那门儿外有一个老婆婆，端坐在草墩上绩麻。行者上前，打个问讯，道："婆婆，贫僧是东土大唐来的，我师父乃唐朝御弟。因为过河，吃了河水，觉肚腹疼痛。"那婆婆喜哈哈的道："你们在那边河里吃水来？"行者道："是在此东边清河水吃的。”那婆婆欣欣的笑道：“好耍子，好耍子！你都进来，我与你说。”

行者即搀唐僧，沙僧即扶八戒，两人声声唤唤，腆着肚子，一个个只疼得面黄眉皱，入草舍坐下。行者只叫：“婆婆，是必烧些热汤与我师父。我们谢你。”那婆婆且不烧汤，笑唏唏跑走后边，叫道：“你们来看，你们来看！”那里面蹼踌蹼踏的，又走出两三个半老不老的妇人，都来望着唐僧洒笑。行者大怒，喝了一声，把牙一嗟，唬得那一家子跌跌蹡蹡，往后就走。行者上前扯住那老婆子，道：“快早烧汤，我饶了你！”那婆子战兢兢的道：“爷爷哑，我烧汤也不济事，也治不得他两个肚疼。你放了我，等我说。”行者放了他，他说：“我这里乃是西梁女国。我们这一国尽是女人，更无男子，故此见了你们欢喜。你师父吃的那水不好了。那条河，唤做子母河。我那国王城外，还有一座迎阳馆驿，驿门外有一个照胎泉。我这里人，但得年登二十岁以上，方敢去吃那河里水。吃水之后，便觉腹痛有胎。至三日之后，到那迎阳馆照胎水边照去。若照得有了双影，便就降生孩儿。你师吃了子母河水，以此成了胎气也，不日要生孩子。热汤怎么治得？”想头幻甚。

三藏闻言，大惊失色，道：“徒弟啊，似此怎了？”八戒扭腰撒胯的哼道：“爷爷呀，要生孩子！我们却是男身，那里开得产门，如何脱得出来？”趣。行者笑道：“古人云，‘瓜熟自落’，若到那个时节，一定从胁下裂个窟窿，钻出来也。”顽皮。八戒见说，战兢兢，忍不得疼痛，道：“罢了，罢了！死了，死了！”沙僧笑道：“二哥，莫扭，莫扭！只怕错了养儿肠，弄做个胎前病。"那呆子越发慌了，眼中噙泪，扯着行者，道："哥哥，你问这婆婆，看那里有手轻的稳婆，预先寻下几个，这半会一阵阵的动荡得紧，想是摧阵疼。快了，快了！"沙僧又笑道："二哥，既知摧阵疼，不要扭动，只恐挤破浆包耳。"趣。

三藏哼着道："婆婆啊，你这里可有医家？教我徒弟去买一贴堕胎药吃了，打下胎来罢。"那婆子道："就有药也不济事。只是我们这正南街上有一座解阳山，山中有一个破儿洞，洞里有一眼落胎泉。须得那井里水吃一口，方才解下胎气。却如今取不得水了：向年来了一个道人，称名如意真仙，把那破儿洞改作聚仙庵，护住落胎泉水，不肯善赐与人；但欲求水者，须要花红表里，羊酒果盘，志诚奉献，只拜求得他一碗儿水哩。你们这行脚僧，怎么得许多钱财买办？但只可挨命，待时而生产罢了。"行者闻得此言，满心欢喜，道："婆婆，你这里到那解阳山有几多路程？"婆婆道："有三千里。"行者道："好了好了！师父放心，待老孙取些水来你吃。"

好大圣，分付沙僧道："你好仔细看着师父。若这家子无礼，侵哄师父，你拿出旧时手段来，装虪虎唬他，等我取水去。"沙僧依命。只见那婆子端出一个大瓦钵来，递与行者，道："拿这钵头儿去，是必多取些来，与我们留着急用。"行者真个接了瓦钵，出草舍，纵云而去。那婆子才望空礼拜，道："爷爷哑，这和尚会驾云！"才进去叫出那几个妇人来，对唐僧磕头礼拜，都称为罗汉菩萨。一壁厢烧汤办饭，供奉唐僧不题。

却说那孙大圣筋斗云起，少顷间，见一座山头。阻住云角，即按云光，睁睛看处，好山。但见那：

幽花摆锦，野草铺蓝。涧水相连落，溪云一样闲。重重谷壑藤萝密，远远峰峦树木繁。鸟啼雁过，鹿饮猿攀。翠岱如屏嶂，青崖似髻鬟。尘埃滚滚真难到，泉石涓涓不厌看。每见仙童采药去，常逢樵子负薪还。果然不亚天台景，胜似三峰西华山。

这大圣正然观看那山不尽，又只见背阴处有一所庄院，忽闻得犬吠之声。大圣下山，径至庄所。却也好个去处。看那：

小桥通活水，茅舍倚青山。
村犬汪篱落，幽人自往还。

不时来至门首，见一个老道人盘坐在绿茵之上。大圣放下瓦钵，近前道问讯。那道人欠身还礼，道："那方来者？至小庵有何勾当？"行者道："贫僧乃东土大唐钦差西天取经者。因我师父误饮了子母河之水，如今腹疼肿胀难禁，问及土人，说是结成胎气，无方可治。访得解阳山破儿洞有落胎泉，可以消得胎气，故此特来拜见如意真仙，求些泉水，达救师父。累烦老道指引指引。"那道人笑道："此间就是破儿洞，今改为聚仙庵了。我却不是别人，即是如意真仙老爷的大徒弟。你叫做甚么名字？待我好与你通报。"行者道："我是唐三藏法师的大徒弟，贱名孙悟空。"那道人问曰："你的花红酒礼，都在那里？"行者道："我是个过路的挂搭僧，不曾办得来。"道人笑道："你好痴哑！我老师父护住山泉，并不曾白送与人。你回去办将礼来，我好通报。不然请回，莫想，莫想！"行者道："人情大似圣旨。你去说我老孙的名字，他必然做个人情，或者连井都送我也。”

那道人闻此言，只得进去通报。却见那真仙抚琴，只待他琴终，方才说道：“师父，外面有个和尚，口称是唐三藏大徒弟孙悟空，欲求落胎泉水，救他师父。”那真仙不听说便罢，一听得说个悟空名字，却就怒从心上起，恶向胆边生；急起身，下了琴床，脱了素服，换上道衣，取一把如意钩子，跳出庵门，叫道：“孙悟空何在？”行者转头，观见看真仙打扮：

头戴星冠飞彩艳，身穿金缕法衣红。足下云鞋堆锦绣，腰间宝带绕玲珑。一双纳锦凌波袜，半露裙襕闪绣绒。手拿如意金钩子，鐏利杵长若蟒龙。凤眼光明眉菂竖，钢钗尖利口翻红。额下髯飘如烈火，鬓边赤发短蓬松。形容恶似温元帅，争奈衣冠不一同。

行者见了，合掌作礼，道：“贫僧便是孙悟空。”那先生笑道：“你真个是孙悟空，却是假名托姓者？”行者道：“你看先生说话，常言道，‘君子行不更名，坐不改姓’，我便是悟空，岂有假托之理？”先生道：“你可认得我么？”行者道：“我因归正释门，秉诚僧教，这一向登山涉水，把我那幼时的朋友也都疏失，未及拜访，少识尊颜。适间问道子母河西乡人家，言及先生乃如意真仙，故此知之。”那先生道：“你走你的路，我修我的真，你来访我怎的？”行者道：“因我师父误饮了子母河水，腹疼成胎，特来仙府拜求一碗落胎泉水，救解师难也。”

那先生裔目道：“你师父可是唐三藏么？”行者道：“正是，

正是。”先生咬牙恨道：“你们可曾会着一个圣婴大王么？”行者道：“他是号山枯松涧火云洞红孩儿妖怪的绰号。真仙问他怎的？”先生道：“是我之舍侄。我乃牛魔王的兄弟。前者家兄处有信来报我，称说唐三藏的大徒弟孙悟空夤懒，将他害了。我这里正没处寻你报仇，你倒来寻我，还要甚么水哩！”行者赔笑道：“先生差了。你令兄也曾与我做朋友，幼年间也曾拜七弟兄。但只是不知先生尊府，有失拜望。如今令侄得了好处，现随着观音菩萨，做了善财童子，我等尚且不如，怎么反怪我也？”

先生喝道：“这泼猴狲，还弄巧舌！我舍侄还是自在为王好，还是与人为奴好？不得无礼！吃我这一钩！”大圣使铁棒架住，道：“先生莫说打的话，且与些泉水去也。”那先生骂道：“泼猴狲，不知死活！如若三合敌得我，与你水去；敌不过，只把你剁为肉酱，方与我侄子报仇。”大圣骂道：“我把你不识起倒的业障！既要打，走上来看棍！”那先生如意钩劈手相还。二人在聚仙庵好杀：

圣僧误食成胎水，行者来寻如意仙。那晓真仙原是怪，倚强护住落胎泉。及至相逢讲仇隙，争持决不遂如然。言来语去成僝僽，意恶情凶要报冤。这一个因师伤命来求水，那一个为侄亡身不与泉。如意钩强如蝎毒，金箍棒狠似龙巅。当胸乱刺施威猛，着脚斜钩展妙玄。阴手棍丢伤处重，过肩钩起近头鞭。锁腰一棍鹰持雀，压顶三钩螂捕蝉。往往来来争胜败，返返复复两回还。钩挛棒打无前后，不见输赢在那边。

那先生与大圣战经十数合，敌不得大圣。这大圣越加猛烈，一条棒似滚滚流星，着头乱打。先生败了筋力，倒拖着如意钩，往山上走了。

大圣不去赶他，却来庵内寻水。那个道人早把庵门关了。大圣拿着瓦钵，赶至门前，尽力气一脚，踢破庵门，闯将进去。见那道人伏在井栏上，被大圣喝了一声，举棒要打，那道人往后跑了。却才寻出吊桶来，正要打水，又被那先生赶到前边，使如意钩子把大圣钩着脚一跌，跌了个嘴啃地。大圣爬起来，使铁棒就打。他却闪在傍边，执着钩子，道："看你可取得我的水去！"大圣骂道："你上来，你上来！我把你这个业瘴，直打杀你！"那先生也不上前拒敌，只是禁住了，不许大圣打水。大圣见他不动，却使左手轮着铁棒，右手使吊桶，将索子才突鲁鲁的放下，他又来使钩。大圣一只手撑持不得，又被他一钩钩着脚，扯了个跐踵，连索子通跌下井去了。大圣道："这厮却是无礼！"爬起来，双手轮棒，没头没脸的打将上去。那先生依然走了，不敢迎敌。大圣又要去取水，奈何没有吊桶，又恐怕来钩扯，心中暗暗想道："且去叫个帮手来。"

好大圣，拨转云头，径至村舍门首，叫一声："沙和尚。"那里边三藏忍痛呻吟，猪八戒哼声不绝。听得叫唤，二人欢喜道："沙僧啊，悟空来也。"沙僧连忙出门接着，道："大哥，取水来了？"大圣进门，对唐僧备言前事。三藏滴泪道："徒弟啊，似此怎了？"大圣道："我来叫沙兄弟与我同去，到那庵边，等老孙和那厮敌斗，教沙僧乘便取水来救你。"三藏道："你两个没病的都去了，丢下我两个有病的，教谁伏侍？"那个老婆婆在傍道："老罗汉只管放心。不须要你徒弟，我家自然看顾伏侍你。你们早间到时，我等实有爱怜之意；却才见这位菩萨云来雾去，方知你是罗汉菩萨。我家决不敢复害你。"

行者咄的一声，道："汝等女流之辈，敢伤那个？"老婆子笑道："爷爷哑，还是你们有造化，来到我家，若到第二家，你们也不得囫囵了！"八戒哼哼的道："不得囫囵是怎么的？"婆婆道："我一家儿四五口，都是有几岁年纪的，把那风月事尽皆休了，故此不肯伤你。不知年纪大的反风流。若还到第二家，老小众大，那年小之人，那个肯放过你去！——就要与你交合。假如不从，就要害你性命，把你们身上肉都割了去，做香袋儿哩。"八戒道："若这等，我决无伤。他们都是香喷喷的，好做香袋；我是个臊猪，就割了肉去，也是臊的，故此可以无伤。"行者笑道："你不必说嘴，省些力气，好生产也。"趣。那婆婆道："不必迟疑，快求水去。"行者道："你家可有吊桶？借个使使。"那婆子即往后边，取出一个吊桶，又窝了一条索子，递与沙僧。沙僧道："带两条索子去，恐一时井深要用。"

沙僧接了桶、索，即随大圣出了村舍，一同驾云而去。那消半个时辰，却到解阳山界。按下云头，径至庵外。大圣分付沙僧道："你将桶、索拿了，且在一边躲着，等老孙出头索战。你待我两人交战正浓之时，你乘机进去，取水就走。"沙僧谨依言命。

孙大圣掣了铁棒，近门高叫："开门开门！"那守门的看见，急入里通报道："师父，那孙悟空又来了也！"那先生心中大怒，道："这泼猴，老大无状！一向闻他有些手段，果然今日方知，他那条棒真是难敌。”道人道：“师父，他的手段虽高，你亦不亚，与他正是个对手。”先生道：“前面两回，被他赢了。”道人道：“前两回虽赢，不过是一猛之性；后面两次打水之时，被师父钩他两跌，却不是相比肩也？先既无奈而去，今又复来，必然是三藏胎成身重，埋怨得紧，不得已而来也。决有慢他师之心，管取我师决胜无疑。”

真仙闻言，喜孜孜满怀春意，笑盈盈一阵威风，挺如意钩子，走出门来，喝道：“泼猢狲，你又来做甚？”大圣道：“我来只是取水。”真仙道：“泉水乃吾家之井，凭是帝王宰相，也须表里羊酒来求，方才仅与些须；况你又是我的仇人，擅敢白手来取？”大圣道：“真个不与？”真仙道：“不与，不与！”大圣骂道：“泼业瘴，既不与水，看棍！”丢一个架子，抢个满怀，不容说，着头便打。那真仙侧身躲过，使钩子急架相还。这一场比前更胜。好杀：

金箍棒，如意钩，二人奋怒各怀仇。飞砂走石乾坤暗，播土扬尘日月愁。大圣救师来取水，妖仙为侄不容求。两家齐努力，一处赌安休。呀牙争胜负，切齿定刚柔。添机见，越抖擞，喷云嗳雾鬼神愁。朴朴兵兵钩棒响，喊声哮吼振山丘。狂风滚滚催林木，杀气纷纷过斗牛。大圣愈争愈喜悦，真仙越打越绸缪。有心有意相争战，不定存亡不罢休。

他两个在庵门外交手，跳跳舞舞的，斗到山坡之下，恨苦相持不题。却说那沙和尚提着吊桶，闯进门去，只见那道人在井边挡住，道："你是甚人，敢来取水！"沙僧放下吊桶，取出降妖宝杖，不对话，着头便打。那道人躲闪不及，把左臂膊打折，道人倒在地下挣命。沙僧骂道："我要打杀你这业畜，争奈你是个人身，我还怜你，饶你去罢。让我打水！"那道人叫天叫地的，爬到后面去了。沙僧却才将吊桶向井中满满的打了一吊水。走出庵门，驾起云雾，望着行者喊道："大哥，我已取了水去也！饶他罢，饶他罢！"

大圣听得，方才使铁棒支住钩子，道："你听老孙说：我本待斩尽杀绝，争奈你不曾犯法；二来看你令兄牛魔王的情上。先头来，我被钩了两下，未得水去；才然来，我是个调虎离山计，哄你出来争战，却着我师弟取水去了。老孙若肯拿出本事来打你，莫说你是一个甚么如意真仙，就是再有几个，也打死了。正是打死不如放生，且饶你，教你活几年耳。已后再有取水者，切不可勒掯他。"那妖仙不识好歹，演一演，就来钩脚。被大圣闪过钩头，赶上前，喝声："休走！"那妖仙措手不及，推了一个蹼辣，挣碴不起。大圣夺过如意钩来，折为两段，总拿着又一抉，抉作四段，掷之于地，道："泼业畜，再敢无礼么？"那妖仙战战兢兢，忍辱无言。这大圣笑呵呵，驾云而起。有诗为证。诗曰：

真铅若炼须真水，真水调和真汞乾。真汞真铅无母气，灵砂灵药是仙丹。婴儿枉结成胎像，土母施功不费难。推倒傍门宗正教，心君得意笑容还。着眼。

大圣纵着祥光，赶上沙僧。得了真水，喜喜欢欢，回于本处。按下云头，径来村舍。只见猪八戒腆着肚子，倚在门枋上哼哩。行者悄悄上前，道："呆子，几时占房的？"呆子慌了，道："哥哥莫取笑，可曾有水来么？"行者还要耍他，沙僧随后就到，笑道："水来了，水来了！"三藏忍痛欠身，道："徒弟呀，累了你们也！"那婆婆却也欢喜，几口儿都出礼拜，道："菩萨呀，却是难得，难得！"即忙取个花磁盏子，舀了半盏儿，递与三藏，道："老师父，细细的吃，只消一口，就解了胎气。"八戒道："你不用盏子，连吊桶等我喝了罢。"那婆子道："老爷爷，唬杀人罢了！若吃了这吊水，好道连肠子肚子都化尽了！"吓得呆子不敢胡为，也只吃了半盏。

那里有顿饭之时，他两个腹中绞痛，只听毂辘毂辘三五阵肠鸣。肠鸣之后，那呆子忍不住，大小便齐流；唐僧也忍不住，要往静处解手。行者道："师父啊，切莫出风地里去，怕人子，一时冒了风，弄做个产后之疾。"那婆婆即取两个净桶来，教他两个方便。须臾间，各行了几遍，才觉住了疼痛，渐渐的销了肿胀，化了那血团肉块。那婆婆家又煎些白米粥与他补虚。八戒道："婆婆，我的身子实落，不用补虚。你且烧些汤水与我洗个澡，却好吃粥。"沙僧道："哥哥，洗不得澡，坐月子的人弄了水浆致病。"八戒道："我又不曾大生，左右只是个小产，怕他怎的？洗洗儿干净。"顽皮。真个那婆子烧些汤与他两个净了手脚。唐僧才吃两盏儿粥汤，八戒就吃了十数碗，还只要添。行者笑道："夯货，少吃些！莫弄做个沙包肚，不相模样。"八戒道："没事，没事！我又不是母猪，怕他做甚？"那家子真个又去收拾煮饭。

老婆婆对唐僧道："老师父，把这水赐了我罢。"行者道："呆子，不吃水了？"八戒道："我的肚腹也不疼了，胎气想是已行散了，洒然无事，又吃水何为？"行者道："既是他两个都好了，将水送你家罢。"那婆婆谢了行者，将馀剩之水盛于瓦罐之中，埋在后边地下，对众老小道："这罐水勾我的棺材本也。"众老小无不欢喜，整顿斋饭，调开卓凳。唐僧们吃了斋，消消停停，将息了一宿。

次日天明，师徒们谢了婆婆家，出离村舍。唐三藏攀鞍上马，沙和尚挑着行囊，孙大圣前边引路，猪八戒拢了缰绳。这才是：

洗净口业身干净，销化凡胎体自然。着眼。

毕竟不知到国界中还有甚么理会，且听下回分解。

总批：

此回想头奇甚幻甚，真是文人之笔，九天九地无所不至。

第五十四回 法往西来逢女国 心猿定计脱烟花

法性西來逢女國
心猿定計脫烟花

话说三藏师徒别了村舍人家，依路西进，不上三四十里，是那西梁国界。唐僧在马上指道："悟空，前面城池相近，市井上人语喧哗，想是西梁女国。汝等须要仔细，谨慎规矩，切休放荡情怀，紊乱法门教旨。"三人闻言，谨遵言命。

言未尽，却至东关厢街口。那里人都是长裙短袄，粉面油头，不分老少，尽是妇女。正在两街上做买做卖，忽见他四众来时，一齐都鼓掌呵呵，整容欢笑，道："人种来了，人种来了！"慌得那三藏勒马难行，须臾间就塞满街道，惟闻笑语。八戒口里乱嚷道："我是个销猪，我是个销猪！"行者道："呆子，莫胡谈，拿出旧嘴脸便是。"八戒真个把头摇上两摇，竖起一双蒲扇耳，扭动莲蓬吊搭唇，发一声喊，把那些妇女们唬得跌跌爬爬。有诗为证。诗曰：

圣僧拜佛到西梁，国内衡阴世少阳。农士工商皆女辈，（农士工商皆女辈，骂得毒。）渔樵耕牧尽红妆。娇娥满路呼人种，幼妇盈街接粉郎。不是悟能施丑相，烟花围困苦难当。

因此众皆恐惧，不敢上前，一个个都捻手矬腰，摇头咬指，战战兢兢，排塞街傍路下，都看唐僧。孙大圣却也弄出丑相开路，沙僧也妆虩虎维持。八戒采着马，掬着嘴，摆着耳躲。一行前进，又见那市井上房屋齐整，铺面轩昂，一般有卖盐卖米，酒肆茶房：

鼓角楼台通货殖，旗亭候馆挂帘栊。

师徒们转湾抹角，忽见有一女官侍立街下，高声叫道："远来的使客，不可擅入城门，请投馆驿，注名上簿，待下官执名奏驾，验引放行。"三藏闻言，下马观看，那衙门上有一扁，上书"迎阳驿"三字。长老道："悟空，那村舍人家传言是实，果有迎阳之驿。"沙僧笑道："二哥，你却去照胎泉边照照看可有双影。"好照管。八戒道："莫弄我！我自吃了那盏儿落胎泉水，已是打下胎来了，还照他怎的？"三藏回头分付道："悟能，谨言，谨言！"遂上前与那女官作礼。

女官引路，请他们都进驿内，正厅坐下，即唤看茶。又见那手下人尽是三绺梳头、两截穿衣之类。你看他拿茶的也笑。少顷，茶罢。女官欠身，问曰："使客何来？"行者道："我等乃东土大唐王驾下钦差上西天拜佛求经者。我师父便是唐王御弟，号曰唐三藏。我乃他大徒弟孙悟空。这两个是我师弟猪悟能、沙悟净。一行连马五口。随身有通关文牒，乞为照验放行。"那女官执笔写罢，下来叩头，道："老爷恕罪。下官乃迎阳驿驿丞，实不知上邦老爷，知当远接。"拜毕起身，即令管事的安排饮馔，道："爷爷们宽坐一时，待下官进城启奏我王，倒换关文，打领给，送老爷们西进。"三藏忻然而坐不题。

且说那驿丞整了衣冠，径入城中五凤楼前，对黄门官道："我是迎阳馆驿丞，有事见驾。"黄门即时启奏。降旨传宣至殿，问曰："驿丞有何事来奏？"驿丞道："微臣在驿，接得东土大唐王御弟唐三藏，有三个徒弟，名唤孙悟空、猪悟能、沙悟净，连马五口，欲上西天拜佛取经。特来启奏主公，可许他倒换关文放行？"女王闻奏，满心欢喜，对众文武道："寡人夜来梦见金屏生彩艳，玉镜展光明，乃是今日之喜兆也。”众女官拥拜丹墀，道：“主公，怎见得是今日之喜兆？”女王道：“东土男人乃唐朝御弟。我国中自混沌开辟之时，累代帝王，更不曾见个男人至此。幸今唐王御弟下降，想是天赐来的。寡人以一国之富，愿招御弟为王，我愿为后，与他阴阳配合，生子生孙，永传帝业，却不是今日之喜兆也？”众女官拜舞称扬，无不欢悦。

驿丞又奏道：“主公之论，乃万代传家之好。但只是御弟三徒凶恶，不成相貌。”女王道：“卿见御弟怎生模样？他徒弟怎生凶丑？”驿丞道：“御弟相貌堂堂，丰姿英俊，诚是天朝上国之男儿，南赡中华之人物。女人自爱好男子。那三徒却是形容狞恶，相貌如精。”女王道：“既如此，把他徒弟与他领给，倒换关文，打发他往西天，只留下御弟，有何不可？”众官拜奏道：“主公之言极当，臣等钦此钦遵。但只是匹配之事，无媒不可。自古道：‘姻缘配合凭红叶，月老夫妻系赤绳。’”女王道：“依卿所奏，就着当驾太师作媒，迎阳驿丞主婚，先去驿中与御弟求亲。待他许可，寡人却摆驾出城迎接。”那太师、驿丞领旨出朝。

却说三藏师徒们在驿厅上正享斋饭，只见外面人报：“当驾太师与我们本官老姆来了。”三藏道：“太师来却是何意？”八戒道：“怕是女王请我们也。”行者道：“不是相请，定是说亲。”三藏道：“悟空，假如不放，强逼成亲，却怎么是好？”行者道：“师父只管允他，老孙自有处治。”

言未了，二女官早至，对长老下拜。长老一一还礼，道：“贫僧出家人，有何德能，敢劳大人下拜？”那太师见长老相貌轩昂，心中暗喜道：“我国中实有造化，这个男子却也做得我王之夫。”二官拜毕起来，侍立左右，道：“御弟爷爷，万千之喜了！”三藏道：“我出家人，喜从何来？”太师躬身道：“此处乃西梁女国，国中自来没个男子。今幸御弟爷爷降临，臣奉我王旨意，特来求亲。”三藏道：“善哉，善哉。我贫僧只身来到贵地，又无儿女相随，止有顽徒三个，不知大人求的是那个亲事？”驿丞道：“下官才进朝启奏，我王十分欢喜，道夜来得一吉梦，梦见金屏生彩艳，玉镜展光明，知御弟乃中华上国男儿，我王愿以一国之富，招赘御弟爷爷为夫，坐南面称孤，我王愿为帝后。传旨着太师作媒，下官主婚，故此特来求这亲事也。”三藏闻言，低头不语。太师道：“大丈夫遇时不可错过。似此招赘之事，天下虽有，托国之富，世上实稀。请御弟速允，庶好回奏。”长老越加痴哑。

八戒在傍掬着碓挺嘴，叫道：“太师，你去上覆国王：我师父乃久修得道的罗汉，决不爱你托国之富，也不爱你倾国之容；快些儿倒换关文，打发他往西去，留我在此招赘，如何？”妙猪。太师闻说，胆战心惊，不敢回话。驿丞道：“你虽是个男身，但只形容丑陋，不中我王之意。”八戒笑道：“你甚不通变。常言道：‘粗柳簸箕细柳斗，世上谁见男儿丑？’”行者道：“呆子，勿得胡谈，任师父尊意。可行则行，可止则止，莫要担阁了媒妁工夫。”

三藏道：“悟空，凭你怎么说好？”行者道：“依老孙说，你在这里也好。自古道，‘千里姻缘似线牵’哩。那里再有这般相应处？”三藏道：“徒弟，我们在这里贪图富贵，谁去西天取经？却不望坏了我大唐之帝主也？”太师道：“御弟在上，微臣不敢隐言。我王旨意，原只教求御弟为亲，教你三位徒弟赴了会亲筵宴，关付领给，倒换关文，往西天取经去哩。”行者道：“太师说得有理。我等不必作难，情愿留下师父，与你主为夫。快换关文，打发我们西去。待取经回来，好到此拜爷娘，讨盘缠，回大唐也。”那太师与驿丞对行者作礼，道：“多谢老师玉成之恩。”八戒道：“太师，切莫要‘口里摆菜碟儿’，既然我们许诺，且教你主先安排一席，与我们吃杯肯酒，如何？”太师道：“有有有，就教摆设筵宴来也。”那驿丞与太师欢天喜地，回奏女主不题。

却说唐长老一把扯住行者，骂道：“你这猴头，弄杀我也！怎么说出这般话来，教我在此招婚，你们西天拜佛，我就死也不敢如此！”行者道：“师父放心。老孙岂不知你性情，但只是到此地，遇此人，不得不将计就计。”三藏道：“怎么叫做将计就计？”行者道：“你若使住法儿不允他，他便不肯倒换关文，不放我们走路。倘或意恶心毒，喝令多人割了你肉，做甚么香带啊，我等岂有善报？一定要使出降魔荡怪的神通，你知我们的手脚又重，器械又凶，但动动手儿，这一国的人尽打杀了。他虽然阻当我等，却不是怪物妖精，还是一国人身；既是女人矣，缘何不是怪物妖精。你又平素是个好善慈悲的人，在路上一灵不损，若打杀无限的平人，你心何忍！诚为不善了也。”三藏听说，道：“悟空，此论最善。但恐女主招我进去，要行夫妇之礼，我怎肯丧元阳，败坏了佛家德行；走真精，坠落了本教人身？”行者道：“今日允了亲事，他一定以皇帝礼摆驾出城接你。你更不要推辞，就坐他凤辇龙车，登宝殿，面南坐下，问女王取出御宝印信来，宣我们兄弟进朝，把通关文牒用了印，再请女王写个手字花押，佥押了交付与我们。一壁厢教摆筵宴，就当与女王会喜，就与我们送行。待筵宴已毕，再叫排驾，只说送我们三人出城，回来与女王配合。哄得他君臣欢悦，更无阻挡之心，亦不起毒恶之念。却待送出城门，你下了龙车凤辇，教沙僧伺候左右，伏侍你骑上白马，老孙却使个定身法儿，教他君臣人等皆不能动。我们顺大路只管西行，行得一昼夜，我却念个咒，解了术法，还教他君臣们苏醒回城。一则不伤了他的性命，二来不损了你的元神。这叫做假亲脱网之计，岂非一举两全之美也？”三藏闻言，如醉方醒，似梦初觉，乐以忘忧，称谢不尽，道：“深感贤徒高见。”四众同心合意，正自商量不题。

却说那太师与驿丞，不等宣诏，直入朝门白玉阶前，奏道：“主公佳梦最准，鱼水之欢就矣。”女王闻奏，卷珠帘，下龙床，启樱唇，露银齿，笑盈盈娇声问曰：“贤卿见御弟怎么说来？”太师道：“臣等到驿，拜见御弟毕，即备言求亲之事。御弟还有推托之辞，幸亏他大徒弟慨然见允，愿留他师父与我王为夫，面南称帝；只教先倒换关文，打发他三人西去，取得经回，却到此拜认爷娘，讨盘费回大唐也。”女王笑道：“御弟再有何说？”太师奏道：“御弟不言，愿配我主。只是他那二徒弟，先要吃席肯酒。”

女王闻言，即传旨教光禄寺排宴，一壁厢排大驾，出城迎接夫君。众女官即钦遵王命，打扫宫殿，铺设庭台。一班儿摆宴的，火速安排；一班儿摆驾的，流星整备。你看那西梁国虽是妇女之邦，那鸾舆不亚中华之盛。但见：

六龙喷彩，双凤生祥。六龙喷彩扶车出，双凤生祥驾辇来。馥郁异香蔼，氤氲瑞气开。金鱼玉佩多官拥，宝髻云鬟众女排。鸳鸯掌扇遮鸾驾，翡翠珠帘影凤钗。笙歌音美，弦管声谐。一片欢情冲碧汉，无边喜气出灵台。三檐罗盖摇天宇，五色旌旗映玉阶。此地自来无合卺，女王今日配男才。

不多时，大驾出城，早到迎阳馆驿。忽有人报三藏师徒道："驾到了。"三藏闻言，即与三徒整衣出厅迎驾。女王卷帘下辇，道："那一位是唐朝御弟？"太师指道："那驿门外香案前穿襕衣者便是。"女王闪凤目，簇蛾眉，仔细观看，果然一表非凡。你看他：

丰姿英伟，相貌轩昂。齿白如银砌，唇红口四方。顶平额阔天仓满，目秀眉清地阁长。两耳有轮真杰士，一身不俗是才郎。好个妙龄聪俊风流子，堪配西梁窈窕娘。

女王看到那心欢意美之处，不觉淫情汲汲，爱欲恣恣，展放樱桃小口，呼道："大唐御弟，还不来占凤乘鸾也？"三藏闻言，耳红面赤，羞答答不敢抬头。

猪八戒在傍掬着嘴，饧眼观看，那女王却也袅娜。真个：

眉如翠羽，肌似羊脂。脸衬桃花瓣，鬟堆金凤丝。秋波湛湛妖娆态，春笋纤纤娇媚姿。斜亸红绡飘彩艳，高簪珠翠显光辉。说甚么昭君貌美，果然是赛过西施。柳腰微展鸣金佩，莲步轻移动玉肢。月里嫦娥难到彼，九天仙子怎如斯。宫妆巧样非凡类，诚如王母降瑶池。

那呆子看到好处，忍不住口嘴流涎，心头鹿撞，一时间骨软筋麻，好便似雪狮子向火，不觉的都化去也。

只见那女王走近前来，一把扯住三藏，悄语娇声，叫道："御弟哥哥，请上龙车，和我同上金銮宝殿，匹配夫妇去来。"这长老战兢兢立站不住，似醉如痴。行者在侧，叫道："师父不必太谦，请共师娘上辇。妙。快快倒换关文，等我们取经去罢。"长老不敢回言，把行者抹了两抹，止不住落下泪来。的是怕秘和尚。行者道："师父切莫烦恼。这般富贵不受用，还待怎么哩？"三藏没及奈何，只得依从。揩了眼泪，强整欢容，移步近前，与女主：

同携素手，共坐龙车。那女主喜孜孜欲配夫妻，这长老忧惶惶只思拜佛。一个要洞房花烛交鸳侣，一个要西宇灵山见世尊。女帝真情，圣僧假意。女帝真情，指望和谐同到老；圣僧假意，牢藏情意养元神。一个喜见男身，恨不得白昼并头谐伉俪；一个怕逢女色，只思量即时脱网上雷音。二人和会同登辇，岂料唐僧各有心？

那些文武官，见主公与长老同登凤辇，并肩而坐，一个个眉花眼笑，拨转仪从，复入城中。孙大圣才教沙僧挑着行李，牵着白马，随大驾后边同行。猪八戒往前乱跑，先到五凤楼前，嚷道："好自在，好见成呀！这个弄不成，这个弄不成！吃了喜酒进亲才是！"妙。唬得些执仪从引导的女官都不敢前进，一个个回至驾边，道："主公，那一个长嘴大耳的，在五凤楼前嚷道要喜酒吃哩。"女主闻奏，与长老倚香肩，偎并桃腮，开檀口，悄声叫道："御弟哥哥，长嘴大耳的是你那个高徒？"描画。三藏道："是我第二个徒弟。他生得食肠宽大，一生要图口肥。须是先安排些酒食与他吃了，方可行事。"女主急问："光禄寺安排筵宴完否？"女官奏道："已设完了，荤素两样，在东阁上哩。"女王又问："怎么两样？"女官奏道："臣恐唐朝御弟与高徒等平素吃斋，故有荤素两样。"女王却又笑吟吟偎着长老的香腮，道："御弟哥哥，你吃素吃荤？"画。三藏道："贫僧吃素，但是未曾戒酒。须得几杯素酒，与我二徒弟吃些。"

说未了，太师启奏："请赴东阁会宴。今宵吉日良辰，就可与御弟爷爷成亲。明日天开黄道，请御弟爷爷登宝殿，面南，改年号即位。"女王大喜，即与长老携手相搀，下了龙车，共入端门。但见那：

风飘仙乐下楼台，阊阖中间翠辇来。凤阙大开光蔼蔼，皇宫不闭锦排排。麒麟殿内炉烟袅，孔雀屏边房影回。亭阁峥嵘如上国，玉堂金马更奇哉。

既至东阁之下，又闻得一派笙歌声韵美，又见那两行红粉貌娇娆。正中堂排设两般盛宴：左边上首是素筵，右边上首是荤筵，下两路尽是单席。那女王敛袍袖，十指尖尖，奉着玉杯，便来安席。行者近前道："我师徒都是吃素。先请师父坐了左手素席，转下三席，分左右，我兄弟们好坐。"太师喜道："正是，正是。师徒如父子也，不可并肩。"众女官连忙调了席面。女王一一传杯，安了他弟兄三位。行者又与唐僧丢个眼色，教师父回礼。三藏下来，却也擎玉杯，与女王安席。那些文武官朝上拜谢了皇恩，各依品从，分坐两边，才住了音乐业酒。

那八戒那管好歹，放开肚子，只情吃起。也不管甚么玉屑米饭、蒸饼、糖糕、摩姑、香蕈、笋芽、木耳、黄花菜、石花菜、紫菜、蔓菁、芋头、萝菔、山药、黄精，一骨辣噇了个罄尽。呷了六七杯酒，口里嚷道："看添换来，拿大觥来！再吃几觥，各人干事去。"沙僧道："好筵席不吃，还要干甚事？"呆子笑道："古人云，'造弓的造弓，造箭的造箭。'我们如今招的招，嫁的嫁，取经的还去取经，走路的还去走路。莫只管贪杯误事，快早儿打发关文。正是：'将军不下马，各自奔前程。'"女王闻说，即命取大杯来。近侍官连忙取几个鹦鹉杯、鸬鹚勺、金叵罗、银凿落、玻璃盏、水晶盆、蓬莱碗、琥珀钟，满斟玉液，连注琼浆。果然都各饮一巡。

三藏欠身而起，对女王合掌道："陛下，多蒙盛设，酒已勾了。请登宝殿，倒换关文，赶天早，送他三人出城罢。"女王依言，携着长老，散了筵宴，上金鸾宝殿，即让长老即位。三藏道："不可，不可！适太师言过，明日天开黄道，贫僧才敢即位称孤。今日即印关文，打发他去也。"女王依言，仍坐了龙床，即取金交椅一张，放在龙床左首，请唐僧坐了，叫徒弟们拿上通关文牒来。大圣便教沙僧解开包袱，取出关文。大圣将关文双手捧上。

那女王细看一番，上有大唐皇帝宝印九颗，下有宝象国印、乌鸡国印、车迟国印。女王看罢，娇滴滴笑语道："御弟哥哥又姓陈？"三藏道："俗家姓陈，法名玄奘。因我唐王圣恩，认为御弟，赐姓我为唐也。"女王道："关文上如何没有高徒之名？"三藏道："三个顽徒不是我唐朝人物。"女王道："既不是你唐朝人物，为何肯随你来？"三藏道："大的个徒弟，乃是东胜神洲傲来国人氏；第二个乃西牛贺洲乌斯庄人氏；第三个乃流沙河人氏。他三人都因罪犯天条，南海观世音菩萨解脱他苦，秉善皈依，将功折罪，情愿保护我上西天取经。皆是途中收得，故此未注法名在牒。"女王道："我与你添注法名，好么？"三藏道："但凭陛下尊意。"女王即令取笔砚来，浓磨香翰，饱润香毫，牒文之后，写上孙悟空、猪悟能、沙悟净三人名讳；却才取出御印，端端正正印了，又画个手字花押，传将下去。孙大圣接了，教沙僧包裹停当。

那女王又赐出碎金碎银一盘，下龙床递与行者，道："你三人将此权为路费，早上西天。待汝等取经回来，寡人还有重谢。"行者道："我们出家人不受金银，途中自有乞化之处。"女王见他不受，又取出绫锦十匹，对行者道："汝等行色匆匆，裁制不及，将此路上做件衣服遮寒。"行者道："出家人穿不得绫锦，自有护体布衣。"女王见他不受，教："取御米三升，在路权为一饭。"八戒听说个"饭"字，便就接了，稍在包袱之中。行者道："兄弟，行李见今沉重，且倒有气力挑米？"八戒笑道："你那里知道，米好的是个日消货，只消一顿饭，就了帐也。”遂此合掌谢恩。

三藏道：“敢烦陛下相同贫僧送他三人出城，待我嘱付他们几句，教他好生西去。我却回来与陛下永受荣华，无挂无牵，方可会鸾交凤友也。”女王不知是计，便传旨摆驾，与三藏并倚香肩，同登凤辇，出西城而去。满城中都盏添净水，炉列真香：一则看女王鸾驾，二来看御弟男身。没老没小，尽是粉容娇面、绿鬓云鬟之辈。不多时，大驾出城，到西关之外。

行者、八戒、沙僧同心合意，结束整齐，径迎着銮舆，厉声高叫道：“那女王不必远送，我等就此拜别！”长老慢下龙车，对女王拱手道：“陛下请回，让贫僧取经去也。”女王闻言，大惊失色，扯住唐僧，道：“御弟哥哥，我愿将一国之富招你为夫，明日高登宝位，即位称君，我愿为君之后，喜筵通皆吃了，如何却又变卦？”八戒听说，发起个风来，把嘴乱扭，耳躲乱摇，闯至驾前，嚷道：“我们和尚家和你这粉骷髅做甚夫妻！着眼。放我师父走路！”那女王见他那等撒泼弄丑，唬得魂飞魄散，跌入辇驾之中。

沙僧却把三藏抢出人丛，伏侍上马。只见那路傍闪出一个女子，喝道：“唐御弟，那里走！我和你耍风月儿去来！”沙僧骂道：“贼辈无知！”掣宝杖劈头就打。那女子弄阵旋风，呜的一声，把唐僧摄将去了，无影无踪，不知下落何处。咦，正是：

脱得烟花网，又遇风月魔。

毕竟不知那女子是人是怪，老师父的性命得死得生，且听下回分解。

总批：

一人曰：大奇大奇，这国里强奸和尚。又一人曰：不奇不奇，到处有底，也是常事。〇难道此国里再无一个丈夫？作者亦嘲弄极矣。

第五十五回

色邪淫戏唐三藏

性正修持不坏身

却说孙大圣与猪八戒正要使法定那些妇女，忽闻得风响处，沙僧嚷闹，急回头时，不见了唐僧。行者道："是甚人来抢师父去了？"沙僧道："是一个女子，弄阵旋风，把师父摄去也。"行者闻言，唿哨跳在云端里，用手搭凉篷，四下里观看，只见一阵灰尘，风滚滚，往西北上去了，急回头叫道："兄弟们，快驾云同我赶师父去来！"八戒与沙僧即把行囊稍在马上，响一声，都跳在半空里去。慌得那西梁国君臣女辈跪在尘埃，都道："是白日飞升的罗汉，我主不必惊疑。唐御弟也是个有道的禅僧。我们都有眼无珠，错认了中华男子，枉费了这场神思。请主公上辇回朝也。"女王自觉惭愧，多官都一齐回国不题。

却说孙大圣兄弟三人腾空踏雾，望着那阵旋风，一直赶来。前至一座高山，只见灰尘息静，风头散了，更不知怪向何方。兄弟们按落云雾，找路寻访。忽见一壁厢青石光明，却似个屏风模样。三人牵着马转过石屏，石屏后有两扇石门，门上有六个大字，乃是"毒敌山琵琶洞"。八戒无知，上前就使钉钯筑门。行者急止住道："兄弟莫忙！我们随旋风赶便赶到这里，寻了这会，方遇此门，又不知深浅如何，倘不是这个门儿，却不惹他见怪？你两个且牵了马，还转石屏前立等片时，待老孙进去打听打听，察个有无虚实，却好行事。"沙僧听说，大喜道："好，好，好！正是粗中有细，果然急处从宽。"他二人牵马回头。

孙大圣显个神通，捻着诀，念个咒语，摇身一变，变作蜜蜂儿。真个轻巧。你看他：

翅薄随风软，腰轻映日纤。嘴甜曾觅蕊，尾利善降蟾。酿蜜巧何浅，投衙礼自谦。如今施巧计，飞舞入门檐。

行者自门瑕处钻将进去，飞过二层门里。只见正当中花亭子上端坐着一个女怪，左右列几个彩衣绣服、丫髻两揪的女童，都欢天喜地，正不知讲论甚么。这行者轻轻的飞上去，丁在那花亭槅子上，侧耳才听，又见两个总角蓬头女子，捧两盘热腾腾的面食上亭来，道："奶奶，一盘是人肉馅的荤馍馍，一盘是邓沙馅的素馍馍。"那女怪笑道："小的们，扶出唐御弟来。"几个彩衣绣服的女童走向后房，把唐僧扶出。那师父面黄唇白，眼红泪滴。行者在暗中嗟叹道："师父中毒了！"

那怪走下花亭，露春葱十指纤纤，扯住长老，道："御弟宽心。我这里虽不是西梁女国的宫殿，不比富贵奢华，其实却也清闲自在，正好念佛看经。我与你做个道伴儿，真个是百岁和谐也。"三藏不语。那怪道："且休烦恼。我知你在女国中赴宴之时，不曾进得饮食。这里荤素馍馍两盘，凭你受用些儿压惊。"三藏沉思默想道："我待不说话，不吃东西，此怪比那女王不同：女王还是人身，行动以礼；此怪乃是妖神，恐为加害，奈何？我三个徒弟，不知我困陷在这里，倘或加害，却不枉丢性命？"以心问心，无计所奈，只得强打精神，开口道："荤的何如，素的何如？"女怪道："荤的是人肉馅馍馍，素的是邓沙馅馍馍。"三藏道："贫僧吃素。"那怪笑道："女童，看热茶来，与你家长爷爷吃素馍馍。"一女童果捧着香茶一盏，放在长老面前。那怪将一个素馍馍劈破，递与三藏。三藏将个荤馍馍囫囵递与女怪。女怪笑道："御弟，你怎么不劈破与我？"三藏合掌道："我出家人，不敢破荤。"那女怪道："你出家人不敢破荤，怎么前日在子母河边吃水高，今日又好吃邓沙馅？"三藏道："水高船去急，沙陷马行迟。"

行者在格子上听着两个言语相攀，恐怕师父乱了真性，忍不住，现了本相，掣铁棒喝道："业畜无礼！"那女怪见了，口喷一道烟光，把花亭子罩住，教："小的们，收了御弟！"他却拿一柄三股钢叉，跳出亭门，骂道："泼猴惫懒！怎敢私入吾家，偷窥我容貌！不要走，吃老娘一叉！"这大圣使铁棒架住，且战且退。

二人打出洞外。那八戒、沙僧正在石屏前等候，忽见他两人争持，慌得八戒将白马牵过，道："沙僧，你只管看守行李、马匹，等老猪去帮打帮打。"好呆子，双手举钉钯，赶上前叫道："师兄靠后，让我打这泼贱！"那怪见八戒来，他又使个手段，嘑了一声，鼻中出火，口内生烟，把身子抖了一抖，三股叉飞舞冲迎。那女怪也不知有几只手，没头没脸的滚将来。这行者与八戒两边攻住。那怪道："孙悟空，你好不识进退！我便认得你，你是不认得我。你那雷音寺里佛如来也还怕我哩。量你这两个毛人，到得那里！都上来，一个个仔细看打！"这一场怎见得好战？

女怪威风长，猴王气概兴。天蓬元帅争功绩，乱举钉钯要显能。那一个手多叉紧烟光绕，这两个性急兵强雾气腾。女怪只因求配偶，男僧怎肯泄元精！阴阳不对相持斗，各逞雄才恨苦争。阴静养荣思动动，阳收息卫爱清清。致令两处无和睦，叉钯铁棒赌输赢。这个棒有力，钯更能，女怪钢叉丁对丁。毒敌山前三不让，琵琶洞外两无情。那一个喜得唐僧谐凤侣，这两个必随长老取真经。惊天动地来相战，只杀得日月无光星斗更！

三个战斗多时，不分胜负。那女怪将身一纵，使出个倒马毒桩，不觉的把大圣头皮上扎了一下。行者叫声："苦啊！"忍耐不得，负痛败阵而走。八戒见事不谐，拖着钯彻身而退。那怪得了胜，收了钢叉。

行者抱头，皱眉苦面，叫声："利害，利害！"八戒到根前问道："哥哥，你怎么正战到好处，却就叫苦连天的走了？"行者抱着头，只叫："疼疼疼！"沙僧道："想是你头风发了？"行者跳道："不是不是！"八戒道："哥哥，我不曾见你受伤，却头疼，何也？"行者哼哼的道："了不得，了不得！我与他正然打处，他见我破了他的叉势，他就把身子一纵，不知是件甚么兵器，着我头上扎了一下，就这般头疼难禁，故此败了阵来。"八戒笑道："只这等静处常夸口，说你的头是修炼过的，却怎么就不禁这一下儿？"行者道："正是。我这头自从修炼成真，盗食了蟠桃仙酒、老子金丹，大闹天宫时，又被玉帝差大力鬼王、二十八宿，押赴斗牛宫外处斩，那些神将使刀斧锤剑，雷打火烧，及老子把我安在八卦炉，煅炼四十九日，俱未伤损。今日不知这妇人用的是甚么兵器，把老孙头弄伤也！"原来是不只是妇人毒。沙僧道："你放了手，等我看看。莫破了！"行者道："不破不破！"八戒道："我去西梁国讨个膏药你贴贴。"行者道："又不瘇不破，怎么贴得膏药？"八戒笑道："哥啊，我的胎前产后病到不曾有，你到弄了个脑门痈了。”趣。沙僧道：“二哥且休取笑。如今天色晚矣，大哥伤了头，师父又不知死活，怎的是好！”

行者哼道：“师父没事。我进去时，变作蜜蜂儿飞入里面，见那妇人坐在花亭子上。少顷，两个丫鬟捧两盘馍馍：一盘是人肉馅，荤的；一盘是邓沙馅，素的。又着两个女童扶师父出来吃一个压惊，又要与师父做甚么道伴儿。师父始初不与那妇人答话，也不吃馍馍；后见他甜言美语，不知怎么，就开口说话，却说吃素的。那妇人就将一个素的劈开，递与师父。师父将个囫囵荤的递与那妇人。妇人道：‘怎不劈破？’师父道：‘出家人不敢破荤。’那妇人道：‘既不破荤，前日怎么在子母河边饮水高，今日又好吃邓沙馅？’师父不解其意，答他两句道：‘水高船去急，沙陷马行迟。’我在格子上听见，恐怕师父乱性，便就现了原身，掣棒就打。他也使神通，喷出烟雾，叫‘收了御弟’，就轮钢叉，与老孙打出洞来也。”

沙僧听说，咬指道：“这泼贱，也不知从那里就随将我们来，把上项事都知道了！”八戒道：“这等说，便我们安歇不成？莫管甚么黄昏半夜，且去他门上索战，嚷嚷闹闹，搅他个不睡，莫教他捉弄了我师父。”行者道：“头疼，去不得！”沙僧道：“不须索战。一则师兄头痛，二来我师父是个真僧，决不以色空乱性。且就在山坡下闭风处，坐这一夜，养养精神，待天明再作理会。”遂此，三个弟兄拴牢白马，守护行囊，就在坡下安歇不题。

却说那女怪放下凶恶之心，重整欢愉之色，叫：“小的们，把前后门都关紧了。”又使两个支更防守行者，但听门响，即时通报。却又教女童将卧房收拾齐整，掌烛焚香："请唐御弟来，我与他交欢。"遂把长老从后边搀出。那女怪弄出十分娇媚之态，携定唐僧，道："常言'黄金未为贵，安乐值钱多'。且和你做会夫妻儿，耍子去也。"这长老咬定牙关，声也不透。欲待不去，恐他生心害命，只得战兢兢，跟着他步入香房。却如痴如哑，那里抬头举目，更不曾看他房里是甚床铺幔帐，也不知有甚箱笼梳妆。那女怪说出的雨意云情，亦漠然无听。好和尚，真是那：

目不视恶色，耳不听淫声。他把这锦绣娇容如粪土，金珠美貌若灰尘。一生只爱参禅，半步不离他地。那里会惜玉怜香，只晓得修真养性。那女怪，活泼泼春意无边；这长老，死丁丁禅机有在。一个似软玉温香，一个如死灰槁木。那一个，展鸳衾淫兴浓浓；这一个，束褊衫丹心耿耿。那个要贴胸交股和鸾凤，这个要面壁归山访达摩。女怪解衣，卖弄他肌香肤腻；唐僧敛衽，紧藏了糙肉粗皮。女怪道："我枕剩衾闲何不睡？"唐僧道："我头光服异怎相陪！"那个道："我愿作前朝柳翠翠。"这个道："贫僧不是月阇黎。"女怪道："我美若西施还袅娜。"唐僧道："我越王因此久埋尸。"女怪道："御弟你记得'宁教花下死，做鬼也风流'？"唐僧道："我的真阳为至宝，怎肯轻与你这粉骷髅！"

他两个散言碎语的，直斗到更深。唐长老全不动念。那女怪扯扯拉拉的不放，这师父只是老老成成的不肯。这三藏也是个没用和尚。他缠到有半夜时候，把那怪弄得恼了，叫："小的们，拿绳来！"可怜将一个心爱的人儿，一条绳捆的像个猱狮模样。又教拖在房廊下去，却吹灭银灯，各归寝处。

一夜无词，不觉的鸡声三唱。那山坡下孙大圣欠身道："我这头疼了一会，到如今也不疼不麻，只是有些作痒。"八戒笑道："痒便再教他扎一下，何如？"行者啐了一口，道："放，放，放！"八戒又笑道："放，放，放！我师父这一夜到浪，浪，浪！"沙僧道："且莫斗口。天亮了，快赶早儿捉妖怪去。"行者道："兄弟，你只管在此守马，休得动身。猪八戒跟我去。"

那呆子抖搜精神，束一束皂锦直裰，相随行者，各带了兵器，跳上山崖，径至石屏之下。行者道："你且立住，只怕这怪物夜里伤了师父，先等我进去打听打听。倘若被他哄了，丧了元阳，真个亏了德行，却就大家散火；若不乱性情，禅心未动，却好努力相持，打死精灵，救师西去。"八戒道："你好痴啊！常言道：'干鱼可好与猫儿作枕头？'就不如此，也要抓你儿把是！"行者道："莫胡疑乱说，待我看去。"

好大圣，转石屏，别了八戒，摇身还变个蜜蜂儿，飞入门里。见那门里有两个丫鬟，头枕着梆铃，正然睡哩。却到花亭子观看，那妖精原来弄了半夜，都辛苦了，一个个都不知天晓，还睡着哩。行者飞来后面，隐隐的只听见唐僧声唤。忽抬头，见那步廊下四马攒蹄捆着师父。行者轻轻的丁在唐僧头上，叫："师父。"唐僧认得声音，道："悟空来了？快救我命！"行者道："夜来好事如何？"三藏咬牙道："我宁死也不肯如此！"行者道："昨日我见他有相怜相爱之意，却怎么今日把你这般挫折？"三藏道："他把我缠了半夜，我衣不解带，身未沾床。他见我不肯相从，才捆我在此。你千万救我取经去也！"他师徒们正然问答，早惊醒了那个妖精。妖精虽是下狠，却还有流连不舍之意。一觉翻身，只听见"取经去也"一句，他就滚下床来，厉声高叫道："好夫妻不做，却取甚么经去！"妙。

行者慌了，撇却师父，急展翅，飞将出去，现了本相，叫声："八戒。"那呆子转过石屏，道："那话儿成了否？"行者笑道："不曾不曾！老师父被他摩弄不从，恼了，捆在那里。正与我诉说前情，那怪惊醒了，我慌得出来也。"八戒道："师父曾说甚来？"行者道："他只说衣不解带，身未沾床。"八戒笑道："好好好，还是个真和尚！我们救他去！"

呆子粗卤，不容分说，举钉钯，望他那石头门上尽力气一钯，唿喇喇筑做几块。唬得那几个枕梆铃睡的丫鬟，跑至二层门外，叫声："开门，前门被昨日那两个丑男人打破了！"那女怪正出房门，只见四五个丫鬟跑进去，报道："奶奶，昨日那两个丑男人又来把前门已打碎矣！"那怪闻言，即忙叫："小的们，烧汤洗面梳妆！"叫："把御弟连绳抬在后房收了，等我打他去！"

好妖精，走出来，举着三股叉，骂道："泼猴，野彘，老大无知！你怎敢打破我门！"八戒骂道："滥淫贱货，你到困陷我师父，返敢硬嘴！我师父是你哄将来做老公的？快快送出饶你！敢再说半个'不'字，老猪一顿钯，连山也筑倒你的！"那妖精那容分说，抖搜身躯，依前弄法，鼻口喷烟冒火，举钢叉就刺八戒。八戒侧身躲过，着钯就筑。孙大圣使铁棒并力相帮。那怪又弄神通，也不知是几只手，左右遮拦。交锋三五个回合，不知是甚兵器，把八戒嘴唇上大扎了一下。那呆子拖着钯，侮着嘴，负痛逃生。行者却也有些醋他，虚丢一棒，败阵而走。那怪得胜而回，叫小的们搬石块垒叠了前门不题。

却说沙和尚正在坡前放马，只听得那里猪哼。忽抬头，见八戒侮着嘴哼将来。沙僧道："怎的说？"呆子哼道："了不得，了不得！疼，疼，疼！"说不了，行者也到根前，笑道："好呆子啊，昨日咒我是脑门痈，今日却也弄做个瘇嘴瘟了！"八戒哼道："难忍难忍！疼得好！利害利害！"

三人正然难处，只见一个老妈妈儿，左手提着青竹篮儿，自南山路上挑菜而来。沙僧道："大哥，那妈妈来得近了，等我问他个信儿，看这个是甚妖精，是甚兵器，这般伤人。"行者道："你且住，等老孙问他去来。"行者急睁睛看，只见头直上有祥云盖顶，左右有香雾笼身。行者认得，急叫："兄弟们，还不来叩头！那妈妈是菩萨来也。"慌得猪八戒忍疼下拜，沙和尚牵马躬身，孙大圣合掌跪下，叫声："南无大慈大悲救苦救难灵感观世音菩萨。"

那菩萨见他每认得元光，即踏祥云，起在半空，现了真像：原来是鱼篮之像。行者赶到空中，拜告道："菩萨，恕弟子失迎之罪。我等努力救师，不知菩萨下降。今遇魔难难收，万望菩萨答救答救！"菩萨道："这妖精十分利害。他那三股叉是生成的两只钳脚；扎人痛者，是尾上一个钩子，唤做倒马毒。本身是个蝎子精。他前者在雷音寺听佛谈经，如来见了，不合用手推他一把，他就转过钩子，把如来左手中拇指上扎了一下。如来也疼难禁，即着金刚拿他。他却在这里。若要救得唐僧，除是别告一位方好。我也是近他不得。”行者再拜道：“望菩萨指示指示，别告那位去好，弟子即去请他也。”菩萨道：“你去东天门里光明宫，告求昴日星官，方能降伏。”言罢，化作一道金光，径回南海。

孙大圣才按云头，对八戒、沙僧道：“兄弟放心，师父有救星了。”沙僧道：“是那里救星？”行者道：“才方菩萨指示，教我告请昴日星官。老孙去来。”八戒侮着嘴，哼道：“哥啊，就问星官讨些止疼的药饵来！”行者笑道：“不须用药，只似昨日疼过夜就好了。”沙僧道：“不必烦叙，快早去罢。”

好行者，急忙驾筋斗云，须臾，到东天门外。忽见增长天王当面作礼，道：“大圣何往？”行者道：“因保唐僧西方取经，路遇魔瘴缠身，要到光明宫见昴日星官走走。”忽又见陶、张、辛、邓四大元帅，也问何往。行者道：“要寻昴日星官去降怪救师。”四大帅道：“星官今早奉玉帝旨意，上观星台巡札去了。”行者道：“可有这话？”辛天君道：“小将等与他同至斗牛宫，岂敢说假？”陶天君道：“今已许久，或将回矣。大圣还先去光明宫，如未回，再去观星台可也。”大圣遂喜，即别他们，至光明宫门首，果是无人；复抽身就走，只见那壁厢有一行兵士摆列，后面星官来了。那星官还穿的是拜驾朝衣，一身金缕。但见他：

冠簪五岳金光彩，笏执山河玉色琼。袍挂七星云叆叇，腰围八极宝环明。叮当佩响如敲韵，迅速风声似摆铃。翠羽扇开来昴宿，天香飘袭满门庭。

前行的兵士看见行者立于光明宫外，急转身报道："主公，孙大圣在这里也。"那星官敛云雾整束朝衣，停执事分开左右，上前作礼，道："大圣何来？"行者道："专来拜烦救师父一难。"星官道："何难？在何地方？"行者道："在西梁国毒敌山琵琶洞。"星官道："那山洞有甚妖怪，却来呼唤小神？"行者道："观音菩萨适才显化，说是一个蝎子精，特举先生方能治得，因此来请。"星官道："本欲回奏玉帝，奈大圣至此，又感菩萨举荐，恐迟误事，小神不敢请献茶，且和你去降妖精，却再来回旨罢。"

大圣甚喜，即同出东天门，直至西梁国。望见毒敌山不远，行者指道："此山便是。"星官按下云头，同行者至石屏前山坡之下。沙僧见了，道："二哥起来，大哥请得星官来了。"那呆子还侮着嘴，道："恕罪恕罪，有病在身，不能行礼。"星官道："你是个修行之人，何病之有？"八戒道："早间与那妖精交战，被他着我唇上扎了一下，至今还疼哩。"星官道："你上来，我与你医治医治。"呆子才放了手，口里哼哼哧哧，道："千万治治，待好了谢你。"那星官用手把嘴唇上摸了一摸，吹一口气，就不疼了。呆子欢喜下拜，道："妙啊，妙啊！"行者笑道："烦星官也把我头上摸摸。"星官道："你未遭毒，摸他何为？"行者道："昨日也曾遭过，只是过了夜，才不疼，如今还有些麻痒，只恐发天阴，也烦治治。"星官真个也把头上摸了一摸，吹口气，也就解了馀毒，不麻不痒了。八戒发狠道："哥哥，去打那泼贱去！"星官道："正是，正是。你两个叫他出来，等我好降他。"

行者与八戒跳上山坡，又至石屏之后。呆子口里乱骂，手似捞钩，一顿钉钯，把那洞门外垒叠的石块爬开。闯至一层门，又一钉钯，将二门筑得粉碎。慌得那门里小妖飞报："奶奶，那两个丑男人又把二层门也打碎了！"那怪正教解放唐僧，讨素茶饭与他吃哩，听见打破二门，即便跳出花亭子，轮叉来刺八戒。八戒使钉钯迎架。行者在傍，又使铁棒来打。那怪赶至身边，要下毒手，行者与八戒识得方法，回头就走。

那怪赶过石屏之后，行者叫声："昴宿何在？"只见那星官立于山坡之上，现出本相，原来是一只双冠子大公鸡，昂起头来，约有六七尺高。对着妖精叫了一声，那怪即时就现了本像，原来是个琵琶来大小的一个蝎子精。这星官再叫一声，那怪浑身酥软，死在坡前。有诗为证：

花冠绣颈若团缨，爪硬距长目脊睛。踊跃雄威全五德，峥嵘壮势羡三鸣。岂如凡鸟啼茅屋，本是天星显圣名。毒蝎枉修人道行，还原反本见真形。

八戒上前，一只脚踹住那怪的胸前，道："业畜，今番使不得倒马毒了！"那怪动也不动，被呆子一顿钉钯，捣作一团烂酱。那星官复聚金光，驾云而去。行者与沙僧朝天谢道："有累，有累！改日赴宫拜酬。"

三人谢毕，却才收拾行李、马匹，都进洞里。见那大小丫鬟两边跪下，拜道："爷爷，我们不是妖邪，都是西梁国女人，前者被这妖精摄来的。你师父在后边香房里坐着哭哩。"行者闻言，仔细观看，果然不见妖气。遂入后边，叫道："师父！"那唐僧见众齐来，十分欢喜，道："贤弟，累及你们了！那妇人何如也？"八戒道："那厮原是个大母蝎子。幸得观音菩萨指示，大哥去天宫里请得那昴日星官下降，把那厮收伏，才被老猪筑做个泥了。方敢深入到此，得见师父之面。"

唐僧谢之不尽。又寻些米面，安排了饭食，吃了一顿。把那些摄将来的女子赶下山，指与回家之路。点上一把火，把几间房宇烧毁干净。请唐僧上马，找寻大路西行。正是：

割断尘缘离色相，推干金海悟禅心。

毕竟不知几年上才得成真，且听下回分解。

总批：

人言蝎子毒，我道妇人更毒。或问何也，曰：若是蝎子毒似妇人，他不来假妇人名色矣。为之绝倒。

又批：

或问：蝎子毒矣，乃化妇人，何也？答曰：以妇人尤毒耳。

第五十六回

神狂诛草寇
道昧放心猿

灵台无物谓之清，寂寂全无一念生。猿马牢收休放荡，精神谨慎莫峥嵘。除六贼，悟三乘，万缘都罢自分明。色邪永灭超真界，坐享西方极乐城。

话说唐三藏咬钉嚼铁，以死命留得一个不坏之身；感蒙行者等打死蝎子精，救出琵琶洞。一路无词，又早是朱明时节。但见那：

熏风时送野兰香，濯雨才晴新竹凉。艾叶满山无客采，蒲花盈涧自争芳。海榴娇艳游蜂乱，溪柳阴浓黄雀狂。长路那能包角黍，龙舟应吊汨罗江。

他师徒们行赏端阳之景，虚度中天之节，忽又见一座高山阻路。长老勒马回头，叫道："悟空，前面有山，恐又生妖怪，是必谨防！"行者等道："师父放心。我等皈命投诚，怕甚妖怪！"长老闻言甚喜。加鞭催骏马，放辔趱飞龙。须臾，上了山崖，举头观看。真个是：

顶巅松柏接云青，石壁荆榛挂野藤。万丈崔巍，千层悬削。万丈崔巍峰岭峻，千层悬削壑崖深。苍苔碧藓铺阴石，古桧高槐结大林。林深处，听幽禽，巧声睍睆实堪吟。涧内水流如泻玉，路傍花落似堆金。山势恶，不堪行，十步全无半步平。狐狸麋鹿成双遇，白鹿玄猿作对迎。忽闻虎啸惊人胆，鹤鸣振耳透天庭。黄梅红杏堪供食，野草闲花不识名。

四众进山，缓行良久，过了山头。下西坡，乃是一段平阳之地。猪八戒卖弄精神，教沙和尚挑了担子，他双手举钯，上前赶马。那马更不惧他，凭那呆子嗒笞笞的赶，只是缓行不紧。行者道："兄弟，你赶他怎的？让他慢慢走罢了。"八戒道："天色将晚，自上山行了这一日，肚里饿了，大家走动些，寻个人家化些斋吃。"行者闻言，道："既如此，等我教他快走。"把金箍棒幌一幌，喝了一声。那马溜了缰，如飞似箭，顺平路往前去了。你说马不怕八戒，只怕行者，何也？又点缀。行者五百年前曾受玉帝封在大罗天御马监养马，官名弼马温，故此传留至今，是马皆惧猴子。好证据。那长老挽不住缰绳，只扳紧着安桥，让他放了一路辔头，有二十里向开田地，方才缓步而行。

正走处，忽听得一棒锣声，路两边闪出三十多人，一个个枪刀棍棒，挡住路口，道："和尚，那里走！"唬得个唐僧战兢兢，坐不稳，跌下马来，蹲在路傍草科里，只叫："大王饶命，大王饶命！"那为头的两个大汉道："不打你，只是有盘缠留下。"长老方才省悟，知他们是一伙强人，却欠身抬头观看。但见他：

一个青脸獠牙欺太岁，一个暴睛环眼赛丧门。鬓边红发如飘火，颏下黄须似插针。他两个头戴虎皮花磕脑，腰系貂裘彩战裙。一个手中执着狼牙棒，一个肩上横担扢挞藤。果然不亚巴山虎，真个犹如出水龙。

三藏见他这般凶恶，只得走起来，合掌当胸，道："大王，贫僧是东土唐王差往西天取经者。自别了长安，年深日久，就有些盘缠，也使尽了。出家人专以乞化为由，那得个财帛？万望大王方便方便，让贫僧过去罢！”那两个贼帅众向前，道：“我们在这里起一片虎心，截住要路，专要些财帛，甚么方便方便！你果无财帛，快早脱下衣服，留下白马，放你过去！”三藏道：“阿弥陀佛。贫僧这件衣服，是东家化布，西家化针，零零碎碎化来的。你若剥去，可不害杀我也？只是这世里做得好汉，那世里变畜生哩！”着眼。

那贼闻言大怒，掣大棍，上前就打。这长老口内不言，心中暗想道：“可怜！你只说你的棍子，还不知我徒弟的棍子哩！”那贼那容分说，举着棍，没头没脸的打来。长老一生不会说谎，遇着这急难处，没奈何，只得打个诳语，道：“二位大王且莫动手。我有个小徒弟，在后面就到。他身边有几两银子，把与你罢。”那贼道：“这和尚也是吃不得亏的，且捆起来。”众贼一齐下手，把一条绳捆了，高高吊在树上。

却说三个撞祸精，随后赶来。八戒呵呵大笑，道：“师父去得好快，不知在那里等我们哩。”忽见长老在树上，他又说：“你看师父，等便罢了，却又有这般心肠，爬上树去，扯着藤儿打秋千耍子哩！”趣。行者看了，道：“呆子，莫乱谈。师父吊在那里不是？你两个慢来，等我去看看。”

好大圣，急登高坡细看，认得是伙强人，心中暗喜道：“造化造化！买卖上门了！”即转步，摇身一变，变做个干干净净的小和尚，穿一领缁衣，年纪只有二八，肩上背着一个蓝布包袱。拽开步，来到前边，叫道：“师父，这是怎么说话？这都是些甚么歹人？”三藏道：“徒弟呀，还不救我下来，还问甚的？”行者道：“是干甚勾当的？”三藏道：“这一伙拦路的，把我截住，要买路钱。因身边无物，却把我吊在这里，只等你来计较计较。不然，把这匹马送与他罢。”行者呀的笑道：“师父不济。天下也有和尚，似你这样皮松的却少。唐太宗差你往西天见佛，谁教你把这龙马送人？”三藏道：“徒弟啊，似这般吊起来打着要，怎生是好？”行者道：“你怎的与他说来？”三藏道：“他打的我急了，没奈何，把你供出来也。”行者道：“师父，你好没搭煞。你供我怎的？”三藏道：“我说你身边有些盘缠，且教道莫打我，是一时救难的话儿。”行者道：“好道好，承你抬举。正是这样供。若肯一个月供得七八十遭，老孙越有买卖。”

那伙贼见行者与他师父讲话，撒开势，围将上来，道：“小和尚，你师父说你腰里有盘缠，趁早拿出来，饶你们性命；若道半个‘不’字，就都送了你的残生！”行者放下包袱，道：“列位长官不要嚷。盘缠有些在此包袱，不多，只有马蹄金二十来锭，粉面银二三十锭，散碎的未曾见数。要时，就连包儿拿去，切莫打我师父。古书云：‘德者，本也；财者，末也。’此是末事。我等出家人，自有化处。若遇着个斋僧的长者，衬钱也有，衣服也有，能用几何？只望放下我师父来，我就一并奉承。”猴。那伙贼闻言，都甚欢喜，道：“这老和尚悭吝，这小和尚到还慷慨。”教：“放下来。”那长老得了性命，跳上马，顾不得行者，操着鞭，一路跑回旧路。

行者忙叫道：“走错路了。”提着包袱就要追去。那伙贼拦住，道：“那里走？将盘缠留下，免得动刑！”行者笑道：“说开，盘缠须三分分之。”那贼头道：“这小和尚忒乖，就要瞒着他师父留起些儿。也罢，拿出来看。若多时，也分些与你背地里买果子吃。”行者道：“哥哑，不是这等说。我那里有甚盘缠？说你两个打劫别人的金银，是必分些与我。”猴。那贼闻言大怒，骂道：“这和尚不知死活！你到不肯与我，反问我要！哇，看打！”轮起一条扢挞藤棍，照行者光头上打了七八下。行者只当不知，且满面陪笑道：“哥呀，若是这等打，就打到来年打罢春，也是不当真的。”那贼大惊，道：“这和尚好硬头！”行者笑道：“不敢不敢，承过奖了，也将就看得过。”顽皮。那贼那容分说，两三个一齐乱打。行者道：“列位息怒，等我拿出来。”

好大圣，耳中摸一摸，拔出一个绣花针儿，道：“列位，我出家人，果然不曾带得盘缠，只这个针儿送你罢。”那贼道：“晦气呀，把一个富贵和尚放了，却拿住这个穷秃驴！你好道会做裁缝，我要针做甚的？”行者听说不要，就拈在手中，幌了一幌，变作碗来粗细的一条棍子。那贼害怕，道：“这和尚生得小，倒会弄术法儿。”行者将棍子插在地下，道：“列位拿得动，就送你罢。”两个贼上前抢夺，可怜就如蜻蜓撼石柱，莫想禁动半分毫。这条棍本是如意金箍棒，天秤称的，一万三千五百斤重，那伙贼怎么知得？大圣走上前，轻轻的拿起，丢一个蟒翻身拗步势，指着强人，道：“你都造化低，遇着我老孙了！”那贼上前来，又打了五六十下。行者笑道：“你也打得手困了，且让老孙打一棒儿，却休当真。”你看他展开棍子，幌一幌，有井栏粗细，七八丈长短，荡的一棍，把一个打倒在地，嘴唇搵土，再不做声。那一个开言骂道：“这秃厮老大无礼！盘缠没有，转伤我一个人！”行者笑道：“且消停，且消停！待我一个个打来，一发教你断了根罢！”荡的又一棍，把第二个又打死了。唬得那众喽啰撇枪弃棍，四路逃生而走。

却说唐僧骑着马，往东正跑，八戒、沙僧拦住，道：“师父往那里去？错走路了。”长老兜马道：“徒弟啊，趁早去与你师兄说，教他棍下留情，莫要打杀那些强盗。”八戒道：“师父住下，等我去来。”呆子一路跑到前边，厉声高叫道：“哥哥，师父教你莫打人哩！”行者道：“兄弟，那曾打人？”八戒道：“那强盗往那里去了？”行者道：“别个都散了，只是两个头儿在这里睡觉哩。”八戒笑道：“你两个遭瘟的，好道是熬了夜，这般辛苦，不往别处睡，却睡在此处！”呆子行到身边看看，道：“到与我是一起的，干净张着口睡，倘出些粘涎来了。”行者道：“是老孙一棍子打出豆腐来了。”八戒道：“人头上又有豆腐？”行者道：“打出脑子来了！”

八戒听说打出脑子来，慌忙跑转去，对唐僧道：“散了伙也！”三藏道：“善哉，善哉。往那条路上去了？”八戒道：“打也打得直了脚，又会往那里去走哩！”三藏道：“你怎么说散火？”八戒道：“打杀了，不是散火，是甚的？”三藏问：“打的怎么模样？”八戒道：“头上打了两个大窟窿窿。”三藏教：“解开包，取几文衬钱，快去那里讨两个膏药，与他两个贴贴。”老和尚腐甚。八戒笑道：“师父好没正经。膏药只好贴得活人的疮瘇，那里好贴得死人的窟窿。”三藏道：“真打死了？”就恼起来，口里不住的絮絮叨叨，猢狲长，猴子短。兜转马，与沙僧、八戒至死人前，见那血淋淋的，倒卧山坡之下。

这长老甚不忍见，即着八戒："快使钉钯筑个坑子埋了。我与他念卷倒头经。"此和尚可厌。缘何和尚倒有秀才气？腐极了，腐极了。八戒道："师父左使了人也。行者打杀人，还该教他去烧埋，怎么教老猪做土工？"行者被师父骂恼了，喝着八戒道："泼懒夯货，趁早儿去埋，迟了些儿，就是一棍！"呆子慌了，往山坡下筑了有三尺深，下面都是石脚石根，搁住钯齿。呆子丢了钯，便把嘴拱，拱到软处，一嘴有二尺五，两嘴有五尺深。把两个贼尸埋了，盘作一个坟堆。三藏叫："悟空，取香烛来！待我祷祝，好念经。"行者努着嘴道："好不知趣！这半山之中，前不巴村，后不着店，那讨香烛？就有钱也无处去买。"三藏恨恨的道："猴头过去！等我撮土焚香祝告。"这是三藏离鞍悲野冢，圣僧善念祝荒坟。祝云：

拜惟好汉，听祷原因：念我弟子，东土唐人。奉太宗皇帝旨意，上西方求取经文。适来此地，逢尔多人。不知是何府何州何县，都在此山内结党成群。我以好话，哀告殷勤。尔等不听，返善生嗔。却遭行者，棍下伤身。切念尸骸暴露，吾随掩土盘坟。折青竹为光烛，无光彩，有心勤；取顽石作施食，无滋味，有诚真。你到森罗殿下兴词，倒树寻根，他姓孙，我姓陈，各居异姓。冤有头，债有主，切莫告我取经僧人。

八戒笑道："师父推得干净。他打时却也没有我们两个。"三藏真个又撮土祝告，道："好汉告状，只告行者，也不干八戒、沙僧之事。"大圣闻言，忍不住笑道："师父，你老人家忒没情义！为你取经，我费了多少殷勤劳苦，如今打死这两个毛贼，你倒教他去告老孙！虽是我动手打，却也只是为你！你不往西天取经，我不与你做徒弟，怎么会来这里，会打杀人！索性等我祝他一祝。”揝着铁棒，望那坟上捣了三下，道：“遭瘟的强盗，你听着！我被你前七八棍，后七八棍，打得我不疼不痒的，触恼了性子，一差二误，将你打死了，尽你到那里去告，我老孙实是不怕：

玉帝认得我，天王随得我。二十八宿惧我，九曜星官怕我。府县城隍跪我，东岳天齐怖我。十代阎君曾与我为仆从，五路猖神曾与我当后生。

不论三界五司，十方诸宰，都与我情深面熟，随你那里去告！”

惹他卖弄。

三藏见说出这般恶话，却又心惊，道：“徒弟呀，我这祷祝，是教你体好生之德，为良善之人，你怎么就认真起来？”行者道：“师父，这不是好耍子的勾当。——且和你赶早寻宿去。”那长老只得怀嗔上马。

孙大圣有不睦之心，八戒、沙僧亦有嫉妒之意，师徒都面是背非。依大路向西正走，忽见路北下有一座庄院。三藏用鞭指定，道：“我们到那里借宿去。”八戒道：“正是。”遂行至庄舍边，下马看时，却也好个住场。但见：

野花盈径，杂树遮扉。远岸流山水，平畦种麦葵。蒹葭露润轻鸥宿，杨柳风微倦鸟栖。青柏间松争翠碧，红蓬映蓼斗芳菲。

村犬吠，晚鸡啼，牛羊食饱牧童归。爨烟结露黄粱熟，正是山家入暮时。

长老向前，忽见那村舍门里走出一个老者，即与相见，道了问讯。那老者问道："僧家从那里来？"三藏道："贫僧乃东土大唐钦差往西天求经者。适路过宝方，天色将晚，特求檀府，告宿一宵。"老者笑道："你贵处到我这里，程途迢递，怎么涉水登山，独自到此？"三藏道："贫僧还有三个顽徒同来。"老者问："高徒何在？"三藏用手指道："那大路傍立的便是。"老者猛抬头，看见他每面貌丑陋，急回身往里就走，被三藏扯住，道："老施主，千万慈悲，告借一宿！"老者战兢兢钳口难言，摇着头，摆着手，道："不像，不像人模样！是几，是几个妖精！"传神。三藏陪笑道："施主切休恐惧。我徒弟生得是这等相貌，不是妖精。"老者道："爷爷哑，一个夜叉，一个马面，一个雷公！"行者闻言，厉声高叫道："雷公是我孙子，夜叉是我重孙，马面是我玄孙哩！"那老者听见，魂散魄飞，面容失色，只要进去。三藏搀住他，同到草堂，陪笑道："老施主，不要怕他。他都是这等粗鲁，不会说话。"

正劝解处，只见后面走出一个婆婆，携着五六岁的一个小孩儿，道："爷爷，为何这般惊恐？"老者才叫："妈妈，看茶来。"那婆婆真个丢了孩儿，入里面捧出二杯茶来。茶罢，三藏却转下来，对婆婆作礼，道："贫僧是东土大唐差往西天取经的。才到贵处，拜求尊府借宿，因是我三个徒弟貌丑，老家长见了虚惊也。"婆婆道："见貌丑的就这等虚惊，若见了老虎豺狼，却怎么好？”老者道：“妈妈哑，人面丑陋还可，只是言语一发唬人。我说他像夜叉、马面、雷公，他吆喝道，雷公是他孙子，夜叉是他重孙，马面是他玄孙。我听此言，故此悚惧。”唐僧道：“不是，不是。像雷公的，是我大徒孙悟空；像马面的，是我二徒猪悟能；像夜叉的，是我三徒沙悟净。他们虽是丑陋，却也秉教沙门，皈依善果，不是甚么恶魔毒怪，怕他怎的！”

公婆两个闻说他名号，皈正沙门之言，却才定性回惊，教：“请来，请来。”长老出门叫来，又分付道：“适才这老者甚恶你等，今进去相见，切勿抗礼，各要尊重些。”八戒道：“我俊秀，我斯文，不比师兄撒泼。”行者笑道：“不是嘴长、耳大、脸丑，便也是一个好男子。”沙僧道：“莫争讲，这里不是那抓乖弄俏之处。且进去，且进去。”一齐把行囊、马匹都到草堂上，普同唱了个喏，坐定。那妈妈儿贤慧，即便携转小儿，分付煮饭，安排一顿素斋。他师徒吃了。

渐渐晚了，又掌起灯来，都在草堂上闲叙。长老才问：“施主高姓？”老者道：“姓杨。”又问年纪。老者道：“七十四岁。”又问：“几位令郎？”老者道：“止得一个。适才妈妈携的是小孙。”长老：“请令郎相见拜揖。”老者道：“那厮不中拜。老拙命苦，养不着，他如今不在家了。”三藏道：“何方生理？”老者点头而叹：“可怜，可怜！若肯何方生理，是吾之幸也！那厮专生恶念，不务本等，专好打家截道，杀人放火，相交的都是些狐群狗党。自五日之前出去，至今未回。”三藏闻说，不敢言喘，心中暗想道：“或者悟空打杀的就是也。”长老神思不安，欠身道：“善哉，善哉。如此贤父母，何生恶逆儿！”行者近前道："老官儿，似这等不良不肖、奸盗邪淫之子，连累父母，要他何用！等我替你寻他来打杀了罢。"老者道："我待也要送了他，奈何再无以次人丁，总是不才，一定还留他与老汉掩土。"沙僧与八戒笑道："师兄莫管闲事，你我不是官府。他家不肖，与我何干！且告施主，见赐一束草儿，在那厢打铺睡觉，天明走路。"老者即起身，着沙僧到后园里拿两个稻草，教他每在园中草团瓢内安歇。行者牵了马，八戒挑了行李，同长老俱到团瓢内安歇不题。

却说那伙贼内果有老杨的儿子。自天早在山前被行者打死两个贼首，他们都四散逃生。约摸到四更时候，又结了一伙，在门前打门。老者听得门响，即披衣道："妈妈，那厮回来也。"妈妈道："既来，你去开门，放他来家。"老者方才开门，只见那一伙贼都嚷道："饿了，饿了！"这老杨的儿子忙入里面，叫起妻子来打米煮饭。却厨下无柴，往后园里拿柴到厨房里，问妻子道："后园白马是那里的？"妻子道："是东土取经的和尚，昨晚至此借宿，公公婆婆管待他一顿晚斋，教他在草团瓢内睡哩。"

那厮闻言，走出草堂，拍手打掌，笑道："兄弟们，造化，造化！冤家在我家里也！"众贼道："那个冤家？"那厮道："却是打死我们头儿的和尚，来我家借宿，现睡在草团瓢里。"众贼道："却好，却好！拿住这些秃驴，一个个剁成肉酱，一则得那行囊、白马，二来与我们头儿报仇！"那厮道："且莫忙。你们且去磨刀，等我煮饭熟了，大家吃饱些，一齐下手。"真个那些贼磨刀的磨刀，磨枪的磨枪。

那老儿听得此言，悄悄的走到后园，叫起唐僧四位，道：

“那厮领众来了，知得汝等在此，意欲图害。我老拙念你远来，不忍伤害，快早收拾行李，我送你往后门出去罢！”三藏听说，战兢兢的叩头谢了老者，即唤八戒牵马，沙僧挑担，行者拿了九环锡杖。老者开后门放他去了，依旧悄悄的来前睡下。

却说那厮们磨快了刀枪，吃饱了饭食，时已五更天气，一齐来到园中看处，却不见了。即忙点灯着火，寻勾多时，四无踪迹，但见后门开着，都道：“从后门走了，走了！”发一声喊，赶将上来。

一个个如飞似箭，直赶到东方日出，却才望见唐僧。那长老忽听得喊声，回头观看，后面有二三十人，枪刀簇簇而来，便教：“徒弟啊，贼兵追至，怎生奈何！”行者道：“放心放心！老孙了他去来！”三藏勒马道：“悟空，切莫伤人，只唬退他便罢。”行者那肯听信，急掣棒回首相迎，道：“列位那里去？”众贼骂道：“秃厮无礼，还我大王的命来！”那厮每圈子阵把行者围在中间，举枪刀乱砍乱搠。这大圣把金箍棒幌一幌，碗来粗细，把那伙贼打得星落云散，挡着的就死，挽着的就亡；磕着的骨折，擦着的皮伤；乖些的跑脱几个，痴些的都见阎王。

三藏在马上见打倒许多人，慌的放马奔西。猪八戒、沙和尚紧随鞭凳而去。行者问那不死带伤的贼人道：“那个是那杨老儿的儿子？”那贼哼哼的告道：“爷爷，那穿黄的是。”行者上前，夺过刀来，把个穿黄的割下头来，血淋淋提在手中。收了铁棒，拽开云步，赶到唐僧马前，提着头，道：“师父，这是杨老儿的逆子，被老孙取将首级来也。”三藏见了，大惊失色，慌得跌下马来，骂道：“这泼猢狲，唬杀我也！快拿过，快拿过！”

八戒上前，将人头一脚踢下路傍，使钉钯筑些土盖了。

沙僧放下担子，搀着唐僧，道："师父请起。"那长老在地下正了性，口中念起紧箍儿咒来，把个行者勒得耳红面赤，眼胀头昏，在地下打滚，只叫："莫念莫念！"那长老念勾有十馀遍，还不住口。行者翻筋斗，竖蜻蜓，其痛难禁，只叫："师父饶我罪罢！有话便说！莫念莫念！"三藏却才住口，道："没话说，我不要你跟了，你回去罢！"行者忍疼磕头，道："师父，怎的就赶我去耶？"三藏道："你这泼猴可恶太甚，不是个取经之人！昨日在山坡下打死那两个贼头，我已怪你不仁；及晚了，到老者之家，蒙他赐斋借宿，又蒙他开后门放我等逃了性命，虽然他的儿子不肖，与我无干，也不该枭他首级；况又杀死多人，坏了多少生命，伤了天地多少和气！屡次劝你，更无一毫善念。要你何为！快走，快走！免得又念真言！"行者害怕，只教："莫念莫念！我去也！"说声"去"，一路筋斗云，无影无踪，遂不见了。咦，这正是：

心有凶狂丹不熟，神无定位道难成。

毕竟不知那大圣投向何方，且听下回分解。

总批：

唐三藏甚是腐气，可厌，可厌。〇此回极有微意，吾人怒是大病，乃心之奴也，非心之主也。一怒，此心便要走漏。惩忿不迁怒，此圣学之所拳拳也。读者着眼。

又批：

唐三藏对强盗云“这世里做好汉，那世里变畜生”，是真实话，非诳语也。做盗贼者念之，凡有盗贼之心者都念之。

第五十七回

真行者落伽山诉苦　假猴王水帘洞誊文

真行者落伽山訴苦
假猴王水簾洞謄文

却说孙大圣恼恼闷闷，起在空中。“欲待回花果山水帘洞，恐本洞小妖见笑，笑我出乎尔反乎尔，不是个大丈夫之器；欲待要投奔天宫，又恐天宫内不容久住；欲待要投海岛，却又羞见那三岛诸仙；欲待要奔龙宫，又不伏气求告龙王。”真个是无依无倚，苦自忖量道，“罢罢罢，我还去见我师父，还是正果。”

遂按下云头，径至三藏马前侍立，道：“师父，恕弟子这遭，向后再不敢行凶，一一受师父教诲。千万还得我保你西天去也。”唐僧见了，更不答应，兜住马，即念紧箍儿咒。颠来倒去，又念有二十馀遍，把大圣咒倒在地，箍儿陷在肉里有一寸来深浅，方才住口，道：“你不回去，又来缠我怎的？”行者只教：“莫念莫念！我是有处过日子的，只怕你无我，去不得西天！”三藏发怒道：“你这猢狲杀生害命，连累了我多少，如今实不要你了！我去得去不得，不干你事！快走，快走！迟了些儿，我又念真言，这番决不住口，把你脑浆都勒出来哩！”大圣疼痛难忍，见师父更不回心，没奈何，只得又驾筋斗云，起在空中。忽然省悟，道：“这和尚负了我心，我且向普陀崖告诉观音菩萨去来。”

好大圣，拨回筋斗，那消一个时辰，早至南洋大海。住下祥光，直至落伽山上，撞入紫竹林中。忽见木叉行者迎面作礼，道：“大圣何往？”行者道：“要见菩萨。”木叉即引行者至潮音洞口，又见善财童子作礼，道：“大圣何来？”行者道：“有事来告菩萨。”善财听见一个“告”字，笑道：“好刁嘴猴儿，还像当时我拿住唐僧被你欺哩！我菩萨是个大慈大悲大愿大乘救苦救难无边无量的圣善菩萨，有甚不是处，你要告他？”行者满怀闷气，一闻此言，心中怒发，咄的一声，把善财童子喝了个倒退，道："这个背义忘恩的小畜生，着实愚鲁！你那时节作怪成精，我请菩萨收了你，皈正迦持，如今得这等极乐长生，自在逍遥，与天同寿，还不拜谢老孙，转倒这般侮慢！我是有事来告求菩萨，却怎么说我刁嘴要告菩萨？"善财陪笑道："还是个急猴子。我与你作笑耍子，你怎么就变脸了？"

正讲处，只见白鹦歌飞来飞去，知是菩萨呼唤，木叉与善财遂向前引导，至宝莲下。行者望见菩萨，倒身下拜，止不住泪如泉涌，放声大哭。菩萨教木叉与善财扶起，道："悟空，有甚伤感之事，明明说来。莫哭，莫哭，我与你救苦消灾也。"行者垂泪再拜，道："当年弟子为人，曾受那个气来？自蒙菩萨解脱天灾，秉教沙门，保护唐僧往西天拜佛求经，我弟子舍身拚命，救解他的魔瘴，就如老虎口里夺脆骨，蛟龙背上揭生鳞。只指望归真正果，洗业除邪，怎知那长老背义忘恩，直迷了一片善缘，着眼。更不察皂白之苦！"菩萨道："且说那皂白原因来我听。"行者即将那打杀草寇前后始终，细陈了一遍。却说唐僧因他打死多人，心生怨恨，不分皂白，遂念紧箍儿咒，赶他几次。上天无路，入地无门，特来告诉菩萨。菩萨道："唐三藏奉旨投西，一心要秉善为僧，决不轻伤性命。似你有无量神通，何苦打死许多草寇！草寇虽是不良，到底是个人身，不该打死，比那妖禽怪兽、鬼魅精魔不同。那个打死，是你的功绩；这人身打死，还是你的不仁。但祛退散，自然救了你师父。据我公论，还是你的不善。"

行者擒泪叩头，道："纵是弟子不善，也当将功折罪，不该这般逐我。万望菩萨舍大慈悲，将松箍儿咒念念，褪下金箍，交还与你，放我仍往水帘洞逃生去罢。”菩萨笑道：“紧箍儿咒本是如来传我的。当年差我上东土寻取经人，赐我三件宝贝，乃是锦襕袈裟、九环锡杖、金紧禁三个箍儿，秘受与咒语三篇，却无甚么松箍儿咒。”行者道：“既如此，我告辞菩萨去也。”菩萨道：“你辞我往那里去？”行者道：“我上西天拜告如来，求念松箍儿咒去也。”菩萨道：“你且住，我与你看看祥悔如何。”行者道：“不消看，只这样不祥也勾了。”菩萨道：“我不看你，看唐僧的祥悔。”

好菩萨，端坐莲台，运心三界，慧眼遥观，遍周宇宙，霎时间开口道：“悟空，你那师父顷刻之际就有伤身之难，不久便来寻你。你只在此处，待我与唐僧说，教他还同你去取经，了成正果。”孙大圣只得皈依，不敢造次，侍立于宝莲台下不题。

却说唐长老自赶回行者，教八戒引马，沙僧挑担，连马四口奔西。走不上五十里远近，三藏勒马道：“徒弟，自五更时出了村舍，又被那弼马温着了气恼，这半日饥又饥，渴又渴，那个去化些斋来我吃？”八戒道：“师父且请下马，等我看可有邻近的庄村，化斋去也。”三藏闻言，滚下马来。呆子纵起云头，半空中仔细观看，一望尽是山岭，莫想有个人家。八戒按下云来，对三藏道：“却是没处化斋。一望之间，全无庄舍。”三藏道：“既无化斋之处，且得些水来解渴也可。”八戒道：“等我去南山涧下取些水来。”沙僧即取钵盂，递与八戒。八戒托着钵盂，驾起云雾而去。那长老坐在路傍，等勾多时，不见回来。可怜口干舌苦难熬。有诗为证。诗曰：

保神养气为之精，情性原来一禀形。心乱神昏诸病作，形衰精败道元倾。三花不就空劳碌，四大萧条枉费争。土水无功金水绝，法身疏懒几时分。

沙僧在傍，见三藏饥渴难忍，八戒又取水不来，只得稳了行囊，拴劳了白马，道："师父，你自在着，等我去催水来。"长老含泪无言，但点头相答。沙僧急驾云光，也向南山而去。

那师父独炼自熬，得之太甚。正在怆惶之际，忽听得一声响亮，唬得长老欠身看处，原来是孙行者跪在路傍，双手捧着一个磁杯，道："师父，没有老孙，你连水也不能勾哩！这一杯好凉水，你且吃口水解渴，待我再去化斋。"长老道："我不吃你的水！立地渴死，我当任命。不要你了，你去罢！"行者道："无我你去不得西天也。"三藏道："去得去不得，不干你事！泼猢狲，只管来缠我做甚！"那行者变了脸，发怒生嗔，喝骂长老道："你这个狠心的泼秃，十分贱我！"轮铁棒，丢了磁杯，望长老脊背上砑了一下。那长老昏晕在地，不能言语，被他把两个青毡包袱提在手中，驾筋斗云，不知去向。

却说八戒托着钵盂，只奔山南坡下。忽见山凹之间，有一座草舍人家。原来在先看时，被山高遮住，未曾见得；今来到边前，方知是个人家。呆子暗想道："我若是这等丑嘴脸，决然怕我，枉劳神思，断然化不得斋饭。须是变好，须是变好。"好呆子，捻着诀，念个咒，把身摇了七八摇，变作一个食痨病黄胖和尚。口里哼哼啧啧的，挨近门前，叫道："施主，厨中有剩饭，路上有饥人。贫僧是东土来，往西天取经的。我师父在路饥渴了，家中有锅巴冷饭，千万化些儿救口。”原来那家子男人不在，都去插秧种谷去了，只有两个女人在家，正才煮了午饭，盛起两盆，却收拾送下田，锅里还有些饭与锅巴，未曾盛了。那女人见他这等病容，却又说东土往西天去的话，只恐他是病昏了胡说，又怕跌倒死在门首，只得哄哄翕翕，将些剩饭锅巴，满满的与了一钵。呆子拿转来，现了本像，径回旧路。

正走间，听得有人叫“八戒”。八戒抬头看时，却是沙僧，站在山崖上喊道：“这里来，这里来！”及下崖，迎至面前道：“这涧里好清水不舀，你往那里去的？”八戒笑道：“我到这里，见山凹子有个人家，我去化了这一钵干饭来了。”沙僧道：“饭也用着，只是师父渴得紧了，怎得水去？”八戒道：“要水也容易，你将衣襟来兜着这饭，等我使钵盂去舀水。”

二人欢欢喜喜，回至路上。只见三藏面磕地倒在尘埃，白马撒缰，在路傍长嘶跑跳，行李担不见踪迹。慌得八戒跌脚捶胸，大呼小叫道：“不消讲，不消讲！这还是孙行者赶走的馀党，来此打杀师父，抢了行李去了！”沙僧道：“且去把马拴住。”只叫：“怎么好，怎么好！这诚所谓‘半途而废，中道而止’也！”叫一声“师父”，满眼抛珠，伤心痛哭。八戒道：“兄弟且休哭。如今事已到此，取经之事，且莫说了。你看着师父的尸灵，等我把马骑到那个府州县乡村店集，卖几两银子，买口棺木，把师父埋了。我两个各寻道路散伙。”

沙僧实不忍舍，将唐僧扳转身体，以脸温脸，哭一声：“苦命的师父！”只见那长老口鼻中吐出热气，胸前温暖。连叫：“八戒，你来！师父未伤命哩！”这呆子才近前扶起。长老苏醒，呻吟一会，骂道："好泼猢狲，打杀我也！"沙僧、八戒问道："是那个猢狲？"长老不言，只是叹息，却讨水吃了几口，才说："徒弟，你们刚去，那悟空更来缠我。是我坚执不收，他遂将我打了一棒，青毡包袱却抢去了。"八戒听说，咬响口中牙，发起心头火，道："叵耐这泼猴子，怎敢这般无礼！"教沙僧道："你伏侍师父，等我到他家讨包袱去！"沙僧道："你且休发怒。我们扶师父到那山凹人家，化些热茶汤，将先化的饭热热，调理师父，再去寻他。"

八戒依言，把师父扶上马，拿着钵盂，兜着冷饭，直至那家门首。只见那家止有个老婆子在家，忽见他们，慌忙躲过。沙僧合掌道："老母亲，我等是东土唐朝差往西天去者。师父有些不快，特拜府上，化口热茶汤，与他吃饭。"那妈妈道："适才有个食痨病和尚，说是东土差来的，已化斋去了，又有个甚么东土的！我没人在家，请别转转。"长老闻言，扶着八戒下马，躬身道："老婆婆，我弟子有三个徒弟，合意同心，保护我上天竺国大雷音拜佛求经。只因我大徒弟——唤孙悟空——一生凶恶，不遵善道，是我逐回。不期他暗暗走来，着我背上打了一棒，将我行囊、衣钵抢去。如今要着一个徒弟寻他取讨，因在那空路上不是坐处，特来老婆婆府上，权安息一时。待讨将行李来就行，决不敢久住。"那妈妈道："刚才一个食痨病黄胖和尚，他化斋去了，也说是东土往西天去的，怎么又有一起？"八戒忍不住笑道："就是我。因我生得嘴长耳大，恐你家害怕，不肯与斋，故变作那等模样。你不信，我兄弟衣兜里不是你家锅巴饭？"

那妈妈认得果是他与的饭，遂不拒他，留他们坐了。却烧了一罐热茶，递与沙僧泡饭。沙僧即将冷饭泡了，递与师父。师父吃了几口，定性多时，道："那个去讨行李？"八戒道："我前年因师父赶他回去，我曾寻他一次，认得他花果山水帘洞。等我去，等我去。"长老道："你去不得。那猢狲原与你不和，你又说话粗鲁，或一言两句之间有些差池，他就要打你。着悟净去罢。"沙僧应承道："我去，我去。"长老又分付沙僧道："你到那里，须看个头势。他若肯与你包袱，你就假谢谢拿来；若不肯，切莫与他争竞，径至南海菩萨处，将此情告诉，请菩萨去问他要。"沙僧一一听从，向八戒道："我今寻他去，你千万莫僝僽，好生供养师父。这人家亦不可撒泼，恐他不肯供饭。我去就回。"八戒点头道："我理会得。但你去，讨得讨不得，趁早回来，不要弄做'尖担担柴两头脱'也。"沙僧遂捻了诀，驾起云光，直奔东胜神洲而去。真个是：

身在神飞不守舍，有炉无火怎烧丹。黄婆别主求金老，木母延师奈病颜。此去不知何日返，这回难量几时还。五行生克情无顺，只待心猿复进关。

那沙僧在半空里行经三昼夜，方到了东洋大海。忽闻波浪之声，低头观看。真个是：

黑雾涨天阴气盛，沧溟衔日晓光寒。

他也无心观玩，望仙山渡过瀛洲，向东方直抵花果山界。乘海风，踏水势，又多时，却望见高峰排戟，峻壁悬屏。即至峰头，按云找路，下山寻水帘洞。步近前，只听得一派喧声，见那山中无数猴精，滔滔乱嚷。沙僧又近前仔细再看，原来是孙行者高坐石台之上，双手扯着一张纸，朗朗的念道："东土大唐王皇帝李驾前敕命御弟圣僧陈玄奘法师，上西方天竺国娑婆灵山大雷音寺，专拜如来佛祖求经。朕因促病侵身，魂游地府，幸有阳数臻长，感冥君放送回生，广陈善会，修建度亡道场。盛蒙救苦救难观世音菩萨金身出现，指示西方有佛有经，可度幽亡超脱，特着法师玄奘，远历千山，询求经偈。倘过西邦诸国，不灭善缘，照牒施行。大唐贞观一十三年秋吉日，御前文牒。自别大国以来，经度诸邦，中途收得大徒弟孙悟空行者，二徒弟猪悟能八戒，三徒弟沙悟净和尚。"念了从头又念。

沙僧听得是通关文牒，止不住近前，厉声高叫："师兄，师父的关文，你念他怎的？"那行者闻言，急抬头，不认得是沙僧，叫："拿来，拿来！"众猴一齐围绕，把沙僧拖拖扯扯，拿近前来。喝道："你是何人，擅敢近吾仙洞？"沙僧见他变了脸，不肯相认，只得朝上行礼，道："上告师兄，前者实是师父性暴，错怪了师兄，把师兄咒了几遍，逐赶回家。一则弟等未曾劝解，二来又为师父饥渴，去寻水化斋。不意师兄好意复来，又怪师父执法不留，遂把师父打倒，昏晕在地，将行李抢去。后救转师父，特来拜兄。若不恨师父，还念昔日解脱之恩，同小弟将行李回见师父，共上西天，了此正果；倘怨恨之深，不肯同去，千万把包袱赐弟，兄在深山，乐桑榆晚景，亦诚两全其美也。"

行者闻言，呵呵冷笑，道："贤弟，此论甚不合我意。我打唐僧，抢行李，不因我不上西方，亦不因我爱居此地；我今熟读了牒文，我自己上西方拜佛求经，送上东土，我独成功，教那南赡部洲人立我为祖，万代传名也。”沙僧笑道：“师兄言之欠当。自来没个孙行者取经之说。我佛如来造下三藏真经，原着观音菩萨向东土寻取经人求经，要我们苦历千山，询求诸国，保护那取经人。菩萨曾言：取经人乃如来门生，号曰金蝉长老。只因他不听佛祖谈经，贬下灵山，转生东土，教他果正西方，复修大道。遇路上该有这般魔瘴，解脱我等三人，与他做护法。兄若不得唐僧去，那个佛祖肯传经与你！却不是空劳一场神思也？”那行者道：“贤弟，你原来懞懂，但知其一，不知其二。谅你说你有唐僧，同我保护，我就没有唐僧？我这里另选个有道的真僧在此，老孙独力扶持，有何不可！已选明日起身去矣。你不信，待我请来你看。”叫：“小的们，快请老师父出来！”果跑进去，牵出一匹白马，请出一个唐三藏，跟着一个八戒，挑着行李；一个沙僧，拿着锡杖。妙至此乎？

这沙僧见了大怒，道：“我老沙行不更名，坐不改姓，那里又有一个沙和尚！不要无礼，吃我一杖！”好沙僧，双手举降妖杖，把一个假沙僧劈头一下打死，原来这是一个猴精。那行者恼了，轮金箍棒，帅众猴，把沙僧围了。沙僧东冲西撞，打出路口，纵云雾逃生，道：“这泼猴如此惫懒，我告菩萨！”

那行者见沙僧打死一个猴精，把沙和尚逼得走了，他也不来追赶。回洞教小的们把打死的妖尸拖在一边，剥了皮，取肉煎炒，将椰子酒、葡萄酒，同群猴都吃了。另选一个会变化的妖猴，还变一个沙和尚，从新教道，要上西方不题。

沙僧一架云离了东海，行经一昼夜，到了南海。正行时，早见落伽山不远。急至前，低停云雾观看。好去处。果然是：

包乾之奥，括坤之区。会百川而浴日滔星，归众流而生风漾月。潮发腾凌大鲲化，波翻浩荡巨鳌游。水通西北海，浪合正东洋。四海相连同地脉，仙方洲岛各仙宫。休言满地蓬莱，且看普陀云洞。

好景致：

山头霞彩壮元精，岩下祥风漾月晶。紫竹林中飞孔雀，绿杨枝上语灵鹦。琪花瑶草年年秀，宝树金莲岁岁生。白鹤几番朝顶上，素鸾数次到山亭。游鱼也解修真性，跃浪穿波听讲经。

沙僧徐步落伽山，玩看仙境。只见木叉行者当面相迎，道：“沙悟净，你不保唐僧取经，却来此何干？”沙僧作礼毕，道：“有一事特来朝见菩萨，烦为引见引见。”木叉情知是寻行者，更不题起，即先进去对菩萨道：“外有唐僧的小徒弟沙悟净朝拜。”孙行者在台下听见，笑道：“这定是唐僧有难，沙僧来请菩萨的。”即命木叉门外叫进。这沙僧倒身下拜，拜罢，抬头正欲告诉前事，会见孙行者站在傍边，等不得说话，就掣降妖杖望行者劈头便打。这行者更不回手，彻身躲过。沙僧口里乱骂道：“我把你个犯十恶造反的泼猴！你又来影瞒菩萨哩！”菩萨喝道：“悟净不要动手！有甚事先与我说。”

沙僧收了宝杖，再拜台下，气冲冲的对菩萨道："这猴一路行凶，不可数计。前日在山坡下打杀两个剪路的强人，师父怪他。不期晚间就宿在贼窝主家里，又把一伙贼人尽情打死，又血淋淋提一个人头来与师父看。师父唬得跌下马来，骂了他几句，赶他回来。分别之后，师父饥渴太甚，教八戒去寻水。久等不来，又教我去寻他。不期孙行者见我二人不在，复回来把师父打一铁棍，将两个青毡包袱抢去。我等回来，将师父救醒，特来他水帘洞寻他讨包袱，不想他变了脸，不肯认我，将师父关文念了又念。我问他念了做甚，他说不保唐僧，他要自上西天取经，送上东土，算他的功果，立他为祖，万古传扬。我又说：'没唐僧，那肯传经与你？'他说他选了一个有道的真僧。及请出，果是一匹白马，一个唐僧，后随着八戒、沙僧。我道：'我便是沙和尚，那里又有个沙和尚？'是我赶上前，打了他一宝杖，原来是个猴精。他就帅众拿我，是我特来告诉菩萨。不知他会使筋斗云，预先到此处，又不知他将甚巧语花言影瞒菩萨也。"

菩萨道："悟净，不要赖人。悟空到此，今已四日。我更不曾放他回去。他那里有另请唐僧，自去取经之事？"沙僧道："见如今水帘洞有一个孙行者，怎敢欺诳？"菩萨道："既如此，你休发急，教悟空与你同去花果山看看。是真难灭，是假易除。到那里自见分晓。"

这大圣闻言，即与沙僧辞了菩萨。这一去，到那：

花果山前分皂白，水帘洞口辨真邪。

毕竟不知如何分辨，且听下回分解。

总批：

行者虽是假的，打死唐僧亦是快事。不然，这等腐和尚，不打死他如何？

篇中“直迷了一片善缘”，却是一句有眼的说话。不独恶缘迷人，善缘亦是迷人。所以说好事不如无，学问以无善无恶为极则也。若有善，便有不善了。所以说善缘迷人。惜知此者少耳。

天下无一事无假。唐僧、行者、八戒、沙僧、白马，都假到矣。又何怪乎道学之假也。

第五十八回

二心搅乱大乾坤

一体难修真寂灭

二心攪亂大乾坤一體
難修真寂滅

这行者与沙僧拜辞了菩萨，纵起两道祥光，离了南海。原来行者筋斗云快，沙和尚仙云觉迟，行者就要先行。沙僧扯住，道："大哥不必这等藏头露尾，先去安排，待小弟与你一同走。"大圣本是良心，沙僧却有疑意。真个二人同驾云而去。

不多时，果见花果山。按下云头，二人洞外细看。果见一个行者，高坐石台之上，与群猴饮酒作乐，模样与大圣无异：也是黄发金箍，金睛火眼；身穿也是锦布直裰，腰系虎皮裙；手中也拿一条儿金箍铁棒；足下也踏一双麂皮靴；也是这等毛脸雷公嘴，朔腮别土星，查耳额颅阔，獠牙向外生。

这大圣怒发，一撒手，撇了沙和尚，掣铁棒上前，骂道："你是何等妖邪，敢变我的相貌，敢占我的儿孙，擅居吾仙洞，擅作这威福！"那行者见了，公然不答，也使铁棒来迎。二行者在一处，果是不分真假。两行者相杀，极幻。好打哑！

两条棒，二猴精，这场相敌不非轻。都要护持唐御弟，各施功绩立英名。真猴实受沙门教，假妖虚称佛子情。盖为神通多变化，无真无假两相平。一个是沌元一气齐天圣，一个是久炼千灵缩地精。这个是如意金箍棒，那个是随心铁杆兵。隔架遮拦无胜败，撑持抵敌没输赢。先前交手洞门外，少顷争持在半空。

他两个各踏云光，跳斗上九霄云内。沙僧在傍，不敢下手，见他每战此一场，诚然难认真假；欲待拔刀相助，又恐伤了真的。妙。忍耐良久，且纵身跳下山崖，使降妖宝杖，打近水帘洞外，惊散群妖，掀翻石凳，把饮酒食肉的器皿，尽情打碎；寻他的青毡包袱，四下里全然不见。原来他水帘洞本是一股瀑布飞泉，遮挂洞门，远看似一条白布帘儿，近看乃是一股水脉，故曰水帘洞。沙僧不知进步来历，故此难寻。即便纵云赶到九霄云里，轮着宝杖，又不好下手。大圣道："沙僧，你既助不得力，且回覆师父，说我等这般这般，被老孙与此妖打上南海落伽山菩萨前辨个真假。"道罢，那行者也如此说。妙。沙僧见两个相貌、声音，更无一毫差别，皂白难分，只得依言，拨转云头，回覆唐僧不题。

你看那两个行者，且行且斗，直嚷到南海，径至落伽山，打打骂骂，喊声不绝。早惊动护法诸天，即报入潮音洞里，道："菩萨，果然两个孙悟空打将来也！"那菩萨与木叉行者、善财童子、龙女降莲台，出门喝道："那业畜，那里走！"这两个递相揪住，道："菩萨，这厮果然像弟子模样。才自水帘洞打起，战斗多时，不分胜负。沙悟净肉眼愚蒙，不能分识，有力难助，是弟子教他回西路去回师父。我与这厮打到宝山，借菩萨慧眼，与弟子认个真假，辨明邪正。"道罢，那行者也如此说一遍。妙。众诸天与菩萨都看良久，莫想能认。菩萨道："且放了手，两边站下，等我再看。"果然撒手，两边站定。这边说"我是真的"，那边说"他是假的"。妙。

菩萨唤木叉与善财上前，悄悄分付："你一个帮住一个，等我暗念紧箍儿咒，看那个害疼的便是真，不疼的便是假。"他二人果各帮一个。菩萨暗念真言，两个一齐喊疼，都抱着头，地下打滚，只叫："莫念莫念！"妙。菩萨不念，他两个有一齐揪住，照旧嚷斗。菩萨无计奈何，即令诸天、木叉上前助力。众神恐伤真的，亦不敢下手。菩萨叫声“孙悟空”，两个一齐答应。妙。菩萨道：“你当年官拜弼马温，大闹天宫时，神将皆认得你，你且上界去分辨回话。”这大圣谢恩，那行者也谢恩。

二人扯扯拉拉，口里不住的嚷斗，径至南天门外。慌得那广目天王帅马、赵、温、关四大天将，及把门大小众神，各使兵器挡住，道：“那里走，此间可是争斗之处！”大圣道：“我因保护唐僧往西天取经，在路上打杀贼徒，那三藏赶我回去，我径到普陀崖见观音菩萨诉苦。不想这妖精几时就变作我的模样，打倒唐僧，抢去包袱。有沙僧至花果山寻讨，只见那妖精占了我的巢穴。后到普陀崖告请菩萨，又见我侍立台下，沙僧诳说是我驾筋斗云，又先在菩萨处遮饰。菩萨却是个正明，不听沙僧之言，命我同他到花果山看验。原来这妖精果像老孙模样。才自水帘洞打到落伽山见菩萨，菩萨也难识认，故打至此间，烦诸天眼力，与我认个真假。”妙。说罢，那行者也似这般这般，说了一遍。似之可恶如此。众天神看勾多时，也不能辨。他两个吆喝道：“你们既不能认，让开路，等我们去见玉帝！”

众神搪抵不住，放开天门，直至灵霄宝殿。马元帅同张、葛、许、丘四天师奏道：“下界有一般两个孙悟空，打进天门，口称见主。”说不了，两个直嚷将进来，唬得那玉帝即降立宝殿，问曰：“你两个因甚事擅闹天宫，嚷至朕前寻死！”大圣口称：“万岁！万岁！臣今皈命，秉教沙门，再不敢欺心诳上，只因这个妖精变作臣的模样……”如此如彼，把前情备陈了一遍，妙。“望乞与臣辨个真假！”那行者也如此陈了一遍。玉帝即传旨宣托塔李天王，教：“把照妖镜来，照这厮谁真谁假，教他假灭真存。”着眼。天王即取镜照住，请玉帝同众神观看。镜中乃是两个孙悟空的影子，金箍、衣服毫发不差。玉帝亦辨不出，赶出殿外。

这大圣呵呵冷笑，那行者也哈哈欢喜，妙。揪头抹颈，复打出天门，坠落西方路上，道：“我和你见师父去，我和你见师父去！”

却说那沙僧自花果山辞他两个，又行了三昼夜，回至本庄，把前事对唐僧说了一遍。唐僧自家悔恨道：“当时只说是孙悟空打我一棍，抢去包袱，岂知却是妖精假变的行者！”沙僧又告道：“这妖又假变一个长老，一匹白马，又有一个八戒挑着我们包袱，又有一个变作是我。我忍不住恼怒，一杖打死，原是一个猴精，因此惊散。又到菩萨处诉告，菩萨着我与师兄又同去识认，那妖果与师兄一般模样。我难助力，故先来回覆师父。”三藏闻言，大惊失色。八戒哈哈大笑，道：“好好好，应了这施主家婆婆之言了！他说有几起取经的，这却不又是一起？”好照管。

那家老老小小都来问沙僧道：“你这几日往何处讨盘缠去的？”沙僧笑道：“我往东胜神洲花果山寻大师兄取讨行李，又到南海落伽山拜见观音菩萨，却又到花果山，方才转回至此。”那老者又问：“往返有多少路程？”沙僧道：“约有二十馀万里。”老者道：“爷爷哑，似这几日就走了这许多路，只除是驾云，方能勾得到！”八戒道：“不是驾云，怎得过海？”沙僧道：“我们那算得走路，若是我大师兄，只消一二日，可往回也。”那家子听言，都说是神仙。八戒道：“我们虽不是神仙，神仙还是我们的晚辈哩！”

正说间，只听半空中喧哗乱嚷，慌得都出来看，却是两个行者打将来。八戒见了，忍不住手痒，道："等我去认认看。"好呆子，急纵身跳起，望空高叫道："师兄莫嚷，我老猪来也！"那两个一齐应道："兄弟，来打妖精，来打妖精！"妙。那家子又惊又喜，道："是几位腾云驾雾的罗汉歇在我家！就是发愿斋僧的，也斋不着这等好人！"更不计较茶饭，愈加恭养。又说："这两个行者只怕斗出不好来，地覆天翻，作祸在那里！"三藏见那老者当面是喜，背后是忧，即开言道："老施主放心，莫生忧叹。贫僧收伏了徒弟，去恶归善，自然谢你。"那老者满口回答道："不敢，不敢。"沙僧道："施主休讲。师父可坐在这里，等我和二哥去，一家扯一个来，到你面前，你就念念那话儿，看那个害疼的就是真的，不疼的就是假的。"三藏道："言之极当。"

沙僧果起在半空，道："二位住了手，我同你到师父面前辨个真假去。"这大圣放了手，那行者也放了手。沙僧搀住一个，叫道："二哥，你也搀住一个。"果然搀住，落下云头，径至草舍门外。三藏见了，就念紧箍儿咒。二人一齐叫苦，道："我们这等苦斗，你还咒我怎的？莫念莫念！"那长老本心慈善，遂住了口不念，却也不认得真假。他两个挣脱手，依然又打。这大圣道："兄弟们，保着师父，等我与他打到阎王前折辨去也。"那行者也如此说。妙。二人抓抓挜挜，须臾，又不见了。

八戒道："沙僧，你既到水帘洞，看见假八戒挑着行李，怎么不抢将来？"沙僧道："那妖精见我使宝杖打他假沙僧，他就乱围上来要拿，是我顾性命走了。及告菩萨，与行者复至洞口，他两个打在空中，是我去掀翻他的石凳，打散他的小妖，只见一股瀑布泉水流，竟不知洞门开在何处，寻不着行李，所以空手回覆师命也。”八戒道：“你原来不晓得。我前年请他去时，先在洞门外相见，后被我说泛了他，他就跳下去洞里换衣来时，我看见他将身往水里一钻。那一股瀑布水流就是洞门。想必那怪将我们包袱收在那里面也。”三藏道：“你既知此门，你可趁他都不在，可先到他洞里取出包袱，我们往西天去罢。他就来，我也不用他了。”八戒道：“我去。”沙僧说：“二哥，他那洞前有千数小猴，你一人恐弄化不过，反为不美。”八戒笑道：“不怕，不怕。”急出门，纵着云雾，径上花果山寻取行李不题。

却说那两个行者，又打嚷到阴山背后，唬得那满山鬼战战兢兢，藏藏躲躲。有先跑的，撞入阴司门里，报上森罗宝殿，道：“大王，背阴山上有两个齐天大圣打将来也！”慌得那第一殿秦广王传报与二殿楚江王、三殿宋帝王、四殿卞城王、五殿阎罗王、六殿平等王、七殿泰山王、八殿都市王、九殿忤官王、十殿转轮王。一殿转一殿，霎时间，十王会齐。又着人飞报与地藏王。尽在森罗殿上，点聚阴兵，等擒真假。只听得那强风滚滚，惨雾漫漫，二行者一翻一滚的，打至森罗殿下。

阴君近前挡住，道：“大圣有何事，闹我幽冥？”这大圣道：“我因保唐僧西天取经，路过西梁国，至一山，有强贼截劫我师，是老孙打死几个，师父怪我，把我逐回。我随到南海菩萨处诉告，不知那妖精怎么就绰着口气，假变作我的模样，在半路上打倒师父，抢夺了行李。师弟沙僧向我本山取讨包袱，这妖假立师名，要往西天取经。沙僧逃遁至南海见菩萨，我正在侧。他备说原因，菩萨又命我同他至花果山观看，果被这厮占了我巢穴。我与他争辨到菩萨处，其实相貌、言语等俱一般，菩萨也难辨真假。又与这厮打上天堂，众神亦果难辨。因见我师，我师念紧箍咒试验，与我一般疼痛。故此闹至幽冥，望阴君与我查看生死簿，看假行者是何出身，快早追他魂魄，免教二心沌乱。”那怪亦如是说一遍。阴君闻言，即唤管簿判官一一从头查勘，更无个假行者之名。再看毛虫文簿，那猴子一百三十条已是孙大圣幼年得道之时，大闹阴司，消死名，一笔勾之，自后来凡是猴属，尽无名号。查看毕，当殿回报。阴君各执笏对行者道：“大圣，幽冥处既无名号可查，你还到阳间去折辨。”

正说处，只听得地藏王菩萨道：“且住，且住。等我着谛听与你听个真假。”原来那谛听是地藏菩萨经案下伏的一个兽名。他若伏在地下，一霎时，将四大部洲山川社稷、洞天福地之间，蠃虫、鳞虫、毛虫、羽虫、昆虫、天仙、地仙、神仙、人仙、鬼仙，可以照鉴善恶，察听贤愚。那兽奉地藏钧旨，就于森罗庭院之中，俯伏在地。须臾，抬起头来，对地藏道：“怪名虽有，但不可当面说破，又不能助力擒他。”地藏道：“当面说出便怎么？”谛听道：“当面说出，恐妖精恶发，搔扰宝殿，致令阴府不安。”又问：“何为不能助力擒拿？”谛听道：“妖精神通与孙大圣无二。幽冥之神，能有多少法力？故此不能擒拿。”地藏道：“似这般怎生祛除？”谛听道：“佛法无边。”地藏早已省悟，即对行者道：“你两个形容如一，神通无二，若要辨明，须到雷音寺释迦如来那里，方得明白。”两个一齐嚷道：“说的是，说的是，我和你西天佛祖之前折辨去！”妙。那十殿阴君送出，谢了地藏，回上翠云宫，着鬼使闭了幽冥关隘不题。

看那两个行者，飞云奔雾，打上西天。有诗为证：

人有二心生祸灾，着眼。天涯海角致疑猜。欲思宝马三公位，又忆金銮一品台。南征北讨无休歇，东挡西除未定哉。禅门须学无心诀，静养婴儿结圣胎。

他两个在那半空里，扯扯拉拉，抓抓挜挜，且行且斗，直嚷至大西天灵鹫仙山雷音宝刹之外。早见那四大菩萨、八大金刚、五百阿罗、三千揭谛、比丘尼、比丘僧、优婆塞、优婆夷诸大圣众，都到七宝莲台之下，净听如来说法。那如来正讲到这："不有中有，不无中无。不色中色，不空中空。非有为有，非无为无。非色为色，非空为空。空即是空，色即是色。色无定色，色即是空。空无定空，空即是色。知空不空，知色不色。名为照了，始达妙音。"奇笔幻思，一至于此。概众稽首皈依，流通诵读之际，如来降天花，普散缤纷，即离宝座，对大众道："汝等俱是一心，且看二心竞斗而来也。"着眼。

大众与目看之，果是两个行者，吆天喝地，打至雷音胜境。慌得那八大金刚上前挡住，道："汝等欲往那里去？"这大圣道："妖精变作我的模样，欲至宝莲台下，烦如来为我辨个虚实也。"众金刚抵挡不住，直嚷至台下，跪于佛祖之前，拜告道："弟子保护唐僧，来造宝山，求取真经，一路上炼魔缚怪，不知费了多少精神。前至中途，偶遇强徒劫掳，委是弟子二次打伤几个，师父怪我赶回，不容同拜如来金身。弟子无奈，只得投奔南海，见观音诉苦。不期这个妖精假变弟子声音、相貌，将师父打倒，把行李抢去。师弟悟净寻至我山，被这妖假捏巧言，说有真僧取经之故。悟净脱身至南海，备说详细。观音知之，遂令弟子同悟净再至我山。因此，两人比并真假，打至南海，又打到天宫，又曾打见唐僧，打见冥府，俱莫能辨认。故此大胆轻造，千乞大开方便之门，广垂慈悯之念，与弟子辨明邪正，庶好保护唐僧，亲拜金身，取经回东土，永扬大教。”大众听他两张口一样声俱说一遍，众亦莫辨。妙。惟如来则通知之，正欲道破，忽见南下彩云之间，来了观音，参拜我佛。

我佛合掌道：“观音尊者，你看那两个行者，谁是真假？”菩萨道：“前日在弟子荒境，委不能辨。他又至天宫、地府，亦俱难认。特来拜告如来，千万与他辨明辨明。”如来笑道：“汝等法力广大，只能普阅周天之事，不能遍识周天之物，亦不能广会周天之种类也。”菩萨又请示周天种类。如来才道：“周天之类有五仙，乃天、地、神、人、鬼；有五虫，乃蠃、鳞、毛、羽、昆。这厮非天、非地、非神、非人、非鬼，亦非蠃、非毛、非羽、非昆。又有四猴混世，不入十类之种。”菩萨道：“敢问是那四猴？”如来道：“第一是灵明石猴，通变化，识天时，知地利，移星换斗；第二是赤尻马猴，晓阴阳，会人事，善出入，避死延生；第三是通臂猿猴，拿日月，缩千山，辨休咎，乾坤摩弄；第四是六耳猕猴，善聆音，能察理，知前后，万物皆明。此四猴者，不入十类之种，不达两间之名。我观假悟空乃六耳猕猴也。此猴若立一处，能知千里外之事，凡人说话，亦能知之，故此善聆音，能察理，知前后，万物皆明。与真悟空同像同音者，六耳猕猴也。”

那猕猴闻得如来说出他的本像，胆战心兢，急纵身跳起来就走。如来见他走时，即令大众下手。早有四菩萨、八金刚、五百阿罗、三千揭谛、比丘僧、比丘尼、优婆塞、优婆夷、观音、木叉，一齐围绕。孙大圣也要上前。如来道："悟空休动手，待我与你擒他。"那猕猴毛骨悚然，料着难脱，即忙摇身一变，变作个蜜蜂儿，往上便飞。如来将金钵盂撇起去，正盖着那蜂儿，落下来。大众不知，以为走了。如来笑云："大众休言。妖精未走，见在我这钵盂之下。"大众一发上前，把钵盂揭起，果然现了本像，是一个六耳猕猴。孙大圣忍不住，轮起铁棒，劈头一下打死。——至今绝此一种。

如来不忍，道声："善哉，善哉。"大圣道："如来不该慈悯他。他打伤我师父，抢夺我包袱，依律问他个得财伤人，白昼抢夺，也该个斩罪哩。"如来道："你自快去保护唐僧来此求经罢。"大圣叩头谢道："上告如来得知：那师父定是不要我，我此去，若不收留，却不又劳一番神思？望如来方便，把松箍儿咒念一念，褪下这个金箍，交还如来，放我还俗去罢。"如来道："你休乱想，切莫放刁。我教观音送你去，不怕他不收。好生保护他去，那时功成归极乐，汝亦坐莲台。"

那观音在傍听说，即合掌谢了圣恩，领悟空，辄驾云而去。随后木叉行者、白鹦哥一同赶上。不多时，到了中途草舍人家。沙和尚看见，急请师父拜门迎接。菩萨道："唐僧，前日打你的，乃假行者六耳猕猴也。幸如来知识，已被悟空打死。你今须是收留悟空。一路上魔瘴未消，必得他保护你，才得到灵山，见佛取经。再休嗔怪。"三藏叩头道："谨遵教旨。"

正拜谢时，只听得正东上狂风滚滚，众目视之，乃猪八戒背着两个包袱驾风而至。呆子见了菩萨，倒身下拜，道："弟子前日别了师父，至花果山水帘洞寻得包袱，果见一个假唐僧、假八戒，都被弟子打死，原是两个猴身。却入里，方寻着包袱。当时查点，一物不少。却驾风转此。更不知两行者下落如何。"菩萨把如来识怪之事说了一遍。那呆子十分欢喜，称谢不尽。师徒们拜谢了，菩萨回海，都依旧合意同心，洗冤解怒。又谢了那村舍人家，整束行囊、马匹，找大路而行。正是：

中道分离乱五行，降妖聚会合元明。
神归心舍禅方定，六识祛降丹自成。着眼。

毕竟这去不知三藏几时得面佛求经，且听下回分解。

总批：

读此因思昔人真猴似猴之谑，不觉失笑。〇昔人云："一心可以干万事，两心不可以干一事。"此回便是他注脚。

又批：

天下只有似者难辨，所以可恶。然毕竟似者有破败，真者无破败，似何益哉，似何益哉！

第五十九回

唐三藏路阻火焰山　孙行者一调芭蕉扇

唐三藏路阻火焰山
孫行者一調芭蕉扇

若干种性本来同，海纳无穷。千思万虑终成妄，般般色色和融。有日功完行满，圆明法性高隆。说出。休教差别走西东，紧锁牢鞚。收来安放丹炉内，炼得金乌一样红。朗朗辉辉娇艳，任教人入乘龙。

话表三藏遵菩萨教旨，收了行者，与八戒、沙僧剪断二心，锁鞚猿马，着眼。同心戮力，赶奔西天。说不尽光阴似箭，日月如梭。历过了夏月炎天，却又值三秋霜景。但见那：

薄云断绝西风紧，鹤鸣远岫霜林锦。光景正苍凉，山长水更长。征鸿来北塞，玄鸟归南陌。客路怯孤单，衲衣容易寒。

师徒四众，进前行处，渐觉热气蒸人。三藏勒马道："如今正是秋天，却怎返有热气？"八戒道："原来不知。西方路上有个斯哈哩国，乃日落之处，俗呼为天尽头。若到申酉时，国王差人上城，擂鼓吹角，混杂海沸之声。日乃太阳真火，落于西海之间，如火淬水，接声滚沸；若无鼓角之声混耳，即振杀城中小儿。此地热气蒸人，想必到日落之处也。"大圣听说，忍不住笑道："呆子莫乱谈。若论斯哈哩国，正好早哩。似师父朝三暮二的，这等担阁，就从小至老，老了又小，老小三生，也还不到。"八戒道："哥啊，据你说，不是日落之处，为何这等酷热？"沙僧道："想是天时不正，秋行夏令故也。"

他三个正都争讲，只见那路傍有座庄院，乃是红瓦盖的房舍，红砖砌的垣墙，红油门扇，红漆板榻，一片都是红的。三藏下马道："悟空，你去那人家问个消息，看那炎热之故何也。"

大圣收了金箍棒，整肃衣裳，扭捏作个斯文气象，绰下大路，径至门前观看。那门里忽然走出一个老者。但见他：

穿一领黄不黄红不红的葛布深衣，戴一顶青不青皂不皂的篾丝凉帽。手中拄一根湾不湾直不直暴节竹杖，足下踏一双新不新旧不旧搀靸鞝鞋。面似红铜，须如白链。两道寿眉遮碧眼，一张哈口露金牙。

那老者猛抬头，看见行者，吃了一惊，拄着竹杖，喝道："你是那里来的怪人？在我这门首何干？"行者答礼，道："老施主，休怕我。我不是甚么怪人，贫僧是东土大唐钦差上西方求经者。师徒四人，适至宝方，见天气蒸热，一则不解其故，二来不知地名，特拜问指教一二。"那老者却才放心，笑云："长老勿罪。我老汉一时眼花，不识尊颜。"行者道："不敢。"老者又问："令师在那条路上？"行者道："那南首大路上立的不是？"老者教："请来，请来。"行者欢喜，把手一招，三藏即同八戒、沙僧牵白马、挑行李近前，都对老者作礼。

老者见三藏丰姿标致，八戒、沙僧相貌奇稀，又惊又喜，只得请入里坐，教小的们看茶，一壁厢办饭。三藏闻言，起身称谢道："敢问公公：贵处遇秋，何返炎热？"老者道："敝地唤做火焰山，无春无秋，四季皆热。"三藏道："火焰山却在那边？可阻西去之路？"老者道："西方却去不得。那山离此有六十里远，正是西方必由之路，却有八百里火焰，四周围寸草不生。若过得山，就是铜脑盖，铁身躯，也要化成汁哩。”三藏闻言，大惊失色，不敢再问。

只见门外一个少年男子，推一辆红车儿，住在门傍，叫声：“卖糕！”大圣拔根毫毛，变个铜钱，问那人买糕。那人接了钱，不论好歹，揭开车儿上衣裹，热气腾腾，拿出一块糕递与行者。行者托在手中，好似火里烧的灼炭，煤炉内的红钉。你看他左手倒在右手，右手换在左手，只道：“热热热，难吃难吃！”那男子笑道：“怕热，莫来这里，这里是这等热。”行者道：“你这汉子好不明理。常言道，‘不冷不热，五谷不结’，他这等热得狠，你这糕粉自何而来？”那人道：“若知糕粉米，敬求铁扇仙。”行者道：“铁扇仙怎的？”那人道：“铁扇仙有柄芭蕉扇。求得来，一扇息火，二扇生风，三扇下雨，我们就布种，及时收割，故生五谷养生；不然，诚寸草不能生也。”

行者闻言，急抽身走入里面，将糕递与三藏，道：“师父放心，且莫隔年焦着，吃了糕，我与你说。”长老接糕在手，向本宅老者道：“公公请糕。”老者道：“我家的茶饭未奉，敢吃你糕？”行者笑道：“老人家，茶饭到不必赐，我问你，铁扇仙在那里住？”老者道：“你问他怎的？”行者道：“适才那卖糕人说，此仙有柄芭蕉扇，求将来，一扇息火，二扇生风，三扇下雨，你这方布种收割，才得五谷养生。我欲寻他讨来，扇息火焰山过去，且使这方依时收种，得安生也。”老者道：“故有此说，你们却无礼物，恐那圣贤不肯来也。”三藏道：“他要甚礼物？”老者道：“我这里人家，十年拜求一度，四猪四羊，花红表里，异香时果，鸡鹅美酒，沐浴虔诚，拜倒那仙山，请他出洞，至此施为。”行者道：“那山坐落何处？唤甚地名？有几多里数？等我问他要扇子去。”老者道：“那山在西南方，名唤翠云山。山中有一仙洞，名唤芭蕉洞。我这里众姓人等去拜仙山，往回要走一月，计有一千四百五六十里。”行者笑道：“不打紧，就去就来。”那老者道：“且住，吃些茶饭，办些干粮，须得两人做伴。那路上没有人家，又多狼虎，非一日可到。莫当要子。”行者笑道：“不用不用。我去也。”说一声，忽然不见。那老者慌张道：“爷爷哑，原来是腾云驾雾的神人也！”

且不说这家子供奉唐僧加倍，却说那行者霎时径到翠云山。按住祥光，正自找寻洞口，忽然闻得丁丁之声，乃是山林内一个樵夫伐木。行者即趋步至前，又闻得他道：

云际依依认旧林，断崖荒草路难寻。
西山望见朝来雨，南涧归时渡处深。

行者近前作礼，道：“樵哥，问讯了。”那樵子撇了柯斧，答礼道：“长老何往？”行者道：“敢问樵哥，这可是翠云山？”樵子道：“正是。”行者道：“有个铁扇仙的芭蕉洞在何处？”樵子笑道：“这芭蕉洞虽有，却无个铁扇仙，只有个铁扇公主，又名罗刹女。”行者道：“人言他有一柄芭蕉扇，能熄得火焰山，敢是他么？”樵子道：“正是，正是。这圣贤有这件宝贝，善能熄火，保护那方人家，故此称为铁扇仙。我这里人家用不着他，只知他叫做罗刹女，乃大力牛魔王妻也。”

行者闻言，大惊失色，心中暗想道：“又是冤家了！当年伏了红孩儿，说是这厮养的。前在那解阳山破儿洞遇他叔子，尚且不肯与水，要作报仇之意，今又遇他父母，怎生借得这扇子耶？”樵子见行者沉思默虑，嗟叹不已，便笑道：“长老，你出家人，有何忧疑？这条小路儿向东去，不尚五六里，就是芭蕉洞，休得心焦。”行者道：“不瞒樵哥说，我是东土唐朝差往西天求经的唐僧大徒弟。前年在火云洞，曾与罗刹之子红孩儿有些言语，但恐罗刹怀仇不与，故生忧疑。”樵子道：“大丈夫见貌辨色，只以求扇为名，莫认往时之溲话，管情借得。”行者闻言，深深唱个大喏，道：“谢樵哥教诲，我去也。”

遂别了樵夫，径至芭蕉洞口。但见那两扇门紧闭牢关，洞外风光秀丽。好去处。正是那：

山以石为骨，石作土之精。烟霞含宿润，苔藓助新青。嵯峨势耸欺蓬岛，幽静花香若海瀛。几树乔松栖野鹤，数株衰柳语山莺。诚然是千年古迹，万载仙踪。碧梧鸣彩凤，活水隐苍龙。曲径荜萝垂挂，石梯藤葛攀笼。猿啸翠岩忻月上，鸟啼高树喜晴空。两林竹荫凉如雨，一径花浓没绣绒。时见白云来远岫，略无定体漫随风。

行者上前叫：“牛大哥，开门，开门！”呀的一声，洞门开了，里边走出一个毛儿女，手中提着花篮，肩上担着锄子。真个是：

一身蓝缕无妆饰，满面精神有道心。

行者上前迎着，合掌道："女童，累你转报公主一声：我本是取经的和尚，在西方路上，难过火焰山，特来拜借芭蕉扇一用。"那毛女道："你是那寺里和尚？叫甚名字？我好与你通报。"行者道："我是东土来的，叫做孙悟空和尚。"

那毛女即便回身，转于洞内，对罗刹跪下，道："奶奶，洞门外有个东土来的孙悟空和尚，要见奶奶，拜求芭蕉扇，过火焰山一用。"那罗刹听见"孙悟空"三字，便似撮盐入火，火上浇油，骨都都红生脸上，恶狠狠怒发心头，口中骂道："这泼猴，今日来了！"叫："丫鬟，取披挂，拿兵器来！"随即取了披挂，拿两口青锋宝剑，整束出来。行者在洞外闪过偷看，怎生打扮？只见他：

头裹团花手帕，身穿纳锦云袍。腰间双束虎筋绦，微露绣裙偏绡。凤嘴弓鞋三寸，龙须膝裤金销。手提宝剑怒声高，凶比月婆容貌。

那罗刹出门高叫道："孙悟空何在？"行者上前，躬身施礼，道："嫂嫂，老孙在此奉揖。"罗刹咄的一声，道："谁是你的嫂嫂，那个要你奉揖！"行者道："尊府牛魔王当初曾与老孙结义，乃七兄弟之亲。今闻公主是牛大哥令正，安得不以嫂嫂称之？"罗刹道："你这泼猴！既有兄弟之亲，如何坑陷我子！"行者佯问道："令郎是谁？"罗刹道："我儿是号山枯松涧火云洞圣婴大王红孩儿，被你倾了，我们正没处寻你报仇，你今上门纳命，我肯饶你！"行者满脸陪笑，道："嫂嫂原来不察理，错怪了老孙。你令郎因是捉了师父，要蒸要煮，幸亏了观音菩萨收他去，救出我师。他如今现在菩萨处做善财童子，实受了菩萨正果，不生不灭，不垢不净，与天地同寿，日月同庚。你倒不谢老孙保命之恩，返怪老孙，是何道理？”

罗刹道：“你这个巧嘴的泼猴！我那儿虽不伤命，再怎生得到我的跟前，几时能见一面？”行者笑道：“嫂嫂要见令郎，有何难处？你且把扇子借我，扇息了火，送我师父过去，我就到南海菩萨处，请他来见你，就送扇子还你，有何不可？那时节，你看他可曾损伤一毫？如有些须之伤，你也怪得有理；如比旧时标致，还当谢我。”罗刹道：“泼猴，少要饶舌！伸过头来，等我砍上几剑！若受得疼痛，就借扇子与你；若忍耐不得，教你早见阎君！”行者叉手向前，笑道：“嫂嫂切莫多言。老孙伸着光头，任尊意砍上多少，但没气力便罢。是必借扇子用用。”猴。

那罗刹不容分说，双手轮剑，照行者头上乒乒乓乓砍有十数下，这行者全不认真。罗刹害怕，回头要走。行者道：“嫂嫂那里去？快借我使使！”那罗刹道：“我的宝贝原不轻借。”行者道：“既不肯借，吃你老叔一棒！”好猴王，一只手扯住，一只手去耳内掣出棒来，幌一幌，有碗来粗细。那罗刹挣脱手，举剑来迎。行者随又轮棒便打。两个在翠云山前，不论亲情，却只讲仇隙。这一场好杀：

裙钗本是修成怪，为子怀仇恨泼猴。行者虽然生狠怒，因师路阻让娥流。先言拜借芭蕉扇，不展骁雄耐性柔。罗刹无知轮剑砍，猴王有意说亲由。女流怎与男儿斗，到底男刚压女流。却不道男不与女敌。这个金箍铁棒多凶猛，那个霜刃青锋甚紧绸。劈面打，照头丢，恨苦相持不罢休。左挡右遮施武艺，前迎后架骋奇谋。却才斗到沉酣处，不觉西方坠日头。罗刹忙将真扇子，一扇挥动鬼神愁。

那罗刹女与行者相持到晚，见行者棒重，却又解数周密，料斗他不过，即便取出芭蕉扇，幌一幌，一扇阴风，把行者扇得无影无形，莫想收留得住。这罗刹得胜回归。

那大圣飘飘荡荡，左沉不能落地，右坠不得存身。就如：

旋风翻败叶，流水淌残花。

滚了一夜，直至天明，方才落在一座山上，双手抱住一块峰石。定性良久，仔细观看，却才认得是小须弥山。大圣长叹一声，道："好利害妇人，怎么就把老孙送到这里来了！我当年曾记得在此处告求灵吉菩萨，降黄风怪救我师父。那黄风岭至此直南上有三千馀里，今在西路转来，乃东南方隅，不知有几万里。等我下去问灵吉菩萨一个消息，好回旧路。"

正踌躇间，又听得钟声响亮，急下山坡，径至禅院。那门前道人认得行者的形容，即入里面报道："前年来请菩萨去降黄风怪的那个毛脸大圣又来了。"菩萨知是悟空，连忙下宝座相迎入内，施礼道："恭喜，取经来耶？"悟空答道："正好未到，早哩早哩。"灵吉道："既未曾得到雷音，何以回顾荒山？"行者道："自上年蒙盛情降了黄风怪，一路上不知历过多少苦楚。今到火焰山，不能前进，询问土人，说有个铁扇仙，芭蕉扇扇得火灭，老孙特去寻访。原来那仙是牛魔王的妻，红孩儿的母。他说我把他儿子做了观音菩萨的童子，不得常见，恨我为仇，不肯借扇，与我争斗。他见我的棒重难撑，遂将扇子把我一扇，扇得我悠悠荡荡，直至于此，方才落住。故此轻造禅院，问个归路。此处到火焰山，不知有多少里数？”

灵吉笑道：“那妇人唤名罗刹女，又叫做铁扇公主。他的那芭蕉扇本是昆仑山后，自混沌开辟以来，天地产成的一个灵宝，乃太阴之精叶，故能灭火气。假若扇着人，要飘八万四千里，方息阴风。我这山到火焰山，只有五万馀里。此还是大圣有留云之能，故止住了；若是凡人，正好不得住也。”行者道：“利害利害！我师父却怎生得度那方？”灵吉道：“大圣放心。此一来，也是唐僧的缘法，合教大圣成功。”行者道：“怎见成功？”灵吉道：“我当年受如来教旨，赐我一粒定风丹，一柄飞龙杖。飞龙杖已降了风魔，这定风丹尚未曾见用，如今送了大圣，管教那厮扇你不动。你却要了扇子，扇息火，却不就立此功也？”行者低头作礼，感谢不尽。那菩萨即于衣袖中取出一个锦袋儿，将那一粒定风丹与行者安在衣领里边，将针线紧紧缝了。送行者出门，道：“不及留款。往西北上去，就是罗刹的山场也。”

行者辞了灵吉，驾筋斗云，径返翠云山。顷刻而至。使铁棒打着洞门，叫道：“开门开门，老孙来借扇子使使哩！”慌得那门里女童即忙来报：“奶奶，借扇子的又来了！”罗刹闻言，心中悚惧，道：“这泼猴真有本事！我的宝贝扇着人，要去八万四千里，方能停止，他怎么才吹去就回来也？这翻等我一连扇他两三扇，教他找不着归路！”急纵身，结束整齐，双手提剑，走出门来，道：“孙行者，你不怕我，又来寻死！”行者笑道：“嫂嫂勿得悭吝，是必借我使使。猴。保得唐僧过山，就送还你。我是个志诚有馀的君子，不是那借物不还的小人。”借物不还的听之。

罗刹又骂道：“泼猴狲，好没道理，没分晓！夺子之仇尚未报得，借扇之意岂得如心！你不要走，吃我老娘一剑！”大圣公然不惧，使铁棒劈手相迎。他两个往往来来，战经五七回合，罗刹女手软难轮，孙行者身强善敌。他见事势不谐，即取扇子，望行者扇了一扇，行者巍然不动。行者收了铁棒，笑吟吟的道：“这番不比那番，任你怎么扇来，老孙若动一动，就不算汉子！”那罗刹又扇两扇，果然不动。罗刹慌了，急收宝贝，转回走入洞里，将门紧紧关上。

行者见他闭了门，却就弄个手段，拆开衣领，把定风丹噙在口中，摇身一变，变作一个蟭蟟虫儿，从他门隙处钻进。只见罗刹叫道：“渴了，渴了，快拿茶来！”近侍女童即将香茶一壶，沙沙的满斟一碗，冲起茶末漕漕。行者见了欢喜，嘤的一翅，飞在茶末之下。那罗刹渴极，接过茶，两三气都吃了。行者已到他肚腹之内，现原身，厉声高叫道：“嫂嫂，借扇子我使使！”猴哉，猴哉。罗刹大惊失色，叫：“小的们，关了前门否？”俱说关了。他又说：“既关了门，孙行者如何在家里叫唤？”女童道：“在你身上叫哩。”罗刹道：“孙行者，你在那里弄术哩？”行者道：“老孙一生不会弄术，都是些真手段，实本事，已在尊嫂尊腹之内耍子，已见其肺肝矣。我知你也饥渴了，我先送你个坐碗儿解渴！”猴。却就把脚往下一登。那罗刹小腹之中疼痛难禁，坐于地下叫苦。行者道："嫂嫂休得推辞，我再送你个点心充饥！"坐碗、点心巧甚。又把头往上一顶。那罗刹心痛难禁，只在地上打滚，疼得他面黄唇白，只教："孙叔叔饶命！"

行者却才收了手脚，道："你才认得叔叔么？我看牛大哥情上，且饶你性命，快将扇子拿来我使使！"罗刹道："叔叔，有扇有扇，你出来拿了去！"行者道："拿扇子我看了出来。"罗刹即叫女童拿一柄芭蕉扇，执在傍边。行者探到喉咙之上见了，道："嫂嫂，我既饶你性命，不在腰肋之下搠个窟窿出来，还自口出。若在下面出来，就是他的儿子了。你把口张三张儿。"那罗刹果张开口。行者还作个蟭蟟虫，先飞出来，丁在芭蕉扇上。那罗刹不知，连张三次，叫："叔叔出来罢。"行者化原身，拿了扇子，叫道："我在此间不是？谢借了，谢借了！"猴。拽开步，往前便走，小的们连忙开了门，放他出洞。

这大圣拨转云头，径回东路。霎时按下云头，立在红砖壁下。八戒见了，欢喜道："师父，师兄来了，来了！"三藏即与本店老者同沙僧出门接着，同至舍内。把芭蕉扇靠在傍边，道："老官儿，可是这个扇子？"老官儿那里认得扇？老者道："正是，正是。"唐僧喜道："贤徒有莫大之功，求此宝贝，甚劳苦了。"行者道："劳苦倒也不说。那铁扇仙你道是谁？那厮原来是牛魔王的妻，红孩儿的母，名唤罗刹女，又唤铁扇公主。我寻到洞外借扇，他就与我讲起仇隙，把我砍了几剑。是我使棒吓他，他就把扇子扇了我一下，飘飘荡荡，直刮到小须弥山。幸见灵吉菩萨，送了我一粒定风丹，指与归路。复至翠云山，又见罗刹女。罗刹女又使扇子，扇我不动，他就回洞。是老孙变作一个蟭蟟虫，飞入洞去。那厮正讨茶吃，是我又钻在茶末之下，到他肚里，做起手脚。他疼痛难禁，不住口的叫我做‘叔叔饶命’，情愿将扇借与我。我却饶了他，拿将扇来。待过了火焰山，仍送还他。”三藏闻言，感谢不尽。师徒们俱拜辞老者。

一路西来，约行有四十里远近，渐渐酷热蒸人。沙僧只叫：“脚底烙得慌！”八戒又道：“爪子荡得痛！”马比寻常又快，只因地热难停，十分难进。行者道：“师父且请下马，兄弟们莫走，等我扇息了火，待风雨之后，地上冷些，再过山去。”行者果举扇，径至火边，尽力一扇，那山上火光烘烘腾起；再一扇，更着百倍；又一扇，那火足有千丈之高，渐渐烧着身体。行者急回，已将两股毫毛烧尽，径跑至唐僧面前，叫：“快回去，快回去！火来了，火来了！”

那师父爬上马，与八戒、沙僧，复东来有二十馀里，方才歇下，道：“悟空，如何了呀！”行者丢下扇子，道：“不停当，不停当，被那厮哄了！”三藏听说，愁促眉尖，闷添心上，止不住两泪浇流，只道：“怎生是好！”八戒道：“哥哥，你急急忙忙叫回去，是怎么说？”行者道：“我将扇子扇了一下，火光烘烘；第二扇，火气愈盛；第三扇，火头飞有千丈之高。若是跑得不快，把毫毛都烧尽矣！”八戒笑道：“你常说雷打不伤，火烧不损，如今何又怕火？”行者道：“你这呆子，全不知事！那时节用心防备，故此不伤；今日只为扇息火光，不曾捻避火诀，又未使护身法，所以把两股毫毛烧了。”沙僧道：“似这般火盛，无路通西，怎生是好？”八戒道：“只拣无火处走便罢。”三藏道：“那方无火？”八戒道：“东方、南方、北方俱无火。”又问："那方有经？"八戒道："西方有经。"三藏道："我只欲往有经处去哩。"沙僧道："有经处有火，无火处无经，着眼。诚是进退两难。"

师徒每正自胡谈乱讲，只听得有人叫道："大圣不须烦恼，且来吃些斋饭再议。"四众回看时，见一老人，身披飘风氅，头顶偃月冠，手持龙头杖，足踏铁靿靴；后带着一个雕嘴鱼腮鬼，鬼头上顶着一个铜盆，盆内有些蒸饼糕糜、黄粮米饭，在于西路下，躬身道："我本是火焰山土地，知大圣保护圣僧，不能前进，特献一斋。"行者道："吃斋小可，这火光几时灭得，让我师父过去？"土地道："要灭火光，须求罗刹女借芭蕉扇。"行者去路傍拾起扇子，道："这不是？那火光越扇越着，何也？"土地看了，笑道："此扇不是真的，被他哄了。"行者道："如何方得真的？"那土地又控背躬身，微微笑道：

若还要借真芭蕉，须是寻求大力王。

毕竟不知大力王有甚缘故，且听下回分解。

总批：

罗刹女遗焰至今尚在。或问在何处，曰：遍地都是。只是男子不动火，他自然灭熄了。○这妇人遍能杀火，所以和尚只得求他。

第六十回

牛魔王罢战赴华筵　孙行者二调芭蕉扇

牛魔王罷戰赴華筵
孫行者二調芭蕉扇

土地说："大力王即牛魔王也。"行者道："这山本是牛魔王放的火，假名火焰山？"土地道："不是，不是。大圣若肯赦小神之罪，方敢直言。"行者道："你有何罪？直说无妨。"土地道："这火原是大圣放的。"行者怒道："我在那里，你这等乱谈！我可是放火之辈？"土地道："是你也认不得我了。此间原无这座山，因大圣五百年前大闹天宫时，被显圣擒了，压赴老君，将大圣安于八卦炉内，煅炼之后开鼎，被你登倒丹炉，落了几个砖来，内有馀火，到此处化为火焰山。如此照应，奇甚。我本是兜率宫守炉的道人，当被老君怪我失守，降下此间，就做了火焰山土地也。"极荒唐，却似实事。猪八戒闻言，恨道："怪到你这等打扮，原来是道士变的土地。"

行者半信不信，道："你且说早寻大力王何故？"土地道："大力王乃罗刹女丈夫。他这向撇了罗刹，现在积雷山摩云洞。有个万岁狐王，那狐王死了，遗下一个女儿，叫做玉面公主。好名色。那公主有百万家私，无人掌管，二年前，访着牛魔王神通广大，情愿倒陪家私，招赘为夫。那牛王弃了罗刹，久不回顾。若大圣寻着牛王，拜求来此，方借得真扇。一则扇息火焰，可保师父前进；二来永除火患，可保此地生灵；三者赦我归天，回缴老君法旨。"行者道："积雷山坐落何处？到彼有多少程途？"土地道："在正南方。此间到彼，有三千馀里。"行者闻言，即分付八戒、沙僧保护师父，又教土地陪伴勿回，随即忽的一声，渺然不见。

那里消半个时辰，早见一座高山凌汉。按落云头，停立巅峰之上观看。真是好山：

高不高，顶摩碧汉；大不大，根扎黄泉。山前日暖，岭后风寒。山前日暖，有三冬草木无知；岭后风寒，见九夏冰霜不化。龙潭接涧水长流，虎穴依崖花放早。水流千派似飞琼，花放一心如布锦。湾环岭上湾环树，扢扠石外扢扠松。真个是：高的山，峻的岭，陡的崖，深的涧，香的花，美的果，红的藤，紫的竹，青的松，翠的柳。八节四时颜不改，千年万古色如龙。

大圣看勾多时，步下尖峰，入深山，找寻路径。正自没个消息，忽见松阴下有一女子，手折了一枝香兰，袅袅娜娜而来。大圣闪在怪石之傍，定睛观看。那女子怎生模样？

娇娇倾国色，缓缓步移莲。貌若王嫱，颜如楚女。如花解语，似玉生香。高髻堆青觯碧鸦，双睛蘸绿横秋水。湘裙半露弓鞋小，翠袖微舒粉腕长。说甚么暮雨朝云，真个是朱唇皓齿。锦江滑腻蛾眉秀，赛过文君与薛涛。

那女子渐渐走近石边，大圣躬身施礼，缓缓而言曰：“女菩萨何往？”那女子失曾观看，听得叫问，却是抬头，忽见大圣的相貌丑陋，老大心惊，欲退难退，欲行难行，只得战兢兢勉强答道：“你是何方来者？敢在此间问谁？”大圣沉思道：“我若说出取经求扇之事，恐这厮与牛王有亲，且只以假亲托意来请魔王之言而答方可。”那女子见他不语，变了颜色，怒声喝道：“你是何人，敢来问我！”大圣躬身陪笑道：“我是翠云山来的，初到贵处，不知路径。敢问菩萨，此间可是积雷山？”那女子道：

"正是。"大圣道："有个摩云洞，坐落何处？"那女子道："你寻那洞做甚？"大圣道："我是翠云山芭蕉洞铁扇公主请牛魔王的。"

那女子一听铁扇公主请牛魔王之言，心中大怒，撤耳根子通红，泼口骂道："这贱婢，着实无知！牛王自到我家，未及二载，也不知送了他多少珠翠金银、绫罗段匹，年供柴，月供米，自自在在受用，还不识羞，又来请他怎的！"妖魔是妒妇，妒妇是妖魔。大圣闻言，情知是玉面公主，故意掣出金箍棒，大喝一声，道："你这泼贱，将家私买住牛王，诚然是陪钱嫁汉！你倒不羞，却敢骂谁！"那女子见了，唬得魄散魂飞，没好步，乱蹁金莲，战兢兢回头便走。这大圣吆吆喝喝，随后相跟。原来穿过松阴，就是摩云洞口。女子跑进去，扑的把门关了。大圣却才收了金箍棒，停步看时，好所在：

树林森密，崖削崚嶒。薜萝阴冉冉，兰蕙味馨馨。流泉漱玉穿修竹，巧石知机带落英。烟霞笼远岫，日月照云屏。龙吟虎啸，鹤唳莺啼。一片清幽真可爱，琪花瑶草景常明。不亚天台仙洞，胜如海上蓬瀛。

且不言行者这里观看景致，却说那女子跑得粉汗淋淋，唬得兰心吸吸，粉汗、兰心，语媚甚。径入书房里面。原来牛魔王正在那里静玩丹青。这女子没好气倒在怀里，抓耳挠腮，放声大哭。画。牛王满面陪笑道："美人，休得烦恼。有甚话说？"那女子跳天索地，口中骂道："泼魔害杀我也！"描写得逼真。牛王笑道："你为甚事骂我？”女子道：“我因父母无依，招你护身养命。江湖中说你是条好汉，原来是个惧内的慵夫！”牛王闻说，将女子抱住，道：“美人，我有那些不是处，你且慢慢说来。我与你陪礼。”女子道：“适才我在洞外闲步花阴，折兰采蕙，忽有一个毛脸雷公嘴的和尚，猛地前来施礼，把我吓了个挣。及定性问是何人，他说是铁扇公主央他来请牛魔王的。被我说了两句，他倒骂了我一场，将一根棍子，赶着我打。若不是走得快些，几乎被他打死！这不是招你为祸？害杀我也！”牛王闻言，却与他整容陪礼，温存良久，女子方才息气。传神。魔王却发狠道：“美人在上，不敢相瞒。那芭蕉洞虽是僻静，却清幽自在。我山妻自幼修持，也是个得道的女仙，却是家门严谨，内无一尺之童，焉得有雷公嘴的男子央来？这想是那里来的妖怪，或者假绰名声，至此访我。等我出去看看。”

好魔王，拽开步，出了书房，上大厅取了披挂，结束了，拿了一条混铁棍，出门高叫道：“是谁人在我这里无状？”行者在傍，见他那模样与五百年前又大不同。只见：

头上戴一顶水磨银亮熟铁盔，身上贯一付绒穿锦绣黄金甲，足下踏一双卷尖粉底麂皮靴，腰间束一条攒丝三股狮蛮带。一双眼光如明镜，两道眉艳似红霓。口若血盆，齿排铜板。吼声响震山神怕，行动威风恶鬼慌。四海有名称混世，西方大力号魔王。

这大圣整衣上前，深深的唱个大喏，道：“长兄，还认得小弟么？”牛王答礼，道：“你是齐天大圣孙悟空么？”大圣道：“正是正是。一向久别未拜，适才到此问一女子，方得见兄，丰采果胜常，可贺也。”

牛王喝道：“且休巧舌！我闻你闹了天宫，被佛祖降压在五行山下，近解脱天灾，保护唐僧西天见佛求经，怎么在号山枯松涧火云洞把我小儿牛圣婴害了！正在这里恼你，你却怎么又来寻我！”大圣作礼道：“长兄勿得误怪小弟。当时令郎捉住吾师，要食其肉，小弟近他不得，幸观音菩萨欲救吾师，劝他归正。现今做了善财童子，比兄长还高，享极乐之门堂，受逍遥之永寿，有何不可，返怪我耶？”牛王骂道：“这个乖嘴的猢狲！害子之情，被你说过；你才欺我爱妾，打上我门何也！”大圣笑道：“我因拜谒长兄不见，向那女子拜问，不知就是二嫂嫂；因他骂了我几句，是小弟一时粗卤，惊了嫂嫂。望长兄宽恕宽恕。”牛王道：“既如此说，我看故旧之情，饶你去罢。”

大圣道：“既蒙宽恩，感谢不尽，但尚有一事奉渎，万望周济周济。”牛王骂道：“这猢狲不识起倒！饶了你，倒还不走，反来缠我！甚么周济周济！”大圣道：“实不瞒兄长：小弟因保唐僧西进，路阻火焰山，不能前进；询问土人，知尊嫂罗刹女有一柄芭蕉扇，欲求一用；昨到旧府，奉拜嫂嫂，嫂嫂坚执不借，是以特求长兄。望兄长开天地之心，同小弟到大嫂处一行，千万借扇，扇灭火焰，保得唐僧过山，即时完璧。”牛王闻言，心如火发，咬响钢牙，骂道：“你说你不无礼，你原来是借扇之故！一定先欺我山妻，山妻想是不肯，故来寻我，且又赶我爱妾！常言道：‘朋友妻，不可欺；朋友妾，不可灭。’你既欺我妻，又灭我妾，多大无礼！上来吃我一棍！”大圣道：“哥要说打，弟也不惧。但求宝贝，是我真心。万乞借我使使。”牛王道：“你若三合敌得我，我着山妻借你；如敌不过，打死你，与我雪恨！”大圣道：“哥说得是。小弟这一向疏懒，不曾与兄相会，不知这几年武艺比昔日如何，我兄弟们请演演棍看。”

这牛王那容分说，掣混铁棍劈头就打。这大圣持金箍棒随手相迎。两个这场好斗：

金箍棒，混铁棍，变脸不以朋友论。那个说：“正怪你这猢狲害子情。”这个说：“你令郎已得道休嗔狠。”那个说：“你无知怎敢上我门？”这个说：“我有因特地来相问。”一个要求扇子保唐僧，一个不借芭蕉忒鄙吝。语去言来识旧情，无家无义皆生忿。牛王棍起赛蛟龙，大圣棒迎神鬼遁。初时争斗在山前，后来齐驾祥云进。半空之内显神通，五彩光中施妙运。两条棍响振天关，不见输赢皆傍寸。

这大圣与那牛王斗经百十回合，不分胜负。正在难解难分之际，只听得山峰上有人叫道：“牛爷爷，我大王多多拜上，幸赐早临，好安座也。”牛王闻说，使混铁棍支住金箍棒，叫道：“猢狲，你且住了，等我去一个朋友家赴会来者。”言毕，按下云头，径至洞里，对玉面公主道：“美人，才那雷公嘴的男子乃孙悟空猢狲，被我一顿棍打走了，再不敢来。你放心耍子，我到一个朋友处吃酒去也。”他才卸了盔甲，穿一领鸦青剪绒袄子，走出门，跨上璧水金睛兽，着小的们看守门庭，半云半雾，一直向西北方而去。

大圣在高峰上看着，心中暗想道："这老牛不知又结识了甚么朋友，往那里去赴会。等老孙跟他走走。"好行者，将身幌一幌，变作一阵清风赶上，随着同走。不多时，到了一座山中，那牛王寂然不见。大圣聚了原身，入山寻看，那山中有一面清水深潭，潭边有一座石碣，碣上有六个大字，乃"乱石山碧波潭"。大圣暗想道："老牛决然下水去了。水底之精，若不是蛟精，定是龙精、鱼精，或龟鳖鼋鼍之精。等老孙也下水去看看。"

好大圣，捻着诀，念个咒语，摇身一变，变作一个螃蟹，不大不小的，有三十六斤重，扑的跳在水中，径沉潭底。忽见一座玲珑剔透的牌楼，楼下拴着那个辟水金睛兽。进牌楼里面，却就没水。大圣爬进去，仔细看时，只见那壁厢一派音乐之声。但见：

朱宫贝阙，与世不殊。黄金为屋瓦，白玉作门枢。屏开玳瑁甲，槛砌珊瑚珠。祥云瑞蔼辉莲座，上接三光下八衢。非是天宫并海藏，果然此处赛蓬壶。高堂设宴罗宾主，大小官员冠冕珠。忙呼玉女捧牙槃，催唤仙娥调律吕。长鲸鸣，巨蟹舞；鳖吹笙，鼍击鼓。骊颔之珠照樽俎，鸟篆之文列翠屏，虾须之帘挂廊庑。八音迭奏杂仙韶，宫商响彻遏云霄。青头鲈妓抚瑶瑟，红眼马郎品玉箫。鳜婆顶献香獐脯，龙女头簪金凤翘。吃的是天厨八宝珍羞味，饮的是紫府琼浆熟酝醪。

那上面坐的是牛魔王，左右有三四个蛟精，前面坐着一个老龙精，两边乃龙子龙孙、龙婆龙女。正在那里觥筹交错之际，孙大圣一直走将上去，被老龙看见，即命："拿下那个野蟹来！"龙子龙孙一拥上前，把大圣拿住。大圣忽作人言，叫："饶命，饶命！"老龙道："你是那里来的野蟹？怎么敢上厅堂，在尊客之前横行乱走？快早供来，免汝死罪！"好大圣，假捏虚词，对众供道：

生自湖中为活，傍崖作窟权居。盖因日久得身舒，官受横行介士。踏草拖泥落索，从来未习行仪。不知法度冒王威，伏望尊慈恕罪！可笑之甚。

座上众精闻言，都供身对老龙作礼，道："蟹介士初入瑶宫，不知王礼，望尊公饶他去罢。"老龙称谢了，众精即教："放了那厮，且记打，外面伺候。"大圣应了一声，往外逃命，径至牌楼之下。心中暗想道："这牛王在此贪杯，那里等得他散？就是散了，也不肯借扇与我。不如偷了他的金睛兽，变做牛魔王，去哄那罗刹女，骗他扇子，送我师父过山为妙。"

好大圣，即现本像，将金睛兽解了缰绳，扑一把，跨上雕鞍，径直骑出水底。到于潭外，将身变作牛王模样。打着兽，纵着云，不多时，已至翠云山芭蕉洞口，叫声："开门！"那洞门里有两个女童，闻得声音，开了门，看见是牛魔王嘴脸，即入报："奶奶，爷爷来家了。"那罗刹听言，忙整云鬟，急移莲步，出门迎接。这大圣下雕鞍，牵进金睛兽，弄大胆，诓骗女佳人。罗刹女肉眼认他不出，即携手而入，着丫鬟设座看茶。一家子见是主公，无不敬谨。

须臾间，叙及寒温。“牛王”道：“夫人久阔。”顽甚。罗刹道：“大王万福。”又云：“大王宠幸新婚，抛撇奴家，今日是那阵风儿吹你来的？”大圣笑道：“非敢抛撇，只因玉面公主招后，家事繁冗，朋友多顾，是以稽留在外。却也又治得一个家当了。”趣甚。又道：“近闻悟空那厮保唐僧，将近火焰山界，恐他来问你借扇子，我恨那厮害子之仇未报，但来时，可差人报我，等我拿他，分尸万段，以雪我夫妻之恨。”贼猴。罗刹闻言，滴泪告道：“大王，常言说，‘男子无妇财无主，女子无夫身无主。’我的性命险些儿被这个猢狲害了！”大圣听得，故意发怒骂道：“那泼猴几时过去了？”逼真。罗刹道：“还未去。昨日到我这里借扇子，我因他害孩儿之故，披挂了，轮宝剑出门，就砍那猢狲。他忍着疼，叫我做嫂嫂，说大王曾与他结义。”大圣道：“是五百年前曾拜为七兄弟。”罗刹道：“被我骂也不敢回言，砍也不敢动手，后被我一扇子扇去。不知在那里寻得个定风法儿，今早又在门外叫唤。是我又使扇扇，莫想得动；急轮剑砍时，他就不让我了。我怕他棒重，就走入洞里，紧关上门。不知他又从何处钻在我肚腹之内，你道在何处钻入？险被他害了性命！是我叫他几声叔叔，将扇与他去也。”大圣又假意捶胸，道：“可惜，可惜。夫人错了，怎么就把这宝贝与那猢狲？恼杀我也！”妙猴。

罗刹笑道：“大王息怒。与他的是假扇，但哄他去了。”大圣问：“真扇在于何处？”罗刹道：“放心，放心，我收着哩。”叫丫鬟整酒，接风贺喜。遂擎杯奉上，道：“大王，燕尔新婚，千万莫忘结发，且吃一杯乡中之水。”大圣不敢不接，只得笑吟吟举觞在手，道：“夫人先饮。我因图治外产，久别夫人，早晚蒙护守家阃，权为酬谢。”画。罗刹复接杯斟起，递与“大王”，道：“自古道，‘妻者，齐也’，夫乃养身之父，谢甚么。”两人谦谦讲讲，方才坐下巡酒。大圣不敢破荤，只吃几个果子，与他言言语语。

酒至数巡，罗刹觉有半酣，色情微动，就和孙大圣挨挨擦擦，搭搭拈拈，携着手，软语温存，并着肩，低声俯就。将一杯酒，你喝一口，我喝一口，却又哺果。妙，妙。大圣假意虚情，相陪相笑，没奈何，也与他相倚相偎。果然是：

钓诗钩，扫愁帚，破除万事无过酒。男儿立节放襟怀，女子忘情开笑口。面赤似夭桃，身摇如嫩柳。絮絮叨叨话语多，捻捻掐掐风情有。时见掠云鬟，又见轮尖手。几番常把脚儿跷，数次每将衣袖抖。妙，妙。粉项自然低，蛮腰渐觉扭。合欢言语不曾丢，酥胸半露松金钮。醉来真个玉山颓，饧眼摩娑几弄丑。

大圣见他这等酣然，暗自留心，挑斗道：“夫人，真扇子你收在那里？早晚仔细，但恐孙行者变化多端，却又来骗去。”罗刹笑嘻嘻的，口中吐出，只有一个杏叶儿大小，递与大圣，道：“这个不是宝贝？”大圣接在手中，却又不信，暗想着：“这些些儿，怎生扇得火灭？怕又是假的。”罗刹见他看着宝贝沉思，忍不住，上前将粉面揾在行者脸上，叫道：“亲亲，你收了宝贝吃酒罢，只管出神想甚么哩？”大圣就趁脚儿挠，问他一句道：“这般小小之物，如何扇得八百里火焰？”罗刹酒陶真性，无忌惮，就说出方法，道：“大王，与你别了二载，你想是昼夜贪欢，被那玉面公主弄伤了神思，怎么自家的宝贝事情也都忘了？只将左手大指头，捻着那柄儿上第七缕红丝，念一声‘呬嘘呵吸嘻吹呼’，即长一丈二尺长短。这宝贝变化无穷，那怕他八万里火焰，可一扇而消也。”

大圣闻言，切切记在心上，却把扇儿也噙在口里，把脸抹一抹，现了本像，厉声高叫道：“罗刹女，你看看我可是你亲老公，就把我缠了这许多丑勾当！不羞，不羞！”那女子一见是孙行者，慌得推翻卓席，跌倒尘埃，羞愧无比，只叫：“气杀我也，气杀我也！”

这大圣不管他死活，捽脱手，拽大步，径出了芭蕉洞。正是：

无心贪美色，得意笑颜回。

将身一纵，踏祥云，跳上高山，将扇子吐出来，演演方法。将左手大指头，捻着那柄上第七缕红丝，念了一声“呬嘘呵吸嘻吹呼”，果然长了有一丈二尺长短。拿在手中，仔细看了一看，比前番假的果是不同，只见祥光幌幌，瑞气纷纷，上有三十六缕红丝，穿经度络，表里相联。原来行者只讨了个长的方法，不曾讨他个小的口诀，左右只是那等长短。没奈何，只得搴在肩上，找旧路而回不题。妆点得好。

却说那牛魔王，在碧波潭底与众精散了筵席，出得门来，不见了辟水金睛兽。老龙王聚众精问道：“是谁偷放牛爷的金睛兽也？”众精跪下道：“没人敢偷。我等俱在筵前供酒捧盘，供唱奏乐，更无一人在前。”老龙道：“家乐儿断乎不敢，可曾有甚生人进来？”龙子龙孙道：“适才安座之时，有个蟹精到此。那个便是生人。”牛王闻说，顿然省悟，道：“不消讲了。早间贤友着人邀我时，有个孙悟空保唐僧取经，路遇火焰山难过，曾问我求借芭蕉扇。我不曾与他，他和我赌斗一场，未分胜负，我却丢了他，径赴盛会。那猴子千般伶俐，万样机关，断乎是那厮变作蟹精，来此打探消息，偷了我兽，去山妻处骗了那一把芭蕉扇儿也。”众精见说，一个个胆战心惊，问道：“可是那大闹天宫的孙悟空么？”牛王道：“正是。列公若在西天路上有不是处，切要躲避他些儿。”老龙道：“似这般说，大王的骏骑却如之何？”牛王笑道：“不妨，不妨。列公各散，等我赶他去来。”

遂而分开水路，跳出潭底，驾黄云，径至翠云山芭蕉洞。只听得罗刹女跌脚捶胸，大呼小叫。推开门，又见璧水金睛兽拴在下边。牛王高叫：“夫人，孙悟空那厢去了？”众女童看见牛魔，一齐跪下，道：“爷爷来了。”罗刹女扯住牛王，磕头撞脑，口里骂道：“泼老天杀的！怎么这般不谨慎，着那猢狲偷了金睛兽，变作你的模样，到此骗我！”牛王切齿道：“猢狲那厢去了？”罗刹捶着胸膛，骂道：“那泼猴赚了我的宝贝，现出原身走了。气杀我也！”牛王道：“夫人保重，勿得心焦。等我赶上猢狲，夺了宝贝，剥了他皮，剉碎他骨，摆出他的心肝，与你出气！”叫：“拿兵器来！”女童道：“爷爷的兵器不在这里。”牛王道：“拿你奶奶的兵器来罢。”好照管。侍婢将两把青锋宝剑捧出。

牛王脱了那赴宴的鸦青绒袄，束一束贴身的小衣，双手绰剑，走出芭蕉洞，径奔火焰山上赶来。正是那：

忘恩汉骗了痴心妇，裂性魔来近木叉人。

毕竟不知此去吉凶如何，且听下回分解。

总批：

老牛、老猴曾结义来，缘何略无一些兄弟情分？有人曰：妖魔禽兽，说恁么情分。又一友曰：没情分的便是妖魔禽兽耳。甚快之。

又批：

形容铁扇、玉面两公主，曲尽人家妻妾情状。

第六十一回

猪八戒助力破魔王
孙行者三调芭蕉扇

豬八戒助力敗魔王
孫行者三調芭蕉扇

话表牛魔王赶上孙大圣，只见他肩膊上掮着那柄芭蕉扇，怡颜悦色而行。魔王大惊道："猢狲原来把运用的方法儿也叨餂得来了。我若当面问他索取，他定然不与。倘若扇我一扇，要去十万八千里远，却不遂了他意？我闻得唐僧在那大路上等候，他二徒弟猪精，三徒弟沙流精，我当年做妖怪时，也曾会他，且变作猪精的模样，反骗他一场。料猢狲以得意为喜，必不详细堤防。"好魔王——他也有七十二变，武艺也与大圣一般，只是身子狼犺些，欠钻疾，不活达些——把宝剑藏了，念个咒语，摇身一变，即变作八戒一般嘴脸；抄下路，当面迎着大圣，叫道："师兄，我来也！"

这大圣果欢喜——古人云"得胜的猫儿欢似虎"也——只倚着强能，更不察来人的意思，见是个八戒的模样，便就叫道："兄弟，你往那里去？"牛魔王绰着经儿道："师父见你许久不回，恐牛魔王手段大，你敌他不过，难得他的宝贝，教我来迎你的。"行者笑道："不必费心，我已得了手了。"牛王又问道："你怎么得的？"行者道："那老牛与我战经百十合，不分胜负，他就撇了我，去那乱石山碧波潭底，与一伙蛟精、龙精饮酒。是我暗跟他去，变作个螃蟹，偷了他所骑的避水金睛兽，变了老牛的模样，径至芭蕉洞哄那罗刹女。那女子与老孙结了一场干夫妻，顽皮。是老孙设法骗将来的。"牛王道："却是生受了。哥哥劳碌太甚，可把扇子我拿。"孙大圣那知真假，也虑不及此，遂将扇子递与他。

原来那牛王，他知那扇子收放的根本，接过手，不知捻个甚么诀儿，依然小似一片杏叶；现出本像，开言骂道："泼猢狲，认得我么！”行者见了，心中自悔道：“是我的不是了！”恨了一声，跌足高呼道：“咦，逐年家打雁，今却被小雁儿鸽了眼睛！”狠得他爆躁如雷，掣铁棒，劈头便打。那魔王就使扇子扇他一下，不知那大圣先前变蟭蟟虫入罗刹女腹中之时，将定风丹噙在口里，不觉的咽下肚里，好照管。所以五脏皆牢，皮骨皆固，凭他怎么扇，再也扇他不动。牛王慌了，把宝贝丢入口中，双手轮剑就砍。那两个在那半空中，这一场好杀：

齐天孙大圣，混世泼牛王。只为芭蕉扇，相逢各骋强。粗心大圣将人骗，大胆牛王把扇诓。这一个金箍棒起无情义，那一个霜刃青锋有智量。大圣施威喷彩雾，牛王放泼吐毫光。齐斗勇，两不良，咬牙剉齿气昂昂。播土扬尘天地暗，飞砂走石鬼神藏。这个说：“你敢无知反骗我！”那个说：“我妻许你共相将！”言村语泼，性烈情刚。那个说：“你哄人妻女真该死，告到官司有罪殃！”伶俐的齐天圣，凶顽的大力王。一心只要杀，更不待商量。棒打剑迎齐努力，有些松慢见阎王。

且不说他两个相斗难分，却表唐僧坐在途中，一则火气蒸人，二来心焦口渴，对火焰山土地道：“敢问尊神，那牛王法力如何？”土地道：“那牛王神力不小，法力无边，正是孙大圣的敌手。”三藏道：“悟空是个会走路的，往常家二千里路一霎时便回，怎么如今去了一日？断是与牛王赌斗。”叫：“悟能，悟净，你两个那一个去迎你师兄一迎？倘或遇敌，就当用力相助，求得扇子来，解我烦躁，早早过山赶路去也。”八戒道：“今日天晚，我想着要去接他，但只是不认得积雷山路。”土地道：“小神认得。且教卷帘将军与你师父做伴，我与你去来。”三藏大喜，道：“有劳尊神，功成再谢。”

那八戒抖搜精神，束一束皂锦直裰，搴着钯，即与土地纵起云雾，径向东方而去。正行时，忽听得喊杀声高，狂风滚滚。八戒按住云头看时，原来孙行者与牛王厮杀哩。土地道：“天蓬不上前，还待怎的？”呆子掣钉钯，厉声高叫道：“师兄，我来也！”行者恨道：“你这夯货，误了我多少大事！”八戒道：“师父教我来迎你，因认不得山路，商议良久，教土地引我，故此来迟。如何误了大事？”行者道：“不是怪你来迟。这泼牛十分无礼！我向罗刹处弄得扇子来，却被这厮变作你的模样，口称迎我，我一时欢悦，转把扇子递在他手，他却现了本像，与老孙在此比并，所以误了大事也。”

八戒闻言大怒，举钉钯当面骂道：“我把你这血皮胀的遭瘟！你怎敢变作你祖宗的模样，骗我师兄，使我兄弟不睦！”你看他没头没脸的使钉钯乱筑，那牛王一则是与行者斗了一日，力倦神疲；二则是见八戒的钉钯凶猛，遮架不住，败阵就走。只见那火焰山土地帅领阴兵，当面挡住，道：“大力王且住手。唐三藏西天取经，无神不保，无天不佑，三界通知，十方拥护。快将芭蕉扇来扇息火焰，教他无灾无障，早过山去；不然，上天责你罪谴，定遭诛也。”牛王道：“你这土地，全不察理！那泼猴夺我子，欺我妾，骗我妻，番番无道，我恨不得囫囵吞他下肚，化作大便喂狗，怎么肯将宝贝借他！”言未了，八戒早又赶上，骂道：“我把你个结心癀！快拿出扇来，饶你性命！”那牛王只得回头，使宝剑又战八戒。孙大圣举棒相帮。这一场在那里好杀：

成精豕，作怪牛，兼上偷天得道猴。禅性自来能战炼，必当用土合元由。钉钯九齿尖还利，宝剑双锋快更柔。铁棒卷舒为主使，土神助力结丹头。三家刑克相争竞，各展雄才要运筹。捉牛耕地金钱长，唤豕归炉木气收。心不在焉何作道，神常守舍要拴猶。胡一嚷，苦相求，三般兵刃响搜搜。钯筑剑伤无好意，金箍棒起有因由。只杀得星不光兮月不皎，一天寒雾黑悠悠！

那魔王奋勇争强，且行且斗，斗了一夜，不分上下，早又天明。前面是他的积雷山摩云洞口，他三个与土地、阴兵，又喧哗振耳，惊动那玉面公主，唤丫鬟看是那里人嚷。只见守门小妖来报："是我家爷爷与昨日那雷公嘴汉子并一个长嘴大耳的和尚同火焰山土地等众厮杀哩。"玉面公主听言，即命外护的大小头目，各执枪刀助力。前后点起七长八短，有百十馀口，一个个卖弄精神，拈枪弄棒，齐告："大王爷爷，我等奉奶奶内旨，特来助力也。"牛王大喜，道："来得好，来得好！"众妖一齐上前乱砍。八戒措手不及，倒拽着钯，败阵而走。大圣纵筋斗云，跳出重围。众阴兵亦四散奔生。老牛得胜，聚群妖归洞，紧闭了洞门不题。

行者道："这厮骁勇，自昨日申时前后与老孙战起，直到今夜，未定输赢；却得你两个来接力，如此苦斗半日一夜，他更不见劳困。才这一伙小妖，却又莽壮。他将洞门紧闭不出，如之奈何？"八戒道："哥哥，你昨日巳时离了师父，怎么到申时才与他斗起？你那两三个时辰在那里的？”行者道：“别你后，顷刻就到这座山上，见一个女子问讯，原来就是他爱妾玉面公主。被我使铁棒唬他一唬，他就跑进洞，叫出那牛王来。与老孙劖言劖语，嚷了一会，又与他交手，斗了有一个时辰。正打处，有人请他赴宴去了。是我跟他到那乱石山碧波潭底，变作一个螃蟹，探了消息，偷了他璧水金睛兽，假变牛王模样，复至翠云山芭蕉洞，骗了罗刹女，哄得他扇子。出门试演试演方法，把扇子弄长了，只是不会收小。正掮了走处，被他假变做你的嘴脸，反骗了去。故此耽阁两三个时也。”八戒道：“这正是俗语云‘大海里翻了豆腐船，汤里来，水里去’。如今难得他扇子，如何保得师父过山？且回去，转路走他娘罢！”

土地道：“大圣休焦恼，天蓬莫懈怠。但说转路，就是入了傍门，不成个修行之类。古语云‘行不由径’，岂可转走？你那师父在正路上坐着，眼巴巴只望你们成功哩。”行者发狠道：“正是，正是。呆子莫要胡谈！土地说得有理，我们正要与他

　　赌输赢，弄手段，等我施为地煞变。自到西方无对头，牛王本是心猿变。今番正好会源流，断要相持借宝扇。趁清凉，息火焰，打破顽空参佛面。行满超升极乐天，大家同赴龙华宴。”

那八戒闻言，便生努力，殷勤道：

　　是是是，去去去，管甚牛王会不会。木生在亥配为猪，牵转牛儿归土类。申下生金本是猴，无刑无克多和气。说出。用芭蕉，

为水意，焰火消除成既济。昼夜休离苦尽功，功完赶赴盂兰会。

他两个领着土地、阴兵一齐上前，使钉钯，轮铁棒，乒乒乓乓，把一座摩云洞的前门打得粉碎。唬得那外护头目战战兢兢，闯入里边报道："大王，孙悟空率众打破前门也！"那牛王正与玉面公主备言其事，懊恨孙行者哩，听说打破前门，十分发怒，急披挂，拿了铁棍，从里面骂出来，道："泼猢狲！你是多大个人儿，敢这等上门撒泼，打破我门扇！"八戒近前乱骂道："泼老剥皮！你是个甚样人物，敢量那个大小！不要走，看钯！"牛王喝道："你这个囔糟食的夯货，不见怎的！快叫那猴儿上来！"行者道："不知好歹的饷草！我昨日还与你论兄弟，今日就是仇人了！仔细吃我一棒！"那牛王奋勇而迎。这场比前番更胜。三个英雄厮混在一处。好杀：

钉钯铁棒逞神威，同帅阴兵战老犏。犏牲独展凶强性，遍满同天法力恢。使钯筑，着棍擂，铁棒英雄又出奇。三般兵器叮当响，隔架遮拦谁让谁？他道他为首，我道我夺魁。土兵为证难分解，木土相煎上下随。这两个说："你如何不借芭蕉扇！"那一个道："你焉敢欺心骗我妻！赶妾害儿仇未报，敲门打户又惊疑！"这个说："你仔细堤防如意棒，擦着些儿就破皮！"那个说："好生躲避钯头齿，一伤九孔血淋漓！"牛魔不怕施威猛，铁棍高擎有见机。翻云覆雨随来往，吐雾喷风任发挥。恨苦这场都拚命，各怀恶念喜相持。丢架手，让高低，前迎后挡总无亏。兄弟二人齐努力，单身一棍独施为。卯时战到辰时后，战罢牛魔束手回。

他三个舍死忘生，又斗有百十馀合。八戒发起呆性，仗着行者神通，举钯乱筑。牛王遮架不住，败阵回头，就奔洞门，却被土地、阴兵拦住洞门，喝道："大力王那里走，吾等在此！"那老牛不得进洞，急抽身，又见八戒、行者赶来，慌得卸了盔甲，丢了铁棍，摇身一变，变做一只天鹅，望空飞走。行者看见，笑道："八戒，老牛去了。"那呆子漠然不知，土地亦不能晓，一个个东张西觑，只在积雷山前后乱找。行者指道："那空中飞的不是？"八戒道："那是一只天鹅。"行者道："正是老牛变的。"土地道："既如此，却怎么好？"行者道："你两个打进此门，把群妖尽情剿除，拆了他的窝巢，绝了他的归路，等老孙与他赌变化去。"那八戒与土地依言，攻破洞门不题。

这大圣收了金箍棒，捻诀念咒，摇身一变，变作一个海东青；搜的一翅，钻在云眼里，倒飞下来，落在天鹅身上，抱住颈项嗛眼。那牛王也知是孙行者变化，急忙抖抖翅，变作一只黄鹰，反来嗛海东青。行者又变作一个乌凤，专一赶黄鹰。牛王识得，又变作一只白鹤，长唳一声，向南飞去。行者立定，抖抖翎毛，又变作一只丹凤，高鸣一声。那白鹤见凤是鸟王，诸禽不敢妄动，刷的一翅，淬下山崖，将身一变，变作一只香獐，乜乜些些，在崖前吃草。行者认得，也就落下翅来，变作一只饿虎，剪尾跑蹄，要来赶獐作食。魔王慌了手脚，又变作一只金钱花斑的大豹，要伤饿虎。行者见了，迎着风，把头一幌，又变作一只金眼狻猊，声如霹雳，铁额铜头，复转身要食大豹。牛王着了急，又变作一个人熊，放开脚，就来擒那狻猊。行者打个滚，就变作一只赖象，鼻似长蛇，牙如竹笋，撒开鼻子，要去卷那人熊。

此等处不可无一，不可有二。只管如此，便可厌矣。

牛王嘻嘻的笑了一笑，现出原身：一只大白牛，头如峻岭，眼若闪光，两只角似两座铁塔，牙排利刃；连头至尾，有千馀丈长短，自蹄至背，有八百丈高下，对行者高叫道："泼猢狲，你如今将奈我何？"行者也就现了原身，抽出金箍棒来，把腰一躬，喝声叫"长"，长得身高万丈，头如泰山，眼如日月，口似血池，牙似门扇；手执一条铁棒，着头就打。那牛王硬着头，使角来触。这一场真个是撼岭摇山，惊天动地。有诗为证：

道高一尺魔千丈，奇巧心猿用力降。若得火山无烈焰，必须宝扇有清凉。黄婆大志扶元老，木母留情扫荡妖。和睦五行归正果，炼魔涤垢上西方。

他两个大展神通，在半山中赌斗，惊得那过往虚空一切神众与金头揭谛、六甲六丁、一十八位护教伽蓝，都来围困魔王。那魔王公然不惧，你看他东一头，西一头，直挺挺光耀耀的两只铁角，往来抵触；南一撞，北一撞，毛森森筋暴暴的一条硬尾，左右敲摇。孙大圣当面迎，众多神四面打。牛王急了，就地一滚，复本像，便投芭蕉洞去。行者也收了法象，与众多神随后追袭。那魔王闯入洞里，闭门不出。众神把一座翠云山围得水泄不通。

正都上门攻打，忽听得八戒与土地、阴兵嚷嚷而至。行者见了，问道："那摩云洞事体如何？"八戒笑道："那老牛的娘子被我一钯筑死，剥开衣看，原来是个玉面狸精。那伙群妖俱是些驴骡犊特、獾狐狢獐、羊虎麋鹿等类，已此尽皆剿戮；又将他洞府房廊放火烧了。土地说他还有一处家小，住居此山，故又来这里扫荡也。”行者道：“贤弟有功，可喜可喜。老孙空与那老牛赌变化，未曾得胜。他变做无大不大的白牛，我变了法天象地的身量，正和他抵触之间，幸蒙诸神下降，围困多时，他却复原身，走进洞去矣。”八戒道：“那可是芭蕉洞么？”行者道：“正是，正是。罗刹女正在此间。”八戒发狠道：“既是这般，怎么不打进去，剿除那厮，问他要扇子，倒让他停留长智，两口儿叙情！”

好呆子，抖擞威风，举钯照门一筑，忽辣的一声，将那石崖连门筑倒了一边。慌得那女童忙报：“爷爷，不知甚人把前门都打坏了！”牛王方跑进去，喘嘘嘘的，正告诉罗刹女与孙行者夺扇子赌斗之事，闻报心中大怒，就口中吐出扇子，递与罗刹女。罗刹女接扇在手，满眼垂泪，道：“大王，把这扇子送与那猢狲，教他退兵去罢。”牛王道：“夫人啊，物虽小而恨则深。你且坐着，等我再和他比并去来。”

那魔重整披挂，又选两口宝剑，走出门来。正遇着八戒使钯筑门，老牛更不打话，掣剑劈脸便砍。八戒举钯迎着，向后倒退了几步。出门来，早有大圣轮棒当头。那牛魔即驾狂风，跳离洞府，又都在那翠云山上相持。众多神四面围绕，土地、阴兵左右攻击。这一场又好杀哩：

云迷世界，雾罩乾坤。飒飒阴风砂石滚，巍巍怒气海波浑。

重磨剑二口，复挂甲全身。结冤深似海，怀恨越生嗔。你看齐天大圣因功迹，不讲当年老故人。八戒施威求扇子，众神护法捉牛君。牛王双手无停息，左遮右挡弄精神。只杀得那过鸟难飞皆敛翅，游鱼不跃尽潜鳞；鬼泣神嚎天地暗，龙愁虎怕日光昏。

那牛王拚命捐躯，斗经五十馀合，抵敌不住，败了阵，往北就走。早有五台山碧摩岩神通广大泼法金刚阻住，喝道："牛魔，你往那里去！我蒙释迦牟尼佛祖差来，布列天罗地网，至此擒汝也！"正说间，随后有大圣、八戒、众神赶来。那魔王慌转身向南而走，又撞着峨眉山清凉洞法力无量胜至金刚挡住，喝道："吾奉佛旨在此，正要拿你也！"牛王心慌脚软，急抽身往东便走，却逢着须弥山摩耳崖毗卢沙门大力金刚迎住，喝道："老牛何往！我蒙如来密令，教来捕获你也！"牛王又悚然而退，向西就走，又遇着昆仑山金霞岭不坏尊王永住金刚敌住，喝道："这厮又将安走！我领西天大雷音寺佛老亲言，在此把截，谁放你也！"那老牛心惊胆战，悔之不及。见那四面八方都是佛兵天将，真个似罗网高张，不能脱命。

正在怆惶之际，又闻得行者帅众赶来，他就驾云头，望上便走。却好有托塔李天王并哪吒太子，领鱼肚药叉、巨灵神将，漫住空中，叫道："慢来，慢来！吾奉玉帝旨意，特来此剿除你也！"牛王急了，依前摇身一变，还做一只大白牛，使两只铁角去触天王。天王使刀来砍。随后孙行者又到，哪吒太子厉声高叫："大圣，衣甲在身，不能为礼。愚父子昨日见佛如来发檄奏闻玉帝，言唐僧路阻火焰山，孙大圣难伏牛魔王，玉帝传旨，特差我父王领众助力。”有此闲笔，妙甚，妙甚。行者道：“这厮神通不小。又变作这等身躯，却怎奈何？”太子笑道：“大圣勿疑，你看我擒他。”

这太子即喝一声“变”，变作三头六臂，飞身跳在牛王背上，使斩妖剑望颈项上一挥，不觉得把个牛头斩下。天王收刀，却才与行者相见。那牛王腔子里又钻出一个头来，何牛头之多也。口吐黑气，眼放金光。被哪吒又砍一剑，头落处，又钻出一个头来。一连砍了十数剑，随即长出十数个头。哪吒取出火轮儿，挂在那老牛的角上，便吹真火，焰焰烘烘，把牛王烧得张狂哮吼，摇头摆尾。才要变化脱身，又被托塔天王将照妖镜照住本像，腾那不动，无计逃生，只叫：“莫伤我命，情愿归顺佛家也！”哪吒道：“既惜身命，快拿扇子出来！”着眼。牛王道：“扇子在我山妻处收着哩。”

哪吒见说，将缚妖索子解下，跨在他那颈项上，一把拿住鼻头，将索穿在鼻孔里，用手牵来。孙行者却会聚了四大金刚、六丁六甲、护教伽蓝、托塔天王、巨灵神将并八戒、土地、阴兵，簇拥着白牛，回至芭蕉洞口。老牛叫道：“夫人，将扇子出来，救我性命！”罗刹听叫，急卸了钗环，脱了色服，挽青丝如道姑，穿缟素似比丘，双手捧那柄丈二长短的芭蕉扇子，走出门；又见有金刚众圣与天王父子，慌忙跪在地下，磕头礼拜，道：“望菩萨饶我夫妻之命，愿将此扇奉承孙叔叔成功去也。”行者近前接了扇，同大众共驾祥云，径回东路。

却说三藏与沙僧，立一会，坐一会，盼望行者，许久不回，何等忧虑！忽见祥云满空，瑞光满地，飘飘飖飖，盖众神行将近，这长老害怕，道："悟净，那壁厢是何处神兵来也？"沙僧认得，道："师父啊，那是四大金刚、金头揭谛、六甲六丁、护教伽蓝与过往众神。牵牛的是哪吒三太子，拿镜的是托塔李天王；大师兄执着芭蕉扇，二师兄并土地随后，其馀的都是护卫神兵。"三藏听说，换了毗卢帽，穿了袈裟，与悟净拜迎众圣，称谢道："我弟子有何德能，敢劳列位尊圣临凡也。"四大金刚道："圣僧喜了，十分功行将完。吾等奉佛旨差来助汝，汝当竭力修持，勿得须臾怠惰。"三藏叩齿叩头，受身受命。

孙大圣执着扇子，行近山边，尽气力挥了一扇，那火焰山平平息焰，寂寂除光。行者喜喜欢欢，又扇一扇，只闻得习习潇潇，清风微动。第三扇，满天云漠漠，细雨落霏霏。有诗为证：

火焰山遥八百程，火光大地有声名。火煎五漏丹难熟，火燎三关道不清。时借芭蕉施雨露，幸蒙天将助神功。牵牛归佛休颠劣，水火相联性自平。

此时三藏解燥除烦，清心了意。四众皈依，谢了金刚，各转宝山。六丁六甲升空保护，过往神祇四散，天王太子牵牛径归佛地回缴。止有本山土地，押着罗刹女，在傍伺候。行者道："那罗刹，你不走路，还立在此等甚？"罗刹跪道："万望大圣垂慈，将扇子还了我罢。"八戒喝道："泼贱人，不知高低！饶了你的性命就勾了，还要讨甚么扇子！我们拿过山去，不会卖钱买点心吃？费了这许多精神力气，又肯与你！雨濛濛的，还不回去哩！"罗刹再拜道："大圣原说扇息了火还我。今此一场，诚悔之晚矣。只因不倜傥，致令劳师动众。我等也修成人道，只是未归正果，见今真身现象归西，我再不敢妄作。愿赐本扇，从立自新，修身养命去也。”土地道：“大圣，趁此女深知息火之法，断绝火根，还他扇子；着眼。小神居此苟安，拯救这方生民，求些血食，诚为恩便。”

行者道：“我当时问着乡人，说道这山扇息火，只收得一年五谷，便又火发。如何始得除根？”罗刹道：“要是断绝火根，只消连扇四十九扇，永远再不发了。”行者闻言，执扇子，使尽筋力，望山头连扇四十九扇。那山上大雨淙淙。果然是宝贝：有火处下雨，无火处天晴。他师徒们立在这无火处，不遭雨湿。

坐了一夜，次早才收拾马匹、行李，把扇子还了罗刹，又道：“老孙若不与你，恐人说我言而无信。你将扇子回山，再休生事。看你得了人身，饶你去罢。”那罗刹接了扇子，念个咒语，捏做个杏叶儿，噙在口里，拜谢了众圣。隐姓修行，后来也得了正果，经藏中万古流名。罗刹、土地俱感激谢恩，随后相送。

行者、八戒、沙僧保着三藏，遂此前进。真个是身体清凉，足下滋润。诚所谓：

坎离既济真元合，水火均平大道成。说出。

毕竟不知几年才回东土，且听下回分解。

总批：

谁为火焰山，本身烦热者是；谁为芭蕉扇，本身清凉者是。作者特为此烦热世界下一帖清凉散耳。读者若作实事理会，便是痴人说梦。

又批：

今人都在火坑里，安得罗刹扇子，连扇他四十九扇也。

第六十二回

涤垢洗心惟扫塔　缚魔归正乃修身

滌垢洗心
惟掃塔
縛魔歸
正乃修身

十二时中忘不得，行功百刻全收。五年十万八千周，休教神水调，莫纵火光愁。水火调停无损处，五行联络如钩。说出。阴阳和合上云楼，乘鸾登紫府，跨鹤赴瀛洲。

这一篇词，牌名《临江仙》，单道唐三藏师徒四众，水火既济，本性清凉，借得纯阴宝扇，扇息燥火遥山。不一日，行过了八百之程，师徒们散诞逍遥，向西而去。正值秋末冬初时序。见了些：

野菊残英落，新梅嫩蕊生。村村纳禾稼，处处食香羹。平林木落远山现，曲涧霜浓幽壑清。应钟气，闭蛰营。纯阴阳月帝元溟，盛水德舜日怜晴。地气下降，天气上升。虹藏不见影，池沼渐生冰。悬崖挂索藤花败，松竹凝寒色更青。

四众行勾多时，前又遇城池相近。唐僧勒住马，叫徒弟："悟空，你看那厢楼阁峥嵘，是个甚么去处？"行者抬头观看，乃是一座城池。真个是：

龙蟠形势，虎踞金城。四垂华盖近，百转紫墟平。玉石桥栏排巧兽，黄金台座列贤明。真个是神州都会，天府瑶京。万里邦畿固，千年帝业隆。蛮夷拱服君恩远，海岳潮元圣会盈。御阶洁净，辇路清宁。酒肆歌声闹，花楼喜气生。未央宫外长春树，应许朝阳彩凤鸣。

行者道："师父，那座城池是一国帝王之所。"八戒笑道："天下府有府城，县有县城，怎么就知是帝王之所？"行者道："你不知，帝王之居与府县自是不同。你看他四面有十数座门，周围有百十馀里，楼台高耸，云雾缤纷。非帝京邦国，何以有此壮丽？"沙僧道："哥哥眼明，虽识得是帝王之处，却唤做甚么名色？"行者道："又无牌扁旌号，何以知之？须到城中询问，方可知也。"

长老策马，须臾到门。下马过桥，进门观看，只见六街三市，货殖通财；又见衣冠隆盛，人物豪华。正行时，忽见有十数个和尚，一个个披枷戴锁，沿门乞化，着实的蓝缕不堪。三藏叹道："兔死狐悲，物伤其类。"叫："悟空，你上前去问他一声，为何这等遭罪？"行者依言，即叫："那和尚，你是那寺里的？为甚事披枷戴锁？"众僧跪倒道："爷爷，我等是金光寺负屈的和尚。"行者道："金光寺坐落何方？"众僧道："转过隅头就是。"行者将他带在唐僧前，问道："怎生负屈？你说我听。"众僧道："爷爷，不知你们是那方来的？我等似有些面善。不敢在此奉告，请到荒山，具说苦楚。"长老道："也是。我们且到他那寺中去，仔细询问缘由。"

同至山门，门上横写七个金字："敕建护国金光寺"。师徒们进得门来观看。但见那：

古殿香灯冷，虚廊叶扫风。凌云千尺塔，养性几株松。满地落花无客过，檐前蛛网任攀笼。空架鼓，枉悬钟，绘壁尘多彩像朦。讲座幽然僧不见，禅堂静矣鸟常逢。凄凉堪叹息，寂寞苦无穷。佛前虽有香炉设，灰冷花残事事空。

三藏心酸，止不住眼中出泪。众僧们顶着枷锁，将正殿推开，请长老上殿拜佛。长老进殿，奉上心香，叩齿三匝。却转于后面，见那方丈檐柱上又锁着六七个小和尚，三藏甚不忍见。

及到方丈，众僧俱来叩头，问道："列位老爷像貌不一，可是东土大唐来的么？"行者笑道："这和尚有甚未卜先知之法？我每正是。你怎么认得？"众僧道："爷爷，我等有甚未卜先知之法，只是痛负了屈苦，无处分明，日逐家只是叫天叫地。想是惊动天神，昨日夜间，各人都得一梦，说有个东土大唐来的圣僧，救得我等性命，庶此冤苦可伸。今日果见老爷这般异像，故认得也。"

三藏闻言大喜，道："你这里是何地方？有何冤屈？"众僧跪告道："此城名唤祭赛国，乃西邦大去处。当年有四夷朝贡：南月陀国，北高昌国，东西梁国，西本钵国，年年进贡美玉明珠，娇妃俊马。我这里不动干戈，不去征讨，他那里自然拜为上邦。"三藏道："既拜为上邦，想是你这国王有道，文武贤良。"众僧道："爷爷，文也不贤，武也不良，国君也不是有道。我这金光寺，自来宝塔上祥云笼罩，瑞蔼高升，夜放霞光，万里有人曾见；昼喷彩气，四国无不同瞻。故此以为天府神京，四夷朝贡。只是三年之前，孟秋朔日，夜半子时，下了一场血雨。天明时，家家害怕，户户生悲。众公卿奏上国王，不知天公甚事见责。当时延请道士打醮，和尚看经，答天谢地。谁晓得我这寺里黄金宝塔污了，这两年外国不来朝贡。我王欲要征伐，众臣谏道：‘我寺里僧人偷了塔上宝贝，所以无祥云瑞蔼，外国不朝。’昏君更不察理，那些赃官将我僧众拿了去，千般拷打，万样追求。当时我这里有三辈和尚，前两辈已被拷打不过，死了，如今又捉我辈问罪枷锁。老爷在上，我等怎敢欺心，盗取塔中之宝！万望爷爷怜念，方以类聚，物以群分，舍大慈大悲，广施法力，拯救我等性命！”

三藏闻言，点头叹道：“这桩事暗昧难明。一则是朝廷失政，二来是汝等有灾。既然天降血雨，污了宝塔，那时节何不启本奏君，致令受苦？”众僧道：“爷爷，我等凡人，怎知天意？况前辈俱未辨得，我等如何处之！”三藏道：“悟空，今日甚时分了？”行者道：“有申时前后。”三藏道：“我欲面君倒换关文，奈何这众僧之事不得明白，难以对君奏言。我当时离了长安，在法门寺里立愿：上西方逢庙烧香，遇寺拜佛，见塔扫塔。今日至此，遇有受屈僧人，乃因宝塔之累。你与我办一把新笤帚，待我沐浴了，上去扫扫，即看这污秽之事何如，不放光之故何如；访看端的，方好面君奏言，解救他每这苦难也。”

这些枷锁的和尚听说，连忙去厨房取把厨刀，递与八戒，道：“爷爷，你将此刀，打开那柱子上锁的小和尚铁锁，放他去安排斋饭香汤，伏侍老爷进斋沐浴。我等且上街化把新笤帚来，与老爷扫塔。”八戒笑道：“开锁有何难哉？不用刀斧，教我那一位毛脸老爷，他是开锁的积年。”行者真个近前，使个解锁法，用手一抹，几把锁俱退落下。那小和尚俱跑到厨中，净刷锅灶，安排茶饭。

三藏师徒们吃了斋，渐渐天昏，只见那枷锁的和尚，拿了两把笤帚进来。三藏甚喜。正说处，一个小和尚点了灯，来请洗澡。此时满天星月光辉，谯楼上更鼓齐发。正是那：

四壁寒风起，万家灯火明。六街关户牖，三市闭门庭。钓艇归深树，耕犁罢短绳。樵夫柯斧歇，学子诵书声。

三藏沐浴毕，穿了小袖褊衫，束了环绦，足下换一双软公鞋，手里拿一把新笤帚，对众僧道："你等安寝，待我扫塔去来。"行者道："塔上既被血雨所污，又况日久无光，恐生恶物，一则夜静风寒，又没个伴侣，自去恐有差池，老孙与你同上如何？"三藏道："甚好，甚好。"两人各持一把，先到大殿上，点起琉璃灯，烧了香，佛前拜道："弟子陈玄奘，奉东土大唐差往灵山，参见我佛如来取经。今至祭赛国金光寺，遇本僧言宝塔被污，国王疑僧盗宝，衔冤取罪，上下难明。弟子竭诚扫塔，望我佛威灵，早示污塔之原因，莫致凡夫之冤屈。"祝罢，与行者开了塔门，自下层望上而扫。只见这塔，真是：

峥嵘倚汉，突兀凌空。正唤做五色琉璃塔，千金舍利峰。梯转如穿窖，门开似出笼。宝瓶影射天边月，金铎声传海上风。但见那虚檐拱斗，作成巧石穿花凤；绝顶留云，造就浮屠绕雾龙。远眺可观千里外，高登似在九霄中。层层门上琉璃灯，有尘无火；步步檐前白玉阑，积垢飞虫。塔心里，佛座上，香烟尽绝；窗棂外，神面前，蛛网牵朦。炉中多鼠粪，盏内少油镕。只因暗失中间宝，苦杀僧人命落空。三藏发心将塔扫，管教重见旧时容。

唐僧用帚子扫了一层，又上一层。如此扫至第七层上，却又二更时分。那长老渐觉困倦，行者道：“困了，你且坐下，等老孙替你扫罢。”三藏道：“这塔是多少层数？”行者道：“怕不有十三层哩。”长老耽着劳倦，道：“是必扫了，方趁本愿。”又扫了三层，腰酸腿痛，就于十层上坐倒，道：“悟空，你替我把那三层扫净下来罢。”行者抖擞精神，登上第十一层，霎时又上到第十二层。正扫处，只听得塔顶上有人言语。行者道：“怪哉怪哉。这早晚有三更时分，怎么得有人在这顶上言语？断乎是邪物也。且看看去。”

好猴王，轻轻的挟着笤帚，撒起衣服，钻出前门，踏着云头观看。只见第十三层塔心里坐着两个妖精，面前放一盘嗄饭，一只碗，一把壶，在那里猜拳吃酒哩。行者使个神通，丢了笤帚，掣出金箍棒，拦住塔门，喝道：“好怪物，偷塔上宝贝的原来是你！”两个怪物慌了，急起身拿壶拿碗乱掼，被行者横铁棒拦住，道：“我若打死你，没人供状。”只把棒逼将去。那怪贴在壁上，莫想挣扎得动，口里只叫：“饶命，饶命！不干我事！自有偷宝贝的在那里也。”

行者使个拿法，一只手抓将过来，径拿下第十层塔中。报道：“师父，拿住偷宝贝的贼了！”三藏正自盹睡，忽闻此言，又惊又喜，道：“是那里拿来的？”行者把怪物揪到面前跪下，道：“他在塔顶上猜拳吃酒耍子，是老孙听得喧哗，一纵云跳到顶上拦住，未曾着力。但恐一棒打死，没人供状，故此轻轻捉来。师父可取他个口词，看他是那里妖精，偷的宝贝在于何处。”

那怪物战战兢兢，口叫“饶命”，遂从实供道：“我两个是乱石山碧波潭万圣龙王差来巡塔的。他叫做奔波儿灞，我叫做灞波儿奔；他是鲇鱼怪，我是黑鱼精。因我万圣老龙生了一个女儿，就唤做万圣公主，那公主花容月貌，有二十分人才，招得一个驸马，唤做九头驸马，神通广大。前年与龙王来此，显大法力，下了一阵血雨，污了宝塔，偷了塔中的舍利子佛宝。公主又去大罗天上灵虚殿前，偷了王母娘娘的九叶灵芝草，养在那潭底下，金光霞彩，昼夜光明。近日闻得有个孙悟空往西天取经，说他神通广大，沿路上专一寻人的不是，所以这些时常差我等来此巡拦，若还有那孙悟空到时，好准备也。”行者闻言，嘻嘻冷笑，道：“那业畜等这等无礼，说道前日请牛魔王在那里赴会！原来他结交这伙泼魔，专干不良之事！”

说未了，只见八戒与两三个小和尚，自塔下提着两个灯笼走上来，道：“师父，扫了塔不去睡觉，在这里讲甚么哩？”行者道：“师弟，你来正好。塔上的宝贝乃是万圣老龙偷了去。今着这两个小妖巡塔，探听我等来的消息，却才被我拿住也。”八戒道：“叫做甚么名字，甚么妖精？”行者道：“才然供了口词，一个叫做奔波儿灞，一个叫做灞波儿奔；一个是鲇鱼怪，一个是黑鱼精。”八戒掣钯就打，道：“既是妖精，取了口词，不打死待何时？”行者道：“你不知。且留着活的，好去见皇帝讲话，又好做作眼去寻贼追宝。”

好呆子，真个收了钯，一家一个，都抓下塔来。那怪只叫“饶命”，八戒道：“正要你鲇鱼、黑鱼做些鲜汤，与那负冤屈的和尚吃哩！”两三个小和尚喜喜欢欢，提着灯笼引长老下了塔。一个先跑报众僧道："好了，好了！我们得见青天了！偷宝贝的妖怪，已是爷爷们捉将来矣！"行者教："拿铁索来，穿了琵琶骨，锁在这里。汝等看守，我们睡觉去，明日再做理会。"那些和尚都紧紧的守着，让三藏们安寝。

不觉的天晓。长老道："我与悟空入朝，倒换关文去来。"长老即穿了锦襕袈裟，戴了毗卢帽，整束威仪，拽步前进。行者也束一束虎皮裙，整一整锦布直裰，取了关文同去。八戒道："怎么不带这两个妖贼去？"行者道："待我们奏过了，自有驾帖着人来提他。"遂行至朝门外。看不尽那朱雀黄龙，清都绛阙。三藏到东华门，对阁门大使作礼，道："烦大人转奏，贫僧是东土大唐差去西天取经者，意欲面君，倒换关文。"那黄门官果与通报，至阶前奏道："外面有两个异容异服僧人，称言南赡部洲东土唐朝差往西方拜佛求经，欲朝我王，倒换关文。"国王闻言，传旨教宣。

长老即引行者入朝。众文武见了行者，无不惊怕，有的说是猴和尚，有的说是雷公嘴和尚，个个悚然，不敢久视。长老在阶前舞蹈山呼的行拜，大圣叉着手，斜立在傍，公然不动。长老启奏道："臣僧乃南赡部洲东土大唐国差来拜西方天竺国大雷音寺佛求取真经者，路经宝方，不敢擅过，有随身关文，乞倒验方行。"那国王闻言大喜，传旨教宣唐朝圣僧上金銮殿，安绣墩赐坐。长老独自上殿，先将关文捧上，然后谢恩敢坐。那国王将关文看了一遍，心中喜悦，道："似你大唐王有疾，能选高僧，不避路途遥远，拜佛取经；寡人这里和尚，专心只是做贼，败国倾君！"三藏闻言，合掌道："怎见得败国倾君？"国王道："寡人这国乃是西域上邦，常有四夷朝贡，皆因国内有个金光寺，寺内有座黄金宝塔，塔上有光彩冲天。近被本寺贼僧，暗窃了其中之宝，三年无有光彩，外国这三年也不来朝，寡人心痛恨之。”

三藏合掌笑道：“万岁，差之毫厘，失之千里矣。贫僧昨晚到于天府，一进城门，就见十数个枷纽之僧。问及何罪，他道是金光寺负冤屈者。因到寺细审，更不干本寺僧人之事。贫僧至夜扫塔，已获却偷宝之妖贼矣。”国王大喜，道：“妖贼安在？”三藏道：“现被小徒锁在金光寺里。”那国王急降金牌：“着锦衣卫快到金光寺取妖贼来，寡人亲审。”三藏又奏道：“万岁，虽有锦衣卫，还得小徒去方可。”国王道：“高徒在那里？”三藏用手指道：“那玉阶傍立者便是。”国王见了大惊，道：“圣僧如此丰姿，高徒怎么这等像貌？”孙大圣听见了，厉声高叫道：“陛下，人不可貌相，海水不可斗量。若爱丰姿者，如何捉得妖贼也？”国王闻言，回惊作喜，道：“圣僧说的是。朕这里不选人材，只要获贼得宝归塔为上。”再着当驾官看车盖，教锦衣卫：“好生伏侍圣僧，去取妖贼来。”

那当驾官即备大轿一乘，黄伞一柄；锦衣卫点起校尉，将行者八抬八绰，大四声喝路，径至金光寺。自此惊动满城百姓，无处无一人不来看圣僧及那妖贼。八戒、沙僧听得喝道，只说是国王差官，急出迎接，原来是行者坐在轿上。呆子当面笑道：“哥哥，你得了本身也！”行者下了轿，搀着八戒，道：“我怎么得了本身？”八戒道：“你打着黄伞，抬着八人轿，却不是猴王之职分？故说你得了本身。”行者道：“且莫取笑。快解下两个妖物，押见国王。”沙僧道：“哥哥，也带挈小弟带挈。”行者道："你只在此看守行李、马匹。"那枷锁之僧道："爷爷们都去承受皇恩，等我们在此看守。"行者道："既如此，等我去奏过国王，却来放你。"

八戒揪着一个妖贼，沙僧揪着一个妖贼，孙大圣依旧坐了轿，摆开头踏，将两个妖怪押赴当朝。须臾，至白玉阶，对国王道："那妖贼已取来了。"国王遂下龙床，与唐僧及文武多官同目视之。那怪一个是暴腮乌甲，尖嘴利牙；一个是滑皮大肚，巨口长须，虽然是有足能行，大抵是变成的人像。国王问曰："你是何方贼怪，那处妖精？几年侵吾国土，何年盗我宝贝？一伙共有多少贼徒，都唤做甚么名字？从实一一供来！"二怪朝上跪下，颈内血淋淋的，更不知疼痛，供："三载之外，七月初一，有个万圣龙王，帅领许多亲戚，住居在本国东南，离此处路有百十，潭号碧波，山名乱石。生女多娇，妖娆美色，招赘一个九头驸马，神通无敌。他知你塔上珍奇，与龙王合伴做贼，先下血雨一场，后把舍利偷讫。见如今照耀龙宫，纵黑夜明如白日。公主施能，寂寂密密，又偷了王母灵芝，在潭中温养宝物。我两个不是贼头，乃龙王差来小卒。今夜被擒，所供是实。"国王道："既取了供，如何不供自家名字？"那怪道："我唤做奔波儿灞，他唤做灞波儿奔；奔波儿灞是个鲇鱼怪，灞波儿奔是个黑鱼精。"国王教锦衣卫好生收监，传赦："赦了金光寺众僧的枷锁，快教光禄寺排宴，就于麒麟殿上谢圣僧获贼之功，议请圣僧捕擒贼首。"

光禄寺即时备了荤素两样筵席，国王请唐僧四众上麒麟殿叙坐，问道："圣僧尊号？"唐僧合掌道："贫僧俗家姓陈，法名玄类，蒙君赐姓唐，贱号三藏。”国王又问：“圣僧高徒何号？”三藏道：“小徒俱无号，第一个名孙悟空，第二个名猪悟能，第三个名沙悟净，此乃南海观世音菩萨起的名字。因拜贫僧为师，贫僧又将悟空叫做行者，悟能叫做八戒，悟净叫做和尚。”

国王听毕，请三藏坐了上席，孙行者坐了侧首左席，猪八戒、沙和尚坐了侧首右席，俱是素果素菜、素茶素饭。前面一席荤的，坐了国王，下首有百十席荤的，坐了文武多官。众臣谢了君恩，告了师罪，坐定。国王把盏，三藏不敢饮酒，他三个各受了安席酒。下边只听得管弦齐奏，乃是教坊司动乐。你看八戒放开食颡，真个是虎咽狼吞，将一席果菜之类吃得罄尽。少顷间，添换汤饭又来，又吃得一毫不剩；巡酒的来，又杯杯不辞。这场筵席，直乐到午后方散。

三藏谢了盛宴。国王又留住道：“这一席聊表圣僧获怪之功。”教光禄寺：“快番席到建章宫里，再请圣僧定捕贼首、取宝归塔之计。”三藏道：“既要捕贼取宝，不劳再宴。贫僧等就此辞王，就擒妖捉怪去也。”国王不肯，一定请到建章宫，又吃了一席。国王举酒道：“那位圣僧帅众出师，降妖捕贼？”三藏道：“教大徒弟孙悟空去。”大圣拱手应承。国王道：“孙长老既去，用多少人马，几时出城？”八戒忍不住，高声叫道：“那里用甚么人马，又那里管甚么时辰！趁如今酒醉饭饱，我共师兄去，手到擒来！”三藏甚喜，道：“八戒这一向勤谨啊！”行者道：“既如此，着沙弟保护师父，我两个去来。”那国王道：“二位长老既不用人马，可用兵器？”八戒笑道：“你家的兵器，我们用不得。我弟兄自有随身器械。”国王闻说，即取大觥来，与二位长老送行。孙大圣道："酒不吃了，只教锦衣卫把两个小妖拿来，我们带了他去作眼。"国王传旨，即时提出。

二人挟着两个小妖，驾风头，使个摄法，径上东南去了。噫，他那：

君臣一见腾风雾，才识师徒是圣僧。

毕竟不知此去如何擒获，且听下回分解。

总批：

宝塔放光亦非实事，此心之光明是；失了宝贝，此心之迷惑是。切勿差认，令识者笑人也。

第六十三回

二僧荡怪闹龙宫　群圣除邪获宝贝

二僧蕩怪鬧龍宮
群聖除邪獲寶貝

却说祭赛国王与大小公卿，见孙大圣与八戒腾风驾雾，提着两个小妖，飘然而去，一个个朝天礼拜，道："话不虚传，今日方知有此辈神仙活佛！"又见他远去无踪，却拜谢三藏、沙僧，道："寡人肉眼凡胎，只知高徒有力量，拿住怪贼便了，岂知乃腾云驾雾之上仙也。"三藏道："贫僧无些法力，一路上多亏这三个小徒。"沙僧道："不瞒陛下说，我大师兄乃齐天大圣皈依。他曾大闹天宫，使一条金箍棒，十万天兵无一个对手，只闹得太上老君害怕，玉皇大帝心惊。我二师兄乃天蓬元帅果正，他也曾掌管天河八万水兵大众。惟我弟子无法力，乃卷帘大将受戒。愚弟兄若干别事无能，若说擒妖缚怪，拿贼捕亡，伏虎降龙，踢天弄井，以至搅海翻江之类，略通一二。这腾云驾雾，唤雨呼风，与那换斗移星，担山赶月，特馀事耳，何足道哉！"国王闻言，愈十分加敬，请唐僧上坐，口口称为老佛，将沙僧等皆称为菩萨。满朝文武忻然，一国黎民顶礼不题。

却说孙大圣与八戒驾着狂风，把两个小妖提到乱石山碧波潭，住定云头，将金箍棒吹了一口仙气，叫"变"，变作一把戒刀，将一个黑鱼怪割了耳躲，鲇鱼精割了下唇，撇在水里，喝道："快早去对那万圣龙王报知，说我齐天大圣孙爷爷在此，着他即送祭赛国金光寺塔上的宝贝出来，免他一家性命；若迸半个'不'字，我将这潭水搅净，教他一门儿老幼遭诛！"那两个小妖得了命，负痛逃生，拖着锁索，淬入水内。唬得那些鼋鼍龟鳖、虾蟹鱼精，都来围住，问道："你两个为何拖绳带索？"一个掩着耳，摇头摆尾；一个侮着嘴，跌脚捶胸，都嚷嚷闹闹，竟上龙王宫殿，报："大王，祸事了！"

那万圣龙王正与九头驸马饮酒，忽见他两个来，即停杯问何祸事。那两个即告道："昨夜巡拦，被唐僧、孙行者扫塔捉获，用铁索拴锁；今早见国王，又被那行者与猪八戒抓着我两个，一个割了耳躲，一个割了嘴唇，抛在水中，着我来报，要索那塔顶宝贝。"遂将前后事细说了一遍。那老龙听说是孙行者齐天大圣，唬得魂不附体，魄散九霄，战兢兢对驸马道："贤婿啊，别个来还好计较，若果是他，却不善也！"驸马笑道："太岳放心，愚婿自幼学了些武艺，四海之内，也曾会过几个豪杰，怕他做甚！等我出去与他交战三合，管取那厮缩首归降，不敢仰视。"

好妖怪，急纵身披挂了，使一般兵器，叫做月牙铲，步出宫，分开水道，在水面上叫道："是甚么齐天大圣，快上来纳命！"行者与八戒立在岸边观看。那妖精怎生打扮？

戴一顶烂银盔，光欺白雪；贯一副兜鍪甲，亮敌秋霜。上罩着锦征袍，真个是彩云笼玉；腰束着犀纹带，果然像花蟒缠金。手执着月牙铲，霞飞电掣；脚穿着猪皮靴，水利波分。远看时一头一面，近睹处四面皆人。前有眼，后有眼，八方通见；左也口，右也口，九口俱言。一声吆喝长空振，似鹤飞鸣贯九宸。

他见无人对答，又叫一声："那个是齐天大圣？"行者按一按金箍，理一理铁棒，道："老孙便是。"那怪道："你家居何处，身出何方？怎生得到祭赛国，与那国王守塔，却大胆获我头目，又敢行凶，上吾宝山索战？"行者骂道："你这贼怪，原来不识你孙爷爷哩！你上前，听我道：

老孙祖住花果山，大海之间水帘洞。自幼修成不坏身，玉皇封我齐天圣。只因大闹斗牛宫，天上诸神难取胜。当请如来展妙高，无边智慧非凡用。为翻筋斗赌神通，手化为山压我重。整到如今五百年，观音劝解方逃命。大唐三藏上西天，远拜灵山求佛颂。解脱吾身保护他，炼魔净怪从修行。路逢西域祭赛城，屈害僧人三代命。我等慈悲问旧情，乃因塔上无光映。吾师扫塔探分明，夜至三更天籁静。捉住鱼精取实供，他言汝等偷宝珍。合伴为盗有龙王，公主连名称万圣。血雨浇淋塔上光，将他宝贝偷来用。殿前供状更无虚，我奉君言驰此境。所以相寻索战征，不须再问孙爷姓。快将宝贝献还他，免汝老少全家命。敢若无知骋胜强，教你水涸山颓都蹭蹬！”

那驸马闻言，微微冷笑，道：“你原来是取经的和尚，没要紧罗织管事！我偷他的宝贝，你取佛的经文，与你何干，却来厮斗！”行者道：“这贼怪甚不达理！我虽不受国王的恩惠，不食他的水米，不该与他出力；但是你偷他的宝贝，污他的宝塔，屡年屈苦金光寺僧人，他是我一门同气，我怎么不与他出力，辨明冤枉？”驸马道：“你既如此，想是要行赌斗。常言道：‘武不善作。’但只怕起手处，不得留情，一时间伤了你的性命，误了你去取经！”行者大怒，骂道：“这泼贼怪，有甚强能，敢开大口！走上来，吃老爷一棒！”那驸马更不心慌，把月牙铲架住铁棒。就在那乱石山头，这一场真个好杀：

妖魔盗宝塔无光，行者擒妖报国王。小怪逃生回水内，老龙破胆各商量。九头驸马施威武，披挂前来展素强。怒发齐天孙大圣，金箍棒起十分刚。那怪物，九个头颅十八眼，前前后后放毫光；这行者，一双铁臂千斤力，蔼蔼纷纷并瑞祥。铲似一阳初现月，棒如万里遍飞霜。他说："你无干休把不平报。"我道："你有意偷宝真不良。那泼贱，少轻狂，还他宝贝得安康。"棒迎铲架争高下，不见输赢练战场。

他两个往往来来，斗经三十馀合，不分胜负。猪八戒立在山前，见他每战到酣美之处，举着钉钯，从妖精背后一筑。原来那怪九个头，转转都是眼睛，看得明白，见八戒在背后来时，即使铲镈架着钉钯，铲头抵着铁棒。又耐了六七合，挡不得前后齐攻，他却打个滚，腾空跳起，现了本像，乃是一个九头虫。观其形像十分恶，看此身模怕杀人。他生得：

毛羽铺锦，团身结絮。方圆有丈二规模，长短似鼋鼍样致。两只脚尖利如钩，九个头攒环一处。展开翅极善飞扬，纵大鹏无他力气；发起声远振天涯，比仙鹤还能高厉。眼多闪灼幌金光，气傲不同凡鸟类。

猪八戒看见心惊，道："哥啊，我自为人，也不曾见这等个恶物！是甚血气生此禽兽也？"行者道："真个罕有，真个罕有！等我赶上打去！"好大圣，急纵祥云，跳在空中，使铁棒照头便打。那怪物大显身，展翅斜飞，搜的打个转身，掠倒山前；

半腰里又伸出一个头来，张开口，如血盆相似，把八戒一口咬着鬃，半拖半扯，捉下碧波潭水内而去。及至龙宫外，还变作前番模样，将八戒掷之于地，叫："小的们何在？"那里面鲭白鲤鳜之鱼精，龟鳖鼋鼍之介怪，一拥齐来，道声："有！"驸马道："把这个和尚绑在那里，与我巡拦的小卒报仇！"众精推推嚷嚷，抬进八戒去时，那老龙王欢喜迎出，道："贤婿有功，怎生捉他来也？"那驸马把上项缘故说了一遍，老龙即命排酒贺功不题。

却说孙行者见妖精擒了八戒，心中惧道："这厮恁般利害！我待回朝见师，恐那国王笑我；待要开言骂战，怎奈我又单身，况水面之事不惯。且等我变化了进去，看那怪把呆子怎生摆布，若得便，且偷他出来干事。"好大圣，捻着诀，摇身一变，还变做一个螃蟹，淬于水内，径至牌楼之前。原来这条路是他前番袭牛魔王、盗金睛兽走熟了的。好照顾。直至那宫阙之下，横爬过去，又见那老龙王与九头虫合家儿欢喜饮酒。行者不敢相近，爬过东廊之下，见几个虾精蟹精，纷纷纭纭耍子。行者听了一会言谈，却就学语学话，问道："驸马爷爷拿来的那长嘴和尚，这会死了不曾？"众精道："不曾死，缚在那西廊下哼的不是？"

行者听说，又轻轻的爬过西廊，真个那呆子绑在柱上哼哩。行者近前，道："八戒，认得我么？"八戒听得声音，知是行者，道："哥哥，怎么了！反被这厮捉住我也！"行者四顾无人，将钳咬断索子叫走。那呆子脱了手，道："哥哥，我的兵器被他收了，又奈何？"行者道："你可知道收在那里？"八戒道："当被那怪拿上宫殿去了。"行者道："你先去牌楼下等我。”八戒逃生，悄悄的溜出。行者复身爬上宫殿观看，左首下有光彩森森，乃是八戒的钉钯放光。使个隐身法，将钯偷出，到牌楼下，叫声：“八戒，接兵器！”呆子得了钯，便道：“哥哥，你先走，等老猪打进宫殿。若得胜，就捉住他一家子；若不胜，败出来，你在这潭岸上救应。”行者大喜，只教仔细。八戒道：“不怕他。水里本事，我略有些儿。”行者丢了他，负出水面不题。

这八戒束了皂直裰，双手缠钯，一声喊，打将进去。慌得那大小水族，奔奔波波，跑上宫殿，吆喝道：“不好了，长嘴和尚挣断绳，反打进来了！”那老龙与九头虫并一家子俱措手不及，跳起来，藏藏躲躲。这呆子不顾死活，闯入宫殿，一路钯，筑破门扇，打破卓椅，把些吃酒的家火之类，尽皆打碎。有诗为证：

木母遭逢水怪擒，心猿不舍苦相寻。暗施巧计偷开锁，大显神威怒恨深。驸马忙携公主躲，龙王战栗绝声音。水宫绛阙门窗损，龙子龙孙尽没魂。

这一场，被八戒把玳瑁屏打得粉碎，珊瑚树掼得凋零。那九头虫将公主安藏在内，急取月牙铲，赶至前宫，喝道：“泼夯豕彘，怎敢欺心，惊吾眷属！”八戒骂道：“这贼怪，你焉敢将我捉来！这场不干我事，是你请我来家打的！趣。快拿宝贝还我，回见国王了事；不然，决不饶你一家命也！”那怪那肯容情，咬定牙齿，与八戒交锋。那老龙才定了神思，领龙子龙孙，各执枪刀，齐来攻取。八戒见事体不谐，虚幌一钯，撤身便走。那老龙帅众追来。须臾，撺出水中，都到潭面上翻腾。

却说孙行者立于潭岸等候，忽见他每追赶八戒，出离水中，就半踏云雾，掣铁棒，喝声：“休走！”只一下，把个老龙头打得稀烂。可怜：

血溅潭中红水泛，尸飘浪上败鳞浮。

唬得那龙子龙孙各各逃命，九头驸马收龙尸，转宫而去。

行者与八戒且不追袭，回上岸，备言前事。八戒道：“这厮锐气挫了。被我那一路钯打进去时，打得落花流水，魂散魄飞。正与那驸马厮斗，却被老龙王赶着，却亏了你打死。那厮们回去，一定停丧挂孝，决不肯出来。今又天色晚了，却怎奈何？”行者道：“管甚么天晚！乘此机会，你还下去攻战，务必取出宝贝，方可回朝。”那呆子意懒情疏，徉徉推托，行者催逼道：“兄弟不必多疑，还像刚才引出来，等我打他。”

两人正自商量，只听得狂风滚滚，惨雾阴阴，忽从东方径往南去。行者仔细观看，乃二郎显圣，领梅山六兄弟，架着鹰犬，挑着狐兔，抬着獐鹿，一个个腰挎弯弓，手持利刃，纵风雾踊跃而来。行者道：“八戒，那是我七圣兄弟，倒好留请他们，与我助战。若得成功，倒是一场大机会也。”八戒道：“既是兄弟，极该留请。”行者道：“但内有显圣大哥，我曾受他降伏，不好见他。你去拦住云头，叫道：‘真君，且略住住。齐天大圣在此进拜。’他若听见是我，断然住了。待他安下，我却好见。”

那呆子急纵云头，上山拦住，厉声高叫道：“真君且慢车驾，有齐天大圣请见哩。”那爷爷见说，即传令就停住，六兄弟与八戒相见毕，问：“齐天大圣何在？”八戒道：“现在山下听呼唤。”二郎道：“兄弟每，快去请来。”六兄弟乃是康、张、姚、李、郭、直，各各出营，叫道：“孙悟空哥哥，大哥有请。”行者上前，对众作礼，遂同上山。

二郎爷爷迎见，携手相搀，一同相见，道：“大圣，你去脱大难，受戒沙门，刻日功完，高登蓬座，可贺，可贺！”行者道：“不敢。向蒙莫大之恩，未展斯须之报。虽然脱难西行，未知功行何如。今因路遇祭赛国，答救僧灾，在此擒妖索宝。偶见兄长车驾，大胆请留一助，未审兄长自何而来，肯见爱否？”二郎笑道：“我因闲暇无事，同众兄弟采猎而回，幸蒙大圣不弃留会，足感故旧之情。若命协力降妖，敢不如命。却不知此地是何怪贼？”六圣道：“大哥忘了？此间是乱石山，山下乃碧波潭万圣之龙宫也。”二郎惊呀道：“万圣老龙却不生事，怎么敢偷塔宝？”行者道：“他近日招了一个驸马，乃是九头虫成精。他郎丈两个做贼，将祭赛国下了一场血雨，把金光寺塔顶舍利佛宝偷来。那国王不解其意，苦拿着僧人拷打。是我师父慈悲，夜来扫搭，当被我在塔上拿住两个小妖，是他差来巡探的。今早押赴朝中，实实供招了。那国王就请我师收降，师命我等到此。先一场战，被九头虫腰里伸出一个头来，把八戒衔了去，我却又变化下水，解了八戒。才然大战一场，是我把老龙打死，那厮每收尸挂孝去了。我两个正议索战，却见兄长仪仗降临，故此轻渎也。”

二郎道：“既伤了老龙，正好与他攻击，使那厮不能措手，却不连窝巢都灭绝了？”八戒道：“虽是如此，奈天晚何？”二郎道："兵家云'征不待时'，何怕天晚！"康、姚、郭、直道："大哥莫忙，那厮家眷在此，料无处去。孙二哥也是贵客，猪刚鬣又归了正果，我们营内有随带的酒肴，教小的们取火，就此铺设。一则与二位贺喜，二来也当叙情。且欢会这一夜，待天明索战何迟？"二郎大喜道："贤弟说得极当。"却命小校安排。行者道："列位盛情，不敢固却。但自做和尚，都是斋戒，恐荤素不便。"二郎道："有素酒果品，也是素的。"众兄弟在星月光前，幕天席地，举杯叙旧。

正是寂寞更长，欢娱夜短，早不觉东方发白。那八戒几钟酒吃得兴抖抖的，道："天将明了，等老猪下水去索战也。"二郎道："元帅仔细，只要引他出来，我兄弟每好下手。"八戒笑道："我晓得，我晓得。"你看他敛衣缠钯，使分水法，跳将下去，径至那牌楼下，发声喊，打入殿内。此时那龙子披了麻，看着龙尸哭，龙孙与那驸马在后面收拾棺材哩。这八戒骂上前，手起处，钯头着重，把个龙子夹头连头，一钯筑了九个窟窿。唬得那龙婆与众往里乱跑，哭道："长嘴和尚又把我儿打死了！"

那驸马闻言，即使月牙铲，带龙孙往外杀来。这八戒举钯迎敌，且战且退，跳出水中。这岸上齐天大圣与七兄弟一拥上前，枪刀乱下，把个龙孙剁成几断肉饼。那驸马见不停当，在山前打个滚，又现了本像，展开翅，旋绕飞腾。二郎即取金弓，安上银弹，扯满弓，往上就打。那怪急铩翅，掠到山边，要咬二郎；半腰里才伸出一个头来，被那头细犬攛上去，汪的一口，把头血淋淋的咬将下来。那怪物负痛逃生，径投北海而去。

八戒便要赶去，行者止住道："且莫赶他，正是穷寇勿追。

他被细犬咬了头，必定是多死少生。等我变做他的模样，你分开水路，赶我进去，寻那公主，哄他宝贝来也。”二郎与六圣道：“不赶他倒也罢了，只是遗这种类在世，必为后人之害。”至今有个九头虫滴血，是遗种也。

那八戒依言，分开水路，行者变作怪物前走，八戒吆吆喝喝后追。渐渐追至龙宫，只见那万圣公主道：“驸马，怎么这等慌张？”行者道：“那八戒得胜，把我赶将进来，觉道不能敌他，你快把宝贝好生藏了！”那公主急忙难识真假，即于后殿里取出一个浑金匣子来，递与行者，道：“这是佛宝。”又取出一个白玉匣子，也递与行者，道：“这是九叶灵芝。你拿这宝贝藏去，等我与猪八戒斗上两三合，挡住他；你将宝贝收好了，再出来与他合战。”行者将两个匣儿收在身边，把脸一抹，现了本像，道：“公主，你看我可是驸马么？”公主慌了，便要抢夺匣子，被八戒跑上去，着肩一钯，筑倒在地。还有一个老龙婆，撤身就走，被八戒扯住，举钯才筑，行者道：“且住，莫打死他，留个活的，好去国内见功。”遂将龙婆提出水面。

行者随后捧着两个匣子上岸，对二郎道：“感兄长威力，得了宝贝，扫净妖贼也。”二郎道：“一则是那国王洪福齐天，二则是贤昆玉神通无量，我何功之有？”兄弟每俱道：“孙二哥既以功成，我每就此告别。”行者感谢不尽，欲留同见国王。诸公不肯，遂帅众回灌口去讫。

行者捧着匣子，八戒拖着龙婆，半云半雾，顷刻间到了国内。原来那金光寺解脱的和尚，都在城外迎接，忽见他两个云雾定时，近前磕头礼拜，接入城中。那国王与唐僧正在殿上讲论，这里有先走的和尚，仗着胆，入朝门奏道："万岁，孙、猪二老爷擒贼获宝而来也。"那国王听说，连忙下殿，共唐僧、沙僧迎着，称谢神功不尽，随命排宴谢恩。三藏道："且不须赐饮，着小徒归了塔中之宝，方可饮宴。"三藏又问行者道："汝等昨日离国，怎么今日才来？"行者把那战驸马，打龙王，逢真君，败妖怪，及变化哄宝贝之事，细说了一遍。三藏与国王、大小文武俱喜之不胜。

国王又问："龙婆能人言语否？"八戒道："乃是龙王之妻，生了许多龙子龙孙，岂不知人言？"国王道："既知人言，快早说前后做贼之事。"龙婆道："偷佛宝我全不知。都是我那夫君龙鬼与那驸马九头虫，知你塔上之光乃是佛家舍利子，三年前下了血雨，乘机盗去。"又问："灵芝草是怎么偷的？"龙婆道："只是小女万圣公主，私入大罗天上灵虚殿前，偷的王母娘娘九叶灵芝草。那舍利子得这草的仙气温养着，千年不坏，万载生光；去地下或田中，扫一扫，即有万道霞光，千条瑞气。如今被你夺来，弄得我夫死子绝，婿丧女亡，千万饶了我的命罢！"八戒道："正不饶你哩！"行者道："家无全犯，我便饶你，只便要你长远替我看塔。"龙婆道："好死不如恶活。但留我命，凭你教做甚么。"行者叫取铁索来，当驾官即取铁索一条，把龙婆琵琶骨穿了，教沙僧："请国王来看我们安塔去。"

那国王即忙排驾，遂同三藏携手出朝，并文武多官，随至金光寺。上塔将舍利子安在第十三层塔顶宝瓶中间，把龙婆锁在塔心柱上。念动真言，唤出本国土地、城隍与本寺伽蓝，每三日进饮食一餐，与这龙婆度日，少有差讹，即行处斩。众神暗中领诺。行者却将芝草把十三层塔层层扫过，安在瓶内，温养舍利子。这才是整旧如新，霞光万道，瑞气千条，依然八方共睹，四国同瞻。

下了塔门，国王就谢道："不是老佛与三位菩萨到此，怎生得明此事也！"行者道："陛下，'金光'二字不好，不是久住之物。金乃流动之物，光乃焖烁之气。行者讲道学。贫僧为你劳碌这场，将此寺改作伏龙寺，教你永远常存。"那国王即命换了字号，悬上新扁，乃是"敕建护国伏龙寺"。一壁厢安排御宴，一壁厢召丹青写下四众生形，五凤楼注了名号。国王摆銮驾，送唐僧师徒，赐金玉酬答。师徒们坚辞，一毫不受。这真个是：

邪怪剪除万境静，宝塔回光大地明。

毕竟不知此去前路如何，且听下回分解。

总批：

九头妖者，喻人之头绪多也。心无二用，岂有方员并画，东西两到之理？多岐忘羊，慎之，慎之。

第六十四回

荆棘岭悟能努力
木仙庵三藏谈诗

荊棘嶺悟能努力
木仙庵三藏談詩

话表祭赛国王谢了唐三藏师徒获宝擒怪之恩，所赠金玉，分毫不受，却命当驾官照依四位常穿的衣服，各做两套，鞋袜各做两双，绦环各做两条，外备干粮烘炒；倒换了通关文牒，大排銮驾，并文武多官、满城百姓、伏龙寺僧人，大吹大打，送四众出城。约有二十里，先辞了国王。众人又送二十里辞回。伏龙寺僧人送有五六十里不回，有的要同上西天，有的要修行伏侍。行者见都不肯回去，遂弄个手段，把毫毛拔了三四十根，吹口仙气，叫“变”，都变作斑斓猛虎，拦住前路，哮吼踊跃。众僧方惧，不敢前进，大圣才引师父策马而去。少时间，去得远了，众僧人放声大哭，都喊：“有恩有义的老爷！我等无缘，不肯度我们也！”

且不说众僧啼哭，却说师徒四众，走上大路，却才收回毫毛，一直西去。正是时序易迁，又早冬残春至，不暖不寒，正好逍遥行路。忽见一条长岭，岭顶上是路。三藏勒马观看，那岭上荆棘丫叉，薜萝牵绕，虽是有道路的痕迹，左右却都是荆刺棘针。唐僧叫：“徒弟，这路怎生走得？”行者道：“怎么走不得？”又道：“徒弟啊，路痕在下，荆棘在上，只除是蛇虫伏地而游，方可去了。若你们走，腰也难伸，教我如何乘马？”八戒道：“不打紧，等我使出钯柴手来，把钉钯分开荆棘，莫说乘马，就抬轿也包你过去。”三藏道：“你虽有力，长远难熬，却不知有多少远近，怎生费得这许多精神？”

行者道：“不须商量，等我去看看。”将身一纵，跳在半空看时，一望无际。真个是：

匝地远天，凝烟带雨。夹道柔茵乱，漫山翠盖张。密密搓搓初发叶，攀攀扯扯正芬芳。遥望不知何所尽，近观一似绿云茫。蒙蒙茸茸，郁郁苍苍。风声飘索索，日影映煌煌。那中间有松有柏还有竹，多梅多柳更多桑。薜萝缠古树，藤葛绕垂杨。盘团似架，联络如床。有处花开真布锦，无端卉发远生香。为人谁不遭荆棘，着眼。那见西方荆棘长。

行者看罢多时，将云头按下，道："师父，这去处远哩。"三藏问："有多少远？"行者道："一望无际，似有千里之遥。"三藏大惊，道："怎生是好？"沙僧笑道："师父莫愁，我们也学烧荒的，放上一把火，烧绝了荆棘过去。"八戒道："莫乱谈。烧荒的须在十来月，草衰木枯，方好引火。如今正是蕃盛之时，怎么烧得？"行者道："就是烧得，也怕人子。"三藏道："这般怎生得度？"八戒笑道："要得度，还依我。"

好呆子，捻个诀，念个咒语，把腰躬一躬，叫"长"，就长了有二十丈高下的身躯；把钉钯幌一幌，叫"变"，就变了有三十丈长短的钯柄。拽开步，双手使钯，将荆棘左右搂开："请师父跟我来也。"三藏见了甚喜，即策马紧随。后面沙僧挑着行李，行者也使铁棒拨开。

这一日未曾住手，行有百十里，将次天晚。见有一块空阔之处，当路上有一通石碣，上有三个大字，乃"荆棘岭"，下有两行十四个小字，乃"荆棘蓬攀八百里，古来有路少人行"。八戒见了，笑道："等我老猪与他添上两句：自今八戒能开破，直透西方路尽平。"破戒如何开得路？三藏忻然下马，道："徒弟啊，累了你也。我们就在此住过了今宵，待明日天明再走。”八戒道：“师父莫住，趁此天色晴明，我等有兴，连夜搂开路走他娘！”那长老只得相从。

八戒上前努力，师徒们人不住手，马不停蹄，又行了一日一夜，却又天色晚矣。那前面蓬蓬结结，又闻得风敲竹韵，飒飒松声。却好又有一段空地，中间乃是一座古庙，庙门之外，有松柏凝青，桃梅斗丽。三藏下马，与三个徒弟同看。只见：

岩前古庙枕寒流，落日荒烟锁废丘。白鹤丛中深岁月，绿芜台下自春秋。竹摇青佩疑闻语，鸟弄馀音似诉愁。鸡犬不通人迹少，闲花野蔓绕墙头。

行者看了，道：“此地少吉多凶，不宜久坐。”沙僧道：“师兄差疑了，似这杳无人烟之处，又无个怪兽妖禽，怕他怎的？”

说不了，忽见一阵阴风，庙门后转出一个老者，头戴角巾，身穿淡服，手持拐杖，足踏芒鞋；后跟着一个青脸獠牙、红须赤身鬼使，头顶着一盘面饼，跪下道：“大圣，小神乃荆棘岭土地，知大圣到此，无以接待，特备蒸饼一盘，奉上老师父，各请一餐。此地八百里更无人家，聊吃些儿充饥。”八戒欢喜，上前舒手，就欲取饼。不知行者端详已久，喝一声：“且住，这厮不是好人！休得无礼！你是甚么土地，来诳老孙！看棍！”那老者见他打来，将身一转，化作一阵阴风，呼的一声，把个长老摄将起去，飘飘荡荡，不知摄去何所。慌得那大圣没跟寻处，八戒、沙僧俱相顾失色，白马亦只自惊吟。三兄弟连马四口，恍恍忽忽，远望高张，并无一毫下落，前后找寻不题。

却说那老者同鬼使，把长老抬到一座烟霞石屋之前，轻轻放下，与他携手相搀，道："圣僧休怕，我等不是歹人，乃荆棘岭十八公是也。因风清月霁之宵，特请你来会友谈诗，消遣情怀故耳。"那长老却才定目睁眼，仔细观看。真个是：

漠漠烟云去所，清清仙境人家。正好洁身修炼，堪宜种竹栽花。每见翠岩来鹤，时闻清沼鸣蛙。更赛天台丹灶，仍期华岳明霞。说甚耕云钓月，此间隐逸堪夸。坐久幽怀如海，朦胧月上窗纱。

三藏正自默看，渐觉月明星朗，只听得人语相谈，都道："十八公请得圣僧来也。"长老抬头观看，乃是三个老者：前一个霜姿丰采，第二个绿鬓婆娑，第三个虚心黛色。各各面貌、衣服俱不相同，都来与三藏作礼。长老还了礼，道："弟子有何德行，敢劳列位仙翁下爱？"十八公笑道："一向闻知圣僧有道，等待多时，今幸一见。如果不吝珠玉，宽坐叙怀，足见禅机真派。"

三藏躬身道："敢问仙长大号？"十八公道："霜姿者号孤直公，绿鬓者号凌空子，虚心者号拂云叟，老拙号曰劲节。"三藏道："四翁尊寿几何？"孤直公道：

我岁今经千岁古，撑天叶茂四时春。香枝郁郁龙蛇状，碎影重重霜雪身。自幼坚刚能耐老，从今正直喜修身。乌栖凤宿非凡辈，落落森森远俗尘。

凌空子笑道：

吾年千载傲风霜，高干灵枝力自刚。夜静有声如雨滴，秋晴荫影似云张。盘根已得长生诀，受命尤宜不老方。留鹤化龙非俗辈，苍苍爽爽近仙乡。

拂云叟笑道：

岁寒虚度有千秋，老景潇然清更幽。不杂嚣尘终冷漠，饱经霜雪自风流。七贤作侣同谈道，六逸为朋共唱酬。戛玉敲金非琐琐，天然情性与仙游。

劲节十八公笑道：

我亦千年约有馀，苍然贞秀自如如。堪怜雨露生成力，借得乾坤造化机。万壑风烟惟我盛，四时洒落让吾疏。盖张翠影留仙客，博弈调琴讲道书。

三藏称谢道："四位仙翁俱享高寿，但劲节翁又千岁馀矣。高年得道，丰采清奇，得非汉时之四皓乎？"四老道："承过奖，承过奖。吾等非四皓，乃深山之四操也。敢问圣僧妙龄几何？"三藏合掌躬身，答道：

四十年前出母胎，未产之时命已灾。逃生落水随波滚，幸遇金山脱本骸。养性看经无懈怠，诚心拜佛敢俄挨？今蒙皇上差西去，路遇仙翁下爱来。

四老俱称道：“圣僧自出娘胎，即从佛教，果然是从小修行，真中正有道之上僧也。我等幸接台颜，敢求大教，望以禅法指教一二，足慰生平。”

长老闻言，慨然不惧，即对众言曰：“禅者静也，法者度也。静中之度，非悟不成。悟者，洗心涤虑，脱俗离尘是也。夫人身难得，中土难生，正法难遇，着眼。全此三者，幸莫大焉。至德妙道，渺漠希夷，六根六识，遂可扫除。菩提者，不死不生，无馀无欠，空色包罗，圣凡俱遣。访真了元始钳锤，悟实了牟尼手段。发挥象罔，踏碎涅槃。必须觉中觉了悟中悟，一点灵光全保护。放开烈焰照娑婆，法界纵横独显露。至幽微，更守固，玄关口说谁人度？我元修大觉禅，有缘有志方能悟。”

四老侧耳受了，无边喜悦，一个个稽首皈依，躬身拜谢，道：“圣僧乃禅机之悟本也。”拂云叟道：“禅虽静，法虽度，须要性定心诚，总为大觉真仙，终坐无生之道。我等之玄，大不同也。”三藏道：“道乃非常，体用合一，如何不同？”拂云叟笑道：

我等生来坚实，体用比尔不同。感天地以生身，蒙雨露而滋色。笑傲风霜，消磨日月。一叶不凋，千枝节操。似这话不叩冲虚，你执持梵语。道也者，本安中国，石来求证西方。空费了草鞋，不知寻个甚么？石狮子剜了心肝，野狐涎灌彻骨髓。忘本参禅，妄求佛果，都是我荆棘岭葛藤谜语，萝蓏浑言。蓏音虏。此般君子，怎生接引？这等规模，如何印授？必须要检点见前面目，静中自有生涯。没底竹篮汲水，无根铁树生花。灵宝峰头牢着脚，归来雅会上龙华。和盘托出。

三藏闻言，叩头拜谢。十八公用手搀扶，孤直公将身扯起，凌空子打个哈哈，道："拂云之言，分明漏泄。圣僧请起，不可尽信。我等趁此月明，原不为讲论修持，且自吟哦逍遥，放荡襟怀也。"拂云叟笑指石屋，道："若要吟哦，且入小庵一茶何如？"长老真个欠身，向石屋前观看，门上有三个大字，乃"木仙庵"。遂此同入，又叙了坐次。忽见那赤身鬼使，捧一盘茯苓膏，将五盏香汤奉上。四老请唐僧先吃，三藏惊疑，不敢便吃。那四老一齐享用，三藏却才吃了两块，各饮香汤收去。三藏留心偷看，三藏偷心未净。只见那里玲珑光彩，如月下一般：

水自石边流出，香从花里飘来。
满座清虚雅致，全无半点尘埃。

那长老见此仙境，以为得意，情乐怀开，十分欢喜，忍不住念了一句道："禅心似月迥无涯。"劲节老笑而即联道："诗兴如天青更新。"孤直公道："好句漫裁抟锦绣。"凌空子道："佳文不点唾奇珍。"拂云叟道："六朝一洗繁华尽，四始重删雅颂分。"三藏道："弟子一时失口，胡谈几字，诚所谓班门弄斧。

适闻列仙之言，清新飘逸，真诗翁也。”劲节老道：“圣僧不必闲叙，出家人全始全终。既有起句，何无结句？望卒成之。”三藏道：“弟子不能，烦十八公结而成篇为妙。”劲节道：“你好心肠！你起的句，如何不肯结果？悭吝珠玑，非道理也。”三藏只得续后句云：“半枕松风茶未熟，吟摇潇洒满腔春。”十八公道：“好个‘吟怀潇洒满腔春’！”孤直公道：“劲节，你深知诗味，所以只管咀嚼，何不再起一篇？”十八公亦慨然不辞，道：“我却是顶针字起：春不荣华冬不枯，云来雾往只如无。”凌空子道：“我亦体前，顶针二句：无风摇拽婆娑影，有客忻怜福寿图。”拂云叟亦顶针道：“图似西山坚节老，清如南国没心夫。”孤直公亦顶针道：“夫因侧叶称梁栋，台为横柯作宪乌。”一伙歪诗，堪笑，堪笑。

长老听了，赞叹不已道：“真是阳春白雪，浩气冲霄。弟子不才，敢再起两句。”孤直公道：“圣僧乃有道之士，大养之人也。不必再相联句，请赐教全篇，庶我等亦好勉强而和。”三藏无已，只得笑吟一律。曰：

杖锡西来拜法王，愿求妙典远传扬。金芝三秀诗坛瑞，宝树千花莲蕊香。百尺竿头须进步，十方世界立行藏。修成玉像庄严体，极乐门前是道场。

四老听毕，俱极赞扬。十八公道：“老拙无能，大胆搀越，也勉和一首。”云：

劲节孤高笑木王，灵椿不似我名扬。山空百丈龙蛇影。泉泌千年琥珀香。解与乾坤生气概，喜因风雨化行藏。衰残自愧无仙骨，惟有苓膏结寿场。

孤直公道："此诗起句雄豪，联句有力，但结句自谦太过矣，堪羡，堪羡。作歪诗的偏会标榜。老拙也和一首。"曰：

霜姿常喜宿禽王，四绝堂前大器扬。露重珠缨蒙翠盖，风轻石齿碎寒香。长廊夜静吟声细，古殿秋阴淡影藏。元日迎春曾献寿，老来寄傲在山场。

凌空子笑而言曰："好诗，好诗。真个是月胁天心，心拙何能为和？但不可空过，也须扯淡几句。"云：

梁栋之材近帝王，大清宫外有声扬。晴轩恍若来青气，暗壁寻常度翠香。壮节凛然千古秀，深根结矣九泉藏。凌云世盖婆娑影，不在群芳艳丽场。

拂云叟道："三公之诗，高雅清淡，正是放开锦绣之囊也。我身无力，我腹无才，得三公之教，茅塞顿开，无已，也打油几句，幸勿哂。"曰：

淇澳园中乐圣王，渭川千亩任分扬。翠筠不染湘娥泪，班箨堪传汉史香。霜叶自来颜不改，烟稍从此色何藏？子猷去世知音少，亘古留名翰墨场。

三藏道："众仙老之诗，真个是吐凤喷珠，游夏莫赞。厚爱高情，感之极矣。但夜已深沉，三个小徒不知在何处等我，莫者弟子不能久留，敢此告回寻访，尤无穷之至爱也。望老仙指示归路。"四老笑道："圣僧勿虑。我等也是千载奇逢，况天光晴爽，虽夜深，却月明如昼，再请宽坐。待天晓，自当远送过岭，高徒一定可相会也。"

正话间，只见石屋之外，有两个青衣女童，打一对绛纱灯笼，后引着一个仙女。那仙女捻着一枝杏花，笑吟吟进门相见。那仙女怎生模样？他生得：

青姿妆翡翠，丹脸赛胭脂。星眼光还彩，蛾眉秀又齐。下衬一条五色梅浅红裙子，上穿一件烟里火比甲轻衣。弓鞋弯凤嘴，绫袜锦拖泥。妖娆娇似天台女，不亚当年俏妲己。

四老欠身问道："杏仙何来？"那女子对众道了万福，道："知有佳客在此赓酬，特来相访，敢求一见。"十八公指着唐僧道："佳客在此，何劳求见？"三藏躬身，不敢言语。那女子叫："快献茶来。"又有两个黄衣女童，捧一个红漆丹盘，盘内有六个细磁茶盂，盂内设几品异果，横担着匙儿；提一把白铁嵌黄铜的茶壶，壶内香茶喷鼻。斟了茶，那女子微露春葱，捧磁盂，先奉三藏，次奉四老，然后一盏自取而陪。

凌空子道："杏仙为何不坐？"那女子方才去坐。茶毕，欠身问道："仙翁今宵盛乐，佳句请教一二如何？"拂云叟道："我等皆鄙俚之言，惟圣僧真盛唐之作，甚可嘉羡。"那女子道："如不吝教，乞赐一观。"四老即以长老前诗后诗并禅法论，宣了一遍。那女子满面春风，对众道："妾身不才，不当献丑。但聆此佳句，似不可虚也，勉强将后诗奉和一律，如何？"遂朗吟道：

上盖留名汉武王，周时孔子立坛场。董仙爱我成林积，孙楚曾怜寒食香。雨润红姿娇且嫩，烟蒸翠色显还藏。自知过熟微酸意，落处年年伴麦场。

四老闻诗，人人称贺，都道："清雅脱尘，句内包含春意。好个'雨润红姿娇且嫩''雨润红姿娇且嫩'！"那女子笑而悄答道："惶恐，惶恐。适闻圣僧之章，诚然锦心绣口，如不吝珠玉，赐教一阕如何？"

唐僧不敢答应。那女子渐有见爱之情，挨挨轧轧，渐近坐边，低声悄语，呼道："佳客，莫者趁此良宵，不要子待要怎的？人生光景，能有几何？"十八公道："杏仙尽有仰高之情，圣僧岂可无俯就之意？如不见怜，是不知趣了也。"孤直公道："圣僧乃有道有名之士，决不苟且行事。如此样举措，是我等取罪过了。污人名，坏人德，非远达也。果是杏仙有意，可教拂云叟与十八公做媒，我与凌空子保亲，成此姻眷，何不美哉！"

三藏听言，遂变了颜色，跳起来，高叫道："汝等皆是一类怪物，这般诱我！当时只以砥砺之言，谈玄谈道可也，如今怎么以美人局来骗害贫僧！是何道理！”四老见三藏发怒，一个个咬指担惊，再不敢言。那赤身鬼使爆躁如雷，道：“这和尚好不识抬举！我这姐姐那些儿不好？他人材俊雅，玉质娇姿，不必说那女工针指，只这一段诗才，也配得你过。你怎么这等推辞！休错过了！孤直公之言甚当，如果不可苟合，待我再与你主婚。”三藏大惊失色，凭他们怎么胡谈乱讲，只是不从。鬼使又道：“你这和尚！我们好言好语，你不听从；若是我们发起村野之性，还把你摄了去，教你和尚不得做，老婆不得取，却不枉为人一世也？”那长老心如金石，坚执不从，暗想道：“我徒弟们不知在那里寻我哩！”说一声，止不住眼中堕泪。那女子陪着笑，挨至身边，翠袖中取出一个蜜合绫汗巾来与他揩泪，道：“佳客勿得烦恼，我与你倚玉偎香，耍子去来。”长老咄的一声吆喝，跳起身来就走，被那些人扯扯拽拽，嚷到天明。

忽听得那里叫声：“师父，师父，你在那方言语也？”原来那孙大圣与八戒、沙僧，牵着马，挑着担，一夜不曾住脚，穿荆度棘，东寻西找，却好半云半雾的，过了八百里荆棘岭西下，听得唐僧吆喝，却就喊了一声。那长老挣出门来，叫声：“悟空，我在这里哩，快来救我，快来救我！”那四老与鬼使，那女子与女童，幌一幌都不见了。

须臾间，八戒、沙僧俱到跟前，道：“师父，你怎么得到此也？”三藏扯住行者，道：“徒弟啊，多累了你们了。昨日晚间见的那个老者，言说土地送斋一事，是你喝声要打，他就把我抬到此方。他与我携手相搀，走入门，又见三个老者来此会我，俱道我做圣僧，一个个言谈清雅，极善吟诗。我与他赓和相攀，觉有夜半时候，又见一个美貌女子，花灯火，也来这里会我。吟了一首诗，称我做佳客；因见我相貌，欲求配偶。我方省悟，正不从时，又被他做媒的做媒，保亲的保亲，主婚的主婚。我立誓不肯，正欲挣着要走，与他嚷闹，不期你们到了。一则天明，一来还是怕你，只才还扯扯拽拽，忽然就不见了。”行者道：“你既与他叙话谈诗，就不曾问他个名字？”三藏道：“我曾问他之号，那老者唤做十八公，号劲节，第二个号做孤直公，第三个号凌空子，第四个号拂云叟，那女子，称他做杏仙。”八戒道：“此物在于何处？才往那方去了？”三藏道：“去向之方，不知何所，但只谈诗之处，去此不远。”

他三人同师父看处，只见一座石崖，崖上有“木仙庵”三字。三藏道：“此间正是。”行者仔细观之，却原来是一株大桧树，一株老柏，一株老松，一株老竹，竹后有一株丹枫。再看崖那边，还有一株老杏，二株腊梅，二株丹桂。行者笑道：“你们可曾看见妖怪？”八戒道：“不曾。”行者道：“你不知，就是这几株树木在此成精也。”八戒道：“哥哥怎得知成精者是树？”行者道：“十八公乃松树，孤直公乃柏树，凌空子乃桧树，拂云叟乃竹竿，赤身鬼乃枫树，杏仙即杏树，女童即丹桂、腊梅也。”

八戒闻言，不论好歹，一顿钉钯，三五长嘴，连拱带筑，把两株腊梅、丹桂、老杏、枫杨俱挥倒在地，果然那根下俱鲜血淋漓。三藏近前扯住，道：“悟能，不可伤了他。他虽成了气候，却不曾伤我，我等找路去罢。”行者道：“师父不可惜他，恐日后成了大怪，害人不浅也。”那呆子索性一顿钯，将松柏桧竹一齐皆筑倒。却才请师父上马，往大路一齐西行。

毕竟不知前去如何，且听下回分解。

总批：

昔人在荆棘中谈诗，今日谈诗中有荆棘矣。可为发叹。

第六十五回

妖邪假设小雷音
四众皆遭大厄难

这回因果，劝人为善，切休作恶。一念生，神明照鉴，任他为作。拙蠢乖能君怎学，两般还是无心药。趁生前有道正该修，莫浪泊。认根源，脱本壳。访长生，须把捉。要时时明见，醍醐斟酌。贯彻三关填黑海，管教善者乘鸾鹤。那其间愍故更慈悲，登极乐。

话表唐三藏一念虔诚，且休言天神保护，似这草木之灵，尚来引送，雅会一宵，脱出荆棘针刺，再无萝蓏攀缠。四众西进，行勾多时，又值冬残，正是那三春之日：

物华交泰，斗柄回寅。草芽遍地绿，柳眼满堤青。一岭桃花红锦涴，半溪烟水碧罗明。几多风雨，无限心情。日晒花心艳，燕衔苔蕊轻。山色王维画浓淡，鸟声季子舌纵横。芳菲铺绣无人赏，蝶舞蜂歌却有情。

师徒们也自寻芳踏翠，缓随马步。正行之间，忽见一座高山，远望着与天相接。三藏扬鞭指道："悟空，那座山也不知有多少高，可便似接着青天，透冲碧汉。"行者道："古诗云：'只有天在上，更无山与齐。'但言山之极高，无可与他并比，岂有接天之理？"八戒道："若不接天，如何把昆仑山号为天柱？"行者道："你不知。自古天不满西北，昆仑山在西北乾位上，故有顶天塞空之意，遂名天柱。"沙僧笑道："大哥把这好话儿莫与他说，他听了去，又降别人。我每且走路，等上了那山，就知高下也。"

那呆子赶着沙僧断要断斗，老师父马快如飞，须臾，到那山崖之边。一步步往上行来，只见那山：

林中风飒飒，涧底水潺潺。鸦雀飞不过，神仙也道难。千崖万壑，亿曲百湾。尘挨滚滚无人到，怪石森森不厌看。有处有云如水滉，是方是树鸟声繁。鹿衔芝去，猿摘桃还。狐狢往来崖上跳，麂獐出入岭头顽。忽闻虎啸惊人胆，班豹苍狼把路拦。

唐三藏一见心惊，孙行者神通广大。你看他一条金箍棒，哮吼一声，吓过了狼虫虎豹，剖开路，引师父直上高山。

行过岭头，下西平处，忽见祥光蔼蔼，彩雾纷纷，有一所楼台殿阁，隐隐的钟磬悠扬。三藏道："徒弟每，看是个甚么去处。"行者抬头，用手搭凉蓬，仔细观看。那壁厢好个所在。真个是：

珍楼宝座，上刹名方。谷虚繁地籁，境寂散天香。青松带雨遮高阁，翠竹留云护讲堂。霞光缥缈龙宫显，彩色飘飖沙界长。木栏玉户，画栋雕梁。谈经香满座，语箓月当窗。鸟啼丹树内，鹤饮石泉傍。四围花发琪园秀，三面门开舍卫光。楼台突兀门迎嶂，钟磬虚徐声韵长。窗开风细，帘卷烟茫。有僧情散淡，无俗意和昌。红尘不到真仙境，静土招提好道场。

行者看罢，回复道："师父，那去处是便是座寺院，却不知禅光瑞蔼之中，又有些凶气何也。观此景象，也是雷音，却又路道差池。我每到那厢，决不可擅入，恐遭毒手。”唐僧道：“既有雷音之景，莫不就是灵山？你休误了我诚心，担阁了我来意。”行者道：“不是不是。灵山之路我也走过几遍，那是这路途！”八戒道：“纵然不是，也必有个好人居住。”沙僧道：“不必多疑，此条路未免从那门首过，是不是，一见可知也。”行者道：“悟净说得有理。”

那长老策马加鞭，至山门前，见“雷音寺”三个大字，慌得滚下马来，倒在地下，口里骂道：“泼猢狲，害杀我也！现是雷音寺，还哄我哩！”行者陪笑道：“师父莫恼，你再看看，山门上乃四个字，你怎么口念出三个来，倒还怪我？”长老战兢兢的爬起来再看，真个是四个字，乃“小雷音寺”。三藏道：“就是小雷音寺，必定也有个佛祖在内。经上言三千诸佛，想是不在一方，似观音在南海，普贤在峨眉，文殊在五台。这不知是那一位佛祖的道场。古人云：‘有佛有经，无方无宝。’我们可进去来。”行者道：“不可进去，此处少吉多凶，若有祸患，你莫怪我。”三藏道：“就是无佛，也必有个佛像。我弟子心愿，遇佛拜佛，如何怪你。”即命八戒取袈裟，换僧帽，结束了衣冠，举步前进。

只听得山门里有人叫道：“唐僧，你自东土来拜见我佛，怎么还这等怠慢？”三藏闻言，即便下拜；八戒也磕头，沙僧也跪倒，惟大圣牵马，收拾行李，在后方入。到二层门内，就见如来大殿。殿门外宝台之下，摆列着五百罗汉、三千揭谛、四金刚、八菩萨、比丘尼、优婆塞，无数的圣僧、道者，真个也香花艳丽，瑞气缤纷。慌得那长老与八戒、沙僧一步一拜，拜上灵台之间。行者公然不拜。又闻得莲台座上厉声高叫道："那孙悟空，见如来怎么不拜！"不知行者又仔细观看，见得是假，遂丢了马匹、行囊，掣棒在手，喝道："你这伙业畜，十分胆大！怎么假倚佛名，败坏如来清德！不要走！"双手轮棒，上前便打。只听得半空中叮当一声，撇下一付金铙，把行者连头带足，合在金铙之内。慌得个猪八戒、沙和尚连忙使起钯杖，就被些阿罗、揭谛、圣僧、道者一拥近前围绕。他两个措手不及，尽被拿了。将三藏捉住，一齐都绳穿索绑，紧缚牢拴。

原来那莲花座上妆佛祖者乃是个妖王，众阿罗等都是些小怪。遂收了佛像体像，依然现出妖身，将三众抬入后边收藏；把行者合在金铙之中，永不开放，只阁在宝台之上，限三昼夜化为脓水。化后，才将铁笼蒸他三个受用。这正是：

碧眼胡儿识假真，禅机见像拜全身。黄婆盲目同参礼，木母痴心共话论。邪怪生强欺本性，魔头怀恶诈天人。诚为道小魔头大，错入旁门枉费身。

那时群妖将唐僧之众收藏在后，把马拴在后边，把他的袈裟、僧帽安在行李担内，亦收藏了，一壁厢严紧不题。

却说行者合在金铙里，黑洞洞的，燥得满身流汗，左拱右撞，不能得出，急得他使铁棒乱打，莫想得动分毫。他心里没了算计，将身往外一挣，却要挣破那金铙，遂捻着一个诀，就长有千百丈高，那金铙也随他身长，全无一些瑕缝光明。却又捻诀，把身子往下一小，小如芥菜子儿，那铙也就随身小了，更没些些孔窍。好描画。他又把铁棒吹口仙气，叫“变”，即变做幡竿一样，撑住金铙。他却把脑后毫毛选长的拔下两根，叫“变”，即变做梅花头五瓣钻儿，挨着棒下，钻有千百下，只钻得苍苍响喨，再不钻动一些。

行者急了，却捻个诀，念一声“唵嚂静法界，乾元亨利贞”的咒语，拘得那五方揭谛、六丁六甲、一十八位护教伽蓝，都在金铙之外，道：“大圣，我等俱保护着师父，不教妖魔伤害，你又拘唤我等做甚？”行者道：“我那师父不听我劝解，就弄死他也不亏！但只你等怎么快作法，将这铙钹掀开，放我出来，再作处治。这里面不通光亮，满身爆燥，却不闷杀我也？”众神真个掀铙，就如长就的一般，莫想揭动分毫。金头揭谛道：“大圣，这铙钹不知是件甚么宝贝，连上带下，合成一块。小神力薄，不能掀动。”行者道：“我在里面不知使了多少神通，也不得动。”

揭谛闻言，即着六丁神保护着唐僧，六甲神看守着金铙，众伽蓝前后照察；他却纵起祥光，须臾间，闯入南天门里，不待宣召，直上灵霄宝殿之下，见玉帝俯伏启奏道：“主公，臣乃五方揭谛使。今有齐天大圣保唐僧取经，路遇一山，名小雷音寺。唐僧错认灵山进拜，原来是妖魔假设，困陷他师徒，将大圣合在一付金铙之内，进退无门，看看至死，特来启奏。”即传旨：“差二十八宿星辰，快去释厄降妖。”

那星宿不敢少缓，随同揭谛出了天门。至山门之内，有二更时分。那些大小妖精，因获了唐僧，老妖俱犒赏了，各去睡觉。众星宿更不惊张，都到铙钹之外，报道：“大圣，我等是玉帝差来二十八宿，到此救你。”行者听说大喜，便教：“动兵器打破，老孙就出来了。”众星宿道：“不敢打。此物乃浑金之宝，打着必响；响时惊动妖魔，却难救拔。等我们用兵器梢他，你那里但见有一些光处就走。”行者道：“正是。”你看他们使枪的使枪，使剑的使剑，使刀的使刀，使斧的使斧；扛的扛，抬的抬，掀的掀，捎的捎，弄到有二更天气，漠然不动，就是铸成了囫囵的一般。那行者在里边，东张张，西望望，爬过来，滚过去，莫想看见一些光亮。好描画。

亢金龙道：“大圣啊，且休焦躁。观此宝定是个如意之物，断然也能变化。你在那里面于那合缝之处，用手摸看，等我使角尖儿拱进来，你可变化了，顺松处脱身。”行者依言，真个在里面乱摸。这星宿把身变小了，那角尖儿就似个针尖一样，顺着钹合缝口上，伸将进去。可怜用尽千斤之力，方能穿透里面。却将本身与角使法像，叫“长，长，长”，角就长有碗来粗细。那钹口倒也不像金铸的，好似皮肉长成的，顺着亢金龙的角，紧紧噙住，四下里更无一丝拔缝。行者摸着他的角，叫道：“不济事，上下没有一毫松处！没奈何，你忍着些儿疼，带我出去。”

好大圣，即将金箍棒变作一把钢钻儿，将他那角尖上钻了一个孔窍，把身子变得似个芥菜子儿，拱在那钻眼里蹲着，叫：“扯出角去，扯出角去！”这星宿又不知费了多少力，方才拔出，使得力尽筋柔，倒在地下。行者却自他角尖钻眼里钻出，现了原身，掣出铁棒，照铙钹当的一声打去，就如崩倒铜山，咋开金铙，可惜把个佛门之器，打做个千百块散碎之金。唬得那二十八宿惊张，五方揭谛发竖，大小群妖皆梦醒。

老妖王睡里慌张，急起来，披衣擂鼓，聚点群妖，各执器械。此时天将黎明，一拥赶到宝台之下，只见孙行者与列宿围在碎破金铙之外，大惊失色。即令：“小的每，紧关了前门，不要放出人去！”行者听说，即携星众，驾云跳在九霄空里。那妖王收了碎金，排开妖卒，列在山门外。妖王怀恨，没奈何，披挂了，使一根短软狼牙棒，出营高叫：“孙行者，好男子不可远走高飞！快向前与我交战三合！”行者忍不住，即引星众，按落云头观看。那妖精怎生模样？但见他：

蓬着头，勒一条扁薄金箍；光着眼，簇两道黄眉的竖。悬胆鼻，孔窍开查；四方口，牙齿尖利。穿一副叩结连环铠，勒一条生丝攒穗绦。脚踏乌喇鞋一对，手执狼牙棒一根。此形似兽不如兽，相貌非人却似人。

行者挺着铁棒喝道：“你是个甚么怪物，擅敢假妆佛祖，侵占山头，虚设小雷音寺！”那妖王道：“这猴儿是也不知我的姓名，故来冒犯仙山！此处唤做小西天，因我修行得了正果，天赐与我的宝阁珍楼。我名乃是黄眉老佛，这里人不知，但称我为黄眉大王、黄眉爷爷。一向久知你往西去，有些手段，故此设像显能，诱你师父进来，要和你打个赌赛。如若斗得过我，饶你师徒，让汝等成个正果；如若不能，将汝等打死，等我去见如来取经，果正中华也。”行者笑道：“妖精不必海口，既要赌，快上来领棒！”那妖王喜孜孜，使狼牙棒抵住。这一场好杀：

两条棒，不一样，说将起来有形状：一条短软佛家兵，一条坚硬藏海藏。都有随心变化功，今番相遇争强壮。短软狼牙杂锦妆，坚硬金箍蛟龙像。若粗若细实可夸，要短要长甚停当。猴与魔，齐打杖，这场真个无虚诳。驯猴秉教作心猿，泼怪欺天弄假像。嗔嗔恨恨各无情，恶恶凶凶都有样。那一个当头手起不放松，这一个架丢劈面难谦让。喷云照日昏，吐雾遮峰嶂。棒来棒去两相迎，忘生忘死因三藏。

看他两个斗经五十回合，不见输赢。那山门口鸣锣擂鼓，众妖精呐喊摇旗。这壁厢有二十八宿天兵共五方揭谛众圣，各掮器械，吆喝一声，把那魔头围在中间。吓得那山门外群妖难擂鼓，战兢兢手软不敲锣。老妖魔公然不惧，一只手使狼牙棒架着众兵，一只手去腰间解下一条旧白布搭包儿，往上一抛；滑的一声响喨，把孙大圣、二十八宿与五方揭谛，一搭包儿通装将去；挎在肩上，拽步回身。众小妖个个欢然，得胜而回。老妖教小的们取了三五千条麻索，解开搭包，拿一个，捆一个，一个个都骨软筋麻，皮肤窊皱。捆了抬去后边，不分好歹，俱掷之于地。妖王又命排筵畅饮，自旦至暮方散，各归寝处不题。

却说孙大圣与众神捆至夜半，忽闻有悲泣之声。侧耳听时，却原来是三藏声音，哭道："悟空啊，我

自恨当时不听伊，致令今日受灾危。金铙之内伤了你，麻绳捆我有谁知？四人遭逢缘命苦，三千功行尽倾颓。何由解得迍邅难，坦荡西方去复归！"

行者听言，暗自怜悯道："那师父虽是未听吾言，今遭此害，然于患难之中，还有忆念老孙之意。趁此夜静妖眠，无人防备，且去解脱众等逃生也。"

好大圣，使了个遁身法，将身一小，脱下绳来，走近唐僧身边，叫声："师父。"长老认得声音，叫道："你为何到此？"行者悄悄的把前项事告诉了一遍，长老甚喜，道："徒弟，快救我一救！向后事但凭你处，再不强了。"行者才动手，先解了师父，放了八戒、沙僧，又将二十八宿、五方揭谛个个解了，又牵过马来，教："快先走出去。"

方出门，却不知行李在何处，又来找寻。亢金龙道："你好重物轻人！既救了你师父就勾了，又还寻甚行李？"行者道："人固要紧，衣钵尤要紧。包袱中有通关文牒、锦襕袈裟、紫金钵盂，俱是佛门至宝，如何不要！"八戒道："哥哥，你去找寻，我等先去路上等你。"你看那星众簇拥着唐僧，使个设法，共弄神通，一阵风撮出垣围，奔大路，下了山坡，却屯于平处等候。

约有三更时分，孙大圣轻那慢步，走入里面。原来一层层门户甚紧。他就爬上高楼看时，窗牖皆关，欲要下去，又恐怕窗棂儿响，不敢推动。捻着诀，摇身一变，变做一个仙鼠，俗名蝙蝠。你道他怎生模样？

头尖还似鼠，眼亮亦如之。有翅黄昏出，无光白昼居。藏身穿瓦穴，觅食扑蚊儿。偏喜晴明月，飞腾最识时。

他顺着不封瓦口椽子之下，钻将进去。越门过户，到了中间看时，只见那第三重楼窗之下，焖灼灼一道光毫，也不是灯烛之光，萤火之光，又不是飞霞之光，掣电之光。他半飞半跳，近于窗前看时，却是包袱放光。那妖精把唐僧的袈裟脱了，不曾折，就乱乱的揌在包袱之内。那袈裟本是佛宝，上边有如意珠、摩尼珠、红玛瑙、紫珊瑚、舍利子、夜明珠，所以透的光彩。

他见了此衣钵，心中大喜，就现了本像，拿将过来，也不管担绳偏正，抬上肩，往下就走。不期脱了一头，扑的落在楼板上，唿喇的一声响喨。有这般事：可可的老妖精在楼下睡觉，一声响把他惊醒，跳起来乱叫道："有人了，有人了！"那些大小妖都起来，点灯打火，一齐吆喝，前后去看。有的来报道："唐僧走了！"又有的来报道："行者众人俱走了！"老妖急传号令，教："各门上谨慎！"行者听言，恐又遭他罗网，挑不成包袱，纵筋斗,就跳出楼窗外走了。

那妖精前前后后寻不着唐僧等，又见天色将明，取了棒，帅众来赶。只见那二十八宿与五方揭谛等神，云雾腾腾，屯住山坡之下。妖王喝了一声："那里去，吾来也！"角木蛟急唤："兄弟每，怪物来了！"亢金龙、氐土蝠、房日兔、心月狐、尾火虎、箕水豹、斗木獬、牛金牛、女土貉、虚日鼠、危月燕、室火猪、壁水㺄、奎木狼、娄金狗、胃土彘、昴日鸡、毕月乌、觜火猴、参水猿、井木犴、鬼金羊、柳土獐、星日马、张月鹿、翼火蛇、轸水蚓，领着金头揭谛、银头揭谛、六甲六丁神、护教伽蓝，同八戒、沙僧，不领唐三藏，丢了白龙马，各执兵器，一拥而上。这妖王见了，呵呵冷笑，叫一声哨子，有四五千大小妖精，一个个威强力胜，浑战在西山坡上。好杀：

魔头泼恶欺真性，真性温柔怎奈魔。百计施为难脱苦，千方妙用不能和。诸天来拥护，众圣助干戈。留情亏木母，定志感黄婆。浑战惊天并振地，强争设网与张罗。那壁厢摇旗呐喊，这壁厢擂鼓筛锣。枪刀密密寒光荡，剑戟纷纷杀气多。妖卒凶还勇，神兵怎奈何？愁云遮日月，惨雾罩山河。苦挪苦拽来相战，皆因三藏拜弥陀。

那妖精倍加勇猛，帅众上前掩杀。正在那不分胜败之际，只闻得行者叱咤一声，道："老孙来了！"八戒迎着道："行李如何？"行者道："老孙的性命几乎难免，却便说甚么行李！"沙僧执着宝杖，道："且休叙话，快去打妖精也！"那星宿、揭谛、丁甲等神，被群妖围在垓心浑杀。老妖使棒来打他三个，这行者、八戒、沙僧丢开棍杖，轮着钉钯抵住。真个是地暗天昏，不能取胜。只杀得太阳星西没山根，太阴星东生海峤。

那妖见天晚，打个哨子，教群妖各各留心，他却取出宝贝。孙行者看得分明：那怪解下搭包，拿在手中。行者道声："不好了，走啊！"他就顾不得八戒、沙僧、诸天等众，一路筋斗，跳上九霄宫里。众神、八戒、沙僧不解其意，被他抛起去，又都装在里面。只是行者走了。那妖王收兵回寺，又教取出绳索，照旧绑了。将唐僧、八戒、沙僧悬梁高吊，白马拴在后边，诸神亦俱绑缚，抬在地窖子内，封锁了盖。那众妖遵依，一一收了不题。

却说孙行者跳在九霄，全了性命，见妖兵回转，不张旗号，已知众等遭擒。他却按下祥光，落在那东山顶上，咬牙恨怪物，滴泪想唐僧，仰面朝天望，悲嗟忽失声，叫道："师父啊，你是那世里造下这迍邅难，今生里步步遇妖精！似这般苦是难逃，怎生是好！"独自一个嗟叹多时，复又宁神思虑，以心问心道："这妖魔不知是个甚么搭包子，那般装得许多物件？如今将天神天将许多人又都装进去了，我待求救于天，奈恐玉帝见怪。我记得有个北方真武，号曰荡魔天尊，他如今现在南赡部洲武当山上，等我去请他来答救师父一难。"正是：

仙道未成猿马散，心神无主五行枯。

毕竟不知此去端的如何，且听下回分解。

总批：

人多从似处错了，小雷音寺便是样子。○世上无一物不有似者，最能误人，所以似是而非，深为可恶。

第六十六回 诸神遭毒手 弥勒缚妖魔

话表孙大圣无计可施，纵一朵祥云，驾筋斗，竟转南赡部洲去拜武当山，参请荡魔天尊，解释三藏、八戒、沙僧、天兵等众之灾。他在半空里无停止，不一日，早望见祖师仙境。轻轻按落云头，定睛观看，好去处：

巨镇东南，中天神岳。芙蓉峰竦杰，紫盖岭巍峨。九江水尽荆扬远，百越山连翼轸多。上有太虚之宝洞，朱陆之灵台。三十六宫金磬响，百千万客进香来。舜巡禹祷，玉简金书。楼阁飞青鸟，幢幡摆赤裾。地设名山雄宇宙，天开仙境透空虚。几树榔梅花正放，满山瑶草色皆舒。龙潜涧底，虎伏崖中。幽含如诉语，驯鹿近人行。白鹤伴云栖老桧，青鸾丹凤向阳鸣。玉虚师相真仙地，金阙仁慈治世门。

上帝祖师，乃净乐国王与善胜皇后梦吞日光，觉而有孕，怀胎一十四个月，于开皇元年甲辰之岁三月初一日午时，降诞于王宫。那爷爷：

幼而勇猛，长而神灵。不统王位，惟务修行。父母难禁，弃舍皇宫。参玄入定，在此山中。功完行满，白日飞升。玉皇敕号，真武之名。玄虚上应，龟蛇合形。周天六合，皆称万灵。无幽不察，无显不成。劫终劫始，剪伐魔精。

孙大圣玩着仙境景致，早来到一天门、二天门、三天门，却至太和宫外，忽见那祥光瑞气之间，簇拥着五百灵官。那灵官上前迎着，道："那来的是谁？"大圣道："我乃齐天大圣孙悟空，要见师相。"众灵官听说，随报。祖师即下殿，迎到太和宫。行者作礼，道："我有一事奉劳。"问："何事？"行者道："保唐僧西天取经，路遭险难。至西牛贺洲，有座山唤小西天，小雷音寺有一妖魔。我师父进得山门，见有阿罗揭谛、比丘圣僧排列，以为真佛，倒身才拜，忽被他拿住绑了。我又失于防闲，被他抛一付金铙，将我罩在里面，无纤毫之缝，口合如钳。甚亏金头揭谛请奏玉帝，钦差二十八宿，当夜下界，掀揭不起。幸得亢金龙将角透入铙内，将我度出，被我打碎金铙，惊醒怪物。赶战之间，又被撒一个白布搭包儿，将我与二十八宿并五方揭谛，尽皆装去，复用绳捆了。是我当夜脱逃，救了星辰等众与我唐僧等。后为找寻衣钵，又惊醒那怪，与天兵赶战。那怪又拿出搭包儿，理弄之时，我却知到前音，遂走了，众等被他依然装去。我无计可施，特来拜求师相一助力也。"祖师道："我当年威镇北方，统摄真武之位，剪伐天下妖邪，乃奉玉帝敕旨。后又披发跣足，踏腾蛇神龟，领五雷神将、巨虬狮子、猛兽毒龙，收降东北方黑气妖氛，乃奉元始天尊符召。今日静享武当山，安逸太和殿，一向海岳平宁，乾坤清泰。奈何我南赡部洲并北俱芦洲之地，妖魔剪伐，邪鬼潜踪。今蒙大圣下降，不得不行。只是上界无有旨意，不敢擅动干戈。假若法遣众神，又恐玉帝见罪；十分却了大圣，又是我逆了人情。我谅着那西路上纵有妖邪，也不为大害。我今着龟、蛇二将并五大神龙与你助力，管教擒妖精，救你师之难。"

行者拜谢了祖师，即同龟、蛇、龙神各带精锐之兵，复转西方之界。不一日，到了小雷音寺，按下云头，径至山门外叫战。

却说那黄眉大王聚众怪在宝阁下，说：“孙行者这两日不来，又不知往何方去借兵也。”说不了，只见前门上小妖报道：“行者引几个龙蛇龟相，在门外叫战！”妖魔道：“这猴儿怎么得个龙蛇龟相？此等之类，却是何方来者？”随即披挂，走出山门，高叫：“汝等是那路龙神，敢来造我仙境？”五龙二将相貌峥嵘，精神抖擞，喝道：“那泼怪！我乃武当山太和宫混元教主荡魔天尊之前五位龙神、龟蛇二将。今蒙齐天大圣相邀，我天尊符召，到此捕你。你这妖精，快送唐僧与天星等出来，免你一死！不然，将这一山之怪，碎劈其尸；几间之房，烧为灰烬！”那怪闻言，心中大怒，道：“这畜生有何法力，敢出大言！不要走，吃吾一棒！”这五条龙，翻云使雨；那两员将，播土扬沙，各执枪刀剑戟，一拥而攻。孙大圣又使铁棒随后。这一场好杀：

凶魔施武，行者求兵。凶魔施武，擅据珍楼施佛像；行者求兵，远参宝境借龙神。龟蛇生水火，妖怪动刀兵。五龙奉旨来西路，行者因师在后收。剑戟光明摇彩电，枪刀晃亮闪霓虹。这个狼牙棒，强能短软；那个金箍棒，随意如心。只听得扢扑响声如爆竹，叮当音韵似敲金。水火齐来征怪物，刀兵共簇绕精灵。喊杀惊狼虎，喧哗振鬼神。浑战正当无胜处，妖魔又取宝和珍。

行者帅五龙二将，与妖魔战经半个时辰，那妖精即解下搭包在手，行者见了心惊，叫道：“列位仔细！”那龙神、蛇、龟不知甚么仔细，一个个都停住兵，近前抵挡。那妖精幌的一声，把搭包儿撇将起去。孙大圣顾不得五龙二将，驾筋斗，跳在九霄逃脱。他把个龙神、龟、蛇一搭包子又装将去了。妖精得胜回寺，也将绳捆了，抬在地窖子里盖住不题。

你看那大圣落下云头，斜欹在山巅之上，没精没采，懊恨道："这怪物十分利害！"不觉的合着眼，似睡一般，猛听得有人叫道："大圣，休推睡，快早上紧求救！你师父性命，只在须臾间矣！"行者急睁睛跳起来看，原来是日值功曹。行者喝道："你这毛神，一向在那方贪图血食，不来点卯，今日却来惊我！伸过孤拐来，让老孙打两棒解闷！"功曹慌忙施礼，道："大圣，你是人间之喜仙，何闷之有！我等早奉菩萨旨令，教我等暗中护佑唐僧，乃同土地等神，不敢暂离左右，是以不得常来参见，怎么反见责也？"行者道："你既是保护，如今那众星、揭谛、伽蓝并我师等，被妖精困在何方？受甚罪苦？"功曹道："你师父师弟都吊在宝殿廊下，星辰等众都收在地窖之间受罪。这两日不闻大圣消息，却才见妖精拿了神龙、龟、蛇，又送在地窖里去了，方知是大圣请来的兵，小神特来寻大圣。大圣莫辞劳倦，千万再急急去求救援。"

行者闻言及此，不觉对功曹滴泪道："我如今愧上天宫，羞临海藏！怕问菩萨之原由，愁见如来之玉像！才拿去者，乃真武师相之龟、蛇、五龙圣众。教我再无方求救，奈何？"功曹笑道："大圣宽怀，小神想起一处精兵，请来断然可降。适才大圣至武当，是南赡部洲之地。这枝兵也在南赡部洲盱眙山蠙城，即今泗洲是也。那里有个大圣国师王菩萨，神通广大。他手下有一个徒弟，唤名小张太子，还有四大神将，昔年曾降伏水母娘娘。

你今若去请他，他来施恩相助，准可捉怪救师也。”行者心喜，道：“你且去保护我师父，勿令伤他，待老孙去请也。”

行者纵起筋斗云，躲离怪处，直奔盱眙山。不一日早到，细观真好去处：

南近江津，北临淮水。东通海峤，西接封浮。山顶上有楼观峥嵘，山凹里有涧泉浩涌。嵯峨怪石，槃秀乔松。百般果品应时新，千样花枝迎日放。人如蚁阵往来多，船似雁行归去广。上边有瑞岩观、东岳宫、五显祠、龟山寺，钟韵香烟冲碧汉；又有玻璃泉、五塔峪、八仙台、杏花园，山光树色映蠙城。白云横不度，幽鸟倦还鸣。说甚泰嵩衡华秀，此间仙景若蓬瀛。

大圣观玩不尽，径过了淮河，入蠙城之内，到大圣禅寺山门外。又见那殿宇轩昂，长廊彩丽，有一座宝塔峥嵘。真是：

插云倚汉高千丈，仰视金瓶透碧空。上下有光凝宇宙，东西无影映帘栊。风吹宝铎闻天乐，日映冰虬对梵宫。飞宿灵禽时诉语，遥瞻淮水渺无穷。

行者且看且走，直至二层门下。那国师王菩萨早已知之，即与小张太子出门迎迓。相见叙礼毕，行者道：“我保唐僧西天取经，路上有个小雷音寺，那里有个黄眉怪，假充佛祖。我师父不辨真伪就下拜，被他拿了。又将金铙把我罩住，幸亏天降星辰救出。是我打碎金铙，与他赌斗，又将一个布搭包儿，把天神、揭谛、伽蓝与我师父、师弟尽皆装了进去。我前去武当山请玄天上帝救援，他差五龙、龟蛇拿怪，又被他一搭包子装去。弟子无依无倚，故来拜请菩萨，大展威力，将那收水母之神通，拯生民之妙用，同弟子去救师父一难！取得经回，永传中国，扬我佛之智慧，兴般若之波罗也。”国师王道：“你今日之事，诚我佛教之兴隆，礼当亲去。奈时值初夏，正淮水泛涨之时，新收了水猿大圣，那厮遇水即兴，恐我去后，他乘空生顽，无神可治。今者小徒领四将和你去助力，炼魔收伏罢。”

行者称谢，即同四将并小张太子，又驾云回小西天，直至小雷音寺。小张太子使一条楮白枪，四大将轮四把锟鋘剑，和孙大圣上前骂战。小妖又去报知，那妖王复帅群妖，鼓噪而出道：“猢狲，你今又请得何人来也？”说不了，小张太子指挥四将上前，喝道：“泼妖精，你面上无肉，不认得我等在此！”妖王道：“是那方小将，敢来与他助力！”太子道：“吾乃泗州大圣国师王菩萨弟子，帅领四大神将，奉令擒你！”妖王笑道：“你这孩儿有甚武艺，擅敢到此轻薄！”太子道：“你要知我武艺，等我道来：

祖居西土流沙国，我父原为沙国王。自幼一身多疾苦，命于华盖恶星妨。因师远慕长生诀，有分相逢舍药方。半粒丹砂祛病退，愿从修行不为王。学成不老同天寿，容颜永似少年郎。也曾赶赴龙华会，也曾腾云到佛堂。捉雾拿风收水怪，擒龙伏虎镇山场。抚民高立浮屠塔，静海深明舍利光。楮白枪尖能缚怪，淡缁衣袖把妖降。如今静乐螟城内，大地扬名说小张！”

妖王听说，微微冷笑，道："那太子，你舍了国家，从那国师王菩萨，修的是甚么长生不老之术？只好收捕淮河水怪，却怎么听信孙行者诳谬之言，千山万水，来此纳命！看你可长生可不老也！"小张闻言，心中大怒，缠枪当面便刺，四大将一拥齐攻。孙大圣使铁棒上前又打。好妖精，公然不惧，轮着他那短软狼牙棒，左遮右架，直挺横冲。这场好杀：

小太子，楮白枪，四柄锟铻剑更强。悟空又使金箍棒，齐心围绕杀妖王。妖王其实神通大，不惧分毫左右搪。狼牙棒是佛中宝，剑砍枪轮莫可伤。只听狂风声吼吼，又观恶气混茫茫。那个有意思凡弄本事，这个专心拜佛取经章。几番驰骋，数次张狂。喷云雾，闭三光，奋怒怀嗔各不良。多时三乘无上法，致令百艺苦相将。

概众争战多时，不分胜负。那妖精又解搭包儿，行者又叫："列位仔细！"太子并众等不知"仔细"之意。那怪滑的一声，把四大将与太子，一搭包又装将进去，只是行者预先知觉走了。那妖王得胜回寺，又教取绳捆了，送在地窖，牢封固锁不题。

这行者纵筋斗云，起在空中，见那怪回兵闭门，方才按下祥光，立于西山坡上，怅望悲啼，道："师父啊，我

自从秉教入禅林，感荷菩萨脱难深。保你西来求大道，相同辅助上雷音。只言平坦羊肠路，岂料崔巍怪物侵。百计千方难救你，东求西告枉劳心！"

大圣正当凄惨之时，忽见那西南上一朵彩云坠地，满山头大雨缤纷，有人叫道："悟空，认得我么？"行者急走前看处，那个人：

大耳横颐方面相，肩查腹满身躯胖。一腔春意喜盈盈，两眼秋波光荡荡。散袖飘然福气多，芒鞋洒落精神壮。极乐场中第一尊，南无弥勒笑和尚。

行者见了，连忙下拜，道："东来佛祖那里去？弟子失回避了，万罪，万罪！"佛祖道："我此来，专为这小雷音妖怪也。"行者道："多蒙老爷盛德大恩。敢问那妖是那方怪物，何处精魔？不知他那搭包儿是件甚么宝贝？烦老爷指示指示。"佛祖道："他是我面前司磬的一个黄眉童儿。三月三日，我因赴元始会去，留他在宫看守，他把我这几件宝贝拐来，假佛成精。那搭包儿是我的后天袋子，俗名唤做人种袋。那条狼牙棒是个敲磬的槌儿。"

行者听说，高叫一声，道："好个笑和尚！你走了这童儿，教他诳称佛祖，陷害老孙，未免有个家法不谨之过！"弥勒道："一则是我不谨，走失人口；二则是你师徒们魔障未完，故此百灵下界，应该受难。我今来与你收他去也。"行者道："这妖精神通广大，你又无些兵器，何以收之？"弥勒笑道："我在这山坡下，设一草庵，种一田瓜果在此。你去与他索战，交战之时，许败不许胜，引他到我这瓜田里。我别的瓜都是生的，你却变做一个大熟瓜。他来定要瓜吃，我却将你与他吃。吃下肚中，任你怎么在内摆布他，那时等我取了他的搭包儿，装他回去。”行者道：“此计虽妙，你却怎么认得变的熟瓜？他怎么就肯跟我来此？”弥勒笑道：“我为治世之尊，慧眼高明，岂不认得你！凭你变作甚物，我皆知之。但恐那怪不肯跟来耳。我却教你一个法术。”行者道：“他断然是以搭包儿装我，怎肯跟来！有何法术可来也？”弥勒笑道：“你伸手来。”行者即舒左手递将过去，弥勒将右手食指蘸着口中神水，在行者掌上写了一个“禁”字，教他捏着拳头，见妖精当面放手，他就跟来。

行者揝拳，欣然领教，一只手轮着铁棒，直至山门外，高叫道：“妖魔，你孙爷爷又来了！可快出来，与你见个上下！”小妖又忙忙奔告，妖王问道：“他又领多少兵来叫战？”小妖道：“别无甚兵，止他一个。”妖王笑道：“那猴儿计穷力竭，无处求人，断然是送命来也。”随又结束整齐，带了宝贝，举着那轻软狼牙棒，走出门来，叫道：“孙悟空，今番挣挫不得了！”行者骂道：“泼怪物，我怎么挣挫不得？”妖王道：“我见你计穷力竭，无处求人，独自个强来支持，如今拿住，再没个甚么神兵救拔，此所以说你挣挫不得也。”行者道：“这怪不知死活！莫说嘴，吃我一棒！”那妖王见他一只手轮棒，忍不住笑道：“这猴儿，你看他弄巧！怎么一只手使棒支吾？”行者道：“儿子！你禁不得我两只手打！若是不使搭包子，再着三五个，也打不过老孙这一只手！”妖王闻言，道：“也罢，也罢。我如今不使宝贝，只与你实打，比个雌雄。”

即举狼牙棒，上前来斗。孙行者迎着面，把拳头一放，双手轮棒。那妖精着了禁，不思退步，果然不弄搭包，只顾使棒来赶。行者虚幌一下，败阵就走。那妖精直赶到西山坡下。行者见有瓜田，打个滚，钻入里面，即变做一个大熟瓜，又熟又甜。

那妖精停身四望，不知行者那方去了，他却赶至庵边，叫道："瓜是谁人种的？"弥勒变作一个种瓜叟，出草庵，答道："大王，瓜是小人种的。"妖王道："可有熟瓜么？"弥勒道："有熟的。"妖王叫："摘个熟的来，我解渴。"弥勒即把行者变的那瓜，双手递与妖王。妖王更不察情到此，接过手，张口便啃。那行者乘此机会，一毂辘钻入咽喉之下，猴。等不得好歹，就弄手脚，抓肠蒯腹，翻根头，竖蜻蜓，任他在里面摆布。那妖精疼得傞牙倈嘴，眼泪汪汪，把一块种瓜之地，滚得似个打麦之场，口中只叫："罢了，罢了！谁人救我一救！"好描画。弥勒却现了本像，嘻嘻笑，叫道："孽畜，认得我么！"

那妖抬头看见，慌忙跪倒在地，双手揉着肚子，磕头撞脑，只叫："主人公，饶我命罢，饶我命罢！再不敢了！"弥勒上前一把揪住，解了他的后天袋儿，夺了他的敲磬槌儿，叫："孙悟空，看我面上，饶他命罢。"行者十分恨苦，却又左一拳，右一脚，在里面乱掏乱捣。那怪万分疼痛难忍，倒在地下。弥勒又道："悟空，他也勾了，你饶他罢。"行者才叫："你张口，等老孙出来。"那怪虽是肚腹绞痛，还未伤心。俗语云："人未伤心不得死，花残叶落是根枯。"着眼。他听见叫张口，即便忍着疼，把口大张。行者方才跳出，现了本像，急掣棒还要打时，早被佛祖把妖精装在袋里，斜跨在腰间，手执着磬槌，骂道："孽畜，金铙偷了那里去了？"那怪却只要怜生，在后天袋内哼哼啧啧的，道："金铙是孙悟空打破了。"佛祖道："铙破，还我金来。”佛祖也只要金。那怪道：“碎金堆在殿莲台上哩。”

那佛祖提着袋子，执着磬槌，嘻嘻笑，叫道：“悟空，我和你去寻金还我。”行者见此法力，怎敢违误，只得引佛上山，回至寺内，收取碎金。只见那山门紧闭，佛祖使槌一指，门开入里看时，那些小妖，已得知老妖被擒，各自收拾囊底，都要逃生四散。被行者见一个，打一个；见两个，打两个，把五七百个小妖尽皆打死，各现原身，都是些山精树怪，兽孽禽魔。佛祖将金收攒一处，吹口仙气，念声咒语，即时返本还原，复得金铙一付；别了行者，驾祥云径转极乐世界。

这大圣却才解下唐僧、八戒、沙僧。那呆子吊了几日，饿得慌了，且不谢大圣，却就虾着腰，跑到厨房寻饭吃。原来那怪正安排了午饭，因行者索战，还未得吃。这呆子看见，即吃了半锅，却拿出两钵头叫师父、师弟们各吃了两碗，然后才谢了行者。问及妖怪原由，行者把先请祖师龟、蛇，后请大圣借太子，并弥勒收降之事，细陈了一遍。三藏闻言，谢之不尽，顶礼了诸天，道：“徒弟，这些神圣，困于何所？”行者道：“昨日日值功曹对老孙说，都在地窖之内。”叫：“八戒，我与你去解脱他等。”那呆子得食力壮，抖擞精神，寻着他的钉钯，即同大圣到后面，打开地窖，将众等解了绳，请出珍楼之下。三藏披了袈裟，朝上一一拜谢。这大圣才送五龙二将回武当，送小张太子与四将回蠙城，后送二十八宿归天府，发放揭谛、伽蓝各回境。

师徒们却宽住了半日，喂饱了白马，收拾行囊，至次早登程。临行时，放上一把火，将那些珍楼、宝座、高阁、讲堂，俱尽烧为灰烬。这里才：

无难无牵逃难去，消灾消瘴脱身行。

毕竟不知几时才到大雷音，且听下回分解。

总批：

笑和尚只是要金子，不然，便做个哭和尚了。有金便笑，无金便哭，和尚尚如此，而况世人乎！